KB131125

도스토옙스키의
철도, 칼, 그림

석영중 교수의
『백치』 강의

석영중 지음

도스토옙스키의
철도, 칼, 그림

일러두기

- 도스토옙스키의 한국어판 『백치』는 열린책들 전집(2000)을 토대로 하며 일부를 수정했고, 아라비아 숫자로 면수만을 표기했다.
- 도스토옙스키의 한국어판 다른 소설을 인용할 경우 열린책들 전집의 제목과 면수를 아라비아 숫자로 표기했다.
- 도스토옙스키의 러시아어판 전집인 *Polnoe sobranie sochnenii v 30 tomakh* (Leningrad: Nauka, 1972~1990)(약칭 PSS)를 인용할 경우 아라비아 숫자로 권수와 면수를 표기했다.

이제 그리스도와 가장 많이 닮은
얼굴을 보아라. 그분의 빛만이
그리스도를 뵙게 해줄 수 있으니까.
— 단테, 「천국」*

* 단테 알리기에리, 『신곡』, 김운찬 옮김(파주: 열린책들, 2022), pp. 1055.

머리말

이미지가 된 소설가

영혼은 이미지 없이 아무것도 이해하지 못한다.

— 토마스 아퀴나스

『백치』는 도스토옙스키의 모든 작품 중에서 〈가장〉이라는 수식어가 가장(!) 많이 붙는 소설이다. 그것은 저자가 인생의 가장 어려운 시기에 쓴 소설이자 가장 힘겹게 쓴 소설이며 동시에 그가 가장 사랑한 소설이자 독자에게는 가장 이해하기 어려운 소설이다. 이는 곧 연구자에게는 가장 연구 의욕을 자극하는 소설이라는 뜻도 된다.

소설을 해석하는 데는 여러 방법이 있다. 소설의 구절구절을 순서대로 설명해 나가는 것은 가장 쉬우면서도 가장 어려운 일이다. 난해한 소설의 경우 초보 독자에게는 어찌 보면 가장 도움이 되는 방식이기도 하다. 〈가이드북〉이나 무슨무슨 〈노트〉는 대개 그런 방식을 따른다.

다른 한편에는 소설 전체를 완벽하게 파악한 뒤 해석자가 자신의 언어로, 때로는 유려한 문체와 깊은 사유를 조금씩 내비치며 쓰는 방식이 있다. 『백치』를 해석하는 이 책은 어느 정도 후자에 속하지만 아쉽게도 나는 도스토옙스키가 소설 미학의 심연 속에 파놓은 좁은 길을 따라가는 데 급급해 문체나 나만의 사유에 신경 쓸 겨를이 없었다.

나는 이 책에서 『백치』를 어렵게 하는, 그러면서 또 무한히 감동적으로 만들어 주는 요소로서의 이미지에 주목했다. 이미지, 이콘, 형상, 도상, 표상 모두를 포괄하는 러시아어 〈오브라즈obraz〉는 사실상 『백치』뿐 아니라 도스토옙스키의 모든 소설을 독특하게 〈도스토옙스키적〉으로 만들어 주는 핵심 인자이다. 그에게 가시적인 이미지는 보이는 것과 보이지 않는 것이 만나고, 그리스도교 형이상학과 19세기식 리얼리즘 소설이 만나고, 인지와 감각이 만나고, 서사와 윤리가 만나고, 진리와 선과 아름다움이 만나는 접점이다. 그는 이미지를 통해 메시지를 전하고 이미지를 체험하는 방식을 기준으로 인물을 설정한다. 이미지 체험은 인물들의 세계관과 윤리에 대한 근원적인 척도로 작용하며 그것은 궁극적으로 저자의 이미지 체험을 원형으로 하는 하나의 패러다임을 형성한다. 유배 이후 도스토옙스키의 전 생애를 사로잡았던 그리스도 강생의 신비는 견고한 주춧돌이 되어 그 거대한 패러다임을 떠받쳐 준다.

도스토옙스키는 그리스도를 닮은 인물을 현실 속에 구현하는 것이 『백치』의 창작 목표라고 여러 차례 밝혔다. 그래서 그는 〈형상적으로 리얼한〉 존재로서의 그리스도를 주인공으로 설정했다. 나는 이 책에서 그리스도를 형상화하는 데 개재된 가장 강력한 세 가지 이미지로 철도, 칼, 그림을 선별했다. 철도, 칼, 그림은 상인, 살인범, 그리스도와 각각 연관되고 거기서 돈, 시간, 신앙의 테마가 창출되며 그로부터 다시 정치 경제학, 철학, 윤리학의 영역이 활성화된다. 그 각각의 영역은 외관상 독자적인 것처럼 보이지만 한 꺼풀만 들춰 보면 놀라운 연결의 망 조직이 드러난다. 철도와 칼은 시간의 고리로 연결되고 상인과 살인범은 돈의 고리로 연결되며 철도와 칼과 그림은 욕망의 고리로 연결된다. 돈의 테마는 그리스도의 테마와 연관되고 정치 경제학은 철학과 연관되며 철학은 예술과 연관된다. 상호 연관되는 모든 이미지들은 궁극적으로 다양하게 변주되고 증폭되는 그리스도의 이미지에 수렴한다. 극도로 조밀하게 짜인 연관 관계의 망은, 보이지 않는 존재를 보이게 하는 데 작가의 소명이 있다고 믿었던 도스토옙스키의 신념을 반영하는 동시에 서사에 질서와 균형을 더해 구조 공학적으로 완벽한 형식미를 창출한다.

도스토옙스키는 1868년 11월 말에 피렌체에 도착하여 이듬해 7월까지 약 여덟 달 동안 그곳에 머무르며 『백치』를 완성했다. 왜인지 나 역시 이 책의 마무리는 피렌체에서 해야 할 것 같다는 생각이 자꾸만 들어 5년 만에 다시 이탈리아행 비행기에 올랐다. 며칠 동안 도스토옙스키를 그토록 매료했던 성당과 궁전과 미술관을 돌아다니며 거장들이 빚어낸 신의 형상과 인간의 형상을 음미했다. 기베르티의 천국의 문 앞에 서 있을 때도, 치마부에와 조토와 도나텔로의 십자가 앞에 서 있을 때도, 라파엘로의 마돈나 앞에 서 있을 때도 내 뒤 어딘가에서 경외감으로 빛나는 도스토옙스키의 눈이 어른거리는 것 같았다. 거리마다 유형, 무형의 그리스도 이미지가 새겨져 있는 그 위대한 르네상스 도시는 어쩌면 『백치』 집필을 위한 최고의 공간이 아니었나 싶다.

그러나 그 도시 역시 세월을 비껴가지 못했다. 당시 도스토옙스키 부부가 세 들어 살던 건물 2층에는 5년 전만 해도 번듯한 법률 사무소가 들어서 있었다. 그런데 이번에 가보니 2층 전체가 리모델링 진행 중이어서 접근조차 할 수 없었다. 도스토옙스키가 『백치』 집필에 필요한 원고지와 펜과 잉크를 사곤 했던 자니니 문구점은 사라지고 그 자리에 음식점과 선물 가게가 입점해 있었다. 너무 아쉬워서 선물 가게 주인에게 자니니 문구점에 대해 물었더니 건물 뒤쪽을 손가락으로 가리켰다. 자동차 한 대도 지나가기 어려운 좁은 골목에 들어가니 손바닥만 한 공방 안에서 허리가 굽은 주인이 옛날식으로 종이를 실로 꿰매어 공책을 만들고 있었다. 가격이 턱없이 비싸 그냥 발길을 돌렸다.

시간은 그러나 다른 식으로 상실을 보상해 준다. 구글링을 하다가, 2021년 11월 피렌체 외곽에 있는 카시네 공원에 도스토옙스키 동상이 세워졌다는 기사를 우연히 읽게 되었다. 한때 메디치 가문의 사냥터였다는 공원은 너무도 광활했다. 30여 분을 헤맨 끝에 황량한 벌판에 홀로 서 있는 거대한 동상을 찾아냈다. 거인이 손에 든 책에는 〈백치Idiot〉라고 쓰여 있었다. 2백여 년 전에 태어난 인간과 그가 쓴 소설이 가시적인 청동의 물질로 응축되어 항구한 형상들의 전례에 합류했다. 한평생 이미지를 추구했던 소설가는 그 자신이 피렌체의 이미지가 되었다.

이 책의 출간을 선뜻 맡아 주신 열린책들의 홍지웅 사장님, 권은경 주간님께 무엇보다도 먼저 감사드린다. 자꾸만 늦어지는 부실한 원고를 기다려 주고 꼼꼼히 정리해 주신 김이재 선생님, 피렌체 여행을 응원해 준 대학원 학생들, 집에서 노심초사하며 나의 무사 귀국을 기다려 준 가족들에게도 고마운 마음을 전한다. 책을 쓸 때마다 크게 의지하게 되는 대학원의 이선영 선생, 그리고 그동안 유난히 자주 내 속을 썩인 컴퓨터의 모든 문제를 단박에 척척 해결해 준 고려대학교 도서관 학술 정보 서비스부의 이문형 선생에게 이 자리를 빌려 특별한 감사의 말을 전한다.

2022년 12월 피렌체에서

석영중

차례

II. 철도

III. 칼

IV. 그림

I.
반드시 써야 하는 소설

어느 전시실에서 헤드셋을 낀 여행객들이
삶조차 잠깐 멈춘 듯이
꼼짝도 않고 서서 천장에 그려진
인물들, 천사, 성인,
늘 입는 의복 차림의 예수를 올려다보았다.
— 돈 드릴로, 『침묵』*

* 돈 드릴로, 『침묵』, 송은주 옮김(파주: 창비, 2020), pp. 55.

1 창자가 끊어지는 고통

어느 정도는 모든 소설에 다 해당되는 말이겠지만 『백치』를 이해하려면 책장을 열기 전에 몇 가지 사실을 알아두는 것이 절대적으로 필요하다. 우선, 도스토옙스키의 전기와 소설은 너무나도 밀접하게 관련되기 때문에 작가의 전기적 궤적을 대략이나마 훑어보지 않고서는 소설을 제대로 파악하기 어렵다. 전기 작가 프랭크J. Frank의 지적처럼 『백치』는 〈그의 대표작 중 가장 개인적인 소설로 그가 마음속 가장 깊은 곳에 소중하게 간직하고 있던 성스러운 신념을 구현한 작품이다〉.(Frank 1995: 316) 앞으로 조목조목 살펴보겠지만 이 책에서 다루게 될 큰 주제들은 모두 작가의 삶 속에서 싹을 틔운 것들이다. 저자가 언제, 어디서, 어떤 상황에서 소설을 썼고 쓰는 과정에서 무슨 생각을 했고 자신이 쓴 것에 대해 어떤 평가를 했는가는 그 자체만으로도 독자의 공감과 관심을 불러일으킬

만하다.

둘째, 워낙 방대한 내용이 소설에 들어 있다 보니 독자들은 소설의 의미를 파악하는 데 빠져든다. 그러다 보면 사실상 소설의 구조에는 신경 쓸 겨를조차 없게 된다. 그러나 다른 어떤 소설보다도 『백치』는 소설 공학에 대한 이해가 독자에게 커다란 보상을 가져다준다. 표면에 드러나지 않지만 서사의 저 깊은 곳에서 소설을 떠받쳐 주는 연결과 균형과 조화의 견고한 토대는 대가의 내공을 가장 극명하게 드러내 보여 주는 부분이기 때문이다.

그럼 먼저 『백치』의 집필 상황에 관해 알아보자.[1] 『백치』의 진행은 도스토옙스키 인생에서 가장 괴롭고 슬픈 시절과 궤적을 같이한다. 도스토옙스키는 1867년 4월 14일, 두 번째 부인 안나 그리고리예브나와 함께 유럽으로 떠났다. 그에게 경제적으로 의존해 살아가는 친척과 채무자 들을 피해 한 서너 달 바람이나 쐬려고 지갑을 탈탈 털어 외유에 나선 것이다. 그러나 예측하지 못했던 여러 사건과 사고와 건강 문제가 겹치는 바람에 부부는 1871년 7월 귀국할 때까지 약 4년 3개월을 본의 아니게 독일의 바덴바덴, 드레스덴, 스위스의 제네바, 브베, 이

1 이하 집필 정황과 관련한 논의는 러시아어 전집의 주석, 부인의 회고록, 도스토옙스키의 전기 및 작가가 지인들과 주고받은 편지, 그리고 그의 『노트북*Zapisnye knizhki*』을 토대로 했다. 도스또예프스까야 2003, 모출스키 2000-1: 484~550, Basina 2004, Dostoevskii PSS 9: 334~469, Frank의 5부작 전기 중 특히 1995: 241~315, Knapp Ed. 1998: Introduction을 참고할 것.

탈리아의 밀라노와 페렌체 등 유럽 곳곳을 떠돌며 살아야 했다. 유럽에서 보낸 4년 3개월의 세월은 극도의 고통과 극도의 창조성으로 점철된 시간이었다. 생활비 부족, 상당 기간 동안 지속된 도박 중독, 고질적인 간질은 일종의 〈디폴트〉, 즉 작가 인생의 만성적인 고통 리스트에 올라 있던 것들이므로 새삼스러울 것이 없다.

그러나 1868년 부부가 제네바에 머무는 동안 태어난 첫딸 소냐는 다른 문제였다. 1868년 2월 22일 소냐가 태어났을 때 도스토옙스키가 보여 준 기쁨과 감동은 말로 다 설명할 수 없는 것이었다. 그랬기 때문에 바로 그 갓난아기가 생후 석 달도 못 채우고 감기에 걸려 사망했을 때 도스토옙스키의 슬픔은 광기에 가까웠다. 그는 몇 날 며칠 동안 식음을 전폐하고 문자 그대로 통곡을 했다. 〈맹세코, 그 조그마한 생명이 다시 살아날 수만 있다면 나는 십자가에 못 박히는 수난도 기꺼이 당하겠습니다!〉(PSS 28-2: 297) 그가 문우 마이코프A. Maikov에게 보낸 편지는 그의 슬픔이 필설의 단계를 넘어섰음을 알려 준다. 〈제 인생에서 지금보다 더 불행한 적이 없었어요. 선생에게 설명은 하지 않겠어요. (……) 저는 그 아이를 절대로 잊지 못할 것입니다. 저는 절대로 이 고통에서 벗어나지 못할 것입니다.〉(PSS 28-2: 301~302) 도스토옙스키 부부는 아이의 추억이 배어 있는 제네바에서 더는 살아갈 수가 없어 브베로 거처를 옮겼다. 그러나 슬픔은 조금도 옅어지지 않았다. 〈우리가 부부로 함께 산 14년을 통틀어 남편과 내가 스위스의 브베에서 보낸 1868년 여름만큼 슬픈 여름은 없었다. 우리에게 삶은 그 자리에 그대로 멈춰 버린 것만 같았다.〉(도스또예프스까야 2003: 257) 도스토옙스키가 브베에서 1868년 6월 22일 마이코프에게 보낸 편지는 딸의 죽음이라는 비극이 발생한 스위스에 대한 적의로 가득 차 있다. 〈스위스 사람들의 부정직함과 야비함과 믿을 수 없이 어리석은 기질과 낙후성을 선생은 상상도 할 수 없을 거예요!〉(PSS 28-2: 303) 결국 도스토옙스키 부부는 그해 9월 지긋지긋한 스위스를 떠나 이탈리아에 도착했다. 부부는 밀라노에 잠시 체류했다가 11월에 피렌체로 건너가 이듬해 7월까지 아홉 달 동안 그곳에 거주했다.

그러니까 『백치』의 집필은 공간적으로 스위스와 이탈리아를 포함하며, 시간적으로는 첫딸의 탄생을 기대한 시간과 탄생의 기쁨을 만끽한 시간, 그리고 첫딸의 죽음과 죽음 후의 애도 기간에 걸쳐 있다는 얘기이다. 즉, 작가는 아이가 태어나기 전부터 소설을 구상하여 아기가 태어날 무렵에는 1부를 다 마치고 『러시아 통보*Russkii vestnik*』에 원고를 송부한 뒤 2부와 전체를 구상하고 있었다. 아기가 죽자 『백치』의 집필은 몇 달 동안 정지되었다. 늘 시간과 돈에 쫓기며 집필해야 했던 도스토옙스키에게 몇 달이나 펜을 놓는다는 것은 평소라면 상상도 하기 어려운 일이었다. 그러나 그들 부부의 생활은 그가 다달이 써서 『러시아 통보』지에 보내는 원고에 달려 있었기 때문에 그는 자식을 잃은 부모의 슬픔, 흔히 〈목이 베이고 팔다리가 잘리고 창자가 끊어지는 슬픔〉이라 불리는 상태에서도 너무 오랫동안 펜을 놓고 있을 수 없었다. 브베에 머무는 동안에도, 이탈리아로 건너가서도 그는 가슴이 문드러지는 슬픔을 억누르며 집필에 매달렸다. 결국 『백치』는 이듬해 초 피렌체에서 완성되었다. 그는 1869년 1월 25일에 약속한 날짜 보다 열흘 늦게 소설의 마지막 두 챕터를 『러시아 통보』지에 우편으로 부친 뒤 질녀 소피야 이바노바S. Ivanova에게 보낸 편지에서 소회를 밝힌다. 〈드디어 소설이 끝났다. 드디어 말이다! 나는 끔찍한 불안과 고뇌 속에서 밤낮을 가리지 않고 마지막 장들을 썼단다.〉(PSS 29-1:9)

2 카드 한 장에 모든 것을 걸듯이

『백치』와 관련하여 도스토옙스키가 지인들에게 보낸 편지, 습작 노트, 메모 등에 나타난 그의 생각은 세 개의 키워드, 요컨대 고뇌, 불만족, 사랑으로 요약된다. 딸의 죽음이 그의 집필을 방해한 가장 큰 요인이었던 것은 사실이지만 『백치』는 구상 단계부터 저자를 괴롭혔다. 『백치』를 집필하는 동안 주로 교신했던 문우 마이코프에게 보낸 편지는 그가 이 소설로 인해 어느 정도 괴로워했는가를 적나라하게 보여 준다. 1867년 가을, 그는 새로운 소설을 구상하는 데 골몰해 있었다. 그해 10월 9일 자로 마이코프에게 보낸 편지에서는 소설 자체에 대한 자세한 내용은 슬쩍 피해 가면서도 그 소설을 반드시 써야만 한다는 사실을 강조한다. 〈저는 무조건 열심히 써야만 합니다. 그런데 발작 때문에 종종 진이 빠집니다. 발작이 한 번 일어날 때마다 최소한 4일간은 정신을 차릴 수가 없어요. (……) 그렇지만 소설만이 저의 유일한 구원 수단입니다. 가장 힘든 점은 그것이 반드시 쓰여야 한다는 사실입니다. 끝까지 써야 해요. 반드시 말입니다. 하지만 제 모든 능력이 고질병으로 소진되었는데 어떻게 쓴단 말입니까? 물론 비전은 아직 말짱해요. 최근의 제 작품이 그것을 말해 주지요. 신경도 아직은 쓸 만합니다. 그런데 기억력은 다 잃어버렸어요. 한마디로, 카드 한 장에 모든 것을 걸듯이 소설에 모든 것을 다 걸어야 한다는 얘기이지요.〉(PSS 28-2: 227)

그해 연말에 쓴 편지는 그가 가으내 썼던 모든 것을 버리고 처음부터 다시 시작했다는 사실을 알려 준다. 현재 남아 있는 열한 권의 습작 노트는 그의 말이 전혀 과장이 아님을 입증해 준다. 편지는 거장이 자신에게 거는 기대와 불만족을 고스란히 드러낸다.

> 여름 내내, 가을 내내, 나는 여러 생각들을 하나로 모으고 있었어요(그중 어떤 것들은 특히 독창적이었지요). 그러나 제 경험상 특정 아이디어의 취약점 혹은 난해함 혹은 거짓됨 등이 예상되었어요. 마침내 나는 한 가지 생각에 초점을 맞추어 집필을 시작했어요. 꽤 많은 분량을 썼지만 신력 12월 4일에 모조리 악마에게 던져 버렸어요. 장담컨대 소설은 만족할 만했을 것입니다. 그런데 그것이 믿을 수 없이 혐오스럽게 느껴졌어

요. 바로 그 이유, 즉 절대적으로 훌륭한 것이 아니라 그냥 만족스럽다는 바로 그 이유에서 말이에요. 내게 필요한 것은 그런 것이 아니었어요. 하지만 내가 무얼 할 수 있었겠어요. 이미 12월 4일이었는데 말입니다.(PSS 28-2: 239)

편지를 조금 더 읽어 보자.

(내 모든 미래가 이 작품에 달려 있기 때문에) 나는 새 소설의 창조와 씨름하기 시작했습니다. 12월 4일부터 18일까지 나는 전체적인 구상을 했습니다. 하루에 거의 여섯 개의 계획안이 나오더군요. 나의 머릿속은 제분소로 변했습니다. 미치지 않은 것이 신기할 지경입니다. 마침내 12월 8일 나는 새 소설을 써 내려가기 시작했습니다. 1월 5일에 나는 1부의 다섯 장을, 1월 10일 나머지 두 장을 보내 주겠다는 약속과 함께 편집장에게 발송했습니다. 어제, 그러니까 11일에 그 두 장을 보냈으니 지금까지 1부 전체를 다 보낸 것입니다. (……) 대체로 나 자신도 내가 무엇을 보냈는지 모르겠습니다. 굳이 말하자면 그리 훌륭하지도 인상적이지도 않습니다.(PSS 28-2: 240)

그렇게 어렵사리 시작된 『백치』는 계속해서 그를 최악

의 고통으로 몰아넣었다. 『백치』를 집필하는 동안 그가 보낸 편지들은 하나같이 작가가 처한 일종의 〈공황 상태〉를 말해 준다. 가끔 그가 스스로 만족할 만한 글을 썼다고 자부할 때도 있었지만 그런 경우에는 과로로 인한 간질 발작이 그를 괴롭혔다. 1868년 3월 2일, 1부의 마지막 챕터를 쓴 뒤 보낸 편지에서는 〈영감에 가득 차 썼는데 그 대가로 두 번이나 연속해서 발작이 일어났다〉(PSS 28-2: 273)고 하소연한다. 그는 거의 초자연적인 공포까지 느끼며 창작을 지속해야 했다. 〈『백치』에 관해 말하자면 저는 선생으로서는 상상도 못 할 만큼 두려움에 휩싸여 있어요. 저는 무서워하고 있어요. 이것은 이상한 공포감인데 전에는 한 번도 겪어 보지 못한 일이에요.〉(PSS 28-2: 274)

1868년 4월 2일, 마이코프에게 보낸 편지에서는 마감 날짜에 쫓기며 쓰다 보니 며칠씩 밤을 새울 수밖에 없었다고 털어놓는다. 〈뜬눈으로 밤을 새우는 날이 며칠씩 계속되었어요. 신경이 날카로워서 그랬던 것만은 아닙니다. 다른 선택의 여지가 없었어요. 간질 환자에게는 정말 끔찍한 일이에요. 제 신경 줄은 이제 완전히 끊어져 버렸어요.〉(PSS 28-2: 278)

가까스로 2부를 끝냈을 때도 그는 만족감이 아닌 자괴감을 호소했다. 1868년 7월 21일 자 편지에서는 또다시 『백치』에 모든 미래가 달려 있다는 사실을 강조한다. 〈소설은 혐오스러울 정도로 불만족스러워요. 처절하게 일에 매달렸지만 도저히 더는 어쩔 수가 없었어요. 제 정신은 병이 든 것 같습니다. 이제 3부에 전력을 다 쏟아부을 것입니다. 제대로 된다면 저는 살아날 것이고 그렇지 못하면 저는 파멸할 것입니다.〉(PSS 28-2: 310)

그 모든 편지들은 그가 거의 생사의 갈림길에 놓인 사람의 처절함으로 집필에 임했음을 말해 준다. 그러나 그러한 절체절명의 상황은 내용이 아니라 방법론에서 비롯된 것이었다. 요컨대 그를 괴롭힌 것은 〈어떻게 쓰느냐〉의 문제였지 〈무엇을 쓰느냐〉의 문제는 아니었다. 도스토옙스키는 처음부터 무엇을 써야 할지 분명하게 알고 있었다. 다만 그것을 어떤 식으로 전개해 나갈지에 관해, 즉 소설의 형식에 관해 그는 죽을 듯이 고민했던 것이다. 그가 그토록 고통스러워하며 쓰고자 했던 것은 과연 무엇일까?

3 불가능한 스토리

도스토옙스키는 『백치』를 구상할 때부터 자신이 거의 불가능한 일에 도전하고 있다는 사실을 알았다. 그는 그리스도를 모델로 하는 소설을 계획하고 있었던 것이다! 『백치』 1부에 대한 계획이 분명해진 시점인 1867년 12월 31일 도스토옙스키는 문우 마이코프에게 보낸 편지에서 〈전적으로 아름다운 인간〉으로서의 그리스도를 소설 속에 집어넣는 것이 얼마나 어려운 일인지 토로한다.

오랫동안 한 가지 아이디어가 저를 괴롭혔어요. 그런데 그것을 가지고 소설을 쓰는 것은 무서웠어요. 그 아이디어는 너무 어려웠고 저는 충분히 준비가 되어 있지 않았기 때문이에요. 하지만 저는 여전히 그 매혹적인 생각에 사로잡혀 있어요. 그 아이디어란 전적으로 아름다운 인간을 그려 내는 것이지요. 제 생각에 그보다 더 어려운 일은 없어요. 특히 오늘날에는 말이지요. 저의 절박한 상황만 아니었더라면 아직 설익은 아이디어에 덤벼들지 않았을 것입니다. 이건 룰렛 도박이나 마찬가지예요.(PSS 28-2: 240~241)

그리스도를 서사와 결부하는 것은 사실상 너무도 무모한 기획이었다. 물론 서구 문화와 예술에서 그리스도의 이미지는 전혀 새로운 것이 아니다. 인류는 지난 2천여 년의 세월 동안 지속적으로 이콘과 회화와 조각, 그리고 음악을 통해 그리스도를 예술 속에 보존해 왔다. 문학 역시 그리스도를 허구의 서사에 새겨 놓는 데 인색하지 않았다. 그리스도가 등장하는 산문은 2세기부터 시작되었으며 운문은 4세기부터 시작되었다. 이후 서구 문학은 밀턴J. Milton, 클롭슈토크F. Klopstock, 위고V. Hugo에서 상드G. Sand, 플로베르G. Flaubert, 톨스토이L. Tolstoi, 엘리엇T. S. Eliot에 이르기까지 수많은 대가들의 작품에 그리스도의 서사를 반영했다.(Gatrall 2014: 1~20)[2] 그러나 그리스도, 혹은 그리스도를 닮은 인간을 소설의 주인공으로 삼는 것은 전혀 다른 문제이다. 문학 작품에 그리스도가 수없이 등장하는 것은 사실이지만 대부분의 경우 주인공으로서는 아니다. 불가코프M. Bulgakov의 『거장과 마르가리타*Master i*

2 문학과 예술 속에 각인된 그리스도 이미지에 관한 포괄적인 연구는 Gatrall 2014, Givens 2018을 보라.

Margarita』만 해도 거기 등장하는 그리스도는 거장의 소설 속에서 활동하는 가상의 인물이지 주인공은 아니다.

그리스도를 주인공으로 하는 소설은 일단 성공하기 어렵다. 여러가지 상식적인 이유와 학문적인 이유가 있겠지만, 일차적인 이유로 신이자 인간인 존재를 인간의 상상력에 의존해 인간의 언어로 서사와 엮어 짠다는 것의 불합리성을 들 수 있다. 실제로 도스토옙스키는 자신의 아이디어가 어느 정도 〈불가능한〉 것인가를 질녀 소피야에게도 피력한 바 있다. 〈내 소설의 주된 사상은 전적으로 아름다운 인간을 묘사하는 데 있단다. (……) 아름다움이란 이상이지만 그 이상은 우리 나라에서도 문명화된 유럽에서도 아직 요원하기만 하지. 이 세상에는 오로지 단 하나의 전적으로 아름다운 인물이 있으니 이는 곧 그리스도이다. 그 헤아릴 수 없이 무한하게 아름다운 인물의 등장은 결국 무한한 기적이라 할 수 있다.〉(PSS 28-2: 251) 언어와 사유를 초월하는 기적 같은 존재를 소설 속에 형상화하는 기획은 오랜 숙고 끝에 무르익을 대로 무르익은 아이디어가 구현될 때라도 성공을 장담하기 어려운데, 그는 (그 자신의 주장에 의하면) 경제적인 사정 때문에 심지어 설익은 아이디어를 바로 창조의 장에 투입했다는 것이다. 『백치』의 난해함은 바로 그 주제 자체에서 촉발된다. 바로 이런 이유에서 세라 영S. Young은 『백치』의 플롯은 주인공에 비하면 부차적인 것이라 단언한다. 일단 주인공의 〈격personality〉이 결정되고 나자 플롯은 집필이 진행되는 동안 그냥 생겨났다는 것이다.(Young 2004: 8)

그러나 다른 한편으로 그가 소설의 불완전성에 대한 원인으로 지목한 〈설익은 아이디어〉 설은 재고의 여지를 남긴다. 그것은 작가들이 이따금 취하는 〈방어 전략〉으로 볼 수도 있다. 엄밀히 말해서, 그리스도의 존재는 『백치』의 집필 시점보다 훨씬 전부터 그의 전 존재를 휘어잡고 있었다. 그리스도에 대한 그의 열렬한 사랑 고백을 읽어 보자. 그것은 1854년 1월 옴스크에서 형기를 마친 직후 십이월당원의 부인 폰비지나N. Fonvizina에게 보낸 편지로, 도스토옙스키의 그리스도교를 논할 때 반드시 언급되는 유명한 진술이다.

> 하느님께서는 저에게 간혹 완벽한 평화의 순간들을 주십니다. 그런 순간이면 저는 사랑하는 마음으로 가득 차게 되고 또 제가 사랑받고 있다는 것을 믿게 됩니다. 그럴 때면 저는 나름의 신조를 만들어 냅니다. 그 신조 안에서는 모든 것이 분명하고 신성하게 느껴집니다. 그 신조는 매우 간단합니다. 바로 이런 것입니다. 저는 이 세상에 구세주보다 더 아름답고, 더 심오하고, 더 인정 많고, 더 이성적이고, 더 용감하고, 더 완벽한 존재는 없다는 것을 믿습니다. 저는 질투에 가까운 사

랑을 품고 중얼거립니다. 그분과 같은 사람은 없을 뿐 아니라 있을 수조차 없다고 말입니다. 저는 심지어 이렇게 말하고 싶습니다. 만일 누군가가 그리스도께서 진리 밖에 계심을 내게 증명한다면, 그리고 진리가 진정코 그리스도를 배제한다면 저는 진리 대신 그리스도와 함께하는 길을 택하겠습니다.(PSS 28-1: 176)

그토록 열렬한 사랑의 대상이라면 작가가 어떤 식으로든 소설과 연계할 계획을 했으리라는 짐작이 그리 불합리하게 들리지 않는다. 그렇다면 〈세상에서 가장 아름다운 존재〉는 설익기는커녕 이미 15년 전에 작가의 내면에 씨를 뿌린 아이디어라는 얘기이다. 이러한 주장을 뒷받침해 주는 기록은 꽤 많지만 가장 대표적인 예를 살펴보자. 도스토옙스키는 형기를 마치고 세미팔라틴스크에서 사병으로 근무하던 중에 마리야 이사예바M. Isaeva와 사랑에 빠져 전격적으로 결혼했다. 그러나 여러 전기에서 언급되다시피 그의 결혼은 불행했다. 점점 더 멀어져만 가던 두 사람의 관계는 부인의 병으로 거의 얼음처럼 동결되었다. 그러다가 부인이 세상을 하직하자 도스토옙스키는 비탄의 도가니에 빠지게 되었다. 부인을 소홀히 대했다는 죄책감과 회환에 상실의 슬픔이 더해지면서 작가는 인생에 대한 깊은 사색의 단계로 건너갔다. 부인의 시신 앞에서 밤샘하며 그가 겪은 사유의 과정을 기록한 1864년 4월

16일 자 노트는 도스토옙스키의 그리스도교 신앙과 사상을 이해하는 데 핵심적인 기록 중의 하나로 간주된다.

마샤가 단 위에 누워 있다. 내가 다시 그녀를 볼 수 있을까? 그리스도의 계명처럼 누군가를 제 몸처럼 사랑하는 것은 불가능하다. 자아의 법칙이 지상에서는 우리를 구속한다. 나라는 존재가 방해가 된다. 오로지 그리스도만이 그러실 수 있었다. 하지만 그리스도는 인간이 자연의 법칙에 따라 지향하고 지향해야만 하는 영원한 이상이었다. (……) 그리스도가 존재한 이후 자아가 도착해야 할 최종적인 종착점은 인간이 스스로 〈나〉를 부정하고 그것을 이웃과 완전히 나누거나 이웃에게 헌신적으로 모두 내맡기는 단계라는 사실이 명백해졌다. 그것은 지고의 행복이요, 그리스도의 낙원이다. 요컨대 지상에서 인간은 자신의 본성과 반대되는 하나의 이상을 향해 나아간다. 자아의 법칙이 휴머니즘의 법칙과 융해되고 그 융해 속에서 나와 전체(분명 두 개의 극단)가 서로를 위해 상호 파괴된다. 동시에 양자는 각기 자신의 방식으로 개별적인 발전의 최고 목적을 달성한다. 그것이 바로 그리스도의 낙원이다. 인류의, 혹은 어느 정도는 각 개인의 역사 전체는 그 목적을 향한 지향이자 접근이자 과정이다.(PSS 20: 172)

폰비지나 부인에게 보낸 편지에 등장하는 그리스도가 아직 젊은 작가의 다소 형이상학적인 황홀경을 배경으로 한다면, 이 대목에 등장하는 그리스도는 다른 차원에서 작가의 삶을 압도한다. 그에게 그리스도는 인간의 고통을 천국의 기쁨으로 승화시켜 줄 수 있는 유일무이한 존재이자 인간이 공멸을 피하기 위해 지향해야 할 유일한 이상으로 자리매김한다.

그러나 그토록 긍정적인 맥락에서 작가가 그린 그리스도는 엄청난 변화를 겪는다. 도스토옙스키 부부는 1867년 8월 12일 바덴바덴에서 제네바로 가는 도중 바젤에 들렀다. 도스토옙스키는 언젠가 책에서 읽은 적이 있는 16세기 독일 화가 한스 홀바인 2세H. Holbein der Jüngere의 「무덤 속의 그리스도Der Leichnam Christi im Grabe」를 직접 보기 위해 바젤 미술관을 방문했다. 그것은 참혹한 고통 뒤에 십자가에서 내려진 그리스도를 묘사한 그림이었다. 부인의 회고록을 읽어 보자.

> 그 그림은 표도르를 압도했다. 그는 그림 앞에서 아연실색한 표정으로 멈춰 섰다. 나는 도무지 그 그림을 쳐다볼 수가 없었다. 특히 홀몸이 아니었던 나는 너무나 참혹한 느낌이 들어 다른 전시실로 갔다. 15분인가 20분쯤 후에 돌아와 보니 표도르 미하일로비치는 그 그림 앞에 붙박인 듯 계속 서 있었다. 그의 흥분된 얼

굴에는 공포에 질린 표정이 어려 있었다. 간질 발작이 시작되는 순간에 여러 번 본 적이 있는 표정이었다. 나는 가만히 남편의 팔을 잡고 그를 다른 전시실로 데려가서 의자에 앉혔다. 금방이라도 발작이 덮쳐 올 것 같았다. 다행히 그런 일은 일어나지 않았다. 표도르 미하일로비치는 조금씩 마음을 가라앉혔고 박물관을 나오면서는 자신을 경악케 한 그 그림을 보러 꼭 다시 오겠다고 우겼다.(도스또예프스까야 2003: 234)

홀바인의 그림은 도스토옙스키의 철학과 미학 전체를 송두리째 뒤흔들었다. 그 그림 속에서는 그리스도 부활의 희망, 그리고 죽음이라는 이름의 자연 법칙이 인간의 몸에 대해 거둔 완벽한 승리가 팽팽하게 대립하고 있었다. 도스토옙스키는 그 그림을 보러 바젤 미술관에 다시 가지 않았다. 대신 그때의 시각 체험을 당시 구상 중이던 새로운 소설에 들여왔다. 이 책의 4부에서 자세하게 설명하겠지만 홀바인의 죽은 그리스도는 『백치』에서 하나의 모티프로 등장할 뿐 아니라 소설 전체의 관념에 토대를 제공했다.

마지막으로, 『백치』의 주인공을 논할 때 도스토옙스키가 읽은 르낭E. Renan의 『예수의 생애*La Vie de Jésus*』를 빼놓을 수 없다. 일부 연구자는 『예수의 생애』야말로 『백치』의 출발점이라고 주장하기까지 한다.(Stepanian 2006: 39)

급진적인 신학과 실증주의 역사학의 시각에서 그리스도의 생애를 추적한 그 책은 철저하게 인간적인 그리스도의 형상을 만들어 냄으로써 신앙의 문제를 비로소 근대적 담론의 장으로 편입시켰다는 긍정적인 평가와 종교를 사이비 과학으로 변질시켰다는 부정적인 평가를 동시에 받았다. 19세기 후반 유럽의 지식인들은 르낭의 책에 극단적인 찬성과 반대로 열렬히 응답했으며 그들의 논쟁은 곧이어 러시아로까지 파급되었다.

도스토옙스키는 르낭의 책이 파리에서 1863년에 출간된 직후 그 책을 읽었다. 그는 『백치』를 구상하던 시기에 그것을 다시 읽었으며 『노트북』에 르낭의 이름을 여러 번 언급하기까지 했다.[3] 르낭의 그리스도론은 그리스도가 역사에 존재했던 인간이었다는 사실을 핵심으로 한다. 그에게 그리스도는 모든 고귀하고 선한 가치들의 정점이었지만 부활과 영생은 후대인이 지어낸 전설이자 근거 없는 초자연적 현상에 불과했다. 르낭은 그러니까 종교라면 불가피하게 함축하는 초월성을 전면적으로 부정함으로써 〈그리스도교 없는 그리스도〉를 창조해 낸 것이다. 르낭의 저술은 사실상 그리스도의 선을 옹호하는 것이 아니라 그리스도교라는 종교의 비과학성을 파헤치는 데 더 무게가 실린 책이라 할 수 있다. 그는 당대 지식인

3 도스토옙스키와 르낭의 관계에 대해서는 PSS 9: 396~399, Stepanian 2006, 석영중 2021: 253~257을 보라.

들 사이에서 그리스도교를 대체하는 새로운 종교로, 또 그리스도를 대체하는 새로운 신으로 추앙받던 과학을 옹호하기 위해 그리스도의 세속적인 전기를 집필했던 것이다. 〈오직 과학만이 진리의 정당한 근거들을 제공하고 확신시키는 수단을 사용함에 있어 엄격한 비판을 가한다. (……) 초자연적인 이야기는 결코 받아들여질 수 없다. 거기에는 언제나 경신과 기만이 들어 있다.〉(르낭 2003: 41, 85)

도스토옙스키는 르낭의 시각에 단호하게 반대했다. 그는 르낭의 책이 출간되고 얼마 지나지 않은 시점에 쓴 평론 「사회주의와 그리스도교Sotsializm i Khristianstvo」에서 르낭을 〈그리스도의 신적 기원을 부정하는 무신론자〉라 단정했다.(PSS 20: 192) 그러면서 그는 르낭을 포함한 모든 무신론자들이 아무리 그리스도를 부정하려 노력한다고 해도 그리스도가 인류의 이상이라는 사실만큼은 부정하지 못한다고 주장했다.(PSS 20: 192) 도스토옙스키가 『백치』를 구상할 때 르낭을 염두에 두었을 것이라는 추정은 여러 경로를 통해 뒷받침된다. 그의 습작 원고에는 주인공이 스위스에서 르낭의 책을 읽는 버전, 다른 등장인물이 주인공에게 르낭에 관해 이야기해 달라고 요청하는 버전 등이 남아 있다.(PSS 9: 183, 281)

도스토옙스키는 르낭의 과학적 무신론을 접하면서 거기서 어느 역사가의 변덕스러운 창작이 아닌 한 시대의 징후를 읽어 냈다. 그는 『백치』를 집필한 이후에도 남은 생애 전반에 걸쳐 그리스도의 신성을 부정하는 사상가들과 논쟁을 벌였으며 『악령*Besy*』, 『미성년*Podrostok*』 등의 준비 자료에서도 계속해서 르낭을 언급했다. 〈신의 아들 예수 그리스도의 신성을 무조건적으로 믿을 수 있을 것인가? (신앙이라는 것 전체는 바로 여기에 기인한다.) 이 질문에 대해 문명은 사실을 들먹거리며 아니라고 대답한다(르낭).〉(PSS 11: 178) 〈그들은 모두 그리스도를 공격한다(르낭, 게Ge). 그분을 보통의 인간으로 간주하고 그분의 가르침을 우리 시대에는 근거가 불충분한 가르침이라고 비판한다.〉(PSS 11: 192)

르낭의 그리스도는 사실상 도스토옙스키의 소설을 〈불가능한 스토리〉로 만들어 주는 가장 강력한 요인이다. 신앙의 시대가 저물고 세속화가 가속화되던 19세기에, 철저하게 인간적인 그리스도, 신성을 결여한 그리스도가 전통적인 그리스도의 대안으로 떠오르던 시대에 신인(神人) 그리스도를 주인공으로 하는 소설을 쓴다는 것은 그야말로 만용에 가까운 일이었다. 게다가 소설을 재미있게 써서 많이 팔아야만 생계를 유지할 수 있는 작가로서는 절대 해서는 안 되는 일이었다. 도스토옙스키가 기획한 것은 문자 그대로 불가능한 소설이었다. 도스토옙스키는 사실적인 주인공을 만들어 내기 위해 르낭의 인간적인 그리스도로부터 인간성을 가져오는 동시에 그것을 뛰어넘는 신성을 인물에 부여해야만 한다는, 고도로 난해한 과제에 직면해야 했다.

4 바보 성자

수년간 도스토옙스키의 머릿속에서 무르익고 있던 그리스도의 관념이 소설 속에서 하나의 형상으로 자리 잡으려면 보통의 주인공이 아닌 다른 주인공이 필요했다. 그래서 도스토옙스키가 선택한 것이 소설의 제목이기도 한 〈백치〉이다. 여기서 백치는 단순히 인지 장애가 있는 사람이 아니라 러시아 그리스도교의 전통에 굳건하게 뿌리내린 〈유로디비iurodivyi〉를 의미한다.[4]

러시아 문화에서 〈성 바보〉 혹은 〈바보 성자〉라 번역되는 유로디비는 바보짓과 광대 짓, 미치광이 짓을 하면서 정상인이 들을 수 없는 신의 음성을 들어 사람들에게 전하는 이색적인 남녀 성인을 의미한다. 유로디비의 기원은 성서로 거슬러 올라간다. 「고린토인들에게 보낸 첫째 편지」는 이렇게 말한다. 〈멸망할 사람들에게는 십자가의

4 이하 유로디비에 관한 설명은 석영중 2005에서 가져온 것이다.

이치가 한낱 어리석은 생각에 불과하지만 구원받을 우리에게는 곧 하느님의 힘입니다.〉(PSS 1: 18) 〈세상이 자기 지혜로는 하느님을 알 수 없습니다. 이것이 하느님의 지혜로운 경륜입니다. 그래서 하느님께서는 우리가 전하는 소위 어리석다는 복음을 통해서 믿는 사람들을 구원하시기로 작정하셨습니다.〉(PSS 1: 21) 러시아어 성서는 이 구절들에서 〈어리석은 생각〉과 〈어리석다는 복음〉을 모두 〈유로드스트보iurodstvo〉라 번역하며 그리하여 구원을 가져오는 어리석은 생각과 어리석은 행위의 주체를 유로디비라 부르게 된 것이다. 그러므로 유로디비는 세상의 지혜나 지식을 거부하고 그보다 무한히 높은 하느님의 예지로써 백성들을 구원의 길로 인도하는 존재라 여겨졌고, 사람들은 통상 유로디비에게서 보통의 기도나 보통의 설교로는 도달할 수 없는 신비하고 초월적인 기적을 기대하곤 했다. 그들은 지상으로 내려와 갖은 수모를 다 당하고 인류를 구원하기 위해 처형당한 그리스도의 길을 따른다는 의미에서 〈그리스도를 위한 바보〉라 불렸다. 그들은 모욕을 자초하기도 했고 때로는 욕지거리나 재담을 통해 사람들을 웃기기도 했지만, 그러는 와중에 진리와 예언의 말을 내뱉었기 때문에 민중들 사이에서는 그들에 대한 암묵의 존경과 사랑이 자라났다. 바보, 혹은 광대, 혹은 광인, 혹은 거지, 혹은 그 모두를 다 합친 존재인 유로디비는 수도원에 은둔하면서, 혹은 세상을 순유하면서 거침없이 진리를 내뱉었고 사제의 말은 경멸하는 제왕과 세도가 들도 그들의 말에는 귀를 기울이곤 했다.

유로디비는 또한 수많은 문인들에 의해 시와 소설 속에서 형상화됨으로써 독특한 문화적 현상으로 자리 잡게 되었다. 우선 푸시킨A.Pushkin이 드라마 『보리스 고두노프*Boris Godunov*』에서 황제를 대놓고 〈헤로데왕〉이라 부르는 유로디비 니콜카를 등장시킨 것을 필두로 도스토옙스키, 톨스토이 등 19세기 문호들은 물론이거니와 필냐크B. Pil'niak, 고리키M. Gor'kii, 불가코프 등 20세기 작가들도 유로디비를 문학적으로 형상화했다.

도스토옙스키가 그리스도를 문학적으로 구현하기 위해 유로디비의 백치성을 주인공의 특성으로 선택한 것은 거의 불가피한 선택이었다고 여겨진다. 그의 작가적 상상력 속에서 유로디비는 살과 피를 지닌, 이 세상에 속한 인간으로서 그리스도에 가장 가까이 다가가는 존재였다. 도스토옙스키는 유로디비가 구현하는 겸손과 온유를 주인공의 가장 중요한 자질로 가져옴으로써 그리스도와 소설의 주인공을 최대한 무리 없이 연관 지으려 시도했던 것이다. 또 이 점에서 주인공과 아시시의 성 프란체스코Francesco d'Assisi, 그리고 세르반테스M.de Cervantes의 돈키호테Don Quixote 간의 연관성은 충분히 납득할 만한 근거를 가지게 된다. 유로디비는 독특한 러시아적 현상이지만 서구에서 유로디비와 유사한 존재를 찾으려는 학자들은 프란체스코 성인과 돈키호테를 반드시 언급한다. 겸양과 온유와 청빈이라는 키워드가 세 존재를 연결해 주는데, 특히 『돈키호테』의 경우 『백치』에서 제목이 실제로 언급될 뿐 아니라 도스토옙스키가 가장 높이 평가한 소설이라는 점에서 눈길을 끈다. 만일 세상에 종말이 닥쳤을 때 지상의 삶을 어떻게 이해했느냐는 질문을 받는다면 그저 『돈키호테』를 내밀면 된다고 할 정도로 그는 『돈키호테』를 소설 중의 소설로 간주했다. 그는 또한 돈키호테야말로 그리스도교 문학에 등장하는 모든 아름다운 인물 중에서 가장 완성도가 높은 인물이라 평하기도 했다.(Ziolkovskii 2002: 160~161)

5 신비한 질병

그러나 유로디비라는 형상은 너무나도 종교적으로 확정되어 있어서 그리스도를 소설 속에 직접 들여오는 것 못지않게 위험했다. 그는 현대 도시를 배경으로 하는 속속들이 현대적인 소설에 그리스도의 의미를 새겨 놓고 싶었던 것이지 『쿠오 바디스*Quo Vadis*』나 영화 「패션 오브 크라이스트Passion of Christ」 같은 종교적인 역사물을 쓰고자 했던 것은 아니다. 그래서 그는 전통적인 바보 성자의 자질은 가져오되 그의 백치성을 의학적인 것으로 규정하기로 했다. 그래서 주인공에게 부여한 것이 간질병(뇌전증)이다.

여기서 중요한 것은 간질이라는 질병을 축으로 소설가 도스토옙스키와 그가 창조한 인물이 하나로 중첩된다는 사실이다. 도스토옙스키는 잘 알려진 바대로 간질병 환자였다. 자신의 간질에 관한 그의 공식적인 진술은 1864년 기록에서 최초로 발견된다. 유형지에서 돌아온 후 잡지사 창간과 칼럼 집필 등을 통해 본격적으로 저널리즘 시장에 뛰어든 그는 노선을 달리하는 다른 잡지의 논객들과 펜의 전쟁을 치러야 했다. 그런 와중에 『현대인*Sovremennik*』지에 도스토옙스키가 〈멍청한 의사의 처방전에 따라 글을 쓴다〉는 거의 인격 모독에 가까운 글이 실렸다. 당연히 그의 간질을 비꼬아 하는 발언이었다. 그에 대해 도스토옙스키는 고결하게 대꾸했다. 〈네, 나는 간질 환자입니다. 불행하게도 저는 12년 전에 그 병에 걸렸습니다. 질병은 부끄러워해야 할 일이 아닙니다. 간질은 활동을 방해하지 않습니다. 실제로 위대한 인물 중에는 간질 환자가 무척 많습니다. 그중 어떤 환자는 간질병에도 불구하고 세상의 절반을 자기 식으로 바꿔 놓았습니다.〉(PSS 20: 198) 간질 환자인 그는 세상의 절반을 바꾸지는 못했지만 그래도 상당수 독자의 삶을 바꾼 것은 사실일 듯하다. 이후 그는 다양한 유형의 간질 환자를 소설에 등장시켰다. 가장 유명한 인물이 『백치』의 주인공 미시킨이라면 그 못지않게 알려진 인물로 『악령』에서 니힐리즘의 극단을 보여 주는 자살자 키릴로프, 그리고 『카라마조프 씨네 형제들*Brat'ia Karamazovy*』의 친부 살해범 스메르댜코프를 들 수 있다. 이 세 가지 유형만 보더라도 우리는 도스토옙스키의 간질에 대한 태도가 단순치 않다는 것을 알 수 있다. 그리스도를 닮은 인물도, 니힐리스트 자살자도, 사악한 살인범도 모두 간질 환자라는 것은 그가 간질이라는 질병에 대해 긍정적이든 부정적이든 일체의 편견을 배제하려 했다는 사실을 뒷받침해 준다.[5]

그의 간질에 관해서는 정신 의학자를 비롯한 수많은 연구자들이 오랫동안 학문적인, 그리고 유사 학문적인 연구를 진행해 왔다.[6] 그럼에도 그의 간질이 정확하게 언제 시작되었는가에 대해서는 아직도 학자들 간에 의견이 분분하다. 1847년 7월에 그가 의식을 잃은 적이 있는데 그것이 간질 발작의 시작이라 보는 시각이 있는가 하면, 1850년 옴스크에서 일어난 발작이 실질적인 간질의 징후라 보는 견해도 있다. 그는 젊은 시절부터 불면증을 비롯한 여러 신경증에 시달렸다. 그러나 옴스크 유형지에서 일종의 육체 활동인 노역 덕분이었는지, 아니면 맑은 공기 덕분이었는지 모르겠지만 그의 신경 쇠약은 오히려 완쾌되었다(고 그는 생각했다). 실제로 신체 상태는 유배 이전보다 더 건강해진 것도 같았다. 대신 다른 증상, 즉 기억이 가물가물해지고 전신에 힘이 빠지면서 온몸의 기능이 현저하게 저하되는 증상이 나타나기 시작했다. 나중에 밝

5 간질에 대한 편견은 Shukla 2021을 보라.

6 간질과 그의 성격, 그의 창작의 관계에 대해서는 그동안 수백 편의 연구 논문이 출판되었다. 특히 최근에는 서사 의학 분야에서 그의 간질이 새로운 학문적 주목을 받고 있다. 도스토옙스키의 병력에 관해서는 Rice 1983, Lantz 2004: 198~203, Shukla 2021을 참조할 것. 간질과 창작의 관련성에 관해서는 Catteau 205: 90~134, 도스토옙스키의 신경증에 대한 정신 의학자들의 시각은 시롯키나 I. Sirotkina 2022: 107~166을 참조할 것.

혀진 바에 의하면 그 모든 증상은 간질의 전조였다. 그가 간질 환자임이 의학적으로 인정된 것은 1857년이었다. 그는 그 사실을 담담하게 받아들였다. 간질 발작은 그가 세미팔라틴스크에서 사병으로 근무하는 동안 석 달에 한 번꼴로 일어났다. 그러나 그는 훗날 간질 환자로 판정받은 후 평균 3주에 한 번꼴로 간질 발작이 일어났다고 회고했다. 당시 러시아에 간질을 전문으로 치료하는 병원은 아직 세워지지 않았었다. 간질 예방약이 1857년에 도입되고 치료제도 이후 개발되었지만, 약의 효능에 관해서는 여러 가지 의견이 많아 상용되기까지는 많은 세월이 소요되었다. 도스토옙스키는 간질을 치료하기 위해 상트페테르부르크의 여러 의사들을 방문하기도 했으나 크게 도움을 받지는 못했다. 1861년 영국 런던에 최초로 신경증 전문 치료 병원이 개원해서 한때 도스토옙스키는 완치에 대한 희망을 품기도 했고 베를린의 세계적인 신경증 전문의 모리츠 롬베르크M. Romberg를 방문할 계획을 세우기도 했다. 그러나 그의 간질 회복에 실질적인 도움이 되었다는 진료 기록은 남아 있지 않다. 간질 발작은 그가 스트레스하에 있을 때 현저하게 빈도가 높아졌다. 그의 편지에 의하면 특히 『백치』를 집필하는 동안 발작의 횟수가 잦았던 것 같다. 그러니 그가 『백치』의 주인공에게 자신의 고질병인 간질의 특성을 부여한 것은 어찌 보면 자연스러운 일이었다. 그는 자신이 누구보다도 가장 잘 아는 간질 환자의 형상을 주인공에게 부여함으로써 그러지 않았더라면 사실주의 서사에 들어올 수 없었을 그리스도와 유로디비를 주인공으로 만드는 데 일단은 성공했다. 주인공은 도스토옙스키가 창조한 간질 환자-인물들 중 가장 도스토옙스키 자신과 가까우며, 간질은 주인공의 복잡한 내면을 이해하는 데 핵심적인 열쇠 중 하나이다.(Shukla 2021: 7) 그러나 그렇게 복잡한 경로를 통해 탄생한 주인공은 〈공작은 스핑크스이다〉라는(PSS 9: 248) 저자의 표현처럼 끝까지 저자에게는 하나의 도전이었다. 소설의 가장 주된 문제는 주인공이 제기하는 수수께끼를 어떻게 해결하느냐 하는 것이었다.(Young 2004: 75)

6 인생 최고의 아이디어

앞에서 우리는 『백치』 집필과 관련하여 도스토옙스키가 겪은 개인적인 고통과 작가로서의 고통을 살펴보았다. 그런데 앞 장에서도 잠깐 언급했듯이 그 모든 괴로움에도 불구하고, 그리고 그가 느꼈던 불만족과 좌절에도 불구하고 『백치』에 대한 도스토옙스키의 감정은 한마디로 사랑이라 요약된다. 그는 이 소설을 진심으로 사랑했다. 아마도 가장 사랑한 소설이었을 것이다. 이 소설에 대한 그의 애착은 그가 고통과 불만족을 호소하며 보낸 편지들의 행간에서 슬그머니 드러난다. 1868년 10월에 4부를 쓰던 중 그가 마이코프에게 보낸 편지는 확신으로 가득 차 있다. 〈지극히 세밀한 계획 속에서 소설의 아이디어가 분명하게 나타났습니다. 이 아이디어보다 더 훌륭하고 더 풍요로운 시적 아이디어는 제 인생을 통틀어 단 한 번도 가져 본 적이 없음을 이제야 비통한 마음으로 확신합니다.〉(PSS 28-2: 321) 즉 그는 처음부터 옳은 방향으로 옳은 아이디어를 추구했던 것이다. 그 아이디어를 구현하는 방법은 그를 고통스럽게 했지만 아이디어 자체는 옳았던 것이다. 그는 소설을 마치고 나서도 자신이 아이디어를 구현한 방식에 대해서는 불만을 토로했다. 질녀 소피야에게 보낸 편지를 읽어 보자. 〈나는 이 소설에 만족하지 않는다. 내가 표현하고자 했던 것의 10분의 1도 표현하지 못했기 때문이다. 하지만 나는 이 작품을 부정하지 않는다. 제대로 전달하지는 못했지만 나는 내 생각을 사랑한다.〉(PSS 29-1: 10) 그러한 생각은 저자가 살아 있는 동안 지속되었다. 소설을 완성하고 10년이 흐른 뒤에도 그는 『백치』에 대한 각별한 사랑을 토로했다. 1877년 코브네르A. Kovner에게 쓴 편지를 읽어 보자. 〈『백치』를 제 작품 중 가장 훌륭한 것이라 평하는 사람들은 특별한 정신세계를 가지고 있어요. 그 점은 저를 언제나 감동케 하고 기쁘게 한답니다.〉(PSS 29-2: 139)

저자의 말은 그동안 『백치』와 관련하여 쓰인 일부 논평을 다른 시각에서 보도록 해준다. 『백치』와 관련한 가장 상투적인 논평은 〈실패한 주인공〉설이다. 그리스도를 닮은 간질병 환자 주인공이 결국 그 누구도 구원하지 못하고 다시 백치 상태로 돌아가니 그는 실패한 사람이며, 실패한 사람이 주인공인 소설 또한 실패한 소설이라는 것이다. 물론 이 소설은 상식적인 차원에서 그다지 매끄

럽게 설계된 소설이 아니다. 도스토옙스키의 소설 공법은 전형적인 소설과는 다른 형식의 축조물을 의도했기 때문이다. 그러니 낯선 구조와 서사 속의 실패를 결부해 실패한 소설 운운하는 것은 소설의 핵심을 비껴가는 해석이다. 그리스도를 닮아 선하고 온순하고 겸손한 간질병 환자가 현대의 러시아 수도에서 비극적인 종말을 맞이할 수밖에 없다는 것, 그 자체가 사실상 저자가 의도한, 그리고 그가 그토록 사랑한 소설의 아이디어였다. 『백치』는 결코 실패한 그리스도의 이야기가 아니다. 그리스도가 구원할 수 없을 정도로 타락한 세계, 그리스도를 받아들이고 사랑하는 데 실패한 세계에 관한 이야기이다.

7 서사의 불균형

『백치』는 몰락한 공작 가문 출신 청년 미시킨이 스위스에서 후원자의 도움으로 지병인 간질을 치료받고 러시아 수도 상트페테르부르크로 돌아오는 장면에서 시작한다. 신분은 공작이지만 현재 그는 빈털터리이며 간질 또한 완치된 상태가 아니다. 온유하고 겸손하고 눈치 없고 어리숙한 성품 때문에 그는 종종 〈백치〉라 불리지만 실제로 그에게 심각한 인지 장애가 있는 것은 아니다. 그는 페테르부르크에 도착하자 먼 친척인 예판친 장군의 집을 방문한다. 예판친에게는 딸이 셋 있는데, 맏딸 알렉산드라에게 중년의 부유한 사업가이자 예판친과는 금융 회사를 함께 만든 사업 동료인 55세의 토츠키가 청혼을 한다. 나이 차이가 어마어마하게 나지만 그 결혼은 예판친과 토츠키 모두에게 사업상 막대한 이익을 가져다줄 터이므로 반드시 성사되어야 한다. 그런데 〈한 가지 미묘하고

난처한 사건〉이 벌어지는 바람에 결혼은 차질을 빚는다. 토츠키의 내연녀 나스타시야가 결혼의 훼방꾼으로 등장한 것이다.

나스타시야는 어린 시절 부모를 여의고 오갈 데 없는 고아 신세가 되었다. 그때 아버지의 지인인 토츠키가 후원자를 자처하며 아이를 양육하기 시작했다. 아이가 조금 성장하자 토츠키는 소녀의 미모에 혹해 아직 미성년인 소녀를 내연녀로 만들었다. 세월이 흘러 이제 화려한 미모를 자랑하는 요부가 된 나스타시야는 복수심에 불타 어린 시절부터 자신을 유린해 온 토츠키의 결혼을 훼방하겠다며 벼른다. 토츠키는 차라리 그녀와 결혼할까 생각하지만 그녀는 결혼 또한 거부한다. 토츠키의 〈딱한 사정〉을 알게 된 예판친은 비서 가냐에게 나스타시야와 결혼하면 상당액의 지참금을 주겠노라 은밀하게 제안한다. 오로지 부자가 되는 것만이 목표인 가냐는 돈 욕심에 〈고급 매춘부〉와의 결혼을 고려한다. 한편, 거상의 아들 로고진은 나스타시야의 미모에 사로잡혀 아버지에게 물려받은 유산을 미끼로 그녀에게 청혼한다. 그 시점에 미시킨은 생면부지의 먼 친척으로부터 150만 루블을 상속받게 되었다는 소식을 접한다. 거부가 된 미시킨은 나스타시야를 과거의 불행으로부터 구원하기 위해 그녀에게 청혼한다. 그런데 예판친가의 막내딸 아글라야가 공작에게 연정을 느끼게 되면서 그러지 않아도 복잡한 로맨스가 더욱 복잡한 양상을 띠게 된다. 공작은 아글라야와 나스타시야 사이에서 갈팡질팡하고, 가까스로 나스타시야와 결혼식을 치른 로고진은 그녀를 영원히 소유하기 위해 살해한다. 아글라야는 백작을 사칭하는 폴란드 사기꾼과 결혼하고, 살인죄로 기소된 로고진은 시베리아 유형 길에 오르며, 미시킨 공작은 페테르부르크에 올 때보다 더 심한 백치 상태가 되어 스위스로 돌아간다.

간략한 내용으로만 보아도 소설의 큰 주제가 돈, 치정, 살인임이 분명하게 드러난다. 돈은 소설의 첫 페이지부터 마지막 페이지까지 시종일관 플롯을 이끌어 나가는 주요 동인으로 등장하는데, 돈의 액수가 어마어마하게 클 뿐 아니라 그 구체적인 액수가 언급되는 빈도 또한 상상을 초월한다. 치정은 삼각관계와 사각관계라는 설정만으로도 충분히 짐작이 가고, 마지막 장에서 로고진이 나스타시야를 살해하니 살인의 주제 또한 자명하다. 그런데 여기서 세 가지 주제의 무게나 특성이 균등하지 않다는 점을 짚고 넘어갈 필요가 있다. 일단 치정의 주제를 살펴보자. 치정의 중심에는 〈고급 매춘부〉의 이미지를 지닌 나스타시야가 있다. 그러나 그녀는 작품 속에 그다지 많이 등장하지 않는다. 그녀가 어린 시절에 어떻게 철면피한 자본가에게 유린당했는지가 소설 초반부에 언급되지만 이후 그녀가 실제로 등장하여 플롯을 이끌어 나가는 장면은 극히 제한적이다. 로고진이 정념의 화신이 되어 나스타시야에게 집착하는 것까지는 그럭저럭 이해가 되지만, 그리스도를 닮은 백치 미시킨 공작이 그녀를 구원하기 위해 청혼함으로써 로고진의 연적이 된다는 설정은 개연성이 부족해 보인다. 곱게 자란 양갓집 아가씨 아글라야가 어느 날 갑자기 백치 공작 미시킨을 사랑하게 된다는 설정 역시 억지로 짜 맞추었다는 느낌을 피하기 어렵다. 살인의 테마 또한 도스토옙스키의 다른 작품들에 비해 긴장감이 떨어진다. 『죄와 벌*Prestuplenie i nakazanie*』의 경우 추리소설의 전범으로 여겨질 정도로 주인공의 도끼 살인은 소설 전체에 걸쳐 팽팽한 서스펜스를 유지한다. 최후의 대작 『카라마조프 씨네 형제들』에서는 친부 살해의 진범이 맨 마지막에 가서야 밝혀지므로 역시 독자의 통속적인 흥미가 끝까지 유지된다. 그러나 『백치』에서는 살인과 처형의 주제가 인물들의 이야기를 통해 간접적으로 언급되다가 실질적인 살인 사건은 맨 마지막 장에서, 그것도 〈유혈이 낭자한 장면〉 없이 발생한다. 게다가 1부 3장에서 주인공이 로고진의 연정과 관련하여 밑도 끝도 없이 〈이 남자는 그녀와 결혼하면 일주일 안에 칼로 베어 죽일 것입니다〉라고 예언하는 대목이 나온다. 그의 예언은 수시로 등장인물들의 입을 통해 환기된 당대 실제 살인 사건들과 어우러지면서 맨 마지막 장에서 발생하는 나스타시야 살해를 당연한, 어찌 보면 〈김빠진〉 결말처럼 여겨지게 한다. 한마디로 『백치』는 일반적인 소설, 적어도 19세기식,

헨리 제임스H. James식 소설과는 거리가 멀어도 한참 멀다.(Young 2007: 90) 그러나 이 소설은 앞에서도 언급했듯이 도스토옙스키 소설 중에서 저자의 가장 내밀한 신념을 구현한, 저자가 가장 사랑한 소설이지 결코 일부 연구자들이 말하는 〈실패한 소설〉이 아니다. 아니 오히려 진실로 성공한 소설이다. 그렇다면 이 소설의 의의는 전통적인 서사 방식이 아닌 다른 방식에서 찾아야 할 것이며 독자 혹은 연구자의 목표는 그 핵심을 제대로 파악하는 일이 될 것이다.

8 이미지 vs. 이미지 없음

이제 우리는 드디어 이 책의 주제인 이미지의 문제에 도달했다. 도스토옙스키의 소설은 그 자신도 인정하듯이 전반적으로 균형이나 조화와는 거리가 멀다고 정평이 나 있다. 그가 1871년 4월 23일 자로 문우 스트라호프N. Strakhov에게 보낸 편지는 종종 이를 뒷받침하는 저자의 고백으로 인용되곤 한다. 〈저는 아직도 제게 주어진 도구를 사용하는 법을 모릅니다. 여러 소설과 단편 들이 동시에 한꺼번에 비집고 들어옵니다. 그래서 균형도 조화도 부재하는 것입니다.〉(PSS 29-1: 208) 그러나 사실상 그에게 부재하는 것은 〈일반적이고 상식적인 의미에서의〉 균형과 조화이지 절대적인 의미에서의 균형과 조화는 아니다. 그의 소설 속에서 우리가 찾아내야 하는 것은 매우 특별한 소설의 구조, 매우 특별한 형식적 완결성, 그리고 총체적으로 드러나는 완벽한 구조적 치밀함이다.

오늘날 도스토옙스키 연구자들 가운데 그의 형식적 취약성을 지적하는 사람은 거의 없다. 오히려 연구자들은 바흐친M.Bakhtin이 말한, 종래의 소설과는 〈비교할 바 없이 훨씬 복잡한 예술적 세계 모델〉(Bakhtin 1979: 314)을 파헤치는 데 주력하고 있다. 그러나 지난 세기 중후반까지만 하더라도 『백치』의 구조에 대해 부정적 의견들이 여러 맥락에서 오갔다. 도스토옙스키를 가장 위대한 작가로 간주하는 연구자들조차 〈카오스〉, 〈무질서〉, 〈형식의 결여〉 같은 표현을 사용할 만큼 소설은 일단 외관상 구조적 생경함을 내비쳤다.(Miller 1981: 232~237; Rosenshield 1991; Frank 1969) 서사적 시간의 불균형한 흐름과 도약, 서술자 시점의 다양성을 비롯한 비전형적 서사 방식은 전통적 소설에 익숙한 독자를 불편하게 한다. 그러나 다른 한편으로 프랑스 시인 폴 클로델P.Claudel처럼 소설의 심오한 내용에 앞서 구조적 아름다움을 격찬한 독자도 있다. 〈나는 『카라마조프 씨네 형제들』이 어마어마한 소설이라 생각한다. 전적으로 형식이라는 측면에서 그렇다. 그리고 바로 이 형식이라는 관점에서 나는 베토벤에게서 배운 것처럼 도스토옙스키한테서도 많은 가르침을 얻었다.〉(Catteau 2005: 30, 재인용) 그는 특히 『백치』 1부야말로 형식미의 극치를 완성했다고 보았다. 〈그의 소설들은 구성의 전범이다. 백치의 도입부보다 더 아름다운 구성은 없다. 『백치』의 첫 2백 페이지는 진정한 구성의 명작이다.〉

(Catteau 2005: 30~31, 재인용) 클로델이 〈실패한 소설〉에서 발견한 형식미의 극치는 다시 한번 『백치』가 전형적이고 인습적인 의미에서의 소설의 범주를 뛰어넘는다는 사실을 확인해 준다. 그렇다면 어떤 점에서 『백치』는 일반적인 소설과 구별되는가? 연구자들이 흔히 언급하는 플롯의 매트릭스, 그 보이지 않는 형식의 〈통일성〉(Rosenshield 1991: 880)을 우리는 어디서 찾아야 할까?

이에 대한 답 중의 하나로 이 책은 이미지의 문제를 제시하고자 한다. 약간의 과장을 허용한다면, 소설가 도스토옙스키에게 가장 중요한 것은 주인공이나 플롯이나 주제가 아니라 이미지였다. 이미지는 그를 다른 소설가와 구분 지어 주는 핵심적인 요인이자, 또한 외관상 치밀한 구성과는 거리가 멀어 보이는 그의 소설에서 최고의 형식미를 발견하도록 해주는 요인이기도 하다. 도스토옙스키는 철저하게 구체성을 추구한 작가이다. 그는 그 어떤 관념도 관념 자체만으로 천착한 적이 없다. 그에게 형태를 가지지 않은 것은 비존재와 다름없다. 그래서 추상적이고 형이상학적인 것은 그의 소설 속으로 들어오기 위해 반드시 구체적인 이미지로 변형되어야 한다. 그에게 중요한 것은 심지어 주인공이 아니라 주인공의 이미지였다. 바흐친이 도스토옙스키 소설 시학 맨 첫 페이지에서부터 〈예술적으로 바라보기khudozhestvennoe videnie〉를 강조하는 것도 그 때문이다.(Bakhtin 1979: 5) 바흐친은 지속적으로 도스토옙스키 소설에서 우리가 탐구해야 하는 것은 일반적인 의미에서의 세계관이 아니라 세계를 예술적으로 지각하는 것khudozhestvennoe vospriiatie mira이라고 못 박는다.(Bakhtin 1979: 35) 〈그는 예술적 시각의 새로운 형식novaia forma khudozhestvennogo videniia을 창조했다.〉(Bakhtin 1979: 47) 〈도스토옙스키에게는 그 어떤 관념도, 생각도 입장도 아무에게도 속하지 않고 《그 자체로서만》 존재하는 법이 없다. 그는 심지어 《진리 자체》까지도 그리스도교 이데올로기를 따라 그리스도 안에서 강생한voploshchennaia 형태로 제시한다. 즉, 진리를 다른 개성들과 상호 관계를 맺는 하나의 개성으로서 제시한다.〉(Bakhtin 1979: 38) 여기서 〈강생〉은 물론 종교적인 용어이지만 그리스도가 아닌 다른 경우에도 폭넓게 적용되는, 도스토옙스키 시학의 본질을 말해 주는 개념이다. 예술 원칙이자 형이상학적 관념으로서의 강생에 관한 논의는 이 책의 4부에서 제공될 것이다.

구체성과 구체적인 이미지 추구는 그 어떤 소설에서보다도 『백치』에서 극명하게 드러난다. 주인공을 그리스도와 닮은 사람으로 설정한다는 것 자체가 내밀한 사고를 이미지로 표현하려는 그의 시도와 직결된다. 1867년 말 그때까지 쓴 것을 모두 버리고 새로운 버전을 쓰기 시작했을 때 그가 마이코프에게 보낸 편지는 창조의 시작이자 끝으로서의 이미지를 언급함으로써 작가의 가장 중요한 의무가 이미지를 만들어 내는 것임을 천명한다. 〈이 관념은 예전에도 모종의 예술적 이미지로 나타난 적이 있습니다. 하지만 부분적으로만 그랬습니다. 전체적인 이미지를 그려 내는 것이 필요합니다. 나는 이미지를 구축해야 합니다. 나의 펜대 아래서 그것이 제대로 발전해 갈 수 있을까요?〉(PSS 28-2: 241)

〈나는 이미지를 구축해야 합니다〉— 이것이야말로 도스토옙스키가 작가로서의 자신에게 부여한 최대의 과제라 할 수 있다. 『백치』의 인물 이폴리트는 이미지에 대한 도스토옙스키의 생각을 간명하게 한 문장으로 언급한다. 〈실제로 형체가 없는 것이 형체를 가지고 나타날 수 있는가?〉(830) 사실 추상적인 관념이나 사상이 〈이미지〉로 형태를 취하는 상황은 그의 여러 소설에서 언급된다. 비근한 예로, 『죄와 벌』의 주인공 라스콜니코프에게 살인에 대한 관념은 한갓 망상에 지나지 않다가 어느 순간 그것이 〈형태〉를 취하기 시작하면서 그는 살인의 실행을 향하여 돌이킬 수 없는 길을 달려가게 된다. 〈한 달 전, 아니 어제만 하더라도 그것은 망상에 불과한 것이었는데, 그런데 지금…… 지금은 그것이 돌연 망상이 아닌, 무언가 전혀 낯설고 새롭고 무서운 것이 되어 나타난 것이다. 그리고 그 자신도 이것을 대번에 알아챘다. 그는 머리를 망치로 얻어맞은 것처럼 멍해졌고 눈도 아득해졌다.〉(『죄와 벌』: 91)

도스토옙스키의 이미지는 크게 두 가지 차원에서 접근할 수 있다. 하나는 철학적이고 신학적인 차원이다. 이미지의 문제는 플라톤 철학과 그리스도교 신학의 시원으로 거슬러 올라간다는 것이 일반적인 견해이다. 신학적 차원에서 이미지imago, eikon는 광학적 환영을 만들어 내는 인공물로서의 그림eidolon, pictura과도, 물질과 본질의 차이를 흐리는 우상idol과도 구별된다.[7] 우상 숭배가 물질 숭배라면 이미지에 대한 경배는 물질을 통해 그려지는 존재에 대한 경배이다. 다마스쿠스의 성 요한St. John of Damascus이 이콘에 바쳐진 영광은 그것의 원형으로 이전된다고 단언한 것도 그 때문이다.(St. John of Damascus 1980: 89) 이미지(이콘)는 알 수 없고 이름 지을 수 없는 절대적인 본질의 반영이자 비가시적인 어떤 존재에 대한 가시적인 기호이다. 이렇게 이해되는 바의 이미지는 유한한 관자의 감정적 상태와 인식론적 관심을 초월한다. 그것은 진리의 버팀목이자 비가역적으로 사실적이고 내적으로 선한 어떤 존재, 즉 광학적 데이터의 무상한 집합체가 아닌 로고스logos 그 자체이다.(Pfau 2022: xiv)

도스토옙스키 시학에서 이미지가 가지는 그리스도교적 의미를 가장 먼저, 그리고 가장 지속적으로 천착한 연구자는 로버트 잭슨R. Jackson이다. 오늘날 도스토옙스키학이 언급하는 이미지는 예외 없이 잭슨의 연구로 거슬러 올라간다고 해도 과언이 아니다. 잭슨에 의하면 이미지(오브라즈)와 이미지 없음(베즈오브라지에bezobrazie, 추함,

7 이미지 관련 최근의 역작 Pfau 2022: Introduction을 참조할 것.

괴물, 기형)의 대립은 도스토옙스키의 예술에서 가장 근원적인 도덕적, 미학적 카테고리를 형성하는데, 그 기원은 전통적인 그리스도교 신학과 상징학으로 거슬러 올라간다.(Jackson 1981: 18)[8] 요컨대 도스토옙스키가 이미지에 집중하게 된 원인의 근원에는 인간이 〈신의 모습과 닮음obraz i podobie〉으로 창조되었다는 그리스도교의 기본 교리가 놓여 있다는 얘기이다. 가장 아름다운 로고스로서의 〈오브라즈〉가 궁극의 윤리를 상징한다면 〈베즈오브라지에〉는 최악의 반윤리를 상징한다. 그러므로 〈오브라즈〉와 〈베즈오브라지에〉를 구별하고 감각할 수 있는 능력은 인간의 미적 감각을 넘어 도덕성을 결정하는 척도가 된다. 오브라즈를 인지할 수 없는 인간은 진리와 아름다움이 결여되어 있을 뿐 아니라 궁극적으로 존재 자체가 결여되어 있다.(Dmitrov 2017: 243)

신을 닮은 존재로 창조된 인간은 추악하게 변질되었지만 인간 내면에 있는 신의 이미지가 완전히 상실된 적은 없다. 그것은 언제나 다시 발견되고 복구될 수 있는 여지를 남겨 놓는다. 도스토옙스키의 예술과 사상은 언제나 그 복구의 과업과 연관된다. 도스토옙스키가 〈오브라즈〉에서 파생한 동사 〈오브라지치obrazit'〉를 만들어 독특하게

8 〈오브라즈〉는 이미지, 이콘, 형태, 형상으로 번역될 수 있으며 〈베즈오브라지에〉는 이미지 결여, 이미지 없음, 이미지 부재, 형태 결여, 형식 부재, 추함 등으로 번역될 수 있다. 이 책에서는 맥락에 따라 그 모든 번역어를 다 사용할 것이며 간혹 원어 그대로 사용하기도 할 것이다.

그리스도교적인 의미에서 사용한다는 사실이 이를 뒷받침해 준다.(Murav 1992: 130~131) 그에게 〈오브라지치〉라는 것은 인간에게 〈이미지를 부여하기〉, 혹은 인간 속에 있는 〈이미지를 복구하기〉를 의미한다.(PSS 22: 26) 〈모든 예술의 근본적인 관념, 즉 그리스도교적인 관념은 타락한 인간의 복원이다〉라는 도스토옙스키의 주장(Jackson 1981: 18, 재인용)은 이미지의 미학이 이미지의 윤리학으로 연장될 수 있음을 시사한다.

다른 한편으로 도스토옙스키의 이미지는 소설 구성의 원칙으로 기능한다. 이미지는 도스토옙스키의 독특한 예술적 바라보기의 결과이자 그 예술적 바라보기를 소설 속에서 구현하는 미학적 구성 인자이다. 시간적 흐름 위에서 진행되는 서사가 아닌 이미지에 의해 진행되는 서사는 도스토옙스키의 소설에 독특하게 동시적인 성격을 부여한다. 바흐친이 지적하다시피 도스토옙스키의 예술적 시각의 근본적인 범주는 〈생성이 아니라 공존과 상호작용〉이다.(Bakhtin 1979: 33) 그에게 〈세계를 이해한다는 것은 그 모든 내용을 동시적인 내용으로서 사고하는 것이자 한순간의 단면에서 그 내용들의 상호 관계를 추측하는 것이다〉.(Bakhtin 1979: 33) 그렇기 때문에 그에게 중요한 것은 어떤 사상의 기원이나 서사의 흐름이 아니라 주어진 시간에 주어진 사상이나 관념을 형태로 나타내 보여 주는 이미지가 되는 것이다. 이미지를 핵심으로 하는 소설은 동시적이고 공간적일 수밖에 없다. 〈모든 것을 공존하는 것으로 보고, 마치 시간이 아니라 공간 속에서처럼 모든 것을 나란히, 그리고 동시에 보여 주고 지각하려는 열정〉(Bakhtin 1979: 34)이야말로 그의 소설을 다른 소설과 구분 지어 주는 결정적인 요소인 것이다. 〈동시적인 공존 가능성과 나란히 있거나 혹은 상호 대립할 수 있는 가능성〉은 도스토옙스키에게 있어서 비본질적인 것으로부터 본질적인 것을 선별케 하는 기준이 된다. 〈이해할 수 있도록 동시에 주어질 수 있는 것만이, 이해할 수 있도록 같은 시간에 서로 연관될 수 있는 것만이, 즉 본질적으로 도스토옙스키의 세계로 진입하는 것만이 영원 속으로 옮겨질 수 있다. 그렇기 때문에 도스토옙스키의 소설에는 인과 관계가 없고 기원론이 없고 환경이나 교육 같은 것들로부터의 영향과 과거로부터의 해법이 존재하지 않는다. 주인공의 모든 행위는 현재 속에 있다.〉(Bakhtin 1979: 34~35)

공존과 상호 작용 속에서 모든 것을 보려는 도스토옙스키의 예술적 시각은 당대 사회에 존재하는 모든 사상과 관념을 〈동시에〉 제시하는 성향을 보여 준다. 그러다 보니 그는 시간 속에서 바라보는 소설가들의 시야에는 포착되는 많은 것을 놓치기도 하지만, 다른 한편으로는 〈주어진 순간의 단면 속에서 극단적으로 첨예화된 지각〉으로 다른 사람들이 한 가지를 보는 곳에서 다양한 것을 본다.(Bakhtin 1979: 36) 결국 이와 같은 성향은 그의 유명한 〈다성악 소설〉의 토대이자 이중적 발화의 원천이기도 하다. 그는 당대에 표현된 다양한 철학적 관념들을 포괄하는 동시에 주인공들의 상반되는 사상을 예시하는 이미지들을 독서로부터, 혹은 독자들로부터 차용해 와서 당대의 살아 숨 쉬는 사상들과 대화했다. 그렇게 함으로써 그는 소설가로서의 자신의 신념을 확고히 할 수 있었다. 그 신념이란 〈인류는 이미지를 통해 이야기하고 인간의 사상은 이미지로써 표현된다는 사실〉로 요약된다.(Catteau 2005: 209)

9 철도, 칼, 그림

이 책의 제목에 포함된 〈철도, 칼, 그림〉은 『백치』를 읽는 세 가지 키워드 이상을 의미한다. 철도와 칼과 그림은 소설의 지배적인 이미지로서 상징과 알레고리를 넘어 도스토옙스키의 사상을 전달하는 풍요로운 매체로 기능한다. 그것들은 또한 독자적인 의미의 영역을 구성할 뿐만 아니라 서로 뒤얽히고 연합함으로써 끊임없이 다른 이미지들을 형성하고 생산한다. 〈이미지는 그 자체로서 이해되어야 하고 또 그것이 지시하는 것으로서 이해되어야 한다.〉(Bakhtin 1987: 159) 철도가 당대의 경제적이고 사회적인 배경은 물론 러시아의 상인 계급, 물신 숭배 사상을 담아내는 이미지라면, 칼은 폭력과 죽음과 종말에 대한 비전을 당대에 일어난 실질적인 범죄와 결부해 종횡무진 풀어 나가는 이미지이다. 그림은 이미지에 관한 이미지, 즉 메타이미지로서 도스토옙스키의 예술적 바라보기를 실현시켜 주는 궁극의 이미지이다. 그 세 가지 이미지들은 개별적으로도 무거운 의미를 지니지만 서로 결합할 때 거의 폭발적인 힘을 발산하며 서사를 이끌어 나간다.

철도와 칼과 그림의 이미지를 연구 대상으로 지정하는 것은, 그것들이 전달하는 주제를 대상으로 지정하는 것과는 근본적으로 다른 차원의 접근 방식이다. 내 생각에는 전자가 도스토옙스키의 의도를 훨씬 적절하게 반영한다. 철도와 칼과 그림은 각각 부(물질)와 죽음과 예술의 주제를 표현하는 동시에 경제와 철학과 미학의 범주를 생성할 수도 있고, 물질과 시간과 재현의 주제를 활성화할 수도 있으며, 궁극적으로 도스토옙스키의 트레이드마크인 〈돈, 살인, 치정〉의 주제를 포괄하게 된다. 그 각각의 이미지들이 생성하는 파생 이미지들이 서로 연결되어 거대한 망을 직조해 나가는 과정은 거의 경이 그 자체라 할 수 있다. 철도라는 이미지에 속한 무수한 작은 이미지들, 이를테면 상인의 이미지, 상인이 사는 집의 이미지는 어느덧 탐욕과 살인과 죽음의 테마와 연결되어 칼의 이미지로 합쳐지며, 그 합쳐진 이미지 복합체는 또 묵시록적인 전율과 함께 홀바인이 그린 죽은 그리스도의 이미지와 연결된다. 그런 식으로 촘촘하게 연결되는 이미지들의 망은 동시성으로 규정되는 소설에 결여되어 있을 수밖에 없는 기원과 역사성을 내용 면에서 충분히 보충해 준다. 견고한 이미지의 망은 또한 형식 면에서 소설의 취약점이 될 수 있는 헐거운 인과 관계를 상쇄해 줄 뿐만 아니라 클로델이 말한 것과 같은 완벽한 형식미의 구현으로도 나타난다.

10 건축가의 눈

도스토옙스키의 소설 형식을 논할 때 반드시 고려해야 할 것 중의 하나가 건축, 특히 고딕 성당이다. 구체적인 이미지에 대한 도스토옙스키의 지향은 어느 정도 그가 받은 교육에서 비롯했다. 그는 당대 최고의 이공계 고등 교육 기관인 상트페테르부르크 공병 학교에서 수학했던 만큼 구체적이고 조형적인 것에 대한 안목뿐 아니라 지식도 갖출 수 있었다. 그는 대수 과목에서는 고전했지만 기하학에서는 발군의 재능을 내보였다. 적어도 소설 속에서 유클리드Euclid와 로바쳅스키N. Lobachevskii를 하나의 이미지로 사용할 수 있을 정도의 기하학 지식은 그에게 있었던 것으로 사료된다.[9]

9 유클리드 기하학과 비유클리드 기하학에 대한 그의 지식은 단순히 비유에 활용할 수 있는 수준 이상이었다고 믿을 만한 충분한 근거가 있다. 그는 공병 학교 시절 당시로서는 최첨단 물리학인 로바쳅스키의 비유클리드 기하학을 접하게 되었을 것으로 사료된다.(PSS 15: 551) 1880년 여름, 『카라마조

당시 공병 학교 커리큘럼에는 주당 네 시간짜리 건축학 수업을 비롯해 여러 공학 과목이 포함되어 있었는데, 신입생들을 대상으로는 유명한 건축학자가 쓴 교과서를 교재로 사용하는 토목 공학 과목이 개설되었다.(Barsht 2016: 343) 그가 공병 학교에서 배운 대부분의 수학과 과학 지식은 훗날 기억에서 지워졌지만 건축학은 예외였다. 건축에 대한 그의 지식은 상당히 자세하고 정확했다. 『상트페테르부르크 뉴스*Sankt-Peterburgskie vedomosti*』지의 기사에 등장하는 수도의 건물들, 런던의 수정궁 등을 그는 지극히 전문적으로 묘사할 수 있었다. 다른 분야에 비해 건축은 철저하게 구체적이다. 기하학적으로 측정되고 계량화된 평면과 용적과 입체는 건축가의 비전으로 배열된다.(Catteau 2005: 20) 건축가가 중력을 생각하고 아름다움과 쓸모를 생각하듯이 도스토옙스키는 소설의 구조를 생각했을 것이다. 〈의식적으로건 무의식적으로건 그는 자신의 문학 작품 속에서 직업적인 건축가의 지식과 기술을 사용했다.〉(Barsht 2016: 15)

이 점에서 특히 그가 고딕 성당에 보인 관심을 언급할 필요가 있다. 그는 여러 건축물 중에서 특히 유럽의 고딕 성당에 매료되었다.[10] 그는 건축학을 배우던 어린 시절부

프 씨네 형제들』을 쓸 무렵 그가 비유클리드 기하학에 관해 사색하고 있었다는 것은 『노트북』에 자세하게 기록되어 있다.(PSS 27: 43)

10 그가 독실한 러시아 정교 신앙인으로서 얼마나 서구 가톨릭을 혐오했는가를 상기해 보면 이는 다소 의외로 여겨진다. 『백치』에서 주인공이 가톨

터 쾰른 대성당을 경건한 마음으로 상상하곤 했다고 술회한다. 〈한 달 후 파리에서 돌아오는 길에 다시 쾰른을 지나면서, 맨 처음 성당을 보았을 때 그 아름다움을 미처 깨닫지 못한 것을 부끄러워했다. (……) 카람진N. Karamzin이 라인강의 폭포 앞에 무릎을 꿇었던 것처럼 그렇게 무릎을 꿇고 사죄하고 싶은 충동에 사로잡혔다〉고도 쓴다.(도스토예프스키 1999: 25) 훗날 그가 부인과 유럽을 전전할 당시 밀라노 대성당에 감탄했다는 사실은 부인의 회고록에서 확인된다. 〈그 성당의 구조는 그에게 언제나 깊은 감탄의 대상이었다. 표도르 미하일로비치가 아쉬워한 유일한 점은 성당 앞 광장 가까이에 집들이 들어서 있다는 것이었다. 그 집들 때문에 성당 건축물이 위용을 잃는다고 그는 말했다.〉(도스또예프스까야 2003: 261) 『백치』를 집필할 당시 거주했던 피렌체에서도 도스토옙스키는 성당에 매료되었다. 〈표도르 미하일로비치가 산타 마리아 델 피오레 대성당과 아기들의 세례 장소인 자그마한 바티스테로 세례당을 보고 경탄해 마지않던 기억이 난다.〉(도스또예프스까야 2003: 263) 베네치아에서 며칠을 지내게 되었을 때도 도스토옙스키는 성당에 매료되었다. 〈표도르 미하일로비치는 산마르코 대성당을 보면서 무아의 황홀경에 빠졌다. 그는 벽을 장식한 모자이크에

릭을 싸잡아 비난하는 대목이나 『카라마조프 씨네 형제들』에서 예수회를 거의 악의 세력으로 지목하는 것을 기억하는 독자라면 더욱 그럴 것이다.

서 몇 시간이고 눈을 떼지 않았다. 우리는 팔라초 두칼레도 함께 가보았다. 남편은 그곳의 놀라운 건축물을 보면서 경탄했다.〉(도스또예프스까야 2003: 269)

유럽 곳곳을 방문할 당시 도스토옙스키가 보여 준 고딕 성당에의 심취는 공병 학교에서 받은 건축학 수업으로 거슬러 올라간다. 일반적인 토목 공학 교재뿐 아니라 다양한 고딕 성당 건축에 관한 책을 접한 청년 도스토옙스키에게 〈고딕 성당은 그의 미학적 취향에 가장 근접한, 진선미의 합일의 완벽한 이미지로 다가왔다. (……) 그는 모든 형태의 예술에 존재하는 내적 합일을 믿었으며 훗날 소설 세계의 시공적 파라미터를 장악해야 하는 상황에서 고딕 패턴을 사용했다〉.(Barsht 2016: 345) 고딕 성당은 청년 시절부터 그가 추구한 미학적 완성의 물적 구현이었다는 얘기이다. 그 놀라운 선명함과 교향악적인 다성성과 함께 영적으로 승화된 고딕 빌딩의 공간은 그에게 〈돌로 지어진 철학적 논문〉이었으며 그 안에서 윤리적이고 미학적이며 영적이고 육적인 모든 요소는 놀라우리만큼 완전한 합일 속에서 공존했다. 그것은 무한한 공간과 시간에 대한 영적인 구현물이었다.(Barsht 2016: 348)

고딕 성당은 아름다움에 대한 도스토옙스키의 관념을 형상화해 주는 3차원의 이미지일 뿐 아니라 건축가 도스토옙스키와 소설가 도스토옙스키가 조우하는 구체적인 접점이다. 그는 마치 위대한 건축가가 성당을 건축하듯이 소설을 구조적으로 사유했다. 가벼움, 경쾌함, 기념비적인 장대함, 수학적인 정확성, 놀라운 디테일, 이는 모두 작가의 과업에도 해당된다. 작가는 자신의 창조에도 동일한 열정과 완벽함과 감동적인 예술적 디자인을 요구한다.(Barsht 2016: 351)

이 점을 가장 직관적으로 확인해 주는 것은 그의 원고이다. 도스토옙스키는 그림과 글씨로 가득 찬 원고를 다수 남겨 놓았다. 그는 인물의 얼굴 그림도 그렸지만 고딕 성당을 그에 못지않게 많이 그렸다. 그의 원고에는 수백 가지의 고딕 성당 창문과 첨탑이 그려져 있다. 그 그림들은 대부분이 그가 『백치』와 『악령』을 구상할 당시 그린 것으로 사료된다.[11] 그 고딕 성당 그림들은 모두 제각각이며 단 한 개의 그림도 다른 것과 중첩되지 않는다. 그런데 그토록 다양한 그림들은 하나의 공통점을 지닌다. 요컨대 그는 성당 전체는 거의 한 번도 그리지 않았다. 그가 그린 모든 고딕 그림은 쾰른과 밀라노의 대성당을 토대로 하며 창문과 아치, 특히 첨두아치로 제한된다.(Catteau 2005: 25) 실제로 도스토옙스키의 드로잉은 대성당의 파사드 전체가 아니라 팀파눔의 정교한 장식만을 보여 주며 스테인드글라스 전체 혹은 장미창 전체가 아니라 트레이서리 부분만 보여 준다. 그래서 모든 드로잉은 첨두아치에 집중

11 도스토옙스키의 그림과 글씨에 관한 자세한 연구는 Barsht 2016을 보라. 특히 고딕 성당에 대한 논의는 340~379를 보라.

되어 있는 것처럼 보인다. 도스토옙스키의 드로잉에 관해 독보적인 저술을 출간한 바르슈트K. Barsht는 뾰족한 아치와 창문에 대한 그의 집착이 고딕 예술의 핵심인 상승 운동과 연관된다고 보았다.(Barsht 2016: 348) 도스토옙스키는 지상의 경계를 넘어 하늘로 솟구쳐 오르는 인간의 추구를 고딕 성당의 건축학적 요체로 보았다는 것이다.

그러나 고딕 아치가 하늘을 향한 인간의 정신적인 추구만을 반영하는 것은 아니다. 우리가 앞에서 살펴본 이미지의 구성과 연관 지어 볼 때 그가 거의 강박적으로 첨탑과 창문을 그린 것은 소설의 형식과 관련이 있다고 추정해 볼 수 있다. 그는 실제로 소설의 구도가 어느 정도 정해진 이후에는 고딕 창문을 그리지 않았다. 그의 모든 고딕 그림은 그가 소설을 구상하는 동안에 그려졌다. 그렇다면 〈고딕 아치는 단지 묘사의 대상이 아니라 사유의 도구, 창조 과정을 전개해 나가는 출발점〉으로 간주될 수 있다.(Barsht 2016: 359) 카토J. Catteau는 그와 같은 뾰족한 형태를 소설의 형태에 접목해 설명한다. 그가 그린 모든 뾰족한 나뭇잎 형태의 구조물은 모든 행위가 발광으로 수렴하는 그의 소설 구성과 유사하다는 것이다. 〈뾰족 창에서도, 그리고 도스토옙스키 소설에서도 모든 복잡성은 화살 끝으로 좁혀져 해결된다.〉(Catteau 2005: 21)

카토의 지적은 이미지들의 광범위한 망 조직에도 적용된다. 우리는 앞에서 『백치』의 세 가지 핵심적인 이미지로 철도, 칼, 그림을 언급했다. 그 이미지들이 저희들끼리 복잡하게 얽혀 들면서 다른 이미지를 파생시킨다는 얘기도 했다. 그런데 그 모든 복잡한 이미지의 얽힘은 마치 고딕 성당의 모든 건축학적 의미가 첨탑으로 수렴하듯이 그리스도의 이미지로 수렴한다. 본문에서 자세하게 살펴보겠지만 철도도, 칼도, 그리고 그림도 결국은 그리스도의 이미지를 그 모든 복잡한 망 조직의 종착점으로 삼는다. 철도의 이미지에서 파생한 이미지들은 등장인물 중의 하나인 가냐가 구현하는 〈유대의 왕〉을 통해 그리스도의 겸손과 청빈을 뒤집는 의미로 고착된다. 칼의 이미지는 또한 궁극적으로 「요한의 묵시록」을 환기하며 시간과 공간을 잘라 내는 이미지로 연장되다가 다시 〈알파와 오메가〉인 그리스도의 이미지에 수렴한다. 그림의 경우, 살해당한 여주인공의 이미지는 죽은 그리스도의 회화 속 이미지에 중첩되다가 결국 그리스도의 부활에 대한 사유로 그 의미가 좁혀진다. 그러한 이미지들의 얽힘과 좁혀짐은 도스토옙스키가 생각한 러시아 그리스도교의 본질에 수렴한다. 〈러시아 그리스도교에 신비주의 같은 것은 없다. 오로지 인류에 대한 사랑과 그리스도의 이미지만이 있을 뿐이다.〉(PSS 24: 14)

도스토옙스키의 성당 드로잉은 그의 소설 구조에 대한 은유적인 반영을 넘어 다양한 사유와 추측을 가능하게 해준다. 고딕 성당이라는 존재 자체가 보이지 않는 천국의 지상적 재현임을 감안해 본다면 도스토옙스키는 소설을 바로 그러한 목적에서, 즉 보이지 않는 것, 초월적인 것을 언어로 형상화하기 위해 썼다고 말해도 좋을 것이다. 독실한 정교 신앙인이었던 그가 러시아 정교 성당이 아닌 고딕 성당을 모델로 한 것은, 그 전체적인 상승 구조뿐 아니라 고딕 성당 건축의 의미인 빛의 축조가 당시 그에게, 그리고 그의 소설에 가장 감동적으로 와닿았던 부분이었기 때문일지도 모른다. 그는 공병 학교 시절 건축학 교과서를 통해 고딕 성당의 건축학적 특성인 리브 볼트와 첨두아치와 플라잉 버트레스가 모두 빛을 최대한 많이 수용하기 위한 기술이라는 것을 배워 알고 있었을 것이다. 얇은 벽과 가벼운 천장, 그리고 날아갈 듯한 버팀목 덕분에 쏟아져 들어오는 빛이야말로 그가 당시 가장 희구했던 것이 아닐까. 실제로 그가 그린 어떤 고딕 창문들은 거의 촛불처럼 보이기도 한다. 그의 성당 드로잉이 『백치』와 『악령』의 집필 시기에 집중되어 있다는 사실은 그의 마음속도, 그리고 그가 바라보는 러시아 사회도 빛을 갈구하는 암흑 속에 놓여 있다는 사실을 반증해 주는지도 모른다.

성당은 보이지 않는 세계를 돌과 나무를 써서 3차원적으로 재현한 공간이다. 『백치』는 자신을 수도사-건축가로 생각한 도스토옙스키가 세워 놓은 언어적 성당에 비유될 수 있을 것이다. 중세 건축가처럼 그 역시 보이지 않는 세계를 언어로 형상화하여 책이라는 이름의 3차원 적 실제에 담아 놓았다. 그에게 소설은 서사로 구축한 성전이었다.

II.
철도

이제야 겨우 기차가 도착했군.

지금 몇 시나 되었지?

— 안톤 체호프, 『벚꽃 동산』

1 철도, 소설을 열다

『백치』의 첫 문장은 기차로 시작한다.

> 날씨가 풀린 11월 말의 어느 날 아침 9시경, 페테르부르크와 바르샤바 간 왕복 열차가 힘차게 연기를 내뿜으며 페테르부르크를 향해 달리고 있었다.(11)

러시아 문학에서 〈기차〉 하면 가장 먼저 떠오르는 소설은 톨스토이의 『안나 카레니나*Anna Karenina*』와 파스테르나크B. Pasternak의 『닥터 지바고*Doktor Zhivago*』일 것이다. 『안나 카레니나』에서 여주인공이 달려오는 기차에 몸을 던져 자살하는 그 섬뜩한 장면은 세계 문학사에 깊은 족적을 남겨 놓았다. 또 혁명과 내란을 배경으로 하는 『닥터 지바고』에서는 앞만 보고 달려가는 시커먼 열차가 역사의 무자비한 행진을 상징하는 핵심 이미지로 부상한다.

그러나 철도와 관련하여 그 두 작가보다 먼저 심오한 예언적 메시지를 전달한 것은 도스토옙스키이다. 『백치』를 여는 철도는 이후 거장들의 문학에 등장할 철도의 예고편이자 소설의 가장 시원적인 서사적 동인이다.

도스토옙스키에게 철도는 겹겹의 의미로 포화된 이미지이다. 우선 철도는 당대 사회에 대한 직접적인 배경으로 기능한다. 문화사가 빌링턴J. Billington에 의하면 〈크림 전쟁 이후 러시아에서 일어난 변화의 모든 구체적 징후 가운데 철도 건설보다 더 눈에 뚜렷하게 띈 것은 없었다. 1860년대와 1870년대에 러시아의 북서쪽 구석에서 러시아의 깊숙한 내지로 철길이 들어가는 전진 운동만큼 새 세상이 만들어지고 있다는 소식을 지방에 그토록 직접적이고도 극적으로 퍼뜨린 것은 없었다〉.(빌링턴 2015: 37) 요컨대 1860년대를 살면서 1860년대를 배경으로 하는 소설을 쓰는 작가에게 철도라는 것은 도저히 간과해서는 안 되는, 당대 기준으로 보자면 가장 중요한 〈첨단〉 주제였다는 얘기이다. 언제나 당대 현실에 극도로 민감하게 반응했던 도스토옙스키가 그토록 매력적인 테마를 도외시한다는 것은 상상조차 할 수 없는 일이다. 그는 과감하게 소설을 여는 첫 문장의 핵심어로 기차를 사용한다. 소설의 두 주인공 미시킨과 로고진은 바로 기차 3등칸 창가 좌석에 우연히 마주 앉게 됨으로써 거대한 소설을 이끌어 나갈 운명을 공유하게 된다.

러시아 철도의 역사를 살펴보면 도스토옙스키의 선견지명에 감탄하지 않을 수 없게 된다. 19세기에 철도는 세계를 움직이는 힘의 중심이었다. 때는 철도를 많이 보유한 나라가 외교를 좌우하고 나라의 주권을 지키는, 이른바 〈철도 패권〉의 시대였다. 철도는 사람과 기술을 전 세계로 확산시키는 촉매 역할을 하면서 단 한 세기 만에 세상을 완전히 바꿔 놓았다. 〈이전까지는 사람들이 자기 마을이나 시장이 있는 가까운 마을을 벗어나는 일이 거의 없었다. 하지만 철도가 놓이면서 몇 달이 아니라 단 며칠 만에 대륙을 횡단할 수 있게 된 것이다. 철도가 발달한 덕분에 대규모 제조업이 가능해졌다. 이에 따른 산업 혁명이 전 세계에 걸쳐 거의 모든 사람의 삶에 영향을 미치는 토대가 되었다.〉(월마 2019: 17) 1871년 튀빙겐 대학의 경제학 교수 프리드리히 리스트F. List는 국가는 오로지 무역과 산업을 통해서만 번영할 수 있다고 주장하면서 철도의 역할을 강조했다. 〈철도는 목재, 토탄, 그리고 석탄을 지금의 절반도 안 되는 비용으로 운송할 수 있다. (……) 저렴해진 식품과 연료 덕분에 노동자들의 형편이 어느 정도 나아지고 인구가 늘어나 산업 규모가 커질 것이다. 저렴해진 건축 자재와 낮아진 임금은 건축을 활성화해 도시의 새로운 지역과 외곽의 임대료가 낮아질 것이다.〉(월마 2019: 61, 63)

유럽에서 철도가 산업 혁명을 완성한 동인이었다면

러시아에서는 산업 혁명을 촉발한 계기였다. 교통과 금융이 한 나라의 발전에 얼마나 중요한 요소인가는 굳이 경제학 입문 책을 펼치지 않아도 누구나 다 아는 사실이다. 당시 러시아가 유럽에 비해 어느 정도 경제적으로 낙후되어 있었는가는 철도의 〈양〉만 놓고 봐도 분명했다. 1860년대 초 영국이 1만 5천 킬로미터의 철도를 보유했다면 러시아는 그 10분의 1에 해당하는 1천5백 킬로미터를 보유했다. 이는 단지 교통망만의 문제는 아니었다. 철도의 부족은 〈기술, 자본 동원력, 창업 기회〉와 직결되는 문제였다.(Martinsen, D. and O. Mairova 2015: 66) 러시아는 나폴레옹 전쟁으로 거슬러 올라가는 일련의 전쟁으로 국고가 고갈되었고, 고갈된 국고를 메우느라 마구잡이로 돈을 찍어 냈고, 그러다 보니 화폐 가치가 끝을 모르고 추락했다. 거기에 너무나도 큰 땅덩어리와 열악한 기후도 경제 발전 저하에 한몫하여 산업 기반이 지리적으로뿐만 아니라 구조적으로도 파편화되어 있었다. 러시아가 크림 전쟁에서 패한 원인 중 하나가 중앙 지대와 흑해까지 변변한 도로가 없었다는 사실임을 고려해 본다면 크림 전쟁 이후 정부가 철도 부설에 박차를 가한 것은 너무나 당연한 일이었다.

1899년 재무상 비테S. Vitte가 니콜라이 2세Nikolai II에게 보낸 백서에서 러시아의 근대화를 앞당긴 주요 요인 중 하나로 철도 부설을 손꼽았듯이 철도는 국민 경제, 혹은 세계 경제라는 이름과 함께 러시아 근대를 연 가장 역동적인 사건이었다. 세계 최초로 증기 기관차가 끄는 여객 철도는 영국의 달링턴 스톡턴 회사가 부설한 것으로 1825년에 운행을 시작했다. 러시아에서는 그보다 12년 뒤인 1837년에 차르스코예 셀로 노선이 개통되었다. 18세기 말 러시아에는 산업용 광산 철도 선로가 여기저기 놓여 있었다. 19세기에 들어서면서 시베리아 즈메이노고르스크의 광산과 인근 공장을 연결하는, 말이 끄는 첫 철도가 부설되었다. 그러나 그때까지만 해도 러시아는 공장이 거의 없는 농업 국가로 산업 혁명은 아직 먼 훗날의 얘기였다. 그런 상황에서 1836년 황제 니콜라이 1세Nikolai I는 오스트리아의 기술자 프란츠 안톤 폰 거슈트너F. A. von Gerstner에게 설득되어 수도인 상트페테르부르크와 옛 수도 모스크바를 잇는 630여 킬로미터의 철도 부설에 동의했다. 그러나 보수층의 반대가 워낙 심해서 일단 시험 삼아 27킬로미터 떨어진 차르스코예 셀로까지만 부설하기로 했다.(월마 2019: 79)

1837년 10월 30일 공식적으로 개통된 차르스코예 셀로 노선은 러시아 철도의 역사를 시작하는 신호탄이었다. 처음에는 말이 끄는 기차와 증기 기관차가 모두 다녔고 일요일과 명절에만 운행했다. 그러다가 1838년 1월 30일부터는 매일 말이 끄는 기차가 다녔고 증기 기관차는 일요일과 명절에만 운행했으며, 4월 4일부터는 증기 기관차만 운행했다.(정세진 2017: 322) 이후 두 수도 간의 철도가 부설되어 1851년부터 기차가 운행되기 시작했다. 니콜라이 1세는 상트페테르부르크-바르샤바 노선의 철도 부설도 추진했으나 개통되기 전에 서거했다. 이후 권좌에 오른 알렉산드르 2세Aelksandr II의 농노 해방령은 노동력 측면에서 볼 때 철도 건설에 호재로 작용했다. 여기에 크림 전쟁의 여파로 고조된 근대화 붐이 더해져 1860년대 러시아 철도 사업은 부흥기를 맞이했다. 『백치』에서 두 주인공이 타고 온 상트페테르부르크-바르샤바 노선은 1862년에 개통되어 도스토옙스키가 『백치』를 쓸 당시에는 이미 상용화되어 있었다. 그러나 러시아 철도는 운영하면서 감당해야 할 제약이 너무 많아 여전히 유럽에 비해 양적으로나 질적으로나 한참 뒤처져 있었다. 주요 간선이 몇 개 있기는 했지만 정교한 철도망은 부족했다. 〈1891년 시베리아 횡단 철도 건설을 시작하기까지 이른바 유럽 러시아로 불리는 우랄 서쪽 지역의 철도 밀도는 같은 시기 영국 철도의 20분의 1에 불과했다.〉(월마 2019: 246)

2 불을 내뿜는 용

당연한 일이겠지만 당대 러시아인들은 무서운 기세로 나날이 세상을 변화시키는 철도에 대해 정서적, 지적으로 강렬하게 반향했다. 그들은 〈철도가 삶에 대한 새로운 관념과 무한한 러시아 시공간에 대한 새로운 인식으로 이어질 것이라고 감지했다〉.(김태옥 2020: 76) 일반 대중이 이용 가능한 국영 철도인 니콜라예프 노선이 개통된 1851년을 전후하여 철도는 러시아 사회에서 정치적인 차원뿐 아니라 문화적이고 역사적인 차원에서도 가장 중요한 사건으로 받아들여졌다. 이른바 〈철마〉를 타고 여행하는 능력은 속도, 운동, 공간, 시간의 체험에 대한 관념을 전격적으로 변화시켰다.(Mosova, D. et. al. 2021: 2) 그 변화는 물론 가장 긍정적인 측면과 가장 부정적인 측면을 동시에 수반했다. 가장 긍정적인 측면부터 보자면, 일부 종파들은 그 새로운 물체에서 새 천 년의 비전을 발견했다. 〈1840년대 《시온의 정령》 종파는 기차역이 물질적 이득의 거대한 분배 중심지 구실을 할 터인 광활한 유라시아 철도를 따라 새 문명이 건설되리라는 관점에서 천년 왕국을 보았다. 그 종파의 창시자인 일린은 세계에서 가장 긴 시베리아 횡단 철도의 건설을 통해 자신의 미래상이 실현되기 시작하기 딱 1년 전인 1890년 솔로베츠키에서 죽었다.〉(빌링턴 2015: 40) 그러나 철도에 열광한 사람들은 무엇보다도 진보를 자처한 지식인들이었다. 러시아에서는 물론 유럽에서도 아직 철도가 일반인에게 보급되기 전인 1846년에 벨린스키V. Belinskii는 철도에서 미래의 발전을 읽어 냈다. 〈철도가 터널과 다리를 통과하고 벽을 통해 달릴 것이다. 산업과 상업의 발달로 철도는 모든 계급과 신분의 사람들을 공동의 이익으로 연결해 줄 것이다.〉(Shneyder 2020: 16, 재인용) 게르첸A. Gertsen 역시 철도가 가져올 경제적 이익에 주목하여 기차의 힘찬 운행을 찬미했다. 〈헐벗고 굶주린 대중에게 빵을 가져다주는 것은 저 굉음을 울리며 달려가는 기차 바퀴가 아니던가?〉(Gertsen 11: 402) 키발치치N. Kibalchich는 1860년대 유물론을 신봉하는 학생들에게 이렇게 얘기했다고 전해진다. 〈철도는 러시아에게 전부이다. (……) 러시아는 예를 들어 영국처럼 끊긴 데 없는 촘촘한 철도망을 개설할 것이며 우리는 번영하고 융성할 것이다. 사업과 기업이 우리 나라에 여태껏 없던 진보를 불러올 것이다. 공장이 셀

수도 없이 많이 생겨날 것이다.〉(빌링턴 2015: 42) 20세기 초에 체호프A. Chekhov는 그들의 진보적인 시각을 이어받아 철도를 비롯한 모든 기술 문명이야말로 야만적인 러시아에 인간의 모습을 부여해 줄 것이라고 천명했다. 그는 수보린A. Suvorin에게 1894년 3월 27일에 보낸 편지에서 자신이 어린 시절부터 진보를 믿었노라고 운을 뗀 뒤 단언한다. 〈신중함과 공정함의 시각에서 저는 이렇게 말씀드릴 수 있습니다. 채식이나 순결보다는 전기와 증기 기관 속에 인류에 대한 사랑이 더 많이 들어 있습니다.〉(Chekhov 12: 46)

그러나 이와는 정반대되는 시각도 존재했다. 기차는 무엇보다도 그 외관의 압도적인 모습 — 시커먼 강철, 증기 기관차가 내뿜는 화염 등 — 으로 인해 종종 괴물로 인식되었다. 그것은 〈연기를 내뿜고 불의 혀를 날름거리는 무쇠 턱의 강철 괴물〉이었다.(빌링턴 2015: 39) 이는 기차의 〈경제적 관념〉과는 다른 차원의 문제였고 주로 시인과 작가 들이 경제성보다는 외적인 형상으로 먼저 기차를 이해했다. 경제적 관념과 외적 형상을 아우르는 역동성, 그리고 시간과 공간 관계의 신영역에 대한 예술적 구현을 완성하기 위해서는 예술가 자신이 기차 내부에서 그 움직임을 실제로 체험하고 기차의 창밖으로 쏜살같이 사라져 가는 풍광을 미학적으로 바라볼 수 있는 시선을 가져야 한다. 그것이 가능해진 시점은 이탈리아에서 시작되어 전 유럽과 러시아로 번져 나간 미래주의 열풍이 불어닥친 다음 세기 초였다.

철도가 놓일 무렵만 해도 러시아 문인들의 상상력 속에서 기차는 불길한 상징이었다. 뱌젬스키P. Viazemskii는 이미 1847년에 철도의 도래가 문학의 생태계를 바꿀 것이라며 우울한 예언을 남겼다. 〈철도는 지난날의 교통수단을 일부는 이미 폐기했고 남은 일부는 때가 되면 최종적으로 폐기해 버릴 것이다. 수많은 세대의 고결한 시적 갈등을 덜어 준 생명의 물줄기를 발굽으로 쳐서 끊어 버린 화차의 페가수스를 다른 힘이, 다른 증기가 이미 오래전에 해방시켜 주었다. 오늘날 페가수스는 비척대는 기사가 타고 다니는 말라빠진 말 로시난테가 아니던가, 오늘날 시인이란 그저 돈키호테에 불과한 것 아니던가.〉(Viazemskii 1982-2:353)

민중 시인으로 숭앙받던 네크라소프N. Nekrasov는 1864년에 쓴 「철길Zheleznaia doroga」이라는 제목의 장시에서 철도 부설 공사로 희생당한 수없이 많은 노동자들을 언급하며 철도라는 제도의 불의와 불공정을 규탄했다. 표트르 대제Petr Velikii가 건설한 도시 상트페테르부르크가 수없이 죽어 간 인부들의 뼈 위에 세워졌듯이 당대 건설된 철도 역시 인부들의 뼈 위에 세워졌다는 것이 네크라소프의 취지였다. 얼어 죽고, 굶어 죽고, 한여름의 열기에 쓰러져 간 인부들이 바로 그 철길을 세운 주역이며 등장인물의 환영 속에 등장하는 인부들의 유령이야말로 러시아의 앞날을 인도해 줄 등불이라는 것이다. 네크라소프는 철도가 지닌 문명사적 함의보다는 철도 부설에 관련된 착취와 불의에 더 초점을 맞추고 있다.

그러나 가장 부정적인 의미에서의 철도를 소설에 구현한 작가는 아마도 톨스토이일 것이다. 『안나 카레니나』는 철도역에서 시작하여 철도역에서 끝나는 소설이다. 여주인공 안나가 처음 남주인공 브론스키와 만나는 철도역에서 역무원이 기차에 치여 죽는다는 설정만으로도 저자의 의중이 드러난다. 안나는 달려오는 기차에 몸을 던지는 순간까지 계속해서 죽은 인부의 환영에 시달린다. 톨스토이에게 철도와 기차는 질서를 파괴하고 도덕을 교란하는 사악한 문명의 상징이다.

세기가 바뀐 후에도 철도의 부정적인 상징성은 지속된다. 시인 안넨스키I. Annenskii는 증기 기관차를 〈불을 내뿜는 용pyshushchii drakon〉이라 부르고 객차는 죽음을 실어 나르는 〈무거운 관tiazhkie groby〉으로 묘사한다. 파스테르나크의 소설 『닥터 지바고』에서 역사는 두 가지 길로 나타난다. 철길과 시골길이 그것이다. 기차는 가차 없는 혁명을 상징한다. 뒤로 가는 법을 모르는 혁명의 기차는 수백만, 수천만의 사람을 태운 채 휘몰아치는 눈보라를 뚫고 내전으로 피투성이가 된 러시아의 철길을 달리고 또 달린다. 지바고와 그를 창조한 파스테르나크는 철길로 구체화되는 역사에 등을 돌리고 고난으로 가득 찬 시골길을 걸어간다. 철도와 기차는 무자비하고 비인간적인 모든 것을 상징하면서 지극히 시적인 소설을 이끌어 간다. 이들 작가들에게 철도는 〈불가피한 종말〉, 〈자연의 파괴〉, 〈기술 진보라는 이름의 악에 대한 물적 구현〉이었다.(Mosova, D. et. al. 2021: 4)

3 월드 와이드 웹

그러면 도스토옙스키에게 철도는 어떤 것이었을까. 『백치』를 기차로 시작한 도스토옙스키의 의도는 무엇이었을까. 일단 그는 해외 체류 기간 동안 수도 없이 기차를 이용해 움직였다.[12] 그러므로 그는 책상 앞에 앉아 기차의 관념에 관해, 기차에 관한 기사에 관해, 혹은 기차의 이론에 관해 글을 쓴 것이 아니다. 그는 당대 첨단 문명의 이기인 철도를 매우 이른 시기에 이용했으며 이용 후기를 처음에는 감상 형식으로 평론에 집어넣고 나중에는 소설 속의 이미지로 사용했다. 기차에 대한 시각은 이 세상 거의 모든 것에 대한 그의 시각이 그러했듯이 이중적이다. 그는 기차를 하나의 이미지로 사용하는 경우에는 대부분 현실 비판적인 맥락을 조성하지만 다른 한편으로는 러

12 1860년대 도스토옙스키의 기차 여행은 60회 이상으로 추정되며, 그는 열차로 독일과 스위스와 프랑스와 이탈리아의 여러 도시를 방문했다. Blank 2017: 22를 보라.

시아의 미래를 위한 부국의 도구로서 철도의 역할을 강조한다. 그는 철도 그 자체, 그 사물로서의 특성을 비판한 것이 아니라 현대 문명을 비판하기 위해 철도의 이미지를 끌어온 것이다. 앞으로 계속 논의하게 되겠지만 그에게 모든 이미지는 어느 정도 다 그러한 특성을 지닌다. 철도의 이중성은, 그가 소설에서 지속적으로 철도의 부정적 측면을 강조한 것과는 달리 사회 평론에서는 정반대의 입장을 취했다는 사실에서 드러난다. 그 대표적인 사례가 그가 사망하기 하루 전날 쓴 칼럼 「곡테페, 우리에게 아시아는 무엇을 의미하는가Geok-Tepe, chto takoe dlia nas Aziia?」(PSS 27: 32~36)와 칼럼의 부록인 「질의응답Voprosy i otvety」(PSS 27: 36~40)이다. 『작가 일기*Dnevnik pisatelia*』의 마지막 칼럼인 그 글은 그가 세상을 하직한 바로 다음 날 인쇄되었으므로 결국 그의 유언처럼 읽힌다. 그 글에서 그는 러시아의 미래를 위해 아시아가 얼마나 중요한가를 수십 번 반복해서 강조한다. 〈러시아인은 유럽인일 뿐 아니라 아시아인이다. 더욱이 아시아는 우리에게 유럽보다 더 많은 것을 약속해 준다. 우리의 미래 운명에서 아시아는 주된 탈출구가 될 것이다.〉(PSS 27: 33) 이어지는 「질의응답」은 〈아시아에 행복이 있다는 것이 2 곱하기 2는 4처럼 자명하다는 사실〉을 전제로 〈도대체 무엇을 어떻게 해야 아시아 벤처가 시작될 수 있는가〉라는 문제를 제기한다.(PSS 27: 36) 그는 그 질문에 대한 답을 철도에서 찾는다. 〈오로지 두 개의 철도 노선을 부설하기만 하면 된다. 하나는 시베리아 횡단 노선이고 다른 하나는 중앙아시아 노선이다. 일단 이 철도가 부설되기만 하면 효과는 즉각 나올 것이다.〉(PSS 27: 37) 철도는 그에게 러시아가 되살아나 세계 최강국으로 변신할 수 있는 구체적인 수단이자 과학 발전이라는 보편적인 목표를 향해 가는 지름길이었다. 그는 아시아와 러시아가 연결되기만 하면 과학 영역에서도 러시아는 유럽을 능가하는 주권 국가가 되리라 예측한다. 〈과학 분야에서도 우리는 주인이 될 것이다. 그러나 무엇보다 중요한 것은 아시아에서의 우리의 문명사적 사명이 첫 단계부터 이해되고 학습될 것이라는 사실이다.〉(PSS 27: 37) 도스토옙스키는 유럽과 중앙아시아, 시베리아를 연결하는 철도야말로 사양길에 들어선 유럽 중심주의에서 러시아를 해방하고 국가 주체성을 제고하리라 내다본 것이다.(Banerjee 2004: 28, 29) 이 글만 놓고 본다면 철도에 대한 그의 생각은 30여 년 전 그와는 노선을 달리하던 진보 지식인 벨린스키와 게르첸이 품었던 생각과 크게 다르지 않게 들린다. 요컨대 도스토옙스키는 철도를 비롯한 첨단 과학 기술 문명이 인간에게 가져다주는 현실적 이익은 인정하되 그것이 수반하는 형이상학적 함의에 대해서는 입체적으로 사고했던 것이다.

그러나 철도를 의혹의 눈으로 바라볼 때조차도 그의

부정적 시각은 앞에서 살펴본 당대 및 후대 작가들과는 결을 달리한다. 일단 『겨울에 쓴 유럽의 여름 인상*Zimnie zametki o letnikh vpechatleniiakh*』(이하 『유럽 인상기』)에 나타난 그의 소감을 들어 보자. 그는 유배 후 수도로 귀환하고 나서 감행한 첫 번째 해외 여행의 승차 경험을 매우 심드렁하게 회고한다. 그는 〈이틀 내내 안개비 속에서 흔들리는 기차를 타고 베를린까지 온 뒤 충분한 수면도 취하지 못하고 누런 얼굴로 녹초가 되어 갑자기 베를린을 한번 쳐다보고는 페테르부르크와 닮았다고 판단했다〉고 구시렁거렸다. 〈그렇게 막 떠나온 도시와 똑같은 것을 보려고 이틀이나 기차 속에서 흔들리며 고생했단 말인가?〉(도스토예프스키 1999: 23) 그는 처음 타본 기차의 속도도 놀라운 효율도 실감하지 못했다. 이틀 동안 기차를 타고 국경을 넘는 체험은 분명 그가 경험했던 수없이 많은 날들 동안의 국내 마차 여행보다 훨씬 덜 피곤했을 테지만 그는 그 새로운 문명의 이기에 훨씬 더 큰 기대를 했던 것 같다.

런던으로 가는 기차 여행을 다룬 글은 「객차 안에서 v vagone」라는 별도의 제목으로 발표되었다. 그 여행기에서 그는 기차 여행이 불러일으키는 비자유와 권태를 지적한다.

> 달리는 열차에 멍하니 앉아 있기란 참으로 지루한 일이다. 물론 내 몸을 실어다 주고, 돌봐 주고, 때로는

자장가까지 불러 주어 더는 바랄 게 없다고 생각되기도 하지만, 어쨌든 우울하다. 그것은 아무 할 일이 없기 때문이다. 지나치게 시중을 받으며 멍청히 앉은 채 도착하기를 기다리는 것보다는 아예 차에서 뛰어내려 제 발로 열차 옆을 달리고 싶을 지경이다. 결과는 나빠져도 좋다. 몹시 지치고 길을 잃는다 해도 상관없다. 그 대신 자기 발로 걸어가고, 자기 일을 찾아, 그 일을 자신이 하는 것이다. ……할 일이 없으면 때론 별생각을 다 한다! (……) 곧 모두 졸기 시작했다. 기적 소리나 기관차의 요란한 소리는 어떤 저항하기 힘든 졸음을 실어 오기도 한다. 나는 계속 생각에 잠겨 잠을 이루지 못했다.(도스토예프스키 1999: 37, 38)

이 글만 본다면 그는 철도에 대해 오로지 심리적으로만 반응한 것처럼 들리지만, 『유럽 인상기』의 다른 에세이와 결부해 본다면 이때의 기차는 사실상 『백치』에서 전개될 현실을 미리 보여 주는 이미지라 할 수 있다. 그는 「바알 신Vaal」이라는 제목의 에세이에서 서유럽 전체가 〈현상에 머물러 있는 것에 절망하여, 자기 살을 떼어내듯 모든 희망과 기대를 내버리고, 확실치 않은 자신의 미래를 저주하며, 바알 신을 숭배하고 있다〉고 진단한다. 그는 철도의 종주국인 영국 런던의 현실과 관련하여 〈밤낮으로 분주하게 움직이는 바다와 같이 끝없는 거리, 기계와 금속성과 요란한 소리, 집 위를 달리는 철도(곧 거리 밑으로 달릴 것이다), 대담한 기업들의 모습, 실로 부르주아적인 최고의 질서라고 할 수 있는 외관상의 무질서, 독이 가득 찬 템스강, 석탄 연기를 머금은 공기, 거대한 규모의 크고 작은 공원들, 반벌거숭이 야만인과 같은 빈민으로 가득한, 예를 들면 화이트채플과 같은 끔찍한 도시의 뒷골목들〉을 열거한다.(도스토예프스키 1999: 85) 그리고 그 모든 것을 함축하는 가장 거대한 악의 공간으로 만국 박람회장인 수정궁을 지목한다. 〈정말 만국 박람회는 놀랄 만하다. 당신들은 세계 각지에서 온 무수한 사람들을 하나의 무리로 통합하는 무서운 힘을 느끼게 될 것이다. 당신들은 거대한 사상을 인식하게 될 것이다. (……) 만약 그 거대한 장치를 만들어 낸 강력한 정신이 얼마나 오만한지, 자신의 승리와 성공을 얼마나 오만하게 확신하고 있는지를 알게 된다면 당신은 그 거만함, 완고함, 맹목성에 전율할 것이다. 그리고 그 오만한 정신에 현혹되어 지배당하는 사람들 때문에 전율할 것이다.〉(도스토예프스키 1999: 85~87)

여기서 도스토옙스키가 언급하는 만국 박람회는 1851년 5월 1일부터 10월 15일까지 런던 근교에 세워진 이른바 〈수정궁〉에서 개최된 세계 상업 전시회를 가리킨다. 당대 최첨단 기기와 기술이 소개된 그 박람회는 6개월이 채 못 되는 기간 동안 전 세계에서 6백만 인파를 끌어들였다.

박람회가 끝난 후 수정궁은 해체되었다가 1854년 런던 남쪽의 시드넘에 다시 조립되어 세워졌다. 때맞춰 론칭한 〈수정궁 회사〉는 수익을 내기 위해 〈엔터테인먼트〉를 도입했다. 온실, 박물관, 서커스, 극장, 공장 등 뭐든 다 수용했고 중산층뿐 아니라 노동 계급도 끌어들여 볼거리와 즐길 거리를 소비하게 했다. 한마디로 말해서 수정궁을 중심으로 전 세계가 먹고 마시고 노는 식으로 미쳐 돌아갔고 수정궁은 근대 상업주의의 가시적인 아이콘으로 등극했다.

『유럽 인상기』에서 도스토옙스키가 언급하는 철도는 처음에는 그저 새로 나온 신기한 교통수단으로 등장하지만, 페이지가 넘어감에 따라 바알 신이 장악한 세상으로 사람들을 이동시켜 주는 탈것으로, 그리고 궁극적으로는 바알 신 그 자체로 무시무시하게 변형된다. 철도가 없었더라면 전 세계 6백만 인파의 운집은 꿈도 꿀 수 없었을 것이다. 그것은 인간들을 하나로 연결해 주는, 혹은 연결해 준다고 믿게 하는 거대하고 오만한 정신의 산물이다. 철도의 의미가 심화되어 감에 따라 그가 앞선 글에서 언급했던 지루함의 의미도 새롭게 형성된다. 기차로 인해 여유 시간이 생기고 여유 시간은 이른바 엔터테인먼트로 채워지게 되며 엔터테인먼트는 새로운 기업을 촉발한다. 소비와 생산의 고리가 점점 커져 가고 그 돌아가는 속도는 철도가 절약해 주는 시간에 비례해 빨라진다. 철도와 더불어 부가 재편성되고 새로운 사업이 생겨나며 기업가, 혹은 자본가라는 이름의 새로운 신분이 생겨난다. 철도는 또한 시간의 방향과 속도를 완전히 변형한다. 놀라운 운동 속도로 성서적인 에스카톤eskhaton(종말) 대신 지상 낙원을 향해 질주하는 기차 덕분에 인간의 시간 체험은 전인미답의 영역으로 진입한다. 인류는 이제 다른 시각에서 시간을 성찰하고 다른 방식으로 자신의 시간 체험을 문학과 예술에 녹여 내기 시작한다. 형이상학 전체와 경제 전체의 패러다임이 상전벽해 수준으로 바뀐 것이다. 당시 도스토옙스키가 의식한 철도와 가장 유사한 현대의 게임 체인저는 〈월드 와이드 웹www〉이라는 데 아무도 이의를 제기하지 않을 것이다. 도스토옙스키가 지금까지 살아서 활동했다면 그는 분명 디지털 대전환의 심오한 의미를 파헤치는 소설을 쏟아 냈을 것이다.

『백치』에서 도스토옙스키가 탐색하는 철도는 이처럼 하나의 고정되고 확고한 의미를 지닌 기호가 아니라 끊임없이 다른 의미를 파생시키고 끊임없이 다른 의미를 환기하는 역동적인 이미지이다. 철도를 통해 주인공이 도착한 상트페테르부르크는 광폭적인 연결이 가져다준 새로운 부와 새로운 엔터테인먼트와 새로운 신분으로 들어찬 공간, 오만과 탐욕의 정신이 팽배한 공간, 바알 신의 공간이다. 그러니까 그 공간에서 펼쳐질 비극의 시작은 철도였던 것이다.

4 잃어버린 낙원

도스토옙스키의 기차는 러시아인의 사회적 행위와 자기 인식에 대한 이해를 돕는 풍요로운 자료를 제공해 준다. 그에게 기차 안의 공간은 여러 사회적 인물들이 교류하는 공간이며 그곳에서 극도로 예측 불가한 만남이 가능해진다.(Kotelnikov 2021: 32, 33) 디지털 공간을 부유하는 닉네임들처럼 두 주인공 미시킨과 로고진은 그 열차의 3등칸에서 우연히 만난다. 〈이 열차의 3등칸 창가 좌석에는 두 승객이 서로 마주 보며 앉아 있었다. 외모가 상당히 빼어난 이 두 사람은 모두 젊어 보였으며 멋을 부리지 않은 가벼운 옷차림이었다.〉(11~12) 화자는 로고진부터 묘사한다. 〈이 중 한 사람은 스물일곱 살가량으로 작은 키에, 검은색에 가까운 곱슬머리였다. 잿빛이 나는 그의 눈은 작았지만 이글거리고 있었다. 코는 펑퍼짐하니 낮았고 광대뼈가 나온 얼굴에 얇은 입술은 불손하고 경멸기가 도는 듯했으며 심지어는 표독스러운 미소마저 흘리고 있었다.〉(12) 반면에 미시킨은 〈중키가 약간 넘는 스물예닐곱 살가량 되는 젊은이였다. 숱이 많은 노란 머리에 볼이 움푹 파인 얼굴이었으며, 거의 흰색이 나는 뾰족한 턱수염을 살짝 기르고 있었다. 푸르고 큼직한 그의 두 눈은 무엇인가를 유심히 바라보는 듯한 눈빛을 띠었으며, 거기에는 무언가 고요하지만 신중한 것이 담겨 있었다. 또 그의 시선은 아는 사람이라면 누구든 첫눈에 간질의 기미가 있다는 것을 추측해 낼 수 있을 만큼 이상한 표정으로 가득 차 있었다. 그럼에도 이 젊은이의 얼굴은 유쾌하고 섬세하고 담담해 보였다〉.(13)

그러나 객차는 어울리지 않는 두 인물이 조우하는 운명의 공간일 뿐만 아니라 두 인물을 그들이 속해 있던 유배의 공간으로부터 러시아의 수도로 실어 오는 역동적인 공간이기도 하다. 두 주인공은 각기 다른 장소에서 기차를 타고 상트페테르부르크에 입성한다. 두 사람 모두 일종의 〈유배기〉를 마치고 이제는 활동의 장으로 들어오는 중이다. 먼저 로고진의 경우, 그는 여자에게 거액을 탕진하여 대부호 상인인 부친의 노여움을 사는 바람에 프스코프에 피신해 있다가 귀성하는 길이다. 그는 부친의 갑작스러운 사망으로 이제 250만 루블이라는 천문학적인 액수의 유산 상속인이 되어 기이한 금의환향 길에 오른 것이다. 반면 미시킨은 간질 치료를 위해 스위스에 4년여 동안 머물다가 후원자가 얼마 전에 죽는 바람에 치료를 다 마치지도 못하고 먼 친척뻘인 예판친 장군 부인을 찾아가는 길이다. 두 사람에게 프스코프와 스위스는 그들의 정체성을 규정하는 공간이며, 그들이 4년간 혹은 5주간 견뎌 낸 유배는 일종의 문학적 비유로서 그들의 역동성을 담보하는 물리적이고 은유적인 단절을 함축한다.(Jordan 2021: 67)

여기서 한 가지 흥미로운 점은 기차를 통해 두 인물의 과거로 사라져 간 두 장소, 즉 스위스와 러시아의 시골 프스코프가 모두 〈낙원〉의 의미로 충만하다는 사실이다. 기차는 공간을 시간화한다. 두 공간 모두 다시는 되돌아갈 수 없는 절대적인 과거를 표상한다. 무서운 속도로 앞만 보고 달리는 강철의 말은 공간의 표상 행위를 최종화한다. 우선 로고진의 프스코프를 살펴보자. 프스코프는 소설 도입부에서 간단하게 언급되며 그 이후로 로고진은 다시 프스코프로 돌아가지 않는다. 그는 영원히 그곳으로부터 떠나온 것이다. 그곳에는 먼 친척 아주머니가 살고 있는데 그녀는 〈30년 동안 과부 생활을 한 노파라 새벽부터 저녁 늦게까지 광신자들과 앉아 있기나 하니 수녀도 그런 수녀가 없다〉.(24) 그가 열병에 걸려 한 달 동안이나 인사불성이 되어 누워 있을 때도 그녀의 아주머니와 그 수녀 같은 할머니들은 〈치료랍시고 성자전을 읽어 주었다〉.(31) 상트페테르부르크행 기차에 오른 순간 그는 〈성자전을 읽어 주는 수녀와 같은 아주머니들〉과 영원히 작별한다.

미시킨의 스위스는 좀 더 복잡하다. 스위스 관련하여서도 우리는 도스토옙스키 특유의 이중성을 상기해야 한다. 그가 현실에서 스위스를 얼마나 혐오했는지는 널리 알려져 있다. 그는 처음으로 유럽 여행을 했을 때도, 그리고 부인과 함께 제네바에 거주할 때도 줄기차게 스위스라고 하는 나라 전반에 대한 독설을 입에 물고 살았다. 그는 모든 사람이 경탄해 마지않는 알프스의 절경에도 침묵과 무관심으로 일관했다. 1868년 6월 22일 마이코프에게 쓴 편지에서 그는 어리석고 야비한 스위스인 전부에게 노골적인 저주의 말을 퍼붓는다. 〈그자들 모두 지옥으로 떨어졌으면 좋겠어요. 그들 모두를 향한 저의 혐오심에는 한계가 없어요.〉(PSS 28-2: 303)

그러나 『백치』에서 미시킨이 치료를 받았던 스위스는 비현실적이고 환상적인 공간이다. 그가 페테르부르크에 도착하여 예판친가를 방문했을 때 회상하는 스위스는 거의 4차원적인 신비감과 경외감으로 묘사된다. 〈태양은 화려하게 빛나고, 하늘은 푸르렀고, 무서운 정적이 흘렀지요. 바로 그럴 때면 나는 어디론가 떠나 보고 싶은 마음이 생겼어요. 만약 거기서 똑바로 계속 걸어 나가 오랫동안 가다가 하늘과 땅이 맞닿는 지평선 너머에 도달한다면 모든 수수께끼가 한 번에 확 풀리고, 우리가 이승에

서 누리는 삶보다 1천 배나 강렬하고 소란스러운 새로운 삶을 볼 것 같았어요.〉(121~122)

하늘과 땅이 맞닿는 지점에 마리라고 하는 한 소녀와 어린아이들과의 추억이 더해지면서 미시킨의 스위스는 더욱더 낙원의 의미에 가까이 다가간다. 착하고 가난한 소녀 마리는 프랑스 남자에게 버림받은 후 동네에서 경멸과 조롱의 대상이 되어 온갖 수모를 당한다. 그러나 미시킨과 그를 좋아하는 동네 아이들의 보살핌 덕분에 그녀는 평온하게 죽음을 맞이한다. 알레고리처럼 읽히는 이 에피소드의 주인공 마리는 이름에서부터 즉각적으로 성경의 막달라 여자 마리아를 연상시킨다. 이런 맥락에서 그녀를 용서와 연민으로 대하는 미시킨과 그리스도를 연결하는 것 또한 자연스럽다. 마리의 죽음 이후 상트페테르부르크로 가는 기차에 오를 때 미시킨은 낙원의 추억에 마침표를 찍는다. 국경을 넘어가는 간질 환자 미시킨의 수평적 여행은 그리스도로서의 미시킨이 천상에서 지상으로 내려오는 하강 여행과 이 지점에서 교차한다. 〈중요한 것은 이미 나의 모든 삶이 바뀌어 버렸다는 것입니다. 나는 그곳에 많은 것을, 지나치게 많은 것을 남겨 두고 왔어요. 이제 모든 것이 사라져 버렸어요. 나는 열차 안에서 생각했어요.《이제 나는 속세로 간다. 나는 아마도 그 세계에 대해 무지할지도 모른다. 하지만 새로운 삶이 찾아온 것이다.》(155)

그러나 수도에서의 그 〈새로운 삶〉은 소설의 끝에서 그를 스위스로 되돌려 놓는다. 그는 상트페테르부르크로 올 때보다도 더 심한 백치 상태가 되어 스위스의 병원으로 보내진다. 의사는 그가 구제 불능의 상태라고 선포한다. 인용문의 〈속세로〉는 원문에서 〈사람들에게로 k liudiam〉를 번역한 것이다. 〈사람들에게로〉라는 표현에서 도스토옙스키가 의도한 미시킨의 수직적 움직임, 즉 천상에서 지상으로의 하강은 기차를 통한 수평적 움직임, 즉 국경을 넘어가는 움직임과 교차한다. 그 두 가지 움직임의 대립은 서사 속에서 정신적인 것과 물질적인 것의 대립으로 여러 차례 변주되는데, 다음 장에서는 우선 두 인물의 운동이 지닌 물질적 측면을 살펴보기로 하자.

5 네크로필리아

미시킨이 기차를 타고 수도에 입성하면서 가져오는 것이 〈낡고 색 바랜 보따리〉에 든 낙원의 에피소드라면, 로고진은 〈검은색 양털 외투〉 안에 프스코프라는 이름의 유사 낙원보다 훨씬 강력한 상인의 세계를 품고 들어온다. 러시아 상인은 전통적으로 〈쿠페츠kupets〉라 불리는 계층으로 모스크바를 중심으로 활동했다. 그중 일부는 나름 유서 깊은 〈상인 가문〉을 형성했으며 가부장적인 구시대 스타일을 19세기 중후반까지 고집했다.[13] 러시아에서 상인이란 일단 의심 많고 폐쇄적이고 배타적인 사람들로 받아들여졌다. 그들에게는 언제나 신분에 대한 불안이, 모든 것을 순식간에 잃을지도 모른다는 공포심이 따라다녔다. 그들은 무지몽매라는 라벨 때문에 귀족에게 무시당하고 잡계급 인텔리겐치아에게도 무시당했으며 19세

13 제정 러시아의 상인 계급에 관해서는 Rieber 1981을 보라.

기 중반부터는 귀족 실업가들과 외국 자본가들, 그리고 심지어 농민 소매상들에게도 존재를 위협당했다. 상인 계층의 가부장적인 권위와 종교적인 위선과 경건주의는 19세기 문학 작품에서 종종 희화화와 패러디의 대상이 되곤 했다. 18세기부터 러시아에서도 상인들의 경제 활동을 부추기는 플랫폼이 다양하게 조성되었지만 대부분의 상인들은 변화의 흐름에 올라타기보다는 옛것을 고수하는 쪽을 선택했다. 철도가 상인들에게 가져다줄 직접적인 이익이 눈에 보이는데도 1830년대 상인들이 철도 부설 반대 진정서를 올린 것이 그 대표적인 사례이다.

도스토옙스키는 상인 계층과 혈연적으로 가까웠다. 어머니가 상인 가문 출신이었을 뿐만 아니라 그의 이모가 결혼해 들어간 쿠마닌Kumanin가 또한 유명한 상인 가문이었다.[14] 쿠마닌가는 차와 직물을 주종으로 하는 무역업을 통해 부를 축적했으며 여러 채의 공장과 모스크바 볼샤야 오르딘카 거리의 화려한 저택을 소유했다. 전기 작가들은 도스토옙스키가 어린 시절 그 저택을 여러 차례 방문했다고 기록한다. 연구자들에 의하면 소설 『백치』에 나오는 로고진 저택은 오르딘카 쿠마닌 저택을 모델로 하며 소설의 주요 플롯인 삼각관계 또한 쿠마닌가의 스캔들과 관련된다. 1859년 도스토옙스키가 잠깐 모스크바에 들렀을 때 항간에는 쿠마닌가의 장남인 콘스탄틴 쿠마닌의

14 자세한 것은 Fedorov 2004: 254~272를 보라.

부인이 모 공작과 연애 중이라는 소문이 파다하게 퍼져 있었다. 그 로맨스는 도스토옙스키가 어린 시절 체험한 상인 가문의 이른바 〈멘털〉과 엮이면서 소설의 중요한 플롯 중의 하나로 굳어진다.

로고진은 어느 날 가게 앞에서 마차를 타는 한 여인을 보고 순간적으로 넋을 잃는다. 그녀의 이름은 나스타시야 필리포브나, 이 소설의 여주인공이다. 그녀는 55세인 거부 토츠키의 정부로 그날 밤 발레를 구경하러 갈 예정이라고 로고진의 친구가 알려 준다. 〈우리 아버지는 집에서 발레 구경을 간다고 하면 죽여 버리겠다고 으름장을 놓곤 했어요. 하지만 나는 몰래 극장을 찾아가 다시 한번 나스타시야 필리포브나를 보았어요. 그러고는 밤새도록 잠을 자지 못했지요.〉(28) 그는 다음 날 아침 아버지가 현금화해 동업자에게 전해 주라고 맡긴 5천 루블짜리 채권 두 장을 팔아 호두알만 한 다이아몬드가 박힌 귀고리를 사서 나스타시야에게 선물한다. 소문이 퍼지자 아버지는 아들을 붙잡아 2층에 가두고 나스타시야에게 직접 찾아가 머리를 조아리며 눈물로 사정하여 귀고리를 되찾아 온다.

이 스토리로만 보면 로고진과 그의 아버지는 완전히 딴판이다. 아버지가 무식하고 무정하고 돈만 아는 수전노라면 아들은 무식하기는 하지만 아름다움을 알아보고 찬미하고 사랑하는 로맨티스트이다. 그러나 도스토옙스키는 두 사람을 이른바 〈장사꾼 마인드〉로 연결하면서 그들의 내면에 있는 것이 다름 아닌 〈모든 살아 있는 것을 죽은 것으로 만드는 열정〉(Lesevitskii and Liakhin 2021: 81)임을 보여 준다.

아버지 로고진은 돈의 축적에 있어 가히 궁극의 경지에 오른 인물이다. 그는 돈을 쓰기 위해 버는 것이 아니라 축적하기 위해 번다. 그는 〈1만 루블은 고사하고 단돈 10루블만 어떻게 되어도 살려 두지 않는 분〉(30)이다. 화폐는 공공재이다. 굳이 케인스J. Keynes의 이론을 들먹이지 않아도 화폐의 생명이 유통과 순환에 있다는 것은, 그리고 화폐 공급과 물가가 비례한다는 것은 상식이다. 로고진의 아버지는 쌓아 두기만 함으로써 화폐의 생명을 말살한다. 〈어딘가 마루 밑에 이미 죽은 그의 아버지가 숨겨 놓은 시체가 있는 듯한 느낌이 줄곧 들었어요.〉(925) 결국 아버지는 자기가 쌓아 놓은 돈을 한 푼도 못 써본 채 고스란히 아들에게 물려주고 세상을 하직한다. 물론 아버지는 자신이 돈을 쓰지 않고 죽는 것에 아쉬운 마음도 없었을 것이다. 그에게 돈은 마루 밑의 시체처럼 쌓아 두는 것이지 돌아다니도록 풀어 주는 것이 아니다. 그는 돈을 죽이기 위해 모은 것이다.

아들 로고진은 대상이 다를 뿐 〈죽이기〉라는 행위를 한다는 점에서 아버지의 복제본이다. 〈자넨 아버지를 닮았군.〉(429) 등장인물들은 그의 열정이 아버지의 열정과 돈을 중심으로 닮은꼴이라는 사실을 지속적으로 언급한다. 〈자네에게 이런 불행이 없었더라면, 즉 이러한 사랑이 일어나지 않았더라면, 자네는 아주 가까운 미래에 저기 걸려 있는 아버지와 똑같은 사람이 되었을 거야. 순종적이고 과묵한 아내와 함께 이 집에서 홀로 살며 아무도 믿지 않고, 또 그럴 필요도 느끼지 않으며, 간혹 엄한 말이나 한 마디씩 내뱉으며 시무룩한 표정으로 말없이 돈만 벌고 있을 거네.〉(439) 여주인공도 그에게 같은 말을 한다. 〈로고진 씨, 당신에게는 강한 열정이 있어. 그런 열정과 더불어 만약 이성이 없었더라면 벌써 시베리아로 유형을 갔을 거야. (……) 돈, 돈 하며 살다가 나중에는 2백만이 아니라 1천만 루블까지 벌게 되어 돈 자루 속에 파묻혀 굶어 죽게 될 거야. 당신은 무슨 일에나 정열적인 사람이니까. 그래 그놈의 정열을 빼면 시체나 마찬가지이지.〉(440)

그러나 로고진과 아버지의 가장 닮은 점은 돈에 대한 열정이나 탐욕이나 인색을 훨씬 넘어선다. 그것은 최근 연구자들의 지적처럼 일종의 〈네크로필리아necrophilia〉로 함축된다. 여기서 네크로필은 사체에 대한 병적인 집착이 아니라 에리히 프롬E. Fromm 등 신프로이트 학파가 주장한 〈형이상학적인 네크로필리아〉로, 잔인성, 폭력, 파괴, 사디스트적인 집착을 의미한다.(Lesevitskii and Liakhin 2021: 81) 이런 유형의 인간에게 모든 관계는 돈이건, 인간이건, 사물이건 간에 소유로, 오로지 소유로만 귀착한다. 구매하고 소유하고 지배하는 것만이 그들이 다른 존재와 맺는 유일한 관계이므로 그 모든 것은 〈시장 시스템의 결과물〉로 간주되는 것이다.(Lesevitskii and Liakhin 2021: 86) 그들은 항상 소유물을 상실할까 봐, 소유물에 대한 소유권을 상실할까 봐 두려워한다. 그 두려움이 치유 불가능한 단계까지 갔을 때 발생하는 것이 살해이다. 무언가를 영원히 소유하려면 그 무언가를 죽이는 수밖에 없다. 죽여서 박제를 해야 영원히 내 소유가 된다. 아버지 로고진은 살아 있는 돈, 돌아다니고 움직이고 순환되어야 하는 돈을 영원히 소유하기 위해 죽여서 시체처럼 마루 밑바닥에 쌓아 놓는다. 아들은 아버지와 달리 돈 본래의 기능을 확실하게 활용한다. 〈내가 이런 장화를 신고 왔다고 해서 신경 쓸 거 없어! 난 돈이 많단 말이다. 너를 산 채로 몽땅 사버리고 말 테다……. 그리고 당신들을 모두 사버리고 싶다! 모든 걸 사버릴 거다!〉(236~237) 그에게 〈모두 사버리는 일〉의 최종 목적지는 매혹적인 여인 나스타시야를 돈으로 사는 일이다. 그러니까 아들 로고진에게 소유의 대상은 돈이 아니라 살아 있는 인간이라는 것이 다를 뿐 두 사람은 네크로필이라는 점에서 판박이이다. 아버지가 돈을 죽였듯이 아들은 여자를 죽인다. 그의 행위는 살아 있는 인격체에 대한 〈총체적인 사망학적 통제〉와 다름없다.(Lesevitskii and Liakhin 2021: 86) 로고진과 아버지를 통해 도스토옙스키는 사고파는 행위, 즉 상인들의 가장 기본적인 행위가 한계를 뛰어넘을 때 발생하는 것이 무엇인지를 보여 준다. 그들에게 사는 것은 소유하는 것이고 소유하는 것은 죽이는 것이다. 여기서 살아 있는 것과 죽은 것의 대비, 삶과 죽음의 대비가 하나의 테마로 슬그머니 형성되면서 소설을 지지해 주는 여러 테마론적 받침돌 중 하나로 굳어진다. 로고진 부자의 〈멘털〉은 여러 면에서 당대 유명한 경제학자인 이반 고를로프 I. Gorlov가 『정치 경제학 입문*Nachala politicheskoi ekonomii*』을 통해 예언한 바를 생각나게 한다. 〈모든 사람은 하나하나가 구매자이자 판매자가 될 것이며 사회 전체는 다측면적이고 항구한 교환 시스템을 형성하게 될 것이다.〉(Shneyder 2020: 9, 재인용) 섬뜩하기 짝이 없는, 그러면서도 오늘의 세계에 적용해도 아무런 무리가 없는 정확한 예언이다. 도스토옙스키가 고를로프의 저서를 읽었는지는 확인할 길 없지만 그는 신문을 통해 접한 러시아 사회의 급속한 변화를 소설 속에 구현하는 방식으로 고를로프의 예언에 동의한 것 같다.

6 대체 불가능한 가상 자산

로고진 가문의 집은 건축학적인 죽음을 표상한다. 우선 미시킨이 묘사하는 로고진 저택을 살펴보자. 모스크바의 쿠마닌 저택을 모델로 하는 집이지만 소설 속에서는 페테르부르크의 사도바야 거리와 고로호바야 거리가 교차하는 지점에 있다고 명시되어 있다.

그런 집들은 도시 자체의 변화를 좇아가지 못하고 거의 옛 모습 그대로 남아 있었다. 견고하게 세워진 이 집들의 벽은 두꺼웠고 창들은 아주 띄엄띄엄 드물게나 있었다. 아래층 창문에 창살이 끼워져 있는 집도 더러 보였다. 아래층은 대부분 환전상들이 차지하고 있었고 위층에는 환전상에서 일하는 거세파 교도들이 세를 살고 있었다. 이런 집들은 안이나 밖이나 별로 인심이 좋아 보이지 않고 메말라 보였다. 모든 것이 숨어 들어가 은밀하게 보였다. 왜 집들이 하나같이 그런 인상을 풍기는지는 설명하기 곤란하다. 물론 건축에서 선의 결합은 나름대로의 비밀을 간직하고 있었다. 이런 집들에는 거의 예외 없이 상인들이 살고 있었다.(420)

여기서 다시 도스토옙스키는 구조 공학자의 안목을 드러내 보인다. 〈건축에서 선의 결합〉이 간직한 비밀은 건축물도 실재의 3차원적 공간을 넘어 눈에 보이지 않는 차원에 존재할 수 있다는 사실에서 촉발된다. 로고진 저택의 〈비밀〉은 그것이 일단 변화를 거부하고 (특히 작은 창문이 명시하듯이) 빛을 거부한다는 데서 출발한다. 러시아어로 〈빛svet〉이 광선과 세상 모두를 의미한다는 것은 이 대목의 핵심이다. 비밀스러운 선으로 이루어진 그 공간 안에서는 돈을 다루는 환전상들과 상인들이 살아 움직이며 변화하는 인간과 세상을 거부한 채 지폐를 세면서 살아간다. 그들은 옛 모습 그대로인 건물, 변함없이 쌓여 가는 돈과 물아일체의 수준으로 결합한다.

로고진이 나스타시야의 영명 축일에 그녀를 사기 위해 가져온 돈뭉치는 돈의 〈물성〉을 여지없이 드러낸다. 〈그것은 커다란 종이 뭉치였다. 높이가 약 13센티미터, 길이는 약 17센티미터쯤 되는 그것은 『증권 뉴스*Birzhevye vedomosti*』라는 신문지로 포장되어 설탕 덩어리를 싸는 노끈으로 열십자로 칭칭 동여매여 있었다.〉(332~333) 바로 이런 대목에서 도스토옙스키의 예술적 천재는 빛을 발한다. 로고진은 그냥 돈을 가져온 것이 아니라 완벽하게 〈물건화〉된 돈, 보고 만지고 무게를 잴 수 있는 현물, 황금 덩어리, 혹은 다이아몬드 원석의 1860년대 버전인 〈돈 덩어리〉를 가져온 것이다. 게다가 그것을 포장한 것은 돈에 관한 정보로 포화된 『증권 뉴스』라는 신문지이고, 끈은 19세기 러시아 교역의 주요 상품 중 하나인 설탕을 포장하는 데 쓰이는 노끈이다. 가로세로 크기까지 분명하게 묘사되는 그것은 이미 돈이라기보다는 물건, 아니 물신이다. 돈이 물건을 사기 위한 수단을 넘어 그 자체가 물건이 된 것이다.

문제는 지금부터이다. 나스타시야는 로고진의 10만 루블을 일단 접수한다. 인간 경매장에서 그녀의 가격은 〈10만 루블〉로 낙찰된 것이다. 그녀는 그 돈을 난로 불길 속에 던져 버리는 것으로 그 매매의 세상을 조롱한다. 특히 그녀의 악의에 찬 조롱은 예판친 장군의 비서인 가냐 이볼긴을 겨냥한다. 그는 그녀를 부자의 첩이라고 내심 경멸하면서도 딸려 올 지참금이 탐나 그녀와의 결혼 가능성을 이러저리 재보고 있던 터이다. 〈여기에 10만 루블이 들어 있어요! 내가 이걸 모든 사람들이 보는 데서 지금 벽난로의 불구덩이 속으로 던져 버리겠어요. 모두가 증인이에요! 이 돈 보따리가 화염에 싸이는 순간 벽난로 속으로 기어 들어가는 거예요. 그러나 장갑을 끼면 안 돼요. 맨손이어야 해요. 소매를 걷고 불 속에서 돈뭉치를

끄집어 내는 거예요! 그걸 다 끌어내면 이 10만 루블은 모두 당신 것이 되는 거예요!〉(357~358)

그렇게 외치고 나스타시야는 솟아오르는 불길에 돈뭉치를 던진다. 〈가늘고 긴 불길이 돈다발을 핥으며 찰싹 달라붙더니 종이 다발의 네 귀퉁이 위로 확 퍼져서 갑자기 벽난로 속을 환하게 밝혔다. 불길이 위쪽을 향해 넘실거렸다.〉(361) 사람들의 비명 소리, 연기, 타는 냄새로 파티장은 아수라장이 된다. 가냐는 결국 기절하고 나스타시야는 부젓가락으로 난로에서 돈뭉치를 꺼낸다. 여기서부터가 가장 흥미로운 대목이다. 〈바깥에 싼 종이가 몽땅 타버리고 연기를 뿜고 있었다. 그러나 불길이 안쪽까지는 닿지 않았다. 돈뭉치는 신문지로 세 겹이나 싸여 있어서 돈은 고스란히 남아 있었다.〉(363) 종이를 싼 포장지는 다 타버렸지만 그 안에 든 돈뭉치는 고스란히 보존되어 있다는 것은 돈은 곧 무적이라는 뜻이다. 불길에서도 살아남는 지폐는 앞에서 말한 대로 황금 덩어리나 다이아몬드 원석과 동일한 위상을 지닌 물건이다. 슈나이데르V. Shneyder의 정확한 지적처럼 『백치』에 등장하는 상인들은 돈이 교환의 기능을 하지 못하는 공간에 거주한다. 그들의 돈은 교환도 불가능하고 파괴도 불가능한 〈현금〉으로 응축된다.(Shneyder 2020: 106) 불길에서 살아남은 로고진의 돈뭉치는 대체 불가능하고 소비 불가능한 물건이다.(Shneyder 2020: 108)

그러나 로고진의 돈은 러시아 금융의 역사라는 측면에서 보자면 단순히 물적 존재감만을 과시하는 데 의의가 있는 것이 아니다. 10만 루블어치 지폐는 당시 러시아 금융의 전개 양상을 잠깐 들여다보면 조금 다른 차원에서 흥미를 끌기 시작한다. 러시아는 철도뿐 아니라 금융에서도 서구에 한참 뒤처져 있었다. 서구화의 주역인 표트르 대제가 영국 순방 이후 두카트ducat와 같은 재질과 무게의 체르보네츠chervonets라는 금화를 발행하고 전국 조폐창을 통합하여 동일한 화폐가 사용되도록 함으로써 〈금융 없는 화폐 개혁〉을 실시한 일은 금융 서구화의 시작이었다.(차현진 2013: 349) 그러나 러시아 금융의 역사는 서구와는 다른 길을 향해 나아갔다. 러시아는 늘 금이 부족했고 그러다 보니 주화의 품질을 계속 떨어뜨리면서 화폐 발행을 늘릴 수밖에 없었다. 결국 그레셤의 법칙이 나타나면서 금화와 은화는 씨가 마르고 동전의 가치도 과거의 8분의 1 수준으로 떨어졌다. 서유럽의 금 본위 제도나 복본위 제도는 꿈도 꿀 수 없었다. 그렇게 1백 년이 지나갔다.(차현진 2013: 349~350)

예카테리나 2세Yekaterina II가 1769년 프랑스 아시냐assignat를 모델로 러시아 최초의 지폐인 〈아시그나치야assignatsija〉를 발행하여 19세기 전반기까지 통용시킨 것도 사실상 통화 안정화와는 거리가 먼 정책이었다. 러시아 황실은 대나폴레옹 전쟁을 비롯한 일련의 전쟁에 드는 비용을 충당하기 위해 지폐를 마구 찍어 냈고 화폐 가치는 바닥을 모르고 추락했다. 설상가상으로 침략군은 위조지폐를 유통시켜 통화 현장을 교란했다. 통화 개혁은 시간문제였다. 아시그나치야의 유통은 중단되고 1843년에 새로운 지폐인 〈크레디트니 빌레트kreditnyi bilet〉가 발행되었다. 1, 3, 5, 10, 25, 50, 100루블의 액면 가치를 지닌 그 지폐는 1918년까지 발행되었다.[15] 로고진이 신문지에 싸서 가져온 지폐는 그러니까 바로 〈크레디트니 빌레트〉이며 돈 덩어리의 부피로 보건대 거의 1백 루블짜리 지폐로 꾸려진 듯하다.

문제는 그가 포장지에 싸 가져온 돈의 실체를 본 사람이 아무도 없다는 점이다. 그가 〈10만 루블〉이라 주장했고 대략 1백 루블짜리 지폐 1천 장 정도로 추정될 뿐이지 실제로 그가 1백 루블짜리 지폐를 1천 장 가져왔는지 8백 장 가져왔는지는 아무도 계산해 보지 않는다. 게다가 그 1백 루블짜리 지폐가 위조지폐인지 아닌지, 돈 크기의 백지가 지폐 사이사이에 끼워져 있는지 아닌지 역시 아무도 모른다. 당시 그 지폐의 액면 가치는 실버 루블과 같았지만 화폐 가치의 지속적인 하락이 이미 현실이었음을 고려해 볼 때, 로고진의 10만 루블은 액수만으로 사람들 입에 오르내리고 액수만으로 소유자와 소유자 사이를 오가는 〈가상 자산〉에 불과하다. 도스토옙스키는

15 러시아 화폐의 역사에 관해서는 Porter 2017: 89~106을 보라.

상인의 아들 로고진이 아버지에게 물려받은 현금에서 돈의 물성과 돈의 가상성을 그 가장 극단적인 형태로 수렴시켰다.

7 주식 투자 광풍

도스토옙스키가 모스크바 상인의 저택을 모델로 로고진 저택을 구축한 것은 『백치』의 구조에 절묘한 균형감을 더해 준다. 그는 당대 현실을 두 가지 경제적 측면에서 탐색한다. 첫째는 앞 장에서 살펴본 상인 계층의 돈에 대한 관념과 행동이고 다른 하나는 신흥 자본가 계층의 돈에 대한 관념과 행동이다. 러시아 상인의 본류는 사실상 모스크바이고 신흥 자본가 계급의 등장 배경은 페테르부르크이다. 그러나 소설의 배경은 페테르부르크이므로 도스토옙스키는 하나의 배경으로 두 가지 경제 주체, 즉 모스크바 상인과 페테르부르크 신흥 자본가를 묘사하기 위해 모스크바 쿠마닌 가문의 저택을 페테르부르크로 들여온 것이다.

1860년대 러시아 경제를 일견해 보면 로고진이 돈 덩어리를 싸 가져온 신문이 다름 아닌 『증권 뉴스』라는 점이 지닌 의미가 예사롭지 않게 느껴진다. 언제나 당대 현실을 가장 직접적으로, 거의 〈실시간〉으로 서사에 반영하는 것을 특징으로 하는 도스토옙스키는 『백치』의 경우 신흥 자본가 계급의 등장에서 당시 상황의 핵심을 읽어 낸다.[16] 러시아는 바야흐로 새로운 은행 제도, 금융 개혁, 주식 시장의 활성화 등을 겪으며 거의 천지개벽에 가까운 경제 시대에 들어서는 중이었다. 철도가 가시적인 상전벽해의 주역이었다면 금융 개혁은 비가시적인 상전벽해의 주역이었다. 산업화와 증권 시장과 철도 인프라는 당대 경제 신문의 단골 화두였다. 〈근대라는 이름의 거대한 역동성과 함께 국민 경제, 혹은 세계 경제라는 것이 부상했다. 자본, 혹은 자본가라는 용어가 자본주의보다 먼저 생겨났다.〉(Shneyder 2020: 11) 도스토옙스키가 시베리아 유형지에서 복역하는 동안 러시아는 대개혁의 전 단계를 거쳤고 크림 전쟁에서 패배했으며 그가 수도로 돌아오자마자 농노 해방이라고 하는 러시아 근대사에서 가장 중요한 사건이 발생했다. 수백만의 농민과 농촌 지역의 땅이 확장되어 가는 화폐 경제 시스템에 진입했다.

16 물론 여기에 도스토옙스키의 본성에 뿌리 깊게 자리한 투기 성향도 덧붙여야 한다. 그는 도박 중독증 환자였고 도박과 투기가 같은 범주에 들어간다는 것은 널리 알려진 사실이다. 금융 투기의 역사를 기술한 챈슬러E. Chancellor가 서문에서 다름 아닌 도스토옙스키를 거론하는 것은 흥미롭다. 〈투기와 도박의 심리적 차이를 구분하는 것은 거의 불가능하다. (……) 투기는 탐욕과 공포를 수반한다. (……) 도박 중독증 환자였던 표도르 도스토옙스키도 룰렛에서 이기기 위해서는 아주 멍청하고 단순해야 하며 어떤 순간에도 흥분하지 않고 자신을 통제해야 한다고 말했다.〉(챈슬러 2021: 13)

도스토옙스키는 당시 막 도입된 기차를 타고 유럽을 여행했고 유럽에 머무르면서 도서관에 들어오는 러시아 신문을 샅샅이 읽었으며, 신문을 통해 접한 러시아의 현실에 타고난 혜안을 덧붙여 러시아 경제의 과거 현재 미래를 아우르는 새로운 〈자본주의 리얼리즘〉을 탄생시켰다.[17] 도스토옙스키는 단순히 현실을 소설 속에 묘사하거나 반영한 것이 아니라 그 현실이 무엇을 의미하는가, 그리고 다가올 세상에서 무엇을 의미할 것인가를 소설을 통해 말하고자 했다. 도스토옙스키 살아생전에 자본주의라는 것은 그 개념 자체가 아직 지식인의 어휘 목록 맨 위 칸을 차지하지 못했지만, 그는 그것이 부상하게 될 근본적인 원인인 경제 패러다임의 대전환에 대해서는 그 어떤 작가보다 치열하게 반응했다.

『백치』는 러시아에서 주식 투자 광풍이 불었던 1860년대를 배경으로 한다. 1850년대에 한 번 광풍이 불긴 했지만 당시에 도스토옙스키는 시베리아에 있었으므로 수도의 투자 열기를 소설에 반영할 여지는 없었다. 그러나 두 번째 광풍인 1860년대 말 상황은 얘기가 달랐다. 당시 상황을 알려면 우선 러시아 증시의 역사를 살펴볼 필요가 있다.[18] 러시아 최초의 공식적인 거래소는 상트페테르부

17 〈자본주의 리얼리즘〉은 슈나이데르의 용어로 〈사회주의 리얼리즘〉에 대한 가벼운 조롱 조의 뉘앙스를 포함하기는 하지만 결코 〈사회주의 리얼리즘〉과 이념적으로 대립하는 개념은 아니다.

18 이하 러시아 금융, 증권, 상업의 흐름에 관한 논의는 Gregg and Nafziger

르크 거래소로 표트르 대제의 수도 건립과 거의 같은 시기에 세워졌다. 금융 정책과 현실에서 서구에 많이 뒤떨어져 있던 러시아는 18세기가 거의 다 지나가도록 상트페테르부르크 거래소 한 곳만을 보유했다. 18세기 말에 아르한겔스크와 오데사에, 그리고 1816년에는 바르샤바에 거래소가 생겼다. 모스크바는 상대적으로 늦게, 그러니까 1837년이 되어서야 비로소 거래소 문을 열었다. 그들 거래소의 기능은 주로 곡물을 비롯한 상품의 매매에 있었으며 매장에 입회하는 부류는 상인 계층이었다.

러시아 투자자들은 1850년대부터 주식 투자에 매료되기 시작했다. 그들은 아직 유가 증권의 실체가 분명해지기도 전에 투자 영역에서 주식이 점하는 의의를 재빨리 파악했다. 새로운 산업이 생겨나고 상업과 무역업이 활발해졌으며 철도 산업은 호황을 맞이하고 있었다. 유럽에서는 챈슬러가 말한 이른바 〈철도 버블〉의 시대가 이미 시작되었다.(챈슬러 2021: 193~240) 당연히 자본에 대한 요구가 증대되었고 투자자들은 국영 은행이 제공하는 것보다 훨씬 큰 자본 수익을 기대할 수 있었다. 물론 처음부터 투자가 모든 사람을 사로잡은 것은 아니다. 사람들은 무관심에서 편견, 호기심에서 열광까지 다양한 반응을 보였다. 크림 전쟁과 철도는 1850년대 후반의 호황기를 개시한 주된 원인이었다. 화폐 발행이 증가하고 은행 금리가 하락하

2018; Lizunov 2015; Papp 2001을 토대로 했다.

면서 유가 증권의 가치는 상승했다. 특히 상트페테르부르크 주 러시아 철도 회사의 주식은 막대한 수익으로 이어졌다. 『산업 통보*Vestnik promyshlennosti*』지 기사에 따르면 〈1857년 《황금 양털》을 비롯한 신규 합자 회사 주식이 투기 대상 종목으로 분류되었다. 그러나 투자자들이 가장 선호한 것은 단연 주 러시아 철도 회사였다〉.(Lizunov 2015: 109, 재인용) 너도나도 주식 시장에 뛰어들었다. 모스크바에 세워진 화재 보험 회사의 주식을 사기 위해 사람들은 밤샘 웨이팅을 불사했고, 웨이팅 알바를 고용했으며, 회사 문이 열리자 이른바 〈오픈 런〉 상황까지 펼쳐졌다. 『러시아 이코노미스트*Russkii ekonomist*』지는 〈장관을 비롯한 각계각층의 관료와 관리 들이 증시라는 도박에 뛰어들었다. 지주는 땅을 팔고 주택 소유자는 집을 팔기 시작했고 상인들은 상거래를 중단했다〉고 보도했다.(Lizunov 2015: 109, 재인용) 그러나 1858년 말부터 증시 거품이 걷히기 시작했다. 증권 시장이 출렁거리고 러시아 경제는 스태그네이션으로 흘러가는 듯했다. 심지어 주가의 척도인 철도 회사 주가까지 폭락과 반등을 거듭했다. 몇몇 회사는 부도를 내고 파산했다. 『산업 통보』지는 〈상트페테르부르크 부자들은 돈이 없다. 주식만 있다. 오로지 가난뱅이들만이 돈을 가지고 있다〉고 당시 상황을 비꼬았다.(Lizunov 2015: 110, 재인용) 러시아 경제는 금융 위기의 모든 조짐을 보이고 있었다.

그러나 1861년 농노 해방과 더불어 대개혁의 막이 올랐다. 재무 장관 레이테른M. Reitern은 주세 징수를 민영화하고 관세 장벽을 낮췄으며 규제를 완화했다. 정부의 허가 없이도 합자 회사를 창업할 수 있었다. 1860년에 신규 국립 은행이 문을 열었고 1863년부터는 민영 은행도 도입되었다. 재무상 비테는 앞에서도 잠깐 언급한 1899년도 백서에서 당시 경제의 흐름을 〈농노 해방, 철도 부설, 신용 거래의 발전, 무역의 눈부신 성장〉이라 요약했다.(Shneyder 2020: 11, 재인용)

그리하여 1860년대 말에 이르러 러시아 증시는 다시 호황기를 누리게 되었다. 이번에도 버블과 폭락의 고전적인 패턴이 반복되었는데 호황의 원인이자 결과는 역시 철도였다. 철도 건설이 확대되면서 철도주는 다시 투기의 대상으로 떠올랐다. 1867년부터 1868년 즈음, 그러니까 도스토옙스키가 피렌체에서 궁핍과 싸우며 『백치』를 쓰는 동안 러시아에서는 철도주 투기가 시작되었다. 철도주 수익은 상당했지만 주가가 더 오르리라는 기대 심리로 인해 주가는 연일 고공 행진을 거듭했다. 수요가 공급을 훨씬 웃돌면서 철도주 광풍이 불었다. 철도주에서 시작된 투기는 열병처럼 러시아 전체에 번져 나갔다. 1868년과 1869년 상트페테르부르크와 모스크바와 오데사, 즉 대부분의 주요 도시에서 투자 열기는 위험 수위에 도달했다. 모든 사람이, 심지어 일자무식 문맹자까지 수익을 가져올 유가 증권에 올인했다. 은행 대출을 받아 주식 투자를 하는 속칭 〈빚투〉가 증가했고, 국립 은행은 개인 투자자들의 대출 금리를 인하해 주고 심지어 부채 상환 기일 연장까지 해줌으로써 투기를 부추겼다. 그러나 1869년 8월에 고점을 찍은 주가는 이번에도 폭락의 길에 들어섰다. 주 러시아 철도주는 하루 만에 몇 퍼센트씩 하락했다. 8월 20일 국립 은행이 대출 금리를 8퍼센트 인상한 것을 기점으로 항간에 더 이상 은행 대출이 불가능해질 것이라는 불길한 소문이 퍼져 나가면서 주식 시장은 패닉에 빠졌다. 그해 10월 철도주의 폭락과 함께 러시아 증시의 호황기는 막을 내렸다. 사람들은 피곤과 환멸을 가슴에 안고 주식 시장을 떠나갔다.

그 시기 러시아 경제는 이른바 〈새로운 러시아인〉의 탄생으로 이어졌다. 원자재 수요는 석탄, 가스, 중금속 산업을 촉진했으며 노동 수요의 증가는 노동 시장 및 생산성 개혁을 자극했다. 정부의 전폭적인 지지에 힘입어 외국 자본이 투입되었으며 지역 신용 제도를 활성화하는 새로운 기업가 계급이 등장했다. 거액의 자본이 국가 경제에서 민간 부문으로 이전했다. 철도 재벌을 비롯한 신흥 부유층은 국가의 지지와 혜택을 남용했고 부패는 일상적인 일이 되어 버렸다.(Martinsen and Mairova 2015: 66~76)

『백치』에서 소개되는 예판친은 바로 그런 신흥 자본가의 전형적인 모습을 보여 준다. 그는 신분상 귀족도 아니고 상인도 아니다. 그러나 소설이 시작되는 시점에서 가장 거대한 부를 지닌 인물로 묘사된다.

> 예판친 장군은 리테이나야 거리에서 변용 구세주 대성당 쪽으로 약간 벗어난 곳에 있는 자기 소유의 집에서 살고 있었다. 6분의 5를 세주고 있는 이 엄청난 집 이외에 예판친 장군은 역시 대단한 수입을 올려 주는 거대한 집을 사도바야 거리에도 가지고 있었다. 그는 이 두 집 말고도 페테르부르크 근교에 아주 수익성이 높은 영지를 소유하고 있었다. 게다가 페테르부르크군(郡)에는 무슨 공장까지 있었다. 모든 사람에게 알려진 사실이지만 과거에 예판친 장군은 매점에 관계를 했다. 지금 그는 꽤나 괜찮은 몇몇 주식회사에 손을 대면서 큰 목소리를 내고 있었다. 그는 돈도 많은 데다가 여러 가지 사업을 벌이는 발이 넓은 사람으로 알려져 있었다. 장소에 따라서, 특히 자신의 사업처에서 그는 없어서는 안 될 사람이었다.(35)

새로운 부자들은 돈이 돈을 벌게 하는 능력을 가지고 있다는 점에서 로고진가와 구별된다. 후자가 돈을 항구하게 물질화해 축적하는 데 전념한다면 전자는 축적이라는 점에서는 같지만 축적의 방식에서는 상인 계급과 구분된다. 그들에게 돈은 반드시 〈보이는 것〉, 〈만져지는 것〉

이어야 할 필요가 없다. 반드시 현찰이어야 할 필요도 없다. 그들의 돈은 머릿속에서 숫자로 번역되는 어떤 것이며 보이지 않지만 엄청난 위력을 자랑하는 어떤 것이다. 예판친과 로고진을 통해 도스토옙스키는 자본가와 물신숭배자라는 두 부류의 자산가를 보여 준다. 〈자본가는 투자를 통해 사회적 지위를 얻고 다양한 비즈니스 벤처를 통해 부를 축적한다. 반면에 상인은 부를 가게 안에 고립시키고 상속을 통해 대물림한다. 그들의 돈은 쓰기도 어렵고 소유자에게 별 이익이 안 되는 물질이다.〉(Shneyder 2020: 103) 후자의 돈이 〈변환 불가능한 집착〉이라면 전자의 돈은 〈인간과 사물을 연결하고 항구하게 유통되는 무한히 변환 가능한 자금이다〉.(Shneyder 2020: 105)

로고진이 가져온 10만 루블이 만일 불에 탄다고 하면 그것은 돈의 상실을 의미한다. 그러나 『증권 뉴스』 신문지가 불에 타서 없어져도 투자자의 돈은 보존된다. 신문지라는 물질이 아닌 그 물질에 포함된 정보만이 문제가 되기 때문이다. 불타지 않는 돈과 불타 버린 『증권 뉴스』 신문지는 새로운 사업가와 기존의 상인이 공존하는 전환기 러시아 경제에 대한 거장의 통찰을 대변하는 강렬한 이미지이다.

8 무한 엔터테인먼트

예판친이 대표하는 신흥 자본가 계층과 로고진이 대표하는 상인 계층은 시간적으로, 그리고 돈을 축적하는 방식을 기준으로 구분되지만 그들은 결국 도덕의 초월이라는 한 점에 수렴한다. 신흥 자본가의 돈이 물성을 결여한다고는 하지만 그들 역시 따지고 보면 물신 숭배자들이다. 보이는 돈이냐 보이지 않는 돈이냐만 다를 뿐 두 부류의 돈에 대한 경외심은 모든 것을 초월한다. 어찌 보면 신흥 자본가들이 보이지 않는 돈을 중심으로 벌이는 게임이 상인들의 우직한 축적보다 훨씬 다채롭고 흥미롭다. 예판친이나 토츠키에게 돈은 모든 가치를 지배하는 가치 중의 가치일 뿐만 아니라 지속적으로 새로운 재미를 창출하는 〈엔터테인먼트〉의 근원이기도 하다. 예판친도 토츠키도 돈이 있으므로 사는 것이 너무나 즐겁다. 예판친은 이익만 남는다면 사업 동료인 50대 중반의 토츠키가 사위가 되어도 상관없다. 상관없을 뿐 아니라 동년배 사위와 앞으로 추진할 사업을 생각하면 신바람이 난다. 게다가 토츠키에게 오래된 내연녀가 있는 것도 상관이 없다. 오히려 그 내연녀는 그에게 사는 재미를 더해준다. 그는 그 내연녀를 자기 비서와 결혼시킨 뒤 그녀와 슬슬 모종의 관계를 맺는 상상을 하며 입맛을 다신다.

문제는 돈이 모든 것을 좌우하는 사회에서 가치의 전도는 거의 현기증이 날 만큼 현란하고 아찔하다는 사실이다. 도스토옙스키는 『백치』를 쓰기 전부터 유럽 여행에서 그러한 가치의 전도를 목격했다. 『유럽 인상기』에서 그는 파리에서 목격한 부르주아 가치를 다음과 같이 요약한다.

> 행운을 잡아 저축해서 가능한 한 많은 물건을 가진다는 것, 그것이 파리인들의 가장 보편적인 도덕 법전이 되었고 교리 문답이 되었다. 그런 점은 과거에도 있었지만 지금은 모종의, 말하자면 신성하기 비할 데 없는 외형을 띠게 되었다. 과거에는 돈만이 아니라 다른 것도 인정받을 수가 있었다. 그래서 돈은 비록 없더라도 그와 바꿀 수 있는 무엇인가 가지고 있는 인간이라면 어느 정도나마 존경을 기대할 수도 있었다. 그러나 지금은 그런 기대는 전혀 가질 수 없게 되었다.(도스토예프스키 1995: 102)

여기서 언급되는 파리 부르주아의 도덕 법전은 5년 뒤 『백치』에서 러시아 부르주아의 도덕 법전으로 복제된다. 돈이 모든 것의 척도일 때 기존의 가치가 180도 전도되는 상황은 『백치』 1부의 나스타시야의 영명 축일에 불쾌하고 불편한 방식으로 재현된다. 파티 분위기가 무르익자 어느 부인이 〈프티죄〉 게임을 제안한다. 일종의 진실 게임으로 자신이 인생에서 저지른 가장 추악한 죄를 고백하는 게임이다. 처음에는 이볼긴 집의 하숙생인 건달 페르디셴코가 도둑질한 경험을 고백하고, 이어서 예판친 장군과 토츠키가 자신들의 악행을 고백한다. 여기서 우리는 〈고백〉이라는 단어만 보고도 즉각적으로 루소J. Rousseau의 『고백록*Confessions*』을 상기할 수 있다. 실제로 도스토옙스키는 분명 루소를 염두에 두었을 것으로 사료된다. 카람진에서 톨스토이에 이르기까지 19세기 러시아 작가 중에 루소의 영향을 받지 않은 사람은 드물다. 벨린스키는 열광적으로 『고백록』을 탐독했으며 훗날 톨스토이는 벨린스키보다 더한 열정으로 루소를 찬미했다. 그는 1901년 프랑스 교육자와의 인터뷰에서 이렇게 회고했다. 〈저는 루소를 스무 권 다 읽었어요……. 저는 그를 그냥 존경하는 게 아닙니다. 그는 저에게 신이나 다름없어요. 저는 열다섯 살 때 루소의 초상화를 메달로 만들어 십자가 대신 걸고 다녔지요. 그의 글은 저와 너무나 친근해서 저 자신이 그 글을 쓴 것 같다는 생각이 들 정도입

니다.〉(Tolstoi 1928~1958 PSS 46: 317~318)

그러나 도스토옙스키는 달랐다. 루소와 도스토옙스키의 관계는 깊은 학문적 고찰을 요구하는 주제이지만 이 책에서는 간단하게 핵심만 짚고 넘어가자. 한마디로, 도스토옙스키는 루소를 혐오했고 패러디와 논쟁으로 그의 저술을 폄하했다.[19] 특히 『고백록』은 도스토옙스키에게 혐오를 넘어 분노를 자극했다. 루소를 향한 분노의 가장 큰 이유는 도스토옙스키가 고백이라는 것을 극히 사적이고 내밀한 것으로 생각했다는 사실에 기인한다. 인간은 불특정 다수를 향해 고백할 수 없다. 오로지 신에게만 고백할 수 있다. 그래서 그리스도교에서는 고백을 하나의 성사(聖事)로 인정하는 것이다. 성사로서의 고백은 고백자의 진실한 고백과 참회를 요구하며 참회의 최종 목적으로서의 용서와 구원을 요구한다. 그러나 지극히 세속적이고 공적인 고백은, 특히 글로써 표명된 고백은 그러한 과정을 충족시키기 어렵다. 그래서 도스토옙스키는 문학적 고백이라는 장르를 〈외설적인 자기 노출〉, 거의 음란하다고까지 할 수 있는 〈마스터베이션〉이라 맹공격한 것이다.(Miller 2007: 89)

『백치』의 프티죄 게임에서 세 인물의 고백은 문자 그대로 〈음란한 노출〉에 가깝다. 페르디셴코는 언젠가 초

19 루소에 대한 도스토옙스키의 입장은 Miller 2007: 87~99, 특히 『백치』에 나타난 루소식 사고에 대한 비판은 Miller 1981: 178~182을 보라.

대받아 간 집에서 테이블 위에 있던 3루블짜리 지폐를 훔친 뒤 술집에 가서 값비싼 술을 사 마셨다. 그 집 하녀는 도둑 누명을 쓰고 결국 해고되었다. 이 에피소드는 루소의 『고백』 제2권의 이른바 〈마리온〉 에피소드를 그대로 모방한 것이다.(Miller 2007: 88) 페르디셴코는 고백을 마친 뒤 덧붙인다. 〈나는 그때나 그 이후나 특별한 양심의 가책 따위는 느껴 본 적이 없어요.〉(306) 페르디셴코의 말은 〈잠 못 이루는 밤이면 그녀의 모습이 떠오르며 지금까지도 내 양심을 짓누른다〉는 루소의 토로를 무자비하게 조롱함으로써 저자의 의도를 노골적으로 드러내 보인다.

예판친 장군은 35년 전 자신이 육군 소위보일 때 저지른 못된 짓을 고백한다. 불쌍한 노파에게 소리소리 지르며 난동을 부리는 바람에 노파가 그만 세상을 하직하게 되었다는 내용인데, 그의 표현에 따르면 〈젊은 소위보가 난폭한 욕을 해댐으로써 노파를 이 세상의 표면으로부터 저세상으로 전송해 주었다〉.(312) 예판친은 자신이 그 일을 깊이 반성했다는 사실을 자랑삼아 덧붙인다. 〈만성병으로 시달리는 두 노파를 제 부담으로 대우가 좋은 양로원으로 보내 이승에서의 여생을 편안하게 보내게 해주었다〉는 것이다.(313) 그의 고백에 대한 청자의 반응과 청자의 반응에 대한 그의 반응은 다음과 같다.

「각하께서는 생애 중 가장 추잡한 짓이 아니라 모범적인 행위를 얘기해 주셨어요.」

「나는 장군님이 그렇게 착한 마음씨를 가지고 계셨는지 상상조차 못 했어요. 유감스럽기까지 하군요.」

「유감스럽다니요? 왜 그렇다는 거지요?」

장군이 상냥스레 웃으며 물었다. 그는 흡족해하며 샴페인을 한 모금 마셨다.(313)

이어서 토츠키가 자신의 〈사랑스러운 이야기〉를 털어놓는다. 내레이터가 묘사하는 토츠키를 보자. 〈그는 풍채가 좋고 키가 훤칠하며 새치가 약간 섞인 조금 벗겨진 대머리로 몸은 조금 뚱뚱한 편이었다. 부드러운 두 뺨은 홍조가 돌았고 약간은 처져 있었으며 틀니를 하고 있었다. 그는 사치스럽게 치장을 하였으며 굉장히 공들여 만든 셔츠를 입고 다녔다. 퉁퉁한 그의 하얀 손은 아무리 봐도 싫증이 나지 않았고 오른손 검지에는 값비싼 다이아몬드 반지를 끼고 있었다.〉(314) 그는 〈고통스러운 마음으로 고백한다〉고 운을 뗀 뒤, 20여 년 전 자신이 장난삼아 저지른 사소한 범죄 얘기를 꺼낸다. 표트르라는 청년이 사모하는 모 부인이 무도회에 들고 갈 붉은 동백꽃을 간절히 바란다. 청년은 꽃을 바쳐 그녀의 사랑을 얻으려고 노심초사하던 끝에 모처에 꽃이 있다는 사실을 알아낸다. 토츠키는 오로지 〈가벼운 장난으로 표트르를 골려 주기 위해〉 그 꽃을 가로채 먼저 부인에게 바친다. 표트르는 상심한 나머지 몸져누웠고 이후 캅카스로 자원해 떠났다가 전사한다. 그가 자신의 고백을 마무리하는 말은 몰양심의 극치를 보여 준다. 〈나는 여러 해 동안 양심의 가책으로 고통받았습니다. 무얼 위해 무얼 얻으려고 내가 그에게 충격을 주었던가.〉(319)

이들 고백자들의 뻔뻔스럽고 추악한 고백은 루소의 〈고백〉에 대한 도스토옙스키의 입장을 분명하게 보여 주지만, 이 대목의 핵심은 루소가 아니다. 도스토옙스키가 프티죄 게임을 통해 가장 깊이 파고드는 것은 전반적이고 보편적이며 광범위한 도덕의 붕괴이다. 프티죄 게임은 루소적인 의미에서의 외설적인 자기 노출과 위선은 물론이거니와 그보다 더 깊이 당대 사회의 기저에 뿌리내리기 시작한 볼거리, 놀 거리, 즐길 거리에 대한 철면피한 탐닉을 꿰뚫어 보여 준다.

무엇보다도 도스토옙스키의 사유 속에서는 고백이란 게임이 될 수 없다. 그러므로 〈고백 게임〉이라는 것 자체가 이미 그러한 게임이 가능한 현실에 대한 경고음으로 들린다. 그것은 샴페인과 농담이 오가는 유쾌한 분위기에서 할 수 있는 게임은 더욱 아니다. 그 게임의 룰은 딱 한 가지, 〈살아오면서 저지른 고약한 짓 중에서 가장 못된 짓을 양심적으로 고백하되 반드시 진실되어야 하고 거짓이 아니어야 한다〉는 것이다.(296) 그러나 참가자들에게 〈양심〉이나 〈진실〉은 전혀 관심사가 아니다. 페르디셴코는 양심의 가책을 못 느낀다는 것을 고백의 핵심으로 삼았고 예판친은 자신의 선행을 자랑하기 위해 죄를 고백하는 척했다. 토츠키의 경우는 그 무신경이 거의 놀라울 지경이다. 그의 가장 큰 죄 중 하나는 누구나 알듯이 어린 소녀 나스타시야를 유린하여 내연녀로 삼은 일이다. 오늘날의 기준에서 보면 〈아동 성범죄〉에 해당하는 중죄이다. 그러나 그는 전혀 다른 얘기, 내레이터의 표현을 빌리자면 〈사랑스러운 얘기〉를 함으로써 자신의 범죄에 대한 지독한 무신경을 드러낸다. 즉 프티죄 게임의 룰은 그리스도교의 고백 성사를 뒤집고 패러디하지만 그에 대한 사람들의 반응은 모두 〈재미〉에 포커스가 맞춰져 있다. 〈괴상하지만 흥미 있는 발상〉, 〈전체적으로 말해 나름 재미는 있었어요〉, 〈아, 그거 정말 재미나겠네요〉가 인물들의 반응이다.

여기서 우리는 『백치』 전체에 걸쳐 등장하게 될 구성적이고 관념적인 원칙의 첫 번째 사례와 마주하게 된다. 〈대체의 원칙〉이라 명명할 수 있는 그 원칙은 당대 사회가 안고 있던 문제에 대한 도스토옙스키의 예리한 진단을 한마디로 요약해 준다. 즉, 문제는 돈이 모든 것을 지배한다는 사실 자체가 아니다. 돈이면 다 되는 세상이기 때문에 그때까지 신성하게 지켜져 오던 것들이 일시에 무너지고 그 자리에 다른 것들이 들어서기 시작했다는 사실이 문제이다. 요컨대 문제는 루소식의 위선이나 허세나 추잡한 마스터베이션이 아니라 고백 성사를 대체하는 〈고백 게임〉이다. 성사(聖事)는 거룩한 표징을 통한 신과 인간의 일치를 가리키는 〈성스러운 일〉이다. 그 거룩한 일이 재미있는 게임으로 대체되는 것이 문제인 것이다.

도스토옙스키가 『유럽 인상기』에서 파헤친 부르주아 멘털리티의 핵심인 광의의 〈엔터테인먼트〉가 이제 러시아 사회도 장악했다. 철도로 인해 사람들은 이전보다 훨씬 자유롭게 세상을 오갈 수 있게 되었고 철도 산업으로 인해 이전보다 훨씬 많은 돈이 시중에 돌게 되었다. 그에 비례해서 먹을거리, 마실 거리, 놀 거리도 훨씬 풍요로워졌다. 도스토옙스키는 부르주아 사회의 빈부 격차가 아니라 빈부 격차를 훨씬 넘어서는 총체적인 무질서와 천박함과 무교양과 무감각에 경악했다. 〈재미〉만 있으면 된다는 생각은 모든 계층과 계급을 초월한다. 재미있는 것은 시간이 지나면 재미를 상실한다. 그래서 더 재미있는 것을 만들어 내야 한다. 재미의 끝을 상상하는 것은 두려운 일이다.

9 그리스도 대행

대체의 원칙은 소설 곳곳에 삽입된 에피소드들의 해석 코드로 작용한다. 상류층 자본가들만이 그리스도교의 가치를 다른 가치로 대체하는 것은 아니다. 이볼긴 장군은 예판친이나 토츠키와 같은 연배의 인물인데, 후자가 시대 변화에 올라타 멋지게 치부하는 데 성공한 인물이라면 전자는 그 대열에 합류하지 못한 낙오자라 할 수 있다. 그의 신분은 퇴역 장군이지만 세를 놓고 살 수밖에 없을 정도로 몰락했으며 아들 가냐는 예판친 장군의 비서로 돈이 탐나 토츠키의 내연녀와의 결혼 여부를 저울질하는 중이다. 그는 〈키가 크고 쉰다섯가량, 혹은 그보다 더 나이가 들어 보이는 피둥피둥 살이 찐 남자였다. 검붉은색이 도는 통통한 얼굴은 살이 축 늘어져 있었고 회색 구레나룻과 콧수염이 나 있었으며, 눈은 툭 불거져 있었다. 궁핍하고, 초라하고, 심지어 꾀죄죄해 보이는 무언가가

없다면 풍채가 꽤나 좋아 보였을 듯했다. (……) 그에게 가까이 다가가면 보드카 냄새가 풍겼다〉.(196)

이볼긴은 몰락한 인간의 모든 청승맞은 특성들을 광대짓과 음주로 버무려 주변 사람들을 당혹스럽게 한다. 그는 미시킨과 처음 만나는 자리에서 자신이 미시킨의 선친과 군대에서 가까운 사이였다며 그때 군대에서 발생한 〈신비한 사건〉을 들려준다.

「사병 중에 콜파코프라는 자가 동료의 구두를 훔쳐다가 그 돈으로 술을 마신 사건이 있었소. 공작은 콜파코프를 붙잡아 호되게 꾸짖은 다음 곤장을 치겠다고 으름장을 놓았소. (……) 콜파코프는 막사로 돌아가 자기 침상에 누운 뒤 15분 후에 죽어 버렸소. (……) 그러나 정확하게 6개월 뒤, 여단 검열 때 사병 콜파코프가 그동안 아무 일도 없었다는 듯이 버젓이 노보제믈랸스키 보병 연대 2여단 3중대원으로 나타났던 것이었소. 그것도 똑같은 사단, 똑같은 여단에 말이오! (……) 나는 그 사건의 목격자로 위원회에도 참석했어. 출석한 사람들은 모두들 그자가 반년 전에 의례적인 사열을 받으며 북소리에 맞춰 매장된 콜파코프 사병이 틀림없다고 증언을 했어. 정말로 희한하고 있을 수 없는 사건이었지.」

「아버지, 점심을 차려 놨어요.」(202~203)

콜파코프 사병 이야기는 술주정뱅이 노인의 입에서 그야말로 밑도 끝도 없이 흘러나왔다가 아무런 결말 없이 묻혀 버리는, 몇 페이지 안 되는 짤막한 헛소리에 불과하다. 그럼에도 그동안 수없이 많은 연구자들의 관심이 이 이야기에 쏠린 이유는 그리스도 부활 에피소드와의 관련성 때문이다. 그리고 이 책에서 우리가 이 이야기를 반드시 짚고 넘어가야만 하는 것도 그리스도 부활이야말로 이 책의 가장 근원적인 주제이기 때문이다.

그리스도의 수난과 책형과 부활은 정교회 신앙과 전례의 핵심이다. 러시아 정교는 책형과 부활을, 인류의 죄를 대속하고 죄의 사함과 영원한 삶을 약속하는 가장 위대한 사건으로서 그리스도 탄생보다도 오히려 더 숭앙하고 장엄하게 축하한다. 그러나 일개 사병이 사망했다가 6개월 뒤 버젓이 되살아났다는 일종의 도시 괴담은 그리스도의 죽음과 부활이라는 〈사실〉만을 공유할 뿐이므로 이볼긴의 이야기는 부활 사건의 심오한 의미를 훼손하고 희화화한다. 이볼긴은 그리스도의 실질적인 대속 대신 가상적이고 인위적인 사건만을 언급함으로써 그리스도 없는 부활과 대속이 얼마나 부조리한가를 보여 준다.(Meerson 1995: 203~205)

더욱이 부활했다고 추정되는 콜파코프가 이볼긴 자신에 대한 거울 이미지라는 점에서 이 에피소드의 불경함은 배가된다. 콜파코프가 동료의 구두를 훔쳐 술을 마셨다면 이볼긴은 등장하는 첫 장면에서부터 알코올 의존자의 행태를 일관되게 보이다가 소설의 후반부에서는 술값을 충당하기 위해 도둑질까지 저지른다. 이볼긴은 가장 우호적인 시각에서 〈소외에 대한 공포에 사로잡힌 자기 방어적 나르시시스트〉(Martinsen 1995: 184)라 정의될 수 있을지 모르지만 객관적인 시각에서 보자면 알코올 의존증에 빠진 거짓말쟁이이자 도둑에 불과하다. 그는 『죄와 벌』의 마르멜라도프를 어느 정도 연상시키지만 그보다 훨씬 추악하며, 거짓말과 광대 짓이라는 차원에서는 거의 『카라마조프 씨네 형제들』의 표도르 카라마조프에 버금간다.

흥미로운 것은 콜파코프의 부활 스토리가 언급되고 수용되는 맥락이다. 요컨대 문제의 핵심은 상트페테르부르크의 중류층 내지 상류층 사회에서 부활 스토리는 최고의 허풍이자 거짓말로 수용된다는 사실이다. 이볼긴의 거짓말이 〈어느 정도〉 거짓말인지는 사실상 문제가 아니다. 한 인물을 거짓말쟁이로 낙인찍는 데 가장 결정적인 것이 부활에 관한 괴담이라는 사실이 문제이다.(Kasatkina 2020: 31~32) 다시 말해서, 그리스도 부활 스토리가 부활에 관한 믿지 못할 사례로 대체되고 부활의 주체는 거짓말쟁이 술꾼으로 대체된다는 사실이야말로 도스토옙스키가 이 에피소드에 담아 놓은 깊은 사회 비평적 우려의 메시지인 것이다.

더욱이 콜파코프 사병의 부활 사건이 발생한 연대가 〈노보제믈랸스키Novozemlianskii〉 보병 연대라는 것은 대체의 원칙에 한층 어두운 그림자를 더한다. 콜파코프 사병 에피소드를 전적으로 그리스도교의 맥락에서 연구한 카사트키나T. Kasatkina의 지적에 따르면 노보제믈랸스키라는 고유 명사는 그리보예도프A. Griboedov의 『지혜의 슬픔*Gore ot uma*』에서 차용한 것이기는 하지만 『백치』에서는 글자 그대로의 의미, 즉 〈새로운 땅(novo + zemlia)〉이라는 의미를 의도적으로 부가한다. 그것은 인간이 다시 태어날 수 있는 곳, 새로운 땅, 새로운 삶에 관한 의미로 충만한 이름이다.(Kasatkina 2020: 30) 그 〈새로운 땅〉은 「요한의 묵시록」에서 종말 이후 모든 죽은 이가 최후의 심판을 거친 뒤 영원한 삶을 살게 되는 〈새 예루살렘〉으로 명명된다. 〈나는 새 하늘과 새 땅을 보았습니다. 이전의 하늘과 이전의 땅은 사라지고 바다도 없어졌습니다. 나는 또 거룩한 도성 새 예루살렘이 신랑을 맞을 신부가 단장한 것처럼 차리고 하느님께서 계시는 하늘로부터 내려오는 것을 보았습니다.〉(「요한의 묵시록」 21: 1~2) 결국 부활한 그리스도는 술꾼 도둑 콜파코프 사병으로 대체되고 부활의 목격자이자 증거자인 사도는 술꾼 거짓말쟁이 이볼긴으로 대체되며 부활의 최종적인 공간인 새 예루살렘은 이름만 〈새 땅〉인 보병 연대로 대체되는 것이다.

10 창백한 말에서 철마로

『백치』에서 대체의 원칙이 가장 의미심장하게 적용된 사례는 아마도 철도와 기차일 것이다. 오늘날 알고리즘이 신을 대체하고 있다면 당대에는 철도가 신을 대체했다. 당시 사회에서 철도는 한 나라의 외교와 국방과 주권을 좌우할 뿐 아니라 기존의 모든 가치를 대체하는 대표적인 〈팍스 테크니카〉였다. 연구자들은 그래서 철도야말로 그리스도교 쇠퇴기에 종교를 대체하는 신흥 종교의 위력을 지니고 있었다고 입을 모은다. 〈철도 부설은 기술 진보에 대한 믿음을 핵심으로 하는 새로운 종교였다.〉(Freeman 1999: 116) 철도를 위시한 첨단 기술이 종교를 대체하는 경향은 이미 철도역에서 역력하게 드러나기 시작했다. 새로운 유형의 교통수단이 가지는 준종교적 아우라는 기차역에 붙여진 성인의 이름과 신고딕 양식의 건축 스타일로 한층 강화되었다. 기차 창고의 거대한 아치형 덮개와 둥근 기둥은 대성당의 회중석과 자연스럽게 비교되었다. 1870년대 유럽의 신문과 잡지는 19세기의 기차역과 인근 호텔 들이 13세기의 수도원과 대성당을 대체했다고 보도했다.(Freeman 1999: 73)

『백치』에서 주요 배경으로 등장하는 파블롭스크 기차역 또한 종교를 대신하는 기술을 상징한다. 19세기 파블롭스크는 상트페테르부르크 부유층의 별장이 운집한 교외의 작은 도시로 1838년 5월에 러시아 최초의 철도인 차르스코예 셀로 노선의 기차역이 그곳에 건설되었다. 당대 스케치를 보면 기차역 역시 신전을 방불케 하는 거대한 반구형 돔과 아치와 도열한 기둥을 자랑했다. 게다가 당시 철도 사업가들은 철도 이용을 촉진하고자 기차역에 음악 홀을 마련하여 여름철이면 수시로 최고의 음악가들이 출연하는 음악회를 열었다. 다시 말해서 기차역은 당대 기준에서 일종의 〈엔터테인먼트〉 중심지, 이를테면 〈복합 문화 공간〉이었다. 도스토옙스키가 『백치』를 쓸 당시 파블롭스크 기차역은 현재와 달리 파블롭스크 공원 바깥이 아니라 안쪽에 있었다. 그러한 공간 배치는 자연을 정복한 기술의 위용을 전달하기에 충분했다.(Blank 2017: 26)

그러나 종교를 대체하는 철도의 핵심은 무엇보다도 기차의 별명인 〈철마iron steed〉라 할 수 있다. 원래 말은 러시아의 문화적 전통 속에서 어마어마하게 풍요로운 함의를 지닌다. 달리는 말이 미래를 향해 힘차게 용약하는 러시아를 상징한다는 것은 시각적으로 쉽게 이해된다. 그러나 러시아 문화에서 무엇보다도 강력하게 말을 표상하는 것은 상트페테르부르크 의회 광장에 세워진 팔코네E. M. Falkonet의 청동 기마상과 그것을 소재로 하는 푸시킨의 장시 『청동 기마상*Mednyi vsadnik*』일 것이다. 살아 움직이는 듯한 청동 말에 올라탄 페테르부르크의 건설자 표트르 대제에 대한 이후 러시아인들의, 심지어 현재까지 진행되는 상반되는 해석은 일단 접어 둔다 해도 그 놀라운 동상은 기수가 그리스도이건 적그리스도이건, 오래된 것과 새것 사이의 공간을 향해 날아오르는 러시아의 상징으로 받아들여져 왔다.(Bethea 2014: 49)

여기서 우리는 말의 이미지가 지닌 묵시록적 함의에 관해 생각해 볼 필요가 있다. 말은 그 내재적 특성, 즉 속도와 아름다움과 자연력이라는 측면에서 종말론적인 전이, 즉 이 세계에서 다른 세계로 건너감에 대한 이상적인 상징이 될 수 있다.(Bethea 2014: 47) 철도가 놓이면서 말의 그러한 상징은 기차로 대체되기 시작한다. 불을 내뿜으며 무서운 속도로 달려가는 〈철의 말〉은 〈자연의 말〉을 대체하면서 그 묵시록적 상징성을 더욱 강화한다. 『백치』는 그 어떤 소설보다 강력하게 기차-말의 이미지 복합체에 성서적인 종말과 러시아 역사의 향방을 접목한다.(Bethea 2014: 57)

「요한의 묵시록」은 크게 종말에 대한 비전, 계시, 종말 이후의 새로운 세상에 대한 예언을 포함한다. 『백치』는 〈묵시록 소설〉, 〈묵시록적 프레임〉 등이 말해 주듯(Hollander 1974; Bethea 2014: 33) 「요한의 묵시록」과 밀접하게 연관되며 양자의 관련성에 대한 연구는 제목을 이루 다 열거하기 어려울 정도로 많다. 「요한의 묵시록」은 이 책에서 다루는 세 가지 핵심 이미지, 즉 철도, 칼, 그림과도 직결된다. 앞으로 살펴보겠지만 그 세 가지 이미지들은 매우 다양한 방식으로 「요한의 묵시록」의 의미를 소설의 서사에 들여오는 데 기여한다. 그가 『백치』를 집필하면서 특별히 「요한의 묵시록」에 관심을 두게 된 이유는 여러 가지가 있겠지만, 그중에서도 제네바에서 태어난 첫딸의 죽음이 작가를 종말에 대한 심오한 사유의 길로 들어서게 한 핵심 요인이라 추정해 볼 수 있다. 다른 한편으로 그가 『백치』 집필 중에, 그리고 그 몇 해 전부터 유럽을 여행한 것도 「요한의 묵시록」에 대한 사유를 촉진했을 것으로 추정된다. 『유럽 인상기』 곳곳에서 드러나는 문명 비판적 시각, 특히 물질 만능주의에 속속들이 물들어 있는 파리와 런던의 부르주아 사회에 대한 그의 예리한 시각은 5년 뒤 상트페테르부르크로 초점을 이동하면서 형이상학적으로 더욱 날카롭게 날을 세우게 된다.

그러나 무엇보다도 이미지에 대한 도스토옙스키의 관심이야말로 그로 하여금 「요한의 묵시록」에 몰입하게 했을 것이라는 추정도 가능하다. 「요한의 묵시록」의 핵심은 환시이다. 그것은 신약 성서에서 가장 시각 중심적인 텍스트로 〈계시 문학〉의 기능, 즉 드러내 보이는 기능에 최적화된 다양한 이미지들로 포화되어 있다. 흰말, 붉은 말, 검은 말, 창백한 말과 그 기수들을 비롯한 불과 유황과 천사와 용과 기상천외한 괴물 들은 종말과 새로운 시대의 도래를 시각적으로 예언한다. 복음서와 서한 들이 교리를 문학적으로 재현한다면 「요한의 묵시록」은 예술적으로 재현한다. 이미지의 작가인 도스토옙스키가 「요한의 묵시록」에 몰입한 것은 당연한 일일 것이다.

이미지의 대가답게 도스토옙스키는 철도와 기차에 그 자체로서의 사실적이고 경제적인 효용이나 유용성, 혹은 위험성을 넘은 이미지로서의 의의를 부여한다. 그는 등장인물 레베데프의 입을 빌려 그 점을 직설적으로 전달한다. 〈철도가 아니오, 이 열정적인 애송이 양반아. 그것은 전반적인 경향에서 초래된 거요. 철도는 다만 그러한 경향의 예술적 표현인 지도로서 기능할 따름이오.〉(762) 다시 말해서, 새로운 교통수단으로서의 철도 그 자체가 아니라 철도로 인해 완전히 새롭게 변화한 시간과 공간에 대한 사유, 그리고 인간의 삶에 대한 사유 전체가 그의 관심 대상이었다는 얘기이다. 기차와 달려가는 말의 표상적인 〈닮음〉을 넘어서 철도가 파생시킨 새로운 사유 체계야말로 그의 기차와 「요한의 묵시록」이 마주치는 접점인 것이다.

이는 『백치』의 레베데프가 「요한의 묵시록」을 해석하는 대목에서 직설적으로 드러난다. 레베데프는 소설의 맨 처음 장면, 즉 미시킨과 로고진이 기차 안에서 만나는 장면에서부터 등장하여 이후 어릿광대와 사기꾼과 만담가와 〈약방의 감초〉 역할을 고루고루 수행하지만, 무엇보다도 「요한의 묵시록」 해석에서 탁월한 능력을 발휘한다. 물론 그가 이해한 「요한의 묵시록」의 의미가 곧 도스토옙스키가 생각한 의미인 것은 아니다. 도스토옙스키의 인물들 중 진정 선한 인물들은 결코 무언가를 해설하고 논하고 따지고 논평하지 않는다. 인물들의 논평이나 해설이 도스토옙스키의 의중을 그대로 반영하는 경우도 별로 없다. 그럼에도 레베데프의 「요한의 묵시록」 해석은 어느 정도 도스토옙스키의 시각을 반영한다고 볼 수 있다.

「레베데프! 태양은 사랑의 원천이지요? 〈묵시록〉에서 〈삶의 원천〉이 무얼 의미하지요? 공작, 〈쑥별〉에 대해 들어 보았나요?」

「레베데프가 그 〈쑥별〉을 유럽에 퍼져 있는 철도망에 비견해서 말했던 적이 있어요.」

「아니에요, 그게 아니에요. 그런 식으로 받아들이면 안 돼요.」

(……)

「당신의 생각대로라면 철도는 저주의 대상이고, 철도는 인류에게 죽음을 가져다주는 것이고, 〈삶의 원천〉을 흐려 놓기 위해 지상에 떨어진 해악이라는 거요?」

「문제는 철도가 아니에요! 그게 아니라고요. 철도 하나가 삶의 원천을 흐려 놓은 것이 아니에요. 전체적으로 그 모든 것이 저주를 받은 것이라고요. 지난 수 세기 동안의 풍조가, 과학과 실제의 영역 전체가 어쩌면 실질적으로 저주를 받았는지도 몰라요.」(755~758)

요컨대 철도 자체가 아니라 철도에 의해 촉발된, 그리고 철도가 함축하는 일체의 트렌드가 「요한의 묵시록」에서 예언하는 종말의 비전과 중첩된다는 얘기이다. 그는 15년째 사석에서 「요한의 묵시록」을 강의해 온 자칭 최고의 〈묵시록 해설자〉로, 〈검은 말〉에서 지금의 세계와 「요한의 묵시록」의 비전이 정확하게 중첩되는 지점을 발견한다. 〈내가 인간이란 《제3의 말》인 검은 말과 손에 저울을 든 기사와 함께 살고 있는 거라고 하니까 고개를 끄덕이더군요. 요즈음에는 모두 다 저울과 계약에 의거해 살아가고 있으니까요. 모든 사람이 자기의 권리만 찾고 있어요. 《하루 품삯으로 고작 밀 한 되, 아니면 보리 석 되를 살 뿐이다…….》 모든 것이 이런 식입니다.〉(413) 레베데프의 해석에 따르면 「요한의 묵시록」에서 세 번째 봉인이 뜯어졌을 때 나오는 〈검은 말과 손에 저울을 든 기사〉(「요한의 묵시록」 6: 5~6)는 〈저울과 계약〉의 시대를 상징하는 이미지이며 기차-철마는 바로 그 〈검은 말〉의 등장을 예고한다. 새로운 경제와 금융의 시대를 불러온 철마가 모든 것을 계산으로 마감하는 세상을 대변하는 검은 말의 기수와 중첩되는 것은 시각적으로 자연스럽다. 그러나 철마는 또 다른 말을 대체하면서 계산의 시대만이 아니라 계산의 시대가 불러올 마지막 시대까지 예언한다. 그것은 바로 크리스티A. Christie를 비롯하여 무수한 서구 작가들이 작품에 즐겨 집어넣은 〈창백한 말Pale Horse〉이다. 〈푸르스름한 말 한 필이 있고 그 위에 탄 사람은 죽음이라는 이름을 가진 사람이었다. 그리고 그 뒤로는 지옥이 따르고 있다……. 이런 것에 대해 얘기를 했더니 아주 강한 반응을 보이더군요.〉(414) 철마는 저울을 상징하는 검은 말이자 죽음을 상징하는 창백한 말이다. 철마-기차가 계산-죽음과 중첩되는 이유를 레베데프는 이렇게 설명한다.

「우리 시대를 기선과 철도의 시대라고 부를 만하겠지만, 나는 죄악과 철도의 세기라고 불러야 한다고 생각합니다. (……) 과거 시대에 있었던 힘의 반만큼이라도 현대 인류를 묶고 있는 사상이 있다면 대보세요! 이 〈별〉 아래서, 사람들을 동여매고 있는 이 철도망 밑에서 삶의 원천이 약화되지 않았다고, 혼탁하게 되지 않았다고 감히 말할 수 있겠어요? 그리고 여러분의 유복함, 부유함, 드물어진 기근, 빠른 교통망으로 나를 꺾으려 하지 마십시오. 재산은 더 많지만, 힘은 더 적어졌어요. (……) 사람들을 묶는 사상은 없어졌어요. 모든 것이 나약해지고 모든 것이 허약해지고 모든 사람이 연약해졌습니다.」(770~771)

철도 덕분에 전 지구가 하나로 연결되고 있다는 사상이 팽배해 있는 시대에 레베데프는 반대로 인류를 하나로 묶어 주는 사상이 부재한다고 일갈한다. 철도가 죄악을 상징하고 기차가 창백한 말을 대체할 수 있는 것은 바로 그 사상의 부재 때문이다. 물질의 이면에 있는 공허를 채울 수 있는 것이 부재하는 시대는 창백한 말처럼 지옥을 매달고 달려갈 수밖에 없다. 그러나 그 모든 것은 신뢰성이 떨어지는 만담가의 〈논리〉에 불과하며 그의 말 자체에는 시대를 재단할 근거가 빈약하다. 앞에서도 지적했듯이, 해설자의 논리가 독자를 설득하는 사례는 도스토옙스키 소설에서 거의 찾아보기 어렵다. 〈저울〉의 시대를 「요한의 묵시록」과 결부해 전달하는 것은 미시킨의 스토리와 그에 대한 다른 등장인물의 반응이다. 다음 장에서는 그 대목을 살펴보자.

11 가성비 천국

미시킨은 예판친 장군 집의 거실에서 예판친의 부인과 딸들에게 자신이 스위스에 거주할 무렵 경험한 모종의 신비한 체험을 말해 준다. 앞에서도 인용한 대목이지만 워낙 중요하니만큼 다시 한번 읽어 보자.

「태양은 화려하게 빛나고, 하늘을 푸르렀고, 무서운 정적이 흘렀지요. 바로 그럴 때면 나는 어디론가 떠나 보고 싶은 마음이 생겼어요. 만약 거기서 똑바로 계속 걸어 나가 오랫동안 가다가 하늘과 땅이 맞닿는 지평선 너머에 도달한다면 모든 수수께끼가 한 번에 확 풀리고, 우리가 이승에서 누리는 삶보다 1천 배나 강렬하고 소란스러운 새로운 삶을 볼 것 같았어요. 나는 나폴리 같은 대도시를 꿈꿔 왔었지요. 그곳은 온통 궁전과 요란한 소음과 활기찬 삶으로 꽉 차 있을 거라고 생각했어요……. 그렇게 꿈꿔 본 적이 적지 않았습니다. 그 후에 나는 감옥에서도 거대한 삶을 영위할 수 있을 거라는 생각을 하게 되었지요.」(121~122)

정적은 소리와 균형을 이루면서 미시킨의 내부에서 특별한 지각의 힘을 촉발한다. 그가 푸른 하늘과 강렬한 태양을 주시하면 할수록 그의 내면에 있는 정신적 고독의 공간은 줄어들고 그는 점점 더 분명하게 기억의 편린들이 흩뿌려 놓는 낯선 형상들과 눈앞에 펼쳐지는 세계의 중첩을 인지하기 시작한다. 미시킨의 회고는 인간이 시각적인 사유 속에서 천국을 체험할 수 있는 한 가지 방법에 관한 이야기이다. 천국은 인간의 상상력 속에서 공간적으로 〈하늘과 땅이 맞닿는 곳〉 너머이며 시간적으로는 〈새로운〉 삶이다. 그것은 「요한의 묵시록」에서 예견되는 〈새 하늘과 새 땅〉이며 〈거룩한 도성 새 예루살렘〉의 비전이다. 여기서 언급되는 실제의 이탈리아 도시 〈나폴리〉는 다소 뜬금없이 들리기는 하지만 저자의 깊은 의도를 반영하는 지명이다. 나폴리는 러시아어로 〈네아폴 Neapol'〉이라 표기되는데, 이는 카사트키나의 지적처럼 그리스어로 〈새로운 도시〉를 의미하므로 여기서는 〈새 예루살렘〉의 동의어라 해석해도 무방하다.(Kasatkina 2020: 21) 또 이승에서 누리는 삶보다 〈1천 배나〉 강렬한 삶은 숫자 1천이 즉각적으로 밀레니엄을 상기시킨다는 점에서 지극히 묵시록적이다. 그것은 〈천년 왕국〉의 시간적 지속을 동시적인 강도로 번역해서 표현한다. 여기서 미시킨이 사용하는 〈소란스러운〉이라는 단어 또한 맥락적으로 깊은 의미를 지닌다. 천국과 소란스러움은 물론 쉽게 연결되지 않는다. 그러나 화염과 소음을 내뿜으며 무서운 속도로 달려가는 증기 기관차로 대표되는 이승의 신세계가 변혁의 굉음을 특징으로 한다면, 천상의 신세계가 그보다 1천 배나 강렬한 변혁, 1천 배나 더 큰 소리를 특징으로 한다는 것은 자연스럽게 들린다.

도스토옙스키가 숫자 1천에 관심을 둔 것은 첫 번째 유럽 여행 당시로 거슬러 올라간다. 그가 『유럽 인상기』에서 강조했듯이 런던과 파리 부르주아의 문제는 물질 만능주의 자체가 아니라 물질의 신이 원래의 신을 대체하는 상황에 대한 무감각이다.

> 일반적으로 부르주아는 결코 우둔하지 않지만 그들의 지혜는 약간 모자란 듯하며, 주로 단편적이다. 그들에게는 이미 준비된 개념들이 마치 월동을 위한 장작처럼 너무 많으며 마치 그것으로 1천 년이라도 살아갈 것 같은 자세이다. 그렇지만 그 1천 년이라는 말은 문제가 있다. 부르주아는 좀처럼 1천 년이라는 말은 쓰지 않는다. 한참 웅변에 빠져 있을 때나 겨우 한 마디 나올 정도이다. 〈나 죽은 뒤에 홍수가 나든 말든Après moi, le

déluge〉이라는 말이 훨씬 더 많이 쓰이고 더 자주 응용된다. 그리고 만사에 무관심하며 때때로 소용없는 흥미와 관심을 많이 가지기도 한다.(도스토예프스키 1995: 126)

〈나 죽은 뒤에 홍수가 나든 말든〉은 당시 유럽에 번져가던 허무주의와 보편적인 무관심을 말해 주는 화두였는데, 도스토옙스키는 그것을 천년 왕국을 대체하는 부르주아 어법으로 특정한다. 특히 여기서 〈홍수〉가 환기하는 〈노아의 홍수〉는 종말의 공포와 종말 이후의 새 세상에 대한 희망을 모두 포함하므로 〈홍수가 나든 말든〉은 다만 재앙에 대한 무관심뿐 아니라 재앙 이후의 새 천 년에 대한 무관심까지 폭넓게 함축한다고 말할 수 있다. 그러므로 여기서 미시킨이 언급하는 나폴리라는 이름의 구체적인 공간은 당대의 허무주의에 대한 도스토옙스키의 철학적 반박을 토대로 하는 은유로 읽어도 좋을 것이다.

홍미로운 것은 미시킨의 나폴리 이야기가 불러일으키는 철저하게 세속적인 반향이다. 예판친의 셋째 딸 아글라야(훗날 미시킨의 연인이자 나스타시야 필리포브나의 연적)는 그의 이야기가 어느 과부 식객의 이야기와 같다고 응수한다.

「그 여자는 어느 관리의 미망인인데 우리 집에 식객

처럼 드나들어요. 그 여자의 인생 과제는 어떻게 하면 돈을 덜 들이고 값싸게 살 수 있는가 하는 거예요. 보다 싸게 살기 위해서 푼돈을 가지고도 따지고 든답니다. 한데 그 여자는 돈도 있어요. 엄살을 떨고 있는 거라고요. 공작이 말한 감옥에서의 거대한 삶도 그와 똑같은 거예요. 어쩌면 4년 동안 행복하게 살았다는 시골에서의 삶도 마찬가지겠지요. 그런 삶을 위해 나폴리까지 파신 거예요. 그것도 몇 푼의 이자를 붙여서 판 게 아닐까요?」(122~123)

아글라야의 이야기는 언뜻 미시킨의 이야기와 아무런 관련도 없게 들린다. 천국의 비전을 말하는 사람에게 〈싸게 사는 삶〉에 통달한 누군가의 이야기를 한다는 것은 맥락과 상관없게 들린다. 그런데 바로 그러한 괴리야말로 도스토옙스키가 당대 사회에서 읽어 낸 〈대체의 원칙〉을 우회적으로 예시한다. 이제까지 국내외에서 『백치』를 연구한 그 누구도 이 대목에 주의하지 않은 것이 이상할 지경이다. 미시킨은 천국을 시각적이고 인지적으로 체험하고 그 체험은 인간이 처한 물질적인 공간을 초월한다는 점을 역설한다. 〈감옥에서도 거대한 삶을 영위할 수 있다〉는 것은 바로 그러한 체험을 말하는 것이다. 반면 아글라야의 식객은 상당한 재산가이면서도 푼돈에 치를 떨면서 〈부유한 삶〉을 대신 살아가고 있다. 감옥에서 천국을 상상하며 사는 것과 한 푼도 쓰지 않으면서 모자람 없이 생계를 유지하는 것은 속칭 〈가성비〉 측면에서 동일하게 들릴 수 있다. 두 가지 삶 모두 돈이 최소로 적게 들거나, 혹은 전혀 들지 않기 때문이다. 도스토옙스키가 현대의 삶과 관련하여 가장 우려하는 부분 중 하나가 바로 아글라야의 시각과 같은 시각이다. 비용이 적게 들 수만 있다면, 돈을 벌 수만 있다면, 돈을 쌓을 수만 있다면, 싸게 살 수만 있다면, 그 모든 〈있다면〉에서 도스토옙스키는 물질 만능주의의 심연과 맞닥뜨린 것이다.

그러나 종교적인 측면에서 본다면 미시킨과 식객 과부의 대립은 좀 더 심오한 그리스도교적 의미를 함축한다. 미시킨의 이야기는 「요한의 묵시록」의 새 예루살렘에 대한 희망과 비전, 초시간적인 직관 속에서 영혼이 갈망하는 것과의 일치에 대한 체험이므로 무의미와 빈곤과 정서적인 고갈이 끼어들 틈이 없다. 〈감옥에서도 거대한 삶을 영위할 수 있다〉는 것은 곧 인간의 영적인 갈망과 고상함과 상상할 수 있는 능력은 빈곤과 고통과 부자유를 제압한다는 뜻이자, 묵시록적 맥락으로 연장하자면 종말의 상황에서도 천국을 기대할 수 있다는 뜻이다. 수전노 과부의 삶은 바로 그러한 삶을 뒤집어 반영한다. 그녀는 풍요로울 수 있는 조건 속에서도 빈곤한 삶을 영위한다. 그녀는 거대한 삶을 감옥으로 축소하고 스스로를 옹색한 싸구려 생활 속에 유폐한다. 즉 그녀는 미시킨의 말을 뒤

집어 〈감옥이 아닌 삶 속에서도 감옥 같은 삶을 영위할 수 있다〉는 것을 실생활로써 증명하는 것이다. 이 점에서 수전노 과부는 로고진 부친의 덜 부유한 분신이다. 로고진의 부친은 장안에서 알아주는 부자이지만 〈1만 루블은 고사하고 단돈 10루블만 어떻게 되어도 살려 두지 않는 분〉(30)이다. 그 두 인물은 「요한의 묵시록」의 검은 말과 기수, 그리고 기수의 손에 들린 저울의 인간적인 현현이라는 점에 수렴한다. 저울을 들고 있는 세 번째 기사에게서 저울은 상인이 곡물의 무게를 다는 데 사용하는 도구로, 검은 말을 탄 기사는 번영을 보증하는 경제 시스템의 한계를 상기시킨다.(Koester 2011: 35) 도스토옙스키는 저울의 의미를 좀 더 보편적인 〈계산〉의 영역으로 확장함으로써 로고진의 부친이나 식객 과부 같은 수전노들로 하여금 종말론적 계시의 기능을 담당하게 한다.

12 유대의 왕

『백치』에 등장하는 청년 대부업자 프티친은 가냐 이볼긴과 더불어 「요한의 묵시록」의 경제적 의미를 조명한다. 우선 프티친부터 살펴보자. 프티친은 로고진의 부친과 식객 과부의 차세대 변주라 할 수 있다. 소설의 1부에서 이볼긴의 집에 처음 등장하는 그는 나중에 가냐 이볼긴의 여동생과 결혼하는 인물이다. 〈서른이 채 되지 않은 청년으로 검소하면서도 세련되게 옷을 차려입고 있었다. 그가 본업으로 고리대금업을 하고 있다는 것은 잘 알려진 사실이었다.〉(189~190) 프티친이 〈고리대금업자〉라는 것은 주의를 요하는 문제이다. 도스토옙스키는 고리대금업이라는 업에 지대한 관심을 가지고 있었다. 그가 〈고리대금업자〉라는 제목의 소설을 구상하고 있었다는 것은 최근의 연구에서 소상하게 밝혀진 바 있으며(Tikhomirov 2017) 1876년도의 유명한 단편 「온순한 여자Krotkaia」의

1인칭 화자 역시 고리대금업자라는 것 또한 연구자들의 주목을 충분히 받아 왔다. 결론부터 미리 말하자면 도스토옙스키는 고리대금업 자체에 대해 판단을 하지는 않는다. 그가 『죄와 벌』의 사악한 자본가를 〈전당포 주인〉이자 〈고리대금업자〉로 선정한 것이 고리대금업에 대한 그의 심판을 반영하지는 않는다는 뜻이다. 그 이유는 1860년대 러시아에서 고리대금업이란 번듯한 금융업이었다는 데서 발견된다.

> 고리대금업이나 고리대금업자의 실질적인 위상은 소설과는 사뭇 달랐다. 귀족부터 문맹 농부에 이르기까지 다양한 신분의 사람들이 고리대금업에 종사했으며 그 범위 또한 일시적인 대부업자에서 전문 대부업자에 이르기까지 다양했다. 실생활에서 고리대금업자에게 탐욕과 불법의 낙인이 찍히는 일은 거의 없었다. 각양각색의 기업가들이 러시아의 자본주의로의 변신에 길을 터주고 법률가들이 사법 개혁을 준비해 준 것처럼 대부업자들은 1860년대에 시작된 러시아 금융 개혁의 길을 터주었다. 그들은 법에 정통했고 절차에 훤했으며 단순 탐욕이 아닌 지식으로 무장하고 있었다.(Antonov 2016: 36~37)

언제나 당대 러시아의 현실에 충실했던 도스토옙스키

가 그런 사정을 몰랐을 리 없다. 그가 고리대금업에 주목한 것은 고래로 고리대금업에 찍힌 보편적인 탐욕의 낙인 때문이 아니다. 프티친에 대한 설명을 더 들어 보자. 〈그는 17년간 노숙을 하며, 펜을 깎는 칼을 팔아서 한 푼 두 푼 모아 지금은 6만 루블을 벌었다. 그러기까지는 상당한 장애물을 극복해야 했다.〉(259) 다시 말해서 프티친이 자산을 모은 방법에 문제가 있다는 얘기이다. 무려 17년간 모든 장애를 무릅쓰고 노숙인(즉 거지) 신세를 견뎌 가며 거액의 자산을 축적했다는 점이 문제인 것이다. 상식의 차원에서 본다면 프티친의 〈돈 모으기〉는 칭찬받아 마땅한 업적은 될지언정 비난받을 일은 아닌 듯 들린다. 위험한 사업을 벌이거나 크게 투기를 하거나 아니면 심지어 도스토옙스키 자신처럼 도박판 등에서 한탕을 노리는 것은 지극히 위험한 일이긴 하지만 이 장의 문맥에서 논할 것은 아니다. 일단 몇 푼 안 되는 돈을 꼬깃꼬깃 모아서 부를 축적해 나가는 행위, 그리고 〈돈이 돈을 벌게 하는〉 식의 축적에 대한 도스토옙스키의 생각을 살펴보자.

문제의 핵심은 프티친이 대표하는 부르주아적이고 소시민적인 사고방식이다. 프티친 유형에 대한 도스토옙스키의 혐오는 『유럽 인상기』로 거슬러 올라간다. 파리에서 그가 본 것은 너 나 할 것 없이 장사에 달려드는 소시민들의 무리였다. 앞에서 살펴보았던 대목을 다시 읽어 보자. 〈파리 사람들은 장사하는 것을 무척 좋아한다. (……)

행운을 잡아 저축해서 가능한 한 많은 물건을 가진다는 것, 그것이 파리인들의 가장 보편적인 도덕 법전이 되었고 교리 문답이 되었다.〉(도스토예프스키 1995: 102) 황금 만능 사상이니 물신 숭배니 하는 것은 인류의 역사만큼 오래되었지만 도스토옙스키가 발견한 것은 그 오랜 역사에 거대하고 사악한 마침표를 찍는다. 〈과거에는 돈만이 아니라 다른 것도 인정받을 수가 있었다. 그래서 돈은 비록 없더라도 그와 바꿀 수 있는 무언가를 가지고 있는 인간이라면 어느 정도나마 존경을 기대할 수도 있었다. 그러나 지금은 그런 기대는 전혀 가질 수 없게 되었다.〉(도스토예프스키 1995: 102)

프티친이 영위하는 〈존재의 방식〉은 두 가지 측면에서 사악하다. 먼저 모든 위대한 것을 〈싸구려〉로 변조하기 때문이고 둘째 초월성을 부정하기 때문이다. 그런 식의 삶 속에서는 위대한 꿈도 불가능하고 초월적인 것에 대한 상상도 불가능하다. 그런 식의 삶은 모든 위대한 것을 짓밟아 깔아뭉개고 아름답고 고상하고 초월적인 모든 것을 현세성으로 대체한다. 프티친의 극기는 다른 극단에 존재하는 수도사들의 극기와 기묘한 짝을 이룬다. 수도사들이 극기와 절제를 통해 영적 성숙을 꾀한다면 프티친은 극기와 절제를 통해 부의 축적을 꾀한다. 수도사의 영적 성숙은 눈에 보이지 않지만 프티친의 부는 번듯한 자본이 되어 고리대금업이라는 당당한 사업의 종잣돈이

된다.[20]

프티친의 삶은 결국 철두철미한 현세주의로 마무리된다. 〈오늘은 가게에서 조금만 장사를 하자. 그러면 내일 주님의 은혜로 보충할 수 있을 것이고 모레도 하느님의 큰 은혜로 또……. 그러면 앞으로 빠른 시일 내에 다만 몇 푼이라도 돈을 벌 수 있다. 내 뒤에 홍수가 밀려든다 해도.〉(도스토예프스키 1995: 99) 앞에서도 언급했던 〈나 죽은 뒤에 홍수가 나든 말든〉은 도스토옙스키 자신의 표현을 빌려 말하자면 〈오늘날 사업가들의 좌우명이 되었다〉.(PSS 21: 91) 그것은 사실상 거대하고 사악한 무감각과 무관심, 내세를 부정함으로써 결국 현세도 하찮게 만드는 괴물 같은 니힐리즘과 다름없다.

프티친의 사업은 소소한 대부업이지만 그의 사업의 원형이자 절대적인 이상은 당시 유럽을 제패한 로스차일드Rothschild 가문의 금융업이다. 당대 언론에서 소개된 로스차일드라는 이름은 백만장자의 상징이자 살아 있는 돈, 걸어 다니는 은행이었다. 특히나 로스차일드 가문의 철도 투자는 유명했다. 1860년대에 로스차일드 가문은 프랑스, 스페인, 독일, 스위스, 오스트리아 등 전 유럽을 연결하는 철도를 구축했다.(퍼거슨 2013-1: 23)[21] 로스차

20 도스토옙스키는 수도사의 극기를 전범으로 제시한 적은 없다. 영적 성숙에 대한 수도사의 집착 또한 그 극에 이르면 기묘한 현세성으로 대체된다. 『카라마조프 씨네 형제들』에 등장하는 페라폰트 신부가 좋은 예이다.

21 로스차일드가가 철도 사업에서 경쟁자들에게 내준 유일한 국가는 러

일드는 권력의 상징인 나폴레옹과 함께 부의 상징으로서 당대 유럽의 두 축으로 군림했다.[22] 도스토옙스키가 돈의 문제를 천착하고 철도의 이미지를 파고드는 『백치』에서 로스차일드를 수시로 환기하는 것도 바로 그 때문이다.

도스토옙스키는 로스차일드라는 실존 인물에게서 당대의 흐름을 읽어 냈다. 로스차일드를 언급할 때 그가 의미하는 것은 금융계의 황제 로스차일드가 아니라 로스차일드로 인해서 당대 사회에 뿌리내린 모종의 현상이다. 로스차일드는 모두가 본받고 흉내 내야 하는 전범, 모두가 지향해야 하는 부자의 모델이며 모든 가치를 가격으로 변환하는 셈법의 대명사이다. 젊은이건 늙은이건 모두들 로스차일드를 입에 붙이고 살아가는 현실은 토마스 아 켐피스T. à Kempis의 『그리스도의 모방*Imitatio Christi*』에서 그리스도를 배제할 때 가능하다. 그리스도를 닮은 백치 공작 미시킨이 주인공인 소설에 로스차일드는 실제 등장하진 않지만 그 이름만으로 주인공 미시킨의 뒷면에 그림자처럼 눌어붙어 있다.

철도가 당대인들의 시간 개념을 바꿔 놓았듯이 로스차일드 역시 시간 개념을 바꿔 놓았다. 폐병에 걸려 살날이

시아였다. 크림 전쟁 직후 로스차일드가는 초기 단계의 철도망 계획을 마련해서 새로 즉위한 차르 정부에 신중하게 접근했으나 수익성에 대한 의혹 때문에 페레르 형제에게 넘겨 주었다.(퍼거슨 2013-2: 163)

22 이 점에서 소설 『백치』가 나폴레옹과 로스차일드의 테마를 하나로 합치고 두 인물을 상징의 복합체로 설정한다는 주장은 설득력 있게 들린다. Podosokorskii 2020을 보라.

얼마 남지 않은 18세 소년 이폴리트에게 지상에서의 삶은 아주 많은 시간을 의미하고, 아주 많은 시간은 열심히 노력해서 아주 많은 돈을 모을 수 있다는 것을 의미하며, 그것은 곧 그가 〈로스차일드 되기〉를 구현할 수 있다는 것을 의미한다. 그래서 그는 위층에 사는 수리코프라는 가난뱅이에게 분노한다. 〈왜 그는 로스차일드가 되지 못하는가? 그가 로스차일드 같은 백만장자가 되지 못하고, 그가 사육제의 무대만큼 높이 쌓아 올린 임페리얼 금화와 나폴레옹 금화를 가지지 못하는 것은 대체 누구의 잘못인가? 그가 살기만 한다면 모든 것이 그의 수중에 들어올 텐데! 그가 이 사실을 이해하지 못하는 것은 누구의 잘못 때문인가?〉(799)

지상에서의 시간이 로스차일드의 돈으로 환산되는 이폴리트에게 산다는 것은 곧 돈을 축적한다는 것을 의미하므로(같은 원리에서 업적을 축적하고, 권력을 축적하고, 명예를 축적하는 것을 의미하므로) 살아 있으면서 돈을 벌지 못하는 사람(이른바 모든 〈루저〉들)은 사람 축에도 끼지 못한다. 이폴리트는 마치 〈일수놀이〉 하는 고리대금업자가 날수와 이자와 원금을 계산하듯 남은 살날과 누적되는 돈을 단순 산수로 해석하는 것이다. 도스토옙스키는 훗날 『카라마조프 씨네 형제들』에서 이폴리트와 동일한 상황에 처한 소년을 통해 그러한 시간관에 대한 설명을 보충한다. 『카라마조프 씨네 형제들』에서 조시마

장로의 형 역시 열일곱 나이에 결핵을 앓아 살날이 얼마 남지 않은 상태이다. 그런데 그의 셈법은 이폴리트와 전혀 다르다. 그에게 지상에서 살날은 실질적인 날수로 계산되지 않고 그 날수만큼 벌 수 있는 돈으로 계산되지도 않는다. 의사가 죽을 날을 받아 놓은 소년을 위로하기 위해 아직 여러 달, 여러 해 더 살 수 있다고 말하자 소년은 응수한다. 〈여러 해, 여러 달이라니요! 왜 그렇게 날짜를 계산하는 건가요? 온갖 행복을 맛보는 데 인간에겐 하루면 충분할 텐데.〉(『카라마조프 씨네 형제들』: 643)

프티친의 처남인 가냐 이볼긴은 당대 사회에서 로스차일드가 의미하는 바를 가장 뻔뻔스럽게 구현한다. 그는 프티친이 로스차일드 같은 부호가 되기를 바라지도 않고 그것을 생애의 목적으로 삼지도 않는다는 데 화를 낸다. 〈고리대금을 하는 이상 철두철미하게 해야지. 사람들을 쥐어짜서 돈을 긁어모으란 말이다. 폭군이 되어 유대인의 왕처럼 되라고!〉(942) 가냐에게 돈을 번다는 것은 로스차일드처럼 번다는 것 외에 다른 무엇도 의미할 수 없다. 그래서 그는 최고의 고리대금업, 즉 로스차일드 가문의 스케일에 걸맞은 대부업을 꿈꾼다. 그러기 위한 종잣돈을 마련하고자 그는 굴욕적인 지참금 7만 5천 루블을 받고 〈부자의 첩〉이라 낙인찍힌 나스타시야와 결혼할 계획을 세운다. 〈나는 정열과 집착에 이끌려 가고 있어요. 나에게는 커다란 자본이라는 목적이 있기 때문이지요.

내가 7만 5천 루블을 받으면 당장에 마차라도 살 것 같지요? 그렇지 않아요. 나는 3년째 입고 있는 낡은 프록코트를 해질 때까지 입고 다니고 클럽 사람들과 손을 끊을 거예요. 우리 나라에는 참을성 있는 사람들이 드물어요. 그런데 모두들 고리대금업에 관여하고 있어요.〉(258) 그는 이 대목에서 프티친이 6만 루블을 모으기 위해 17년 동안 노숙했다는 이야기를 하면서 자신은 그 단계를 뛰어넘어 아예 커다란 자본가로서 시작하겠다고 덧붙인다. 그렇게 하는 목적은 다름 아닌 〈유대의 왕〉이 되는 것이다. 〈15년 후에는《저 사람이 유대의 왕 이볼긴이다》라고들 할 겁니다.〉(259)

〈유대의 왕〉은 인물의 대사 속에만 잠깐 나왔다가 사라지는 작은 디테일에 불과하지만 그 의미는 막강하다. 그것은 소유의 문제, 부의 문제, 처형의 문제, 그리스도의 문제 등 소설에 분포되어 있는 온갖 테마들을 관통하는 가장 중요한 이미지이자 키워드이자 가장 심오한 관념 중의 하나이다. 〈유대의 왕〉은 구약과 신약에서 공히 발견되는 호칭이지만 그리스도교 신앙 안에서 즉각적으로 환기하는 사건은 그리스도의 책형이다. 그리스도가 십자가에서 처형당할 때 십자가 위에 쓰인 명패가 바로 〈유대의 왕〉이었다.

여기서 그들은 예수를 십자가에 못 박았다. 그리고

다른 두 사람도 십자가에 달아 예수를 가운데로 하여 그 양쪽에 하나씩 세워 놓았다. 빌라도가 명패를 써서 십자가 위에 붙였는데 거기에는 〈유대인의 왕 나자렛 예수〉라고 쓰여 있었다. 그 명패는 히브리 말과 라틴 말과 그리스 말로 적혀 있었다. 예수께서 십자가에 달리신 곳이 예루살렘에서 가깝기 때문에 많은 유대인들이 와서 그것을 읽어 보았다.(「요한의 복음서」19: 18~20)

〈유대의 왕〉은 그러니까 그리스도를 처형한 자들이 책형의 극심한 육체적 고통에 모욕과 조롱을 더하기 위해 사용한 일종의 장난질이다. 가냐는 그리스도 시대 박해자들이 〈왕 중의 왕〉에게 가한 최악의 모욕을 진지한 맥락으로 끌어들여 부자가 된 자신의 미래에 덮어씌우기를 한 것이다. 물론 가냐가 〈유대의 왕〉을 자신의 별칭으로 예고할 수 있었던 것은 유대인으로서 당대 최고의 부자로 유명세를 떨친 로스차일드 일가 덕분이다.

당대 유럽에서 로스차일드 가문은 황실에 버금가는 권력과 금력을 소유하고 있었으므로 종종 황제, 제왕, 왕 등으로 불렸다. 게르첸은 『나의 지난날과 사색*Byloe i dumy*』에서 책상 앞에 조용히 앉아 서류에다 숫자를 적어 넣는 제임스 로스차일드를 가리켜 〈유대의 황제〉라 칭했지만, 검열관이 〈황제〉를 〈왕〉으로 바꾸는 바람에 본의 아니게 〈유대의 왕〉은 그의 표현이 되고 말았다.[23] 실제로는 하이네H. Heine가 게르첸보다 먼저 그 표현을 사용했다. 하이네는 1834년에 출간된 『독일의 종교와 철학의 역사*On the History of Religion and Philosophy in Germany*』에서 메이어 로스차일드를 그리스도에 빗대어 표현했다.(Heine 2007: 70) 도스토옙스키는 당시 자신이 출간하던 잡지 『시대*Epokha*』에 하이네의 글을 러시아어로 번역해서 출간했다. 그러나 그때도 역시 검열관은 〈유대의 왕〉이라는 표현에 관심을 기울였고 이번에는 아예 〈유대의 왕〉이라는 표현 자체를 삭제했다.

금융계의 제왕을 그리스도에 빗대어 표현하는 것은 소설 구성의 가장 큰 원칙인 대체의 원칙을 의미론적으로 완성한다. 부자를 꿈꾸는 모든 사람에게 이제 더 이상 그리스도는 필요치 않게 되었다. 로스차일드가 그리스도를 대신하는 〈유대의 왕〉이 되었기 때문이다. 그 새로운 〈유대의 왕〉 자리를 노리는 가냐의 말은 거의 종말론적인 뉘앙스를 풍기면서 대체의 원칙을 더욱 섬뜩하게 만든다. 〈돈을 벌면 그야말로 최고로 독창적인 사람이 되어 있을 겁니다. 돈보다 치사하고 증오스러운 게 없다는 말은, 그것이 인간에게 재능까지 부여하기 때문이지요. 아마 세상이 끝나는 날까지 부여할 겁니다.〉(259) 〈나는 마지막까지 버텨 낼 겁니다. 마지막에 웃는 자가 진짜 웃는 자

23 자세한 것은 Podosokorskii 2020: 43~44, Tikhomirov 2017: 8을 보라.

라는 말이 있듯이!〉(260) 가냐는 의도적으로 「요한의 묵시록」에서 그리스도가 선포하는 〈나는 알파와 오메가, 곧 처음과 마지막이며 시작과 끝이다〉(「요한의 묵시록」 22: 13)를 패러디한다. 그는 그리스도가 아닌 돈이 처음이자 마지막이며 자신은 세상이 끝날 때까지 돈과 함께 함으로써 승리를 구가하리라고 선포하는 것이다.

우리는 철도가 촉발한 경제, 돈, 금융의 관점에서 『백치』를 살펴보면서 결국 「요한의 묵시록」에 도착했다. 철도와 돈은 종국에 가서 그리스도를 대체한다는 데 그 가장 두려운 의미가 있다. 철도는 〈월드 와이드 웹〉으로서 전 세계를 연결해 주었지만 그 수평적 연결이 조밀해지면 조밀해질수록 지상과 천상을 이어 주는 연결의 힘은 점점 더 미약해졌다. 결국 인간과 신, 지상과 천국의 고리는 끊기고 지상의 부를 장악한 인간이 그리스도를 대체했다. 도스토옙스키는 아직 유럽과 러시아에 철도가 확산되기도 전에 쓴 에세이에서 자신의 시대를 〈철도의zheleznoe 시대, 사업의delovoe 시대, 돈의denezhnoe 시대, 계산의 시대, 온갖 가능한 도표와 숫자와 제로 들로 가득 찬 시대〉(PSS 18: 5)라 불렀다. 거의 시적인 리듬을 창출하며 연결되는 〈철도〉와 〈사업〉과 〈돈〉은 『백치』에서 길고 불길한 여운을 남기며 종말론적 의미를 획득한다. 다음 장에서 살펴볼 칼의 이미지도 그림의 이미지도 모두 그 종말론적 의미를 중심으로 철도의 이미지와 연결된다.

III.
칼

다른 모든 개념을 뒤틀고 타락시키는 개념이 있다.
나는 악을 말하는 것이 아니다.
악은 전적으로 윤리학의 문제이니까.
내가 말하는 것은 무한이다.
— 호르헤 루이스 보르헤스, 「거북이의 화신들」*

* Jorge Luis Borges, "Avatares de la tortuga", *Obras Completas* (Buenos Aires: Emecé, 1974), pp. 254.

1 날카로운 기계

『백치』는 미시킨과 로고진과 나스타시야의 삼각관계를 축으로 흔히 논의된다. 그러나 조금 다른 각도에서 바라보면 소설의 주된 3인은 미시킨, 로고진, 이폴리트라 할 수 있다. 그 세 사람은 소용돌이치며 전개되는 죽음의 서사 속에서 〈죽임당함〉의 각기 다른 세 면을 대표한다. 미시킨은 가장 먼저 처형의 모티프를 소개하는 인물로 주로 사형수의 에피소드를 중심으로 죽임당함의 의미를 〈전달〉하는 역할을 한다. 이폴리트는 죽임을 당하는 인물인 동시에 죽임을 당하는 것에 관해 사색하는 인물이다. 그는 불치병으로 살날이 얼마 남지 않은 〈사형수〉이자 그러한 죽음에 관해 형이상학과 미학이 어우러진 서사를 만들어 내는 저술가이기도 하다. 마지막으로 로고진은 죽이는 인물이다. 그의 행위 속에서 소설의 모든 취지는 하나가 되어 폭발한다. 나스타시야는 그에 의해 살해되는 인물이지만 〈죽임당함〉의 서사 속에서 그녀의 역할은 다른 세 인물에 비하면 다소 평면적인 편이다.

미시킨, 로고진, 이폴리트(그리고 물론 칼에 찔려 살해당하는 나스타시야)를 연결해 주는 결정적인 물건은 칼이다. 칼과 칼의 변주들은 『백치』 전체에 고르게 분포되어 있다. 〈칼에 대한 언급은 거의 최면적인 효과를 발휘하며 반복된다.〉(Bethea 1998: 159) 〈텍스트는 칼 이미지의 운동 위에 구축된다. (……) 칼은 독자의 의식을 꿰뚫는 초현실적인 분위기 속에서 부유한다. 러시아어 동사 《pronzat'(찌르다)》는 노골적인 라이트모티프를 형성하면서 다양한 형태로 소설을 관통한다.〉(Straus 1998: 117~118)

여주인공이 칼에 찔려 살해당하는 것으로 마무리되는 소설에서 칼과 가장 직접적으로 관련된 테마는 당연히 살인일 것이다. 그러나 칼은 여주인공의 살인만을 시사하는 것은 아니다. 소설은 여주인공의 피살을 중심으로 집요하게 칼과 칼에 의한 죽음을 입체적으로 파고든다. 무엇보다도 당대 신문 지면을 장식했던 살인 사건은 이 소설에 거의 실시간으로 반영된다. 뒤에 가서 자세히 다루겠지만 러시아 사회를 떠들썩하게 했던 몇몇 살인 사건들의 범인은 피해자를 칼로 찔러 살해했고 살인의 실질적인 디테일은 소설 속으로 들어와 가상의 서사 속에 녹아든다.

두 번째는 처형의 테마이다. 미시킨은 예판친 저택을 방문하여 대기실에서 기다리는 동안 시종에게 외국살이에 관해 담소하는데, 그때 하필이면 기요틴에서 죄수가 처형당하는 것을 목격한 이야기를 털어놓는다. 칼에 의한 생명의 단절에 관해 인간이 상상할 수 있는 가장 단정적이고 최종적인 장면은 기요틴 처형일 것이다. 시종이 외국에서는 사형을 집행할 때 교수형에 처하냐고 묻자 미시킨이 대답한다.

「아니에요, 프랑스에서는 목을 잘라요.」[24]

「그럼 사형수가 울부짖나요?」

「어떻게 그래요? 일순간에 벌어지는데. 사형수를 올려놓자마자 이만한 작두날nozh이 기계 장치mashina에 의해 떨어져요. 그 단두대를 기요틴이라 부르는데 육중한 게 아주 힘이 세답니다.」(48)

이 대목은 앞으로 여러 차례 언급될 처형의 테마를 소

24 이 에피소드는 훗날 도스토옙스키와 투르게네프I. Turgenev, 그리고 톨스토이가 공히 강도 높게 논한 실제의 처형 장면을 예고한다. 1870년 1월 파리에서 트롭만J. B. Tropmann이라는 죄수의 공개 처형식이 진행되었다. 일가족 살인 혐의로 체포되어 사형 선고를 받은 그 청년의 처형식은 2만 5천 파리 시민들의 〈관람〉 속에서 진행되었다. 투르게네프는 그 처형식에 참석한 후 「트롭만의 처형Kazn' Tropmana」이라는 에세이를 발표했고, 전부터 투르게네프를 좋아하지 않았던 도스토옙스키는 그의 논지를 반박하는 편지를 썼다. 톨스토이 역시 그 처형식장에 있었으며 훗날 그때의 체험을 『참회록*Ispoved'*』에서 기술했다. 처형에 대한 세 문호의 입장은 Jackson 1993: 29~74를 보라.

개하는 이를테면 일종의 도입문인데, 여기서 주목을 끄는 것은 칼의 이미지와 앞 장에서 다루었던 철도의 이미지가 〈기계〉의 이미지 속에서 하나로 합쳐진다는 사실이다. 번역문으로는 잘 전달되지 않지만 원문으로 읽으면 칼과 철도의 융합이 확연하게 드러난다. 번역문의 작두날은 원문에서 단순히 〈칼nozh〉이며 〈기계 장치〉의 원어는 그냥 〈마시나mashina〉이다. 흥미롭게도 〈마시나〉는 앞 장에서 다루었던 기차를 지시할 때도 사용된다. 당시에는 기차 역시 일종의 〈기계〉로 이해되었기 때문에 기차와 기계는 동의어로 쓰였다. 〈마시나는 기계 일반, 특히 기차를 의미했다. 그것은 진보적인 지식인들 사이에서 유용성, 진보 등과 결합하는 이미지였다.〉(Bethea 1998: 142)[25] 무겁고 힘이 센 기계 같은 기요틴의 칼날과 육중한 외관의 금속 기차가 하나로 합쳐지면서, 기차와 철도가 소설 속으로 들여왔던 의미들이 칼의 이미지와 대립 및 일치의 원칙에 따라 어우러진다. 〈기계라는 단어의 사용은 이후 소설에서 이 단어가 수반하는 연상을 고려해 볼 때 불길한 의미를 띤다. 도스토옙스키 저술 전체를 통해 발견되는 기계적인 것과 죽음 간의 은유적 연상 관계를 기요틴은 문자 그대로 확정 짓는다.〉(Knapp 1996: 68~69)

25 『백치』에서 칼과 기차와의 정교한 연결 관계 및 기차나 객차를 지칭하는 단어로 〈마시나〉가 사용된 사례는 Bethea 1998에서 자세하게 다루어진다.

그러나 한 가지 간과해서는 안 되는 점은 〈마시나〉가 단지 철도와 칼만을 연결 짓는 이미지만은 아니라는 사실이다. 뒤에 가서 자세하게 논하겠지만 그것은 그림을 해석하는 대목에서도 유표하게 드러나는 이미지로서 이 책의 세 이미지인 철도, 칼, 그림을 하나로 이어 주는 튼튼한 연결 고리로 기능한다. 철도가 소설 속으로 들여온 돈, 금융, 자본의 테마, 그리고 그 테마들과 자연스럽게 이어지는 「요한의 묵시록」과 종말의 의미론이 칼을 중심으로 더욱 견고한 시간과 무한의 테마로 발전한다면, 그 모든 복합적인 테마들은 그림의 이미지에서 장대한 통합의 의미론을 구축한다. 지금 당장은 복잡하게 들리겠지만 이 책이 끝나갈 무렵에는 이러한 주장이 명료하게 이해되리라 기대한다. 한 가지만 더 부연하자면, 도스토옙스키가 이미지를 다루는 방식은 바로 이런 점에서 가히 천재적이라 할 수 있다. 천재라는 말을 남용하는 것 같아 안타깝지만 더 정확한 표현을 찾을 수가 없으므로 나는 앞으로도 몇 번 더 이 단어를 사용할 예정이다. 그는 각각의 사물이 지닌 형상과 기능적 유사점은 물론, 필요한 경우 마치 시인처럼 음성적이고 운율적인 유사점까지 총동원하여 복합적이고 입체적인 의미론을 창출한다. 철도, 칼, 기요틴은 탐욕, 살인, 처형의 의미론과 직결되지만 궁극적으로는 「요한의 묵시록」으로 연결되어 시간에 관한 사유를 촉발하며, 그 모든 것은 결국 그리스도의 죽음과 부활로 귀착한다. 철도의 이미지와 칼의 이미지가 엮였다가 풀렸다가를 반복하는 과정에서, 전자가 함축하는 〈그리스도의 대체〉 의미론과 후자가 함축하는 〈그리스도의 죽음〉 의미론은 그리스도의 죽음을 그린 그림에서 하나로 합쳐진다.

2 무한과 유한

칼의 본래적 기능인 〈잘라 버림〉은 최종성과 확정성의 의미론을 창출한다. 미시킨이 예판친 저택을 방문하여 대기실에서 시종에게 들려주는 기요틴 스토리는 결국 확정성에 대한 이야기로 흘러간다.

「가장 중요하고 심한 고통은 아마 육체적인 상처에 있지는 않을 겁니다. 그것은 아마 당신도 아실 테지만, 한 시간 후에, 그다음엔 10분 후에, 30초 후에, 그리고 지금 당장, 영혼이 육체에서 날아가 버리고 자기가 더 이상 인간이 아니라는 사실에 있습니다. 중요한 것은 그런 것들이 모두 〈분명〉하다는 데 있어요. 가장 끔찍한 것은 바로 그 확실성입니다.」(50~51)

종말의 확실성은 곧 〈피할 수 있다는 희망이 분명히 없을 것이라는 사실〉이며 그보다 더 심한 고통은 이 세상에 없다.(51) 〈그러한 고통과 처참함에 대해서는 그리스도도 말했어요. 정말이지 인간을 그렇게 대해서는 안 됩니다.〉(52) 그런데 확실성의 고통이 가장 큰 것일지는 몰라도 가장 복잡한 것은 아니다. 무슨 얘기냐 하면 죽음의 확실성에 단 1퍼센트일망정 되살아날 가능성이 더해질 때 상황이 훨씬 복잡해진다는 뜻이다. 미시킨은 예판친의 부인과 딸들에게 자신이 아는 어느 사형수의 이야기를 들려준다. 총살형 직전에 사면을 받아 삶을 되찾은 사람인데, 그는 젊은 시절 동일한 체험을 한 도스토옙스키의 분신이라 해도 좋을 것이다. 그만큼 사형수 이야기는 리얼하면서도 동시에 저자의 가장 깊은 내면에서 그 트라우마가 오랜 세월 동안 무르익으며 형성한 사유의 심연을 여과 없이 그대로 노출시킨다. 도스토옙스키가 죽음의 확실성 앞에서 마지막 5분간을 살아 내야 하는 인간을 통해 말하고자 하는 것은 시간에 관한 가장 첨예한 사유의 단면이다.

> 내가 아는 그 죄수는 앞에서 여덟 번째로 서 있었고, 세 번째 처형을 기다리고 있었지요. 신부가 십자가를 들고 모든 죄수들 앞을 돌아다녔습니다. 그에게 목숨이 붙어 있을 시간은 5분 정도밖에 없었던 거지요. 이 5분이 그에게 있어서는 **무한대의 시간이고 엄청난 재산처**

럼 여겨졌다고 그는 술회했어요. 그는 이 5분 동안 많은 삶을 살 수 있을 것 같은 느낌이 들어서 그게 마지막 순간이라는 생각은 하지도 못했다고 했습니다. 그는 남아 있는 5분 동안에 해야 할 일을 정리했던 거지요. 우선 동료들과의 작별에 2분을 할당하고, 마지막으로 자기 자신을 성찰해 보는 데 2분, 그리고 나머지 시간은 마지막으로 주변을 둘러보는 데 할당했답니다. 그는 이 세 가지 결정을 시간에 맞춰 그대로 실행에 옮겼던 일을 아직도 생생히 기억하고 있어요. 그는 27세라는 건강하고 혈기 왕성한 나이에 죽어 가야 했던 겁니다. 그는 동료들과 작별을 고하며 그중 한 사람에게 아주 엉뚱한 질문을 던지고 어떤 대답이 나올까 매우 궁금해하기까지 했다고 말했습니다.(124~125, 강조는 필자)

여기서 사형수가 최후의 5분을 묘사하는 말은 이후 소설 전체에서 하나의 모티프처럼 반복된다. 〈무한한 시간beskonechnyi srok〉과 〈엄청난 재산ogromnoe bogatstvo〉은 고통스러울 정도로 거대한 사색을 요구하는 관념이다.[26] 시간과

26 처형 직전의 체험이라는 점에서 도스토옙스키의 『백치』와 이 소설에 많은 영감을 준 빅토르 위고의 『사형수 최후의 날*Le Dernier jour d'un condamné*』은 그동안 여러 비교 연구를 가능케 했다. 일례로 냅L. Knapp은 위고의 사형수에 대한 모방은 향후 도스토옙스키 시학의 발전에 지대한 영향을 미쳤다고 지적한다.(Knapp 1996: 66~67) 그러나 위고의 사형수와 도스토옙스키의 사형수는 무한에 관한 사유라는 점에서 상당 정도 거리가 있다고 사료된다. 가장

돈의 치환 가능성이 이제 칼, 죽음, 처형의 모티프와 결합하면서 인간 실존의 가장 궁극적인 문제, 그 누구도 간과할 수 없지만 그 누구도 해결할 수 없는 시간의 문제로 독자를 초대한다.

철학에서 형이상학, 신학, 수학, 물리학에 이르기까지 인간의 깊은 사유와 관련한 모든 학문은 사실상 시간의 문제에서 시작하여 시간의 문제로 끝난다고 해도 과언이 아니다. 눈에 보이지 않음에도 그것이 존재함을 누구나 아는 시간은 인간의 실존을 규정하고 지상에서의 삶을 구획 지으며 가장 복잡한 메타사유를 촉발한다. 만일 철학과 신학, 그리고 일체의 형이상학이 그 궁극의 의의를 인간으로 하여금 죽음 이후의 삶을 이 세상에서 경험하도록 하는 데서 찾는다는 사실을 우리가 인정한다면, 시간이야말로 그 학문들이 가장 집중해서 탐구하는 대상이 되어야 할 것이다. 특히 〈신비 사상〉이라 부를 수 있는 모든 학문은 우리가 지성과 감성을 총동원하여 죽음 후의 삶을 체험하는 한 가지 방식이라 해도 좋을 것이다. 그리고 이런 관점에서 본다면 태초부터 현재에 이르기까지 인간이 누적해 온 모든 학문은 시간에 관한 학문이라 해도 과언이 아닐 것이다.

시간에 관한 사유는 불가피하게 무한과 유한에 관한

큰 이유는 물론 두 소설가의 개인적인 체험에서 유래한다. 위고는 도스토옙스키처럼 처형장의 저격수 앞에 세워져 본 적이 없다.

고찰을 수반한다. 무한은 수학적이고 물리학적인 관념이자 철학적이고 신학적인 관념이다. 유한한 존재인 인간은 무한이라는 관념을 어떻게든 스스로에게 납득시키기 위해 상당히 다양한 가시적 방식을 생각해 냈다. 동일한 패턴의 무한 반복, 혹은 프랙털이 가장 직관적으로 이해 가능한 무한의 가시화라면 고대 그리스의 제논은 〈제논의 역설〉로 알려진 분할 무한을 생각해 냈다. 거북이와 아킬레우스의 경주에서 아킬레우스는 거북이보다 빠른 속도로 가지만 거북이가 아킬레우스보다 앞선 지점에서 출발하면 거북이를 따라잡을 수 없다는 제논의 주장은, 미적분 이후 역설이라기보다 단순 문제 제기 정도로 받아들여지고 있다.

우리가 무한에 관해 할 수 있는 가장 쉬운, 그러면서도 가장 합리적인 주장은 데카르트R. Descartes가 제공해 주는 듯하다. 〈무한은 유한한 인간이 판단할 수 있는 것이 아니다.〉(Descartes 2008: 26) 파스칼B. Pascal은 유사한 주장을 그리스도교 호교론의 차원에서 발전시킨다. 〈우리는 무한이 있다는 것은 알아도 그 본질은 모른다. 수(數)가 유한하다는 것은 거짓이라고 우리가 알고 있는 만큼 수의 무한이 있다는 것은 진실이다. 그러나 그것이 무엇인지는 모른다. 그것을 홀수라 해도 잘못이고 짝수라 해도 잘못이다, 하나를 더한다고 해서 무한의 본질이 달라지지 않기 때문이다. (……) 우리는 무한한 것의 존재는 알지만 그 본질은 모른다. 우리처럼 넓이는 있어도 우리처럼 한계는 없기 때문이다. (……) 만약 신이 있다면 그는 무한히 불가해하다.〉(파스칼 2017: 180) 파스칼의 철학적 무한을 물리학적 개념으로 번역한 사람은 뉴턴I. Newton이다. 그의 역학에서 우주는 무한히 확대되어 있는 균질적인 공간이며 물체는 외부에서 힘이 가해지지 않으면 직선 운동을 한없이 계속한다. 뉴턴 역학의 무한 개념은 2세기 후 비유클리드 기하학의 등장과 함께 도전을 받게 되지만 19세기까지도 인간은 무한을 물리적이고 수학적으로 해석하려는 지속적인 노력을 중단하지 않았다. 근대 이후 철학자들에게 무한은 두 종류였다. 운동이 계속된다는 의미에서 그것은 가상의 무한, 조작적 무한, 잠재적 무한 등으로 불렸다. 그와는 다른 무한은 엄청나게 큰 무한으로, 유한에 비해 그 규모가 상상을 초월하게 크므로 존재로서의 무한, 진정한 무한, 현실적인 무한 등으로 불렸다. 게오르크 칸토어G. Cantor는 전체로서의 수라는 형식으로 무한의 집합을 파악함으로써 존재로서의 무한에도 여러 가지가 있다는 것을 증명했다. 수학자나 물리학자가 아닌 보통 사람의 지성으로도 구분할 수 있는 무한은 양적인 무한과 유한, 그리고 질적인 무한과 유한이 될 수 있다. 제로에서 시작하여 끝없이 이어지는 무한수열이 양적인 무한을 표상한다면, 인간의 내면에서 완성되는 어떤 상태를 질적인 무한이라 부를 수도 있다.[27]

도스토옙스키의 소설 세계 역시 시간에서 시작하여 시간으로 끝난다. 우리는 그의 전기에서 시간에 관한 사유를 촉발한 몇 가지 굵직한 사건들을 찾아낼 수 있다. 무엇보다도 그가 공병 학교 시절에 학습한 유클리드 기하학과 비유클리드 기하학은 수학적 무한에 관한 사유 능력을 그에게 심어 주었다. 또 그가 처형 직전에 사면받은 사건은 『백치』의 서사 속으로 들어오기 훨씬 전부터 그로 하여금 신비 신학적인 무한을 체험하게 해주었을 것으로 사료된다. 잠시 후 자세하게 살펴볼 그의 간질 증세 또한 〈순간과 영원〉이라고 하는 시간성 속에서 해석될 수 있다. 앞에서도 인용한 바 있지만, 첫 번째 부인의 시신을 눈앞에 두고 그가 빠져들었던 이 세상과 저세상의 경계에 대한 슬픔으로 가득한 사색 역시 시간에 관한 깊은 성찰로 그를 인도했다.

그러나 도스토옙스키가 소설 속에서 시간을 다루는 방식은 그의 시학적 원칙과 불가분의 관계를 맺고 있다. 반복해서 말하지만, 도스토옙스키는 〈이미지〉의 작가이다.

27 뉴턴에서 아인슈타인에 이르기까지 물리학에서 바라보는 시공과 무한에 관한 자세한 논의는 초운 2022: 187~202를 보라. 특히 다음을 참조하라. 〈공간과 시간은 탄력이 있어서 한계 없이 무한히 늘어날 수 있을 뿐만 아니라 서로 바뀔 수도 있다. 왜냐하면 시간과 공간은 시공간이라는 한 실재의 두 측면이기 때문이다. (……) 실제로 공간 차원과 시간 차원이 한데 뒤엉켜 시공간이라는 4차원 세계를 만든다. 3차원 세상에서 살아가는 우리로서는 4차원을 온전하게 인지할 수 없다. 3차원이라는 느린 길 위에서 살아가는 우리는 4차원 실재가 우리 3차원 세상에 드리운 그림자만을 인지할 수 있을 뿐이다. 시간은 4차원의 한 그림자이며 공간은 4차원의 다른 세 가지 그림자이다.〉(초운 2022: 200)

그에게 소설의 핵심은 보이지 않는 것을 보이게 표상하는 것이다. 그가 회화에 깊은 관심을 보이고 소설에서 종종 특정 그림을 언급한 것도 바로 그 때문이다. 그가 『죄와 벌』의 준비 자료에서 언급한 시간에 관한 정의는 그가 얼마나 치열하게 눈에 보이지 않는 시간을 보이는 어떤 것으로 표상하려 애썼는가를 보여 준다. 〈시간이란 무엇인가? 시간은 존재하지 않는다. 시간은 숫자이다. 시간은 비존재에 대한 존재의 관계이다.〉(PSS 7: 161) 그는 시간에 관한 사색을 공간적으로 구현하기 위해 지속적으로 노력했다. 그는 시간 자체와 공간 자체를 논하거나 탐구하는 대신 시간과 공간을 서로를 위한 척도로 도입한다. 그의 공간은 시간을 설명하기 위한 것이며 그의 시간은 반드시 공간적으로 표현되어야 한다. 바흐친의 〈크로노토프 khronotop〉와 물리학에서 말하는 4차원적 시공간space-time이 중첩되는 동시에 갈라져 나갈 수밖에 없는 이유이다.[28]

무한에 관해서도 같은 얘기를 할 수 있다. 그는 독실한 그리스도교인이었지만 그리스도교 교리 안에 있는 무한에 관해 성찰하고 그 내용을 소설에 녹여 내는 것이 그의

28 바흐친의 시공 개념과 아인슈타인의 상대성 원리 간의 유사와 차이에 관해서는 일찍이 클라크K. Clark와 홀퀴스트M. Holquist가 동시성 개념을 중심으로 개진한 바 있다. 〈진정한 동시성은 없다. 각기 다른 두 사건이 개념적인 통일성으로 묶이는 레퍼런스 시스템이 있을 뿐이다. 아인슈타인은 그러한 레퍼런스 시스템으로서 로런츠 변환을 발전시켰다. 반면 바흐친은 동시성을 창조한 레퍼런스 시스템을 자아와 타자 변환의 역학에서 찾아야만 했다.〉(Clark and Holquist 1984: 70)

작가적 소명은 아니었다. 예를 들어 파스칼의 경우, 그가 설명하는 무한에는 분명하게 그리스도교 호교론이 맥락으로 작용한다. 그러나 도스토옙스키는 처형 직전이라는 절체절명의 순간에, 혹은 간질 발작 시의 병적으로 긴장된 순간에 자신의 비전 속에서 전광석화처럼 번쩍하고 지나간 모종의 무한 체험을 시각적으로 재현한다. 그런 의미에서 그를 신비 사상의 전통과 연결하려는 시도 또한 한계에 부딪힐 수밖에 없다. 그는 예를 들어, 무한한 신과 인간의 유한한 영혼의 합일을 언어로 표현한 중세 신비주의자 에크하르트M. Echhart, 혹은 스베덴보리E. Swedenborg와는 다른 영역에 속하는 그리스도인이다.[29]

다른 한편으로 그는 논픽션, 이를테면 평론이나 에세이에서는 당대 자연 과학계에서 주목받던 비유클리드 기하학과 그리스도교 영성을 접목한 사유의 결과를 기록했다. 그러나 그런 경우에도 역시 수학적 이미지를 간과하지 않았다. 〈실재하는 세계(창조된 세계)는 유한하다. 반면 비물질적 세계는 무한하다. 만일 두 개의 평행선이 마주치게 된다면 이 세상의 법칙은 끝나게 될 것이다. 그러나 무한 속에서는 두 평행선이 만나며 무한은 논란의 여

29 예를 들어, 1980년 노벨 문학상을 수상한 폴란드 시인 미워시Cz. Miłosz는 「도스토옙스키와 스베덴보리Dostoevsky and Swedenborg」라는 제목의 에세이에서 두 작가를 영양사적 맥락에서 비교한다. 학문적인 글이라기보다는 감상문에 가깝지만 양자의 친연성을 주장하는 그 글을 통해 양자 간의 거리가 오히려 훨씬 더 분명하게 입증된다는 점에서 흥미로운 글임에는 틀림없다. Miłosz 1977: 120~143을 보라.

지 없이 존재한다. 만일 무한이 없다면 유한 또한 없을 것이므로 무한의 부재는 상상하기 어렵다. 그러나 만일 무한이 존재한다면 신과 다른 세상 또한 실재하는 세계(창조된 세계)와는 다른 법칙과 함께 존재할 것이다.〉(PSS 27: 43) 물론 평행선의 이미지는 기하학에서 가져온 것이지만 그가 이 대목에서 사용할 때 강조하는 것은 평행선 자체가 아닌, 숫자와 대비되는 가시적인 형태로서의 선이다. 그는 공병 학교 시절 대수 과목에서는 성적이 바닥이었지만 기하학에서는 발군의 재능을 보였다고 기록되어 있다.(Marsh-Soloway 2016: 20) 그러한 학업 성적 역시 보이는 것과 보이지 않는 것의 차이로 해석할 여지를 제공한다. 우리는 숫자는 볼 수 있지만 수는 보지 못한다. 만일 무한이 시간적 개념이라면(대부분의 우리는 그렇게 생각한다) 그것을 몇 가지 이미지들을 통해 〈수학적으로〉 표상할 수 있다. 예를 들어 기원전의 우로보로스 상징이나 성 보니파티우스의 십자가, 렘니스케이트 등이 그러하다. 그 상징들의 공통점은 무한수열 같은 관념이 공간적인 한계 속에 가시적으로 구현되었다는 사실이다. 그러나 그 상징들은 무한 자체가 아니라 무한에 대한 공간적 표상일 뿐이다. 우리는 시간을 볼 수 없고, 부재absence를 볼 수 없고, 제로를 볼 수 없다. 우리는 끝도 볼 수 없다. 그러므로 〈끝의 부재〉는 더욱더 볼 수 없다. 『카라마조프 씨네 형제들』에서 이반이 하는 말은 우리

모두의 상황을 대변해 준다. 〈내 유클리드적 지성으로는 판단할 수 없다.〉 도스토옙스키는 그 볼 수 없는 것들을 보이는 것으로 만들기 위해, 적어도 감각 가능한 것으로 만들기 위해 다만 이미지들만을 창조한 것이 아니라 이미지와 관념을 서사와 결합했다. 칼의 이미지, 처형식, 처형당하는 사람의 에피소드는 모두 무한과 시간을 표상하기 위한 이미지-서사인 것이다.

다시 『백치』로 돌아가 사형수가 죽기 직전의 5분을 기술하는 〈무한한 시간〉이라는 표현을 살펴보자. 여기서 도스토옙스키가 사용하는 단어는 시간이 아닌 〈기간srok〉, 혹은 〈기한〉이다. 기간은 정해진 동안의 시간이므로 굳이 공간화해 말하자면 닫힌 시간이다. 그런데 그 닫힌 시간에 〈끝이 없다〉라는 술어를 붙임으로써 도스토옙스키는 모순 어법을 창조한다. 그러니까 〈무한한 기간〉이란 〈무한한 유한infinite finite〉이 되는 셈이다. 이어지는 〈거대한 부〉 역시 그러한 한정성을 강조한다. 물질로 환산될 수 있는 무한은 결코 무한이 될 수 없다. 그러므로 인간이 상상할 수 있는 무한에는 역설적이게도 한계가 있으며, 무한이라는 것이 상상 불가능한 어떤 영역 안에서 무한을 말한다는 것은 그 자체가 불가능하다. 이런 의미에서 무한과 무계는 동일한 단어가 아니다. 그리고 무제한이라는 것도 무한과 같은 의미가 아니다. 인간의 인지 안에서 시간은 결코 무한에 관한 해답을 제공하지 못한다. 사형수가 겪은 〈무한한 기간〉을 사형수가 아닌 사람은 결코 이해할 수도 없다. 보통 사람은 사형수의 무한을 언제나 세속의 언어, 합리성의 언어로 〈번역〉해야만 하는 이유도 바로 여기에 있다. 공작의 이야기를 듣고 나서 알렉산드라가 던지는 논평은 바로 그러한 한계를 보여 준다. 〈공작은 아마도, 단 한 순간일지라도 한두 푼으론 값을 매길 수 없는 법이며, 때로는 5분이 그 어떤 보물보다 더욱 소중할 수 있다는 점을 강조하고 싶었던가 봐요. 훌륭한 생각이에요.〉(126) 여기서 알렉산드라는 경제적인 〈셈법〉을 적용한다. 그 셈법에 따르면 인간에게는 1분 1초가 다 돈으로 환산된다. 문자 그대로 시간은 돈이다. 죽음의 순간에 다가선 사람의 무한은 그렇지 않은 사람에게 수학적인 번역을 넘어설 수 없다는 것을 보여 주는 가장 세속적인 예시가 아닐 수 없다.

3 영원의 문턱에서

사형수 이야기는 천국과 지옥, 이 세상과 저세상, 그리고 신적인 것과 인간적인 것에 대한 사유로 이어진다.

「동료들과 작별을 고한 뒤, 자기 자신에 대해 생각해 보는 2분이 찾아왔지요. 그는 이미 자신이 무엇을 생각할지 알고 있었답니다. 그는 어떻게 이런 일이 벌어졌는지를 가능한 한 빨리 그리고 선명하게 그려 보고 싶었던 겁니다. 나는 지금 존재하며 살고 있다. 하지만 3분 후면 무언가 다른 존재로 변할 것이다. 그 존재가 생명체인지 비생명체인지는 모른다. 생명체라면 도대체 어떤 존재가 될까? 그리고 어디에서 살게 될까? 그는 이 모든 것을 2분 동안에 다 생각해 보려 했던 겁니다! 멀지 않은 곳에 교회당이 있었고, 그 교회의 황금빛 돔은 태양 빛에 이글거렸습니다. 그는 눈부시게 이

글거리는 그 교회 꼭대기를 뚫어져라 쳐다보았다고 했습니다. 그 빛에서 시선을 뗄 수 없었지요. 그는 〈저 빛이야말로 나의 새로운 자연이다. 3분 후에 나는 저 빛과 융합될 것이다〉라고 생각했습니다. 앞으로 다가올 새로운 것에 대한 혐오감과 불투명성은 실로 무섭기 짝이 없었던 게지요.」(125)

사형수를 덮치는 것은 키르케고르S. Kierkegaard의 현기증과도 유사한 두려움이다. 그러나 그의 두려움은 자신의 존재가 무로 축소된다는 생각보다는 다른 것으로 변환한다는 생각에서 촉발된다. 그가 언급하는 빛의 상징성은 비교적 자명하다. 빛은 그리스도교 전통에서 거의 언제나 그리스도를 상징한다. 〈그 빛이 이 세상에 와서 모든 사람을 비추고 있었다.〉(「요한의 복음서」1: 9) 〈(그분의) 얼굴은 대낮의 태양처럼 빛났습니다.〉(「요한의 묵시록」1: 16) 과르디니R. Guardini는 우리가 초의 빛을 보고 받아들여 그 빛과 하나가 되는 것이야말로 〈신과 영혼 사이에 인식으로 이루어지는 저 일치의 뜻깊은 표상〉이라 말했다.(과르디니 1976: 50) 단테 역시 도스토옙스키 훨씬 이전에 『신곡』「천국」편에서 〈살아 있는 빛〉, 〈영원한 빛〉, 〈숭고한 빛〉을 찬미하며 그 빛의 응시를 통해 신과의 합일이 가능해짐을 노래한다.

오, 영원한 빛이여, 홀로 당신 안에 있고,
홀로 깨달으며, 스스로 이해되고 또한
이해하면서 사랑하고 미소하십니다.
(단테 2022: 1066~1067)

사형수는 빛이야말로 자신의 〈새로운〉 존재가 될 것이며 자신은 새로운 세상으로 가게 되리라 〈이성적으로〉 확신한다. 그런데 문제는 그다음이다. 그 새로움이 그에게 무섭고 혐오스러운 것으로 다가오는 바로 그 순간 사형수는 영원의 문턱에서 무상한 세상으로 되돌아온다. 그의 인지와 감각이 총동원되어 흘긋 볼 수 있었던 영원의 환상은 한순간에 깨지고 그는 다시 현세적 셈법으로 영원을 계산한다.

「그렇지만 이 순간 그에게 가장 괴로웠던 것은 〈만약에 이대로 죽지 않는다면 어떻게 되나?〉 하는 생각이 끊임없이 머릿속에서 떠오르는 것이었습니다. 〈만약 내가 죽지 않는다면 어떻게 될까? 만약 생명을 다시 찾는다면……. 그것이 **영원** 아닐까! 그럼 이 모든 것이 나의 것이 된다! 그때 나는 매 순간을 1세기로 연장시켜 아무것도 잃지 않고, 1분 1초라도 정확히 계산해 두어 결코 헛되이 낭비하지 않으리라!〉 결국 그의 이러한 상념은 악감정으로 변하여, 차라리 한순간이라도

빨리 총살을 시켜 주었으면 하는 바람이 생겨났다고 술회했습니다.」(125~126, 강조는 필자)

죽기 직전 5분의 시간이 〈무한한 기간〉이라면, 되살아난 그에게는 같은 원리에서 남은 생의 1분이 한 세기가 될 수 있다. 그는 그것이 곧 무한이라 생각한다. 여기서 도스토옙스키가 〈영원vechnost'〉이라는 단어 대신 〈무한beskonechnost'〉(한국어 번역본에는 〈영원〉이라 번역되어 있다)이라는 단어를 사용하는 데 주목하자. 일반적으로, 도스토옙스키는 그 강력한 종교적 성향에도 불구하고 영원이나 영원한 삶을 가급적 언급하지 않는다. 무한은 무계, 혹은 무제한과 다른 개념이다. 무한은 또 영원과도 다른 개념이다. 우리는 수학적 무한은 상정해 볼 수 있지만 수학적 영원은 상정할 수조차 없다. 사형수에게 영원과 가장 근접한 상태는 〈빛과의 일치〉 정도가 될 것이다. 그러나 그가 1분을 1세기로 계산하자마자 영원은 사라진다. 오로지 무한의 환영만이 남는다.

그때 사형수의 마음속에 솟아오르는 〈악감정zloba〉은 맥락으로 볼 때는 다소 생경하게 느껴지지만 그것이야말로 그러한 계산의 심오한 의미를 응축시킨 심리적 상황이다. 만일 처형이 무산된다면 그에게는 무한한 시간이 주어진다. 그러나 현실적으로 그럴 가능성은 거의 없다. 그러한 현실에서 그에게 남는 것은 무, 혹은 〈제로 시간〉

이고 그를 제외한 살아 있는 모든 이에게 주어지는 것은 무한 시간이다. 그는 분하고 억울해서 견딜 수가 없다. 그때의 사형수는 앞에서 살펴보았던 이폴리트의 분신이 된다. 불치병 판정으로 살날이 얼마 남지 않은 이폴리트는 그토록 많은 시간이 주어진 건강한 사람들이 1분 1초를 아껴 가며 절약하고 노력하여 〈로스차일드〉가 되지 못한다는 사실에 분노한다. 그의 분노는 사형수의 악감정과 같은 것이며 그 밑에 깔린 것은 소외, 상실, 질투 같은 인간적인 감정이다.

다른 한편으로 사형수의 악감정은 심오하게 철학적이다. 만일 그가 정말로 사면을 받아 정상적인 삶으로 돌아갈 수 있다면, 그래서 그가 1분을 1세기로 연장해 살 수 있다면, 요컨대 그가 무한한 시간의 소유자가 될 수 있다면 과연 그것은 행복일까. 만일 그것이 그가 동경하는 지극한 행복이라면 그의 악감정은 어떻게 해석해야 하는가. 그는 왜 차라리 빨리 총살형에 처해지는 게 낫다는 생각을 하는 것인가.

이 대목이야말로 시간에 관한 서사의 가장 복잡하면서도 예언적인 버전이다. 모슨G. Morson은 특히 이 대목의 마지막 문장, 〈결국 그의 이러한 상념은 악감정으로 변하여, 차라리 한순간이라도 빨리 총살을 시켜 주었으면 하는 바람이 생겨났다고 술회했습니다〉는 도스토옙스키만이 쓸 수 있는 문장이라 단언한다.(Morson 2009: 850) 그만큼 이 한 문장으로 도스토옙스키는 시간에 관한 사유의 폭을 〈무한히〉 확장했다는 뜻이다. 나 역시 전적으로 그의 의견에 동의한다. 만약에 이 문장이 아니었더라면 이 대목은 그토록 심오한 사유를 담아내지 못했을 것이다. 임종 직전의 인간이 겪는 심리 상태 및 그와 유사한 소재는 도스토옙스키 전후로도 간혹 발견되지만, 〈차라리 빨리 죽여 주었으면〉의 심리를 그토록 철학적으로 단호하고 심리학적으로 개연성 있게 표현한 사람은 도스토옙스키가 거의 유일하다.[30]

무한, 특히 수학적으로 가시화할 수 있고 철학적으로, 혹은 경제학적으로 구체화할 수 있는 무한은 결코 재산이 아니다. 그것은 공포이자 사멸이며 자멸이다. 그런 맥락에서 무계, 무제한도 마찬가지이다. 무한 경쟁, 무한 리필에서 무한 공간과 무한 반복과 〈무제한 ○○○〉에 이르기까지 모든 무한은 궁극적으로 천국이 아닌 지옥을 창조한다. 사형수는 직관적으로 무한 시간의 지옥을 알아차렸기 때문에 차라리 그 무한의 굴레에서 해방되는

30 사실 마지막 문장이야말로 사형수의 마지막 순간이라는 유사한 내용 덕분에 『백치』와 종종 비교되는 보르헤스J. Borges의 단편 「비밀의 기적El milagro secreto」을 『백치』와 구분해 주는 핵심적인 요인이라 할 수 있다. 「비밀의 기적」의 주인공 흘라딕은 유대인 작가로 게슈타포에 의해 체포되어 사형 선고를 받는다. 그는 자신이 미처 마무리 짓지 못한 작품을 끝내기 위해 처형 직전의 1분이 1년이 되기를 간원한다. 그의 기도는 받아들여져서 그는 발사 명령이 떨어지고 실제로 저격수의 총에서 총알이 발사되기까지의 1분 동안 의식 속에서 작품을 끝내고 처형당한다. 보르헤스의 소설은 시간에 관한 사유라기보다는 시간의 사유에 관한 유희라고 하는 편이 더 나을 것이다.

쪽을 선택한다.

무한과 지옥의 연결은 도스토옙스키 소설에서 꽤 오랜 역사를 지닌다. 『죄와 벌』에서 라스콜니코프가 상상하는 무한을 읽어 보자.

「어디서 읽었더라? 사형 선고를 받은 어떤 사람이 죽기 한 시간 전에 이런 말을 했다던가, 생각했다던가. 겨우 자기 두 발을 디딜 수 있는 높은 절벽 위의 좁은 장소에서 심연, 대양, 영원한 암흑, 영원한 고독과 영원한 폭풍에 둘러싸여 살아야 한다고 할지라도, 그리고 평생, 1천 년 동안, 아니 영원히 1아르신(약 70센티미터) 밖에 안 되는 공간에 서 있어야 한다고 할지라도, 그래도 지금 죽는 것보다는 사는 편이 더 낫겠다고 했다지! 살 수만 있다면, 살 수만, 살 수만 있다면! 어떻게 살든, 살 수 있기만 하다면……! 그만한 진실이 또 어디 있겠나! 그래, 이건 정말 대단한 진실이 아닌가! 인간은 비열하다……! 또 그렇게 생각한다고 해서 그를 비열하다고 하는 놈도 비열하다.」(『죄와 벌』: 301~302)

반복해서 말하지만, 도스토옙스키는 〈영원〉이라는 단어를 상당히 조심스럽게 사용하며 때로는 영원을 써야 하는 자리에 〈무한〉을 쓰기도 한다. 그런데 살인범 라스콜니코프가 삶에의 의지를 불태우는 이 대목에서는 영원

vechnyi을 반복해서 사용한다. 그는 한 문장에 〈영원한 암흑〉, 〈영원한 고독〉, 〈영원한 폭풍〉, 그리고 〈한평생〉, 〈1천 년의 시간〉을 한꺼번에 나열함으로써 무한한 삶이 지닌 환상의 이면을 단번에 뒤집어 내보인다. 이때의 영원은 1아르신이라고 하는 극도로 협소한 공간, 즉 공간적 극소infinitesimal와 시간적 무한의 결합을 통해 형상화되는 것으로 그리스도교에서의 영원과는 완전히 다른 개념이다. 그것은 영원이 아니라 영원에 대한 패러디이며 영원이 속한 천국의 환시가 아니라 무한히 지속되는 지옥의 환시이다. 이때의 영원이 띠는 의미는 『죄와 벌』에서 라스콜니코프의 분신인 스비드리가일로프가 묘사하는 영원에서 비로소 확연하게 드러난다.

「여전히 우리는 영원성을 한낱 이해할 수 없는 사상, 무언가 거대하고 거창한 것으로만 상상하고 있지요! 그런데 왜 반드시 거창해야만 할까요? 생각해 보시지요. 그런 것들 대신에 그곳에 시골의 목욕탕과 비슷한, 그을음에 찌든 작은 방 하나만 있고, 구석구석에 거미들만 가득하다면 말입니다. 이것이 영원의 전부라면 말이오. 때로 이와 비슷한 것들이 어른거릴 때가 있습니다.」(『죄와 벌』: 555)

라스콜니코프의 1아르신의 공간과 무한한 암흑이 귀

착하는 작고 더러운 시골 목욕탕은 초월성과 내세를, 영혼과 새로운 세계를 무로 돌린다. 단테의 지옥 문 앞에 붙어 있는 〈여기 들어가는 자는 모든 희망을 버리라〉가 그 목욕탕의 문에 가장 어울리는 표지일 것이다. 『백치』의 사형수가 〈무한한 시간〉 동안의 삶을 상상할 때 그의 마음속에서 솟아오르는 악감정은 『죄와 벌』의 영원을 일종의 척도로 삼을 때 비로소 이해 가능해진다. 도스토엡스키는 『죄와 벌』에서 공간적으로 숙고한 뒤집힌 〈영원〉을 『백치』에서 시간적 무한성으로 재해석한 것이다.

공작의 이야기가 끝난 뒤 알렉산드라가 묻는다. 〈그 사람은 이 엄청난 부를 어떻게 처리했을까요? 매 순간 정확하게 계산하며 살았나요?〉 공작은 대답한다. 〈아, 아니 그렇지 않았습니다. (……) 그 사람 말은 전혀 그렇지 않았다고 합니다. 너무나 많은 순간과 시간을 잃고 살았답니다.〉(126) 다시 말해서 이 세상을 살아가는 인간에게 무한은 불가능하다. 유한한 인간이 시간을 잃지 않고 산다는 것은 불가능하다. 그 불가능을 가능한 것으로 만들려고 할 때 모든 악이 발생한다.

4 시간 디바이드

『백치』는 집요하리만큼 처형의 테마를 반복한다. 세 번째 처형 스토리는 실제로 미시킨 공작이 〈관람〉한 처형 이야기이다. 그는 아델라이다가 그림의 주제를 한 가지 정해 달라는 부탁을 하자 사형수를 그려 보라고 권한다. 〈사형수가 단두대 위에 올라서서 목에 작두날이 떨어질 때까지 기다리고 있는 얼굴 표정을 그리는 겁니다. (……) 그것은 정확히 죽기 1분 전의 모습입니다.〉(131) 그때부터 미시킨이 길게 설명하는 처형식과 사형수 이야기는 앞에서 그가 하인에게 해준 이야기의 후속 편이라 할 수 있다. 〈그 사형수가 층계를 다 올라가 단두대에 발을 내디딘 바로 그 순간, 그는 내가 있는 쪽을 바라보았지요. 그때 나는 그의 얼굴을 보고 모든 걸 이해하게 되었습니다……. 하지만 이걸 어떻게 다 말로 표현하겠습니까?〉(132)

여기서 미시킨이 하는 〈모든 걸 이해하게 되었다〉는 말은 그가 사형수의 심리를 재구성하는 것에 대해 근거를 제공해 준다. 그는 사형수의 마음속으로 들어가 그의 심리를 복기하면서 또다시 무한한 시간을 언급한다. 〈형장까지 끌려가는 동안은 남아 있는 시간이 무한할 거라는 생각을 했을 것 같아요. 그는 길을 가며 이렇게 생각했을 겁니다. 《사형까지는 오래 걸릴 것이다. 아직도 거리를 세 군데나 지나가야 한다. 그동안 난 살아 있다. 이 거리를 지나가면 다음 거리가 또 남아 있다. 그리고 오른편에 빵 가게가 있는 거리가 또 하나 있다. 그 빵 가게까지 가려면 아직도 얼마간 더 가야 한다!》〉(133) 여기까지는 처형 직전의 1분이 한평생에 필적한다던 사면받은 사형수의 논리와 유사하다. 그러나 그다음에 이어지는 대목에서 시간은 그 자체로서 체험의 대상이 아닌, 다른 어떤 것을 설명하는 코드가 된다. 〈주변엔 군중이 운집해 있었고, 그들의 외침, 소음, 수만의 얼굴, 수만의 눈이 한데 엉겨 있었지요. 그 모든 것을 참아 내야 했지만 가장 힘든 것은《수많은 저 군중 중에서 아무도 처형당하는 이가 없고, 나만 홀로 처형을 당하는구나!》 하는 생각이었지요.〉(133) 시간성은 사형수가 겪는 단절감을 최종적이고 완결된 것으로 만든다. 그는 혼자이고 나머지는 전부이다. 그에게 남은 시간은 무이고 나머지 사람들에게 남은 시간은 무한이다. 이른바 〈시간 디바이드〉가 극에 이르는 순간이다. 시간이 그어 놓은 경계선이 그와 살아 있는 모든 것을 갈라놓는다. 그의 시간은 마치 칼로 도려내지듯이 살아 있는 모두의 시간으로부터 도려내진다. 그와 다른 사람들 간의 거리는 몇 광년의 거리, 수억 년의 거리이다. 그가 겪는 단절감은 라스콜니코프가 겪는 단절감의 뒤집힌 버전이다. 라스콜니코프가 모두가 사라진 뒤에도 혼자 끝까지 살아 있는 광경을 보여 준다면, 사형수의 경우에는 그가 사라진다 해도 모두가 끝까지 살아 있는 광경을 묘사한다. 여기서 도스토옙스키는 다시 칼의 이미지를 가져오는데, 이때도 칼은 철도(강철) 및 기차(마시나)의 이미지와 뒤섞인다. 기요틴 아래 세워진 사형수는 〈기절은커녕 정신이 기가 막히게 말짱해지고 마치 작동 중인 기계처럼kak mashina v khodu 강하게, 강하게 머리가 움직이는 것 같습니다. (……) 갑자기 자기의 머리 위로 쇳덩어리zhelezo가 미끄러져 내려오는 소리를 듣는 최후의 4분의 1초가 어떠할지 생각해 보세요!〉라는 미시킨의 이야기로 그려지는 것이다.(135)

사형수가 체험하는 고독의 시간성은 뒤에 가서 또 다른 사형수나 마찬가지인 이폴리트에 의해 서사의 중심으로 부상한다. 살날이 2주 정도밖에 남지 않은 이폴리트는 세상을 하직하기 전에 지인들 앞에서 유언과도 같은 「나의 불가피한 해명」을 낭독한다. 이폴리트의 글은 『백치』의 정수를 모두 담고 있는 소설 속의 소설이자 소설에 관한 소설이다. 이폴리트는 자신을 가리켜 사형수라 칭한다. 〈「나의 해명」을 수중에 넣게 되어 그것을 참을성 있게 읽게 되는 자는 나를 미치광이 아니면 중학생 정도로, 아니 보다 정확하게 말한다면 사형수로 간주할 것이다.〉(800) 〈사형수〉라는 단어는 즉각적으로 앞에 나온 사형수들이 처해 있던 시간적 경계선, 즉 수학적 무한과 신학적 영원 간의 접점을 연상시킨다. 사형당하기 전에 사면받은 사람, 기요틴에서 목이 잘린 사형수가 미시킨의 이야기 속에 등장하는 인물이라면 이폴리트는 소설의 서사에 직접 등장하여 시간과 단절에 관한 처절한 자작시를 낭송한다.

> 「당신들이 말하는 자연, 파블롭스크 공원, 일출과 일몰, 푸른 하늘, 흡족스러워하는 당신들의 얼굴이 나에게 무슨 소용이란 말인가? 끝없이 계속되는 이 향연이란 것이 나를 잉여 인간으로 간주하는 데서 시작되는 마당에. 햇볕을 받으며 내 곁에서 윙윙거리는 파리마저 이 모든 향연과 합창의 동반자로서 자신의 위치를 알고 그 위치를 사랑하며 행복해하는 것을 매분, 매초 알아야 하고 또 깨닫지 않으면 안 되는 상황 속에서, 오로지 나 혼자만이 열외자이지만 소심한 나머지 그것을 지금까지 이해하고 싶어 하지 않는 이 상황 속에서, 그 모든 아름다움이 나에게 무엇이란 말인가?」(838)

생명의 전 우주적인 합창에서 오로지 혼자만이 소외되었다는 자각은 죽음에 관한 가장 직접적이면서 동시에 내세에 대한 그 어떤 희망도 허망하게 만드는 극도로 현실적인 생각이다. 여기서 한 마리 파리는 가혹한 자연의 법칙을 상징한다. 한 마리 파리만도 못하다는 생각은 그로 하여금 빨리 남은 시간을 단축해 버리도록 종용한다. 사면받은 사형수가 순간이 영원으로 치환되는 상황 자체가 너무나 증오스러워 빨리 처형되기를 바란 것과 똑같이 이폴리트는 2주 정도 남은 자신의 시간이 너무 증오스러워 권총 자살을 감행한다. 그에게 매분 매초는 영원으로 치환되는 풍요롭고 긴 시간이 아니라 타인의 풍요로운 시간(심지어 파리 한 마리의 시간)을 끊임없이 인지해야 하는, 영원히 계속되는 고문의 시간이다.

〈사형수〉 이폴리트의 상념은 몇 장 뒤 미시킨의 회상에서 다른 차원의 고독으로 복제된다. 이폴리트의 고백을 듣고 홀로 공원에 간 미시킨은 자신이 스위스에서 치료받았던 첫해의 상황을 회상한다. 그때의 그 역시 지금의 이폴리트처럼 전 우주적인 고독을 체험하면서 한 마리 파리의 이미지를 떠올린다.

그것은 스위스에서였다. 그가 치료를 받던 첫해, 스위스에 간 지 얼마 안 된 달이었다. 그때 그는 거의 백치에 가까운 상태였다. 말도 제대로 할 줄 모르고, 사람들이 자기에게 무얼 원하는지도 이해하지 못했다. 그는 태양이 밝게 비치는 어느 날 산에 올라가서 오랫동안 풀리지 않는 고통스러운 상념으로 인해 괴로워했다. 그의 위에는 빛나는 하늘이 있었고, 아래로는 호수가 있었고, 밝고 끝없이 펼쳐지는 지평선이 있었다. 그는 오랫동안 풍광을 바라보며 괴로워했다. 그가 이 밝고 끝없는 푸르름을 향해 두 손을 뻗고 울었던 일이 떠올랐다. 이 모든 것과 무관한 이방인이라는 생각이 그를 괴롭혔던 것이다. 대체 이 향연이 무엇이란 말인가? 오래전부터, 유년 시절부터 항상 그에게 손짓해 오던, 그러면서 도저히 접근할 수 없었던, 끝이 없는, 언제나 위대한 저 축제는 대체 무엇이란 말인가? 매일 아침 저와 똑같은 태양이 떠오르고, 매일 아침 폭포수 위로 무지개가 서고, 매일 저녁이면 저 멀리 하늘 가장자리에 있는 만년설의 고봉은 자줏빛 불꽃으로 타오른다. 〈햇볕을 받으며 내 곁에서 윙윙거리는〉 작은 파리는 어느 것이나 〈이 모든 향연과 합창의 동반자로서 자신의 위치를 알고 그 위치를 사랑하며 행복해한다〉. 작은 풀잎은 한 포기마다 자라나며 행복을 느낀다! 모든 것에는 자기의 길이 있고, 모든 것은 자기의 길을 알고 있다. 모두 다 노래를 부르며 물러섰다가 노래를 부르며 온다. 오로지 그 혼자만이 사람이든 소리든 아무것도 모르고, 아무것도 이해하지 못한다. 모든 것이 이질적인 그는 낙오자이다. 아, 물론 그는 이 모든 것을 말할 수 없었고, 자신의 문제를 표현할 수 없었다. 그는 벙어리 냉가슴 앓듯 괴로워했었다.(858~859)

인지적 어둠과 초감각적 광명 사이의 경계선적 상태에 놓인 미시킨은 영원한 향연으로부터 단절되어 있다는 점에서 사형수와 이폴리트의 분신이다. 미시킨은 아무것도 이해할 수 없고 아무것도 들을 수 없고 아무것도 말할 수 없다. 그와는 아무 상관 없이 무한히 지속되는 황홀한 자연의 축제는 그의 시신경에 잔인하게 새겨진 영원의 환영이자 시각적 고문이다. 그가 영원 앞에서 느끼는 슬픔은 이폴리트나 사형수가 무한을 생각하며 느끼는 분노와 동일한 것이다. 사형수와 이폴리트와 미시킨이 체험하는 절대적인 고독은 공간적이고 존재론적인 것이 아니라 시간적인 것이다.(Morson 2009: 851) 칼의 이미지는 이들의 시간적 고독을 공간적으로 표상한다는 데 그 가장 시원적인 기능이 있다.

5 순간적인 삶과 무한히 지속되는 죽음

『백치』에는 역사적 사실로서의 처형 이야기가 몇 차례 언급된다. 과거에 실제로 일어났던 실존 인물의 처형은 소설에 깔린 역사 코드와 연계되면서 그 의미가 확대된다. 예를 들어 도스토옙스키의 대지주의적 사상, 표트르 대제의 서구화에 대한 그의 입장, 서구 가톨릭에 대한 그의 정교회적 반발, 니힐리즘에 대한 그의 분노 등은 역사적 처형에 대한 프레임으로 작용할 수 있다. 그러나 다른 한편으로 역사적 처형은 그 〈역사적〉 프레임을 빠져나와 다른 프레임, 즉 시간과 영원에 관한 저자의 형이상학적 프레임 속으로 들어가 거대한 사유 체계를 완성한다. 앞에서 논한 처형보다 간략하게 언급되지만 사유의 깊이라는 점에서는 간과할 수 없는 두 가지 처형 이야기를 살펴보자. 첫째는 혁명 재판소의 요구에 따라 1793년 단두대에서 처형당한 뒤바리 백작 부인Marie-Jeanne, comtesse du Barry

의 이야기이다. 레베데프가 들려주는 그녀의 최후는 다음과 같다.

「그런 부귀영화 끝에 천하의 권세가였던 백작 부인이 아무 죄도 없이 망나니 삼손에 의해 파리의 장사치들의 환심을 사기 위해 단두대로 끌려가 처형당했다. 그녀는 공포심에 자기에게 무슨 일이 벌어지고 있는지조차 모르고 있었단 말이다. 망나니가 그녀의 목을 칼 밑으로 갖다 대며 발길로 그녀를 밀었을 때, 사람들은 웃어 댔지만 그녀는 소리치기 시작했다. 〈앙코르 욍 모망, 므슈 르 부로, 앙코르 욍 모망Encore un moment, monsieur le bourreau, encore un moment!〉 그 말은 〈잠깐만요, 형리, 잠깐만요!〉라는 뜻이다. 그녀는 그 잠깐 동안 하느님이 자신의 죄를 용서해 주리라고 생각했을지도 모른다. 인간의 존재를 그보다 더 〈미제르〉하게 한다는 것은 상상할 수도 없었기 때문이었지. 〈미제르〉라는 것이 무슨 뜻인지 아니? 그런 순간을 말하는 거다. 나는 그 〈잠깐만〉이라는 백작 부인의 외침에 마치 부젓가락이 내 심장을 꽉 조여 오는 것 같았다.」(405~406)

레베데프는 소설 첫머리에서 미시킨과 로고진이 만나는 자리에 동석했던 인물로, 얼굴에 얽은 자국이 나 있는 건장한 체격의 40대 중년 남자이다. 자칭 「요한의 묵시록」 해석의 권위자이자 만물박사인 그는 거짓말과 허풍을 반복하는 가운데 가끔씩 옳은 소리도 하고 또 어떤 때는 도스토옙스키의 생각을 반영하는 말을 하기도 한다. 그러니까 그가 말하는 뒤바리 백작 부인 에피소드는 일차적으로 레베데프라는 인물의 프레임 안에서 그 프레임과 더불어 해석되어야 한다. 뒤바리 백작 부인의 〈잠깐만요〉가 그 순간 하느님의 용서를 바라고 한 말이라는 것은 그러므로 협잡꾼 만물박사의 둘러대는 이야기, 혹은 그의 위선을 드러내는 역설적인 해석으로 치부할 수 있다.[31] 한편으로 이 이야기의 주 청자는 레베데프의 이른바 니힐리스트 건달인 조카이므로, 하느님 용서 운운은 레베데프의 이야기를 조롱하는 조카에 대한 비난일 수도 있다. 게다가 뒤바리 백작 부인이 실제로 그렇게 말했다는 역사적 기록도 사실상 부재한다. 또 하필이면 프랑스에서 일어난 역사적 사건을 프랑스어를 사용해서 말하는 것은 소설 전체에 깔려 있는 프랑스적 기저 텍스트의 차원에서 논의될 수도 있다.[32]

그러나 앞에 나왔던 처형 모티프의 연장선상에서 해석

31 레베데프의 이야기는 앞에 나온 사형수 이야기를 패러디한다는 의견도 있고 반대로 그 이야기에 포함된 확실성의 비극을 강조한다는 의견도 있다.(French 2001: 85)

32 프랑스적 기저 텍스트 및 프랑스어 차용에 관해서는 Novikova 2019를 보라. 노비코바는 해당 대목에서 백작 부인과 망나니가 단두대라는 한 공간에 나란히 존재한다는 것 자체가 18세기 말 프랑스 사회의 단면을 보여 주는 예라고 지적한다.(Novikova 2019: 145)

한다면 이 에피소드는 레베데프나 레베데프 조카의 프레임을 넘어서 소설 전체의 시간성과 연결된다. 레베데프가 프랑스어로 〈윙 모망〉을 말한 뒤 다시 러시아어로 〈잠깐만요(1분만요minutochku odnu)〉라고 해석하는 것은 한순간의 그 절박한 의미를 두 배로 강조한다. 칼날이 목을 내리치기 1분 전에 단 1분의 시간을 구걸하는 것은 무슨 의미일까. 마지막 순간의 지연이라는 것이 그 상황에서 무슨 의미가 있는 것일까. 만일 진정으로 1분이 한 세기로 치환될 수 있다면 백작 부인은 그 상황에서 한 세기를 형리에게 간원하는 것일까. 그 모든 의구심에 대한 답은 바로 이어지는 문장에 있다. 〈인간의 존재를 그보다 더 《미제르》하게(비참하게)〉 하는 것은 없다.(406) 인간으로 하여금 최후의 1분을 구걸하게 하는 것, 아니 그 누구라도 마지막 한순간까지 악착같이 삶의 끈을 붙들려고 한다는 것, 그 사실 자체가 인간의 비참함의 핵심인 것이다. 그때의 1분은 한 세기도 아니고 그냥 1분도 아니다. 아니 그것은 아예 시간이 아니다. 그것은 인간 존재의 끝없이 처참한 본질인 것이다.[33]

그와는 완전히 다른 방식의 존재의 비참함은 이폴리트

33 『카라마조프 씨네 형제들』에서는 이반의 악마가 인간의 비참함을 조롱하기 위해 내세를 시간성으로 해석한다. 〈천국 문이 열리자마자 그는 안으로 걸어 들어갔어. 2초도 지나기 전에 그 2초를 위해서라면 1천조 킬로미터의 1천조 배, 거기에 다시 1천조 배를 곱한 만큼 걸어서 통과할 수 있다고 소리쳤어!〉(『카라마조프 씨네 형제들』: 1421)

가 언급하는 또 다른 처형 스토리에서 발견된다. 이폴리트는 미시킨에게 묻는다. 〈공작, 혹시 스테판 글레보프라는 사람의 죽음에 대해 읽은 적이 있습니까?〉(1056) 글레보프는 표트르 대제 때 반역에 가담한 귀족으로 엄동설한에 털외투를 입고 열다섯 시간 동안이나 말뚝에 박힌 채 태연히 죽어 간 사람이라고 역사책에 기록되어 있다. 이 대목 역시 여러 방식의 해석이 가능하다. 일례로 마틴센D. Martinsen은 여기서 글레보프는 러시아적인 정체성을, 그리고 그를 잔인하게 벌한 표트르 대제는 서구적인 것을 각각 지시한다고 기술한다.(Martinsen 2020: 50) 도스토옙스키의 후기 작품에 거의 언제나 민족주의적 서사가 깔려 있음을 상기해 본다면 틀린 지적은 아니다. 그러나 그 말을 하는 이폴리트의 상황을 하나의 프레임으로 놓고 본다면 글레보프의 죽음 역시 소설을 관통하는 처형 모티프와 연계해 보는 것이 마땅하게 여겨진다. 단 한순간에 목이 떨어져 나가는 죽음과 열다섯 시간 동안 지속되는 단말마의 고통 후에 닥치는 죽음 중 어느 것이 더 〈미제르〉한 것인지 도스토옙스키는 묻는 듯하다. 글레보프가 말뚝에 박힌 채 견뎌 낸 열다섯 시간은, 만일 한순간이 한 세기가 될 수 있다는 공식을 적용한다면 무한 시간이 될 것이다. 그것은 무한히 지속되는 고통의 시간이 될 것이고 결국 지옥이라는 공간으로 치환될 것이다. 살아 있을 수만 있다면 그러한 식으로라도 살아야 할 것인

가. 단두대에서 형리에게 1분의 생명을 구걸하는 것과 열다섯 시간 동안 말뚝에 박힌 채 생명을 유지하는 것은 도스토옙스키의 사유 속에서 무한의 가장 끔찍한 두 얼굴일 것이다. 이폴리트는 글레보프의 그 고통스러운 죽음마저도 질투하는 듯이 되묻는다.

「신은 다른 사람들에게는 그런 죽음을 주시면서 우리에겐 어째서 그런 죽음을 주시지 않을까요? 필시 나 같은 놈은 도저히 스테판 글레보프처럼 죽어 갈 수 없을 거라고 당신은 생각하겠죠?」(1056)

그러나 이폴리트에게 남은 몇 주간의 삶은 글레보프가 말뚝에 매달린 채 살아야 하는 삶과 동일한 것이다. 되돌릴 수 없는 시간, 확실하게 다가오는 죽음, 그러면서도 끝없이 연장되는 고통, 그 모든 것이야말로 현재 이폴리트가 겪고 있는 고통이기 때문이다. 그가 신은 왜 자신에게 글레보프 같은 죽음을 주지 않느냐고 분노하는 것은 사실상 자신의 죽음이 바로 그런 고통이라는 데 대한 인지의 다른 표현이다. 다만 그는 말뚝에 매달린 채 열다섯 시간을 견뎌 낼 생각이 없다. 그래서 그는 고통을 끝내기 위해 자살을 생각한다. 당혹스러워하는 공작에게 이폴리트는 마지막으로 묻는다. 〈당신의 방법대로라면 어떻게 해야 가장 뜻있게 죽을 수 있을까요? 말해 주세요.〉 미시킨이 대답한다. 〈우리 옆은 그냥 지나쳐 가시오. 그리고 우리의 행복을 빌어 주구려!〉(1058) 미시킨의 대답은 죽음 앞에서 인간에게는 아무런 선택의 여지가 없음을 다시 한번 확인해 줄 뿐이다.

6 증상으로서의 영원

도스토옙스키는 삶과 죽음의 갈림길에서 인간이 체험할 수 있는 영원을 서사 속에 더욱 정교하게 심어 놓기 위해 사형수의 분신을 만들어 낸다. 다름 아닌 주인공 미시킨이다. 미시킨과 사형수의 분신 관계는 크게 두 가지 차원에서 조밀하게 형성된다. 첫째는 칼의 이미지를 중심으로 전개되는 맥락의 차원이고 다른 하나는 미시킨의 간질을 통해 드러나는 증상으로서의 영원이다.

칼의 변주인 기요틴이 처형의 모티프와 얽히면서 사형수의 시간 체험을 극도로 첨예하게 만들듯이 미시킨의 서사 역시 칼과 긴밀하게 연관된다. 소설의 처음부터 언급되는 칼과 살인의 테마는 2부 5장에 이르면 로고진이 미시킨을 칼로 살해할 가능성으로 좁혀진다. 사형 선고장이 쓰이지 않았을 뿐 미시킨은 사형수와 동일한 궤적을 그리며 움직인다.(Knapp 1996: 80~81) 미시킨은 환각과 현실의 구분이 분명치 않은 기이한 정신 상태에서 어느 상점 앞에 서 있는 자신을 기억한다. 그는 철도역에서 나와 거리로 걸어가다가 진열장 안을 들여다보았다. 〈상점의 진열장에 전시된 물건들 중에는 유난히 그의 시선을 끌었던 은화 60코페이카쯤 되는 물건이 하나 있었다. 그는 몽롱하고 불안한 상태에 있었음에도 그것을 기억했다.〉(463) 그는 그 진열장 앞에 서 있다가 갑자기 몸을 돌렸고 그의 시선은 로고진의 시선과 마주쳤다. 불길한 서스펜스가 고조되는 가운데 미시킨이 진열장 안에서 보았던 물건은 사슴뿔 자루가 달린 60코페이카짜리 칼이었음이 드러나고(476) 로고진이 준비해 둔 살인 계획은 점차 그를 조여 온다. 〈로고진은 공작과 50보가량 떨어진 반대편 인도에서 팔짱을 끼고 기회를 엿보고 있었다.〉(477) 공작은 내키지 않는 심정으로 여관에 들어가고 곧이어 로고진과 마주친다. 〈로고진의 눈이 빛나기 시작했다. 광기가 도는 미소는 그의 얼굴을 일그러뜨렸다. 그의 오른손이 치켜 올라가고 거기서 무엇인가가 번쩍였다. 공작은 그 손을 제지할 생각을 하지 않았다. 단지 한 가지만 기억할 수 있었다. 소리를 쳤던 것 같은 기억…….〉(480) 공작의 행보는 기요틴을 향해 한 걸음 한 걸음 걸어가는 사형수를 연상시키고 칼을 든 손을 올리는 로고진은 형 집행인을 연상시킨다. 일촉즉발의 순간에 공작은 간질 발작을 일으키고 무시무시한 비명과 함께 쓰러진다. 발작 시에 환자가 내지르는 비명 소리에는 주위 사람을 공포의 도가니로 몰아넣는 이상하고 신비한 위력이 있다. 〈그래서 그처럼 지독한 인상을 수반하는 공포감이 갑자기 로고진을 그 자리에서 마비시켰다. 이로써 공작은 이미 로고진이 뽑아 든 피할 수 없는 칼 세례를 면할 수 있었다.〉(481) 발작 덕분에 구사일생으로 목숨을 건진 공작과 형 집행 직전에 사면을 받은 사형수는 그렇게 분신 관계를 형성하지만, 그보다 더 중요한 것은 양자가 체험하는 영원의 유사성이다. 사형수가 기요틴의 칼날 아래서, 그 절체절명의 순간에 영원을 흘끗 본다면 미시킨은 간질 발작이 일어나는 극도로 짧은 한순간에 영원이라 불러도 좋을 모종의 황홀경을 체험한다. 도스토옙스키는 자신이 앓았던 간질을 미시킨에게 부여함으로써 그 어떤 작가보다 정확하고 생생하게 발작의 체험을 소설화한다.

도스토옙스키의 간질은 당대부터 지금까지 집요하고도 강도 높게 연구되어 왔다. 그것은 신경 과학자와 의학자뿐 아니라 심리학자와 사회학자, 문학자, 신학자 등 수없이 많은 영역의 학자들에게 더할 나위 없이 도전적인 소재였다. 전기 작가들은 말할 것도 없거니와 특히 최근 새로운 연구 분야로 부상한 의료 인문학이나 서사 의학 분야의 학자들은 거의 예외 없이 그의 간질을 천착했다. 그의 작품에는 『백치』의 미시킨, 『악령』의 키릴로프, 『카라마조프 씨네 형제들』의 스메르댜코프 등 여러 간질 환자가 때로는 주인공으로 때로는 부차적인 인물로 등장한다. 그래서 연구자들은 간질을 중심으로 작가와 등장인물 간의 연계를 탐구하고 간질의 문학적 의의를 분석해 왔다. 한마디로 그동안 누적된 도스토옙스키의 간질 연구 결과는 너무도 방대하므로 이 책에서는 그의 증상이나 병력, 발생 기전 등의 사항은 생략하기로 하고, 『백치』에서 그가 의도한 영원 체험에 초점을 맞추어 논해 보도록 하겠다.

미시킨은 소설에 등장하는 시점부터 간질 환자로 소개되며 그의 백치성(유로디비적 특성)은 간질과 연계된 어떤 자질로 설명된다. 그러나 저자가 실제로 미시킨의 간질 발작의 병리학적 디테일을 설명하는 것은 소설의 2부 5장에서이다. 그의 설명은 의학적인 정확성 덕분에 의료계 전문가들이 자주 인용한다.

> 그의 간질병 증후 중에는 거의 발작 직전에 오는 하나의 단계가 있었다.[34] 그 단계에 들어서면 우수와 정신적 암흑과 억압 사이에서 순간적으로 그의 뇌는 불꽃을 튀기고 모든 활력은 폭발적으로 긴장한다. 삶의 감각과 자의식은 번개처럼 이어지는 매 순간 거의 열

34 현대 뇌전증학에서는 이를 〈조짐aura〉이라고 설명한다. 조짐은 의식을 잃기 전에 환자가 주관적으로 느끼고 기억하는 증상이다. 대한뇌전증학회 2018: 68을 보라.

배로 증가된다. 정신과 마음이 신기한 빛으로 충만해진다. 그의 모든 감정, 의심, 걱정은 지극한 평온함으로 바뀜과 동시에 빛을 발하는 기쁨, 조화, 희망이 되고, 그의 이성은 결정적인 원인을 이해하는 데까지 이른다. 그러나 그 순간들, 그 광채들은 발작 바로 직전에 오는 결정적인 1초를 예고할 뿐이다. 나중에 건강한 상태에서 그 순간을 곰곰이 생각해 보며 그는 곧잘 자기 자신에게 이렇게 말하곤 했다. 극도의 직관과 자의식이 〈최상의 삶〉의 형태로 떠오르는 이 섬광의 순간들은 정상적인 육체 상태를 위반하는 병에 지나지 않는다. 만약 그렇다면 그것은 최상의 삶이 아니라 가장 저열한 것에 속하는 것이다. 하지만 공작은 마침내 극히 역설적인 결론에 도달했다. 〈그것이 병이라는 사실이 어쨌단 말인가?〉 그는 이렇게 단정했다. 〈이 긴장이 비정상적이든 아니든 그게 무슨 상관인가? 이미 건강한 상태에서 상기되고 검토되는 일순간의 감각이 최상의 조화와 아름다움으로 확인된다면, 그 결과 자체가 여태까지 들어 보지도 못하고 추측해 보지도 못한 충만과 중용과 화해의 감정과, 고귀한 삶의 합성과 혼합된 법열을 준다면, 긴장이 비정상적이든 아니든 무슨 관계인가?〉 안개에 싸인 듯한 이 표현은 상당히 설득력이 약했지만 그로서는 충분히 납득할 수 있을 것 같았다. 그것이 진정한 〈아름다움과 기도〉이자 고귀한

> 삶의 총체라는 것을 그는 도저히 의심할 수 없었고, 또 의심할 만한 여지도 없는 것처럼 생각되었다. 그가 존재 불가능한 어떤 비정상적인 환영을 본 것은 아니었을까? 이성을 침해하고 영혼을 곡해하는 최면제나 아편이나 술에서 비롯되는 환영을 본 것이 아닐까? 그는 병적인 상태가 끝나자마자 거기에 대해 정상적으로 판단할 수 있었다. 그 순간들은 자의식이 특별히 강해지는 순간일 뿐이다. 그러한 상태를 한마디로 표현할 수 있다면, 그것은 자의식인 동시에 가장 직접적인 자기 자각이 극도로 강화되는 순간이라고 할 수 있다.(464~465)

미시킨의 체험은 그 육중한 정서적 무게와 함께 영원에 대한 관념에 도스토옙스키 전 작품을 통틀어 가장 가까이 다가간다. 도스토옙스키에게 창작의 목표는 그리스도교 교리에 들어 있는 영원을 설명하는 것이 아니라 질병으로 야기되는 신비한 비전 속에서 순간적으로 나타난 영원을 시각적으로 재현하는 데 있다. 발작 직전의 미시킨이 감각하는 섬광, 빛, 불꽃의 이미지, 그리고 〈신기한 빛으로 충만〉한 정신과 마음은 처형 직전의 사형수가 상상하는 〈빛과의 합일〉을 환기한다. 그러나 사형수와 달리 그는 〈새로운〉 삶에 대한 현기증 나는 공포가 아닌 〈최상의 조화와 아름다움〉을, 기도에 버금가는 아름다움을, 법열을, 문자 그대로 황홀경을 체험한다. 여기서 미시킨의 미학은 그를 창조한 저자가 1864년에 첫 부인의 시신을 바라보며 쓴 「마샤가 단 위에 누워 있다」의 신학적 취지와 거의 일치한다.

> 신의 본질은 인간의 본질과 정반대이다. 과학의 위대한 발견에 따르면 인간은 다양성으로부터 종합을 향해, 사실들로부터 그것들의 일반화와 이해를 향해 나아간다. 그러나 신의 본질은 다르다. 그는 모든 존재의 완전한 종합이며 다양성 속에서, 그리고 분석 속에서 스스로를 관조하는 존재이다.(PSS 20: 174)

미시킨이 체험하는 빛의 충만, 완벽한 조화는 비소설적 산문으로 표현한 〈모든 존재의 완전한 종합〉의 시적 버전이 될 것이다. 일부 철학자들은 이 대목이야말로 도스토옙스키의 종교적 인식론이자 신에 대한 관념을 사변적으로 공식화하는 데 기초가 되는 토대라 본다.(Scanlan 2002: 48) 종교적 체험이란 신앙 그 자체와는 다른 것으로, 이성적으로 방어 가능한 체험의 한 가지 형태이며 합리적 근거 위에 구축된 철학적 관념이다. 도스토옙스키는 신의 존재는 철학적으로 상상 가능하며 바로 그 지점까지는 신에 대한 믿음도 이성적으로 뒷받침 가능하다고 생각했다.(Scanlan 2002: 50~51) 간질 발작 직전에 미시킨에게 닥친 놀라운 황홀경은 바로 그러한 종교적 체험이며 그것은 그의 이성을 완전히 초월하는 초자연적인 환영은 아니다. 그것은 작가 자신이 상상할 수 있는 신 체험의 극한이다. 이어지는 대목은 그가 생각한 영원성에 대한 가장 인간적인 설명이다.

> 만약 그 1초 동안, 즉 발작이 일어나기 직전 의식이 깨어 있는 마지막 순간에, 그가 분명히 의식적으로 〈그렇다, 이 순간을 위해 나의 모든 생을 내줄 수 있다!〉라고 말할 수 있었다면, 물론 그 순간은 그의 전 생애만큼 가치가 있는 것이다. (……) 그는 그러한 순간에 느끼는 무한한 행복을 생각한다면 그 한순간은 모든 생애에 버금가는 것이라고 말하지 않았던가! 언젠가 그는 모스크바에서 로고진과 만났을 때 이렇게 말한 적이 있었다. 〈이 순간에, 바로 이 순간에 《시간은 더 이상 존재하지 않을 것이다》라는 심상치 않은 말이 나에게 와닿기 시작했어.〉(465~466)

임상 용어로 조짐이라 불리는 발작 직전의 순간에 비로소 영원의 의미가 간질병 환자의 입을 통해 규명된다는 것은 그만큼 인간의 인식 활동에는 한계가 있다는 것을 의미한다. 의식과 초의식의 경계선 상태에서 주인공이 가까스로 도착한 결론은, 영원이란 무한히 많은 시간이 아니라 〈시간 없음〉이라는 사실이다. 시간의 부재에서 영원의 의미를 찾으려 한 도스토옙스키의 시도는 앞에서 살펴본 「마샤가 단 위에 누워 있다」에서도 발견된다.

> 그리스도도 말씀하셨다. 세상이 끝날 때까지 투쟁과 발전이 있을 것이라고. 그게 자연의 법칙이니까. 지상에서는 그럴 수밖에 없다. 반면 저세상의 삶은 종합인 삶, 영원히 기뻐하고 충만한 삶이다. 그러므로 〈더 이상 시간은 존재하지 않는다〉.(PSS 20: 173~174)

도스토옙스키는 시간에 관해 설명적이고 학술적인 철학 논고를 남기는 대신 소설 속에서 독자로 하여금 시간에 관해 사색하도록 인도한다. 앞에서 인용했던 『죄와 벌』의 준비 자료를 다시 읽어 보자. 〈시간이란 무엇인가? 시간은 존재하지 않는다. 시간은 숫자이다. 시간은 비존재에 대한 존재의 관계이다.〉(PSS 7: 161) 미시킨이 발작 직전에 체험하는 것도 결국 존재와 비존재 간의 팽팽한 긴장이다. 시간 없음과 영원이 치환될 수 있다는 것은 오로지 긴장된 찰나의 순간에만, 인간의 모든 인텔렉션이 일단 정지한 순간에만 체험 가능하다.

7 위대한 시간과 소소한 시간

바흐친은 일찍이 도스토옙스키 고유의 시간성에 주목했다. 그는 도스토옙스키가 소설에서 시간을 〈뛰어넘는다〉고 기술한다. 〈도스토옙스키는 작품을 쓸 때 상대적으로 끊임없이 흘러가는 역사적, 전기적 시간, 즉 엄밀하게 서사적인 시간을 거의 완전히 배제했다. 그는 시간을 뛰어넘는다. 그는 행위를 위기, 급변, 파국의 지점에 집중시킨다. 그때의 한순간은, 내면적 의미에서 《10억 년》에 상당한다. 말하자면, 시간의 한계성이 사라져 버리는 것이다.〉(바흐찐 1988: 218) 그가 말하는 도약은 엄밀히 말하자면 일부 서사의 구조에 해당하는 개념이지만, 그것은 앞에서 살펴본 인물들의 극단적인 시간 체험에도 해당한다. 서술자가 종종(언제나 그러는 것은 아니다) 전기적 시간을 무시하듯이 그의 인물들은 시간의 역사성을 무시하고 스스로를 순간으로 몰아넣는다. 문턱과 경계선과 생사의 갈림길이라고 하는 극도로 긴장된 공간적 경계 상황에서 그들은 책 한 권 분량의 내용을 체험한다. 그것을 바흐친은 〈위기의 시간crisis time〉이라 명명한다. 〈문턱이나 광장에서는 위기의 시간만이 존재한다. 그러한 시간대에서 순간은 수년, 수십 년, 아니 억년과도 필적한다.〉(바흐찐 1988: 249) 이와 유사한 진술은 도스토옙스키의 소설에서도, 그리고 그의 특정 소설을 해설하는 바흐친의 저작에서도 종종 발견된다. 바흐친의 주장은 그 압도적인 수사적 힘에도 불구하고 도스토옙스키 소설 전체에 적용되기 어려우며 지나친 단순화라는 비난을 면하기도 어렵다.

그러나 그보다 더 큰 문제는 그 주장이 철저하게 관념적이라는 사실이다. 현실에서 그러한 시간을 체감하며 살기란 불가능하다. 앞에서 살펴본 사형수는 사면 후 현실로 돌아오자 순간을 억년으로 연장하는 삶은 전혀 영위할 수 없었다. 이때의 억년을 영원, 혹은 〈시간 없음timelessness〉으로 받아들인다 해도 사정은 많이 나아지지 않는다. 미시킨이 전구 증상으로 겪는 〈시간 없음〉은 임상적으로, 그리고 철학적으로 이해 가능하지만 그 또한 그가 발작에서 깨어나면 불가능해진다. 〈그리고 갑자기 무엇인가가 그의 앞에서 전개되었던 것 같았다. 비상한 《내면의》 빛이 그의 영혼을 비춰 주었던 것이다. 이 순간은 아마 0.5초가량 지속되었을 것이다. 하지만 그는 자기의 가슴속에서 저절로 터져 나온 무서운 비명의 첫마디를 분명히 기억했다. 그런 직후에 그의 의식은 순간적으로 사위어 버렸고 완전히 암흑에 묻혀 버렸다.〉(480) 미시킨의 시간은 이를테면 〈간질병적 시간〉이다. 영원과 맞바꿀 수 있다는 점에서 무한하지만 발작과 함께 끝난다는 점에서는 유한하다. 그것은 종말론적 시간과 역사적 시간 사이에 존재하는 시간(Kostalevsky 2016: 401)이자 실존의 테두리 안에서는 그 누구도 그 어떤 논리로도 규명할 수 없는 모호한 시간이다. 단순화해 말하자면 영원도, 시간 없음도, 황홀경도 일순간의 체험이다. 이때의 영원은 단 1초도 지속되지 않는 영원이라는 지독한 역설을 창출한다.

그렇다면 도스토옙스키에게 영원이란 무엇인가. 시간 없음이라는 것이 사면받은 사형수나 간질 환자, 혹은 〈성 바보〉 같은 〈특수한〉 사람들이 극도로 드문 상황에서만 체험할 수 있는 것이라면 그것이 설령 영원이라고 한들 무슨 의미가 있을 것인가. 여기서 가장 자연스럽게 상기되는 인물은 도스토옙스키에게서 엄청난 영향을 받은 비트겐슈타인L. Wittgenstein이다. 비트겐슈타인이 도스토옙스키 관련한 일기에서 제기하는 의문은 이 책의 의문을 한 문장으로 요약한다. 〈시간 속에서가 아니라 영원 속에서 사는 것이 과연 가능할까.〉[35]

35 비트겐슈타인과 도스토옙스키의 비교 고찰은 Lobo 2019를 보라. 특히 영원성에 관한 도스토옙스키, 비트겐슈타인, 그리고 바흐친의 유사한 사유에 관해서는 171~173을 보라.

도스토옙스키의 답은 아마도 〈가능하다〉일 것이다. 그러나 그 가능성은 영원에 대한 다른 관념에서 비롯된다. 우리가 영원을 무한한 시간으로 이해하는 한 영원 속에 사는 것은 불가능하다. 우리가 영원을 어떤 상태, 이를테면 신과의 일치, 미시킨이 간질 전구 증상으로 체험하는 법열, 아니면 죽음 후에 인간이 들어가는 일종의 내세, 혹은 심지어 묵시록적인 새 예루살렘, 새 시간, 새 공간으로 이해한다고 해도 이 세상에서 영원 속에 사는 것은 역시 불가능하다. 그러나 만일 우리가 영원이라는 것을 삶을 바라보는 하나의 시점으로 받아들인다면 가능하다. 도스토옙스키가 말하려고 했던 바의 영원은 바로 그런 것이다. 영원은 시간도 아니고 공간도 아니고 상태도 아니다. 영원은 시점이다.

바흐친은 도스토옙스키 소설론에서 〈위기의 시간〉을 강조하기 위해 그것과 비교되는 전기적 시간, 역사적 시간, 서사적 시간을 언급했다. 또 소설 장르를 논하기 위해 크로노토프 개념을 깊이 천착했다. 그러나 그가 세상을 하직하기 전에 쓴 마지막 평론 「인문학 방법론을 위하여 K metodologii gumanitarnykh nauk」에서는 그런 것들과 다소 다른 시간을 소개한다. 이른바 〈대시간〉(큰 시간, Bol'shoe vremia, Great Time)과 〈소시간〉(작은 시간, Maloe vremia, Small Time)이 그것이다. 소시간은 지극히 현세적이고 현실적인 시간이며 또한 철저하게 인간적인 시간이다. 그 시간은 현재와 가까운 과거, 그리고 인간이 충분히 예견할 수 있는 미래만을 포함한다. 그 시간 속에서 인간은 분석만을 할 수 있을 뿐이다. 〈분석은 소시간의 비좁은 공간에서, 즉 현재, 가까운 과거, 그리고 상상 가능한 — 욕망하거나 두려워하는 — 미래라는 공간에서 법석을 떤다. 언어와 언설 속에서 미래를 예견하기(명령, 욕망, 경고, 주문 등) 위한 정서적이고 가치 평가적인 형식, 미래를 향한 인간의 소소한 태도(욕망, 희망 공포)가 이에 해당한다. (……) 소시간 속에 가치 평가적으로 완결되지 않음, 예상치 못함, 놀라움, 절대적인 혁신, 기적 등등에 대한 이해는 부재한다. 미래에 대한 예언적 태도의 특별한 본질 말이다.〉(Bakhtin 1987: 167) 반면 대시간은 거대한 시간이자 장대한 시간이지만 양적으로 긴 시간을 의미하지는 않는다. 그것은 종합의 시간이고 그런 점에서 미시킨이 말한 〈조화와 아름다움〉이며 도스토옙스키가 말한 〈모든 존재의 종합〉이다. 바흐친의 설명을 들어 보자. 〈세기와 세기 간의, 밀레니엄과 밀레니엄 간의 상호 이해, 인간과 국가와 문화 간의 상호 이해는 인류 전체의 복잡한 일치, 모든 인간 문화의 복잡한 일치, 모든 인간 문학의 복잡한 일치를 제공한다. 그 모든 것은 오로지 대시간의 차원에서만 드러난다. 개개의 이미지는 대시간의 차원에서 이해되고 평가되어야 한다.〉(Bakhtin 1987: 167) 그러니까 대시간이란 모든 것을 결합시키고 화합시키고 일치시키는 거룩한 종합의 시간을 의미한다. 그것은 〈그 안에서는 그 어떤 의미도 사라지지 않는 무한하고 최종화되지 않는 대화〉와 다름없다.(Bakhtin 1987: 169) 그것이야말로 인간이 지상에서 지향할 수 있는 영원이다. 세상을 대시간의 차원에서 바라보고 인지하며 대시간의 차원에서 삶을 살아갈 때 지상에서의 영원이 가능하다. 이때의 영원은 천국도 아니고 무한도 아니지만 만일 신이 존재한다면 그 시간 속에서 인간은 신과 하나가 될 것이다.

그러나 바흐친의 대시간은 여전히 사변적이다. 모든 것이, 그러니까 가장 큰 것과 가장 작은 것이, 가장 거룩한 것과 가장 비천한 것이, 먼 과거와 아직 오지 않은 먼 미래가 하나로 합쳐진다는 것을 우리가 머리로 믿는다 할지라도, 그리고 상상할 수 있다 할지라도 그것은 여전히 추상적이다. 추상성에서 벗어나려면 우리는 대시간 속에서 삶을 살아 내야 한다. 그러기 위해서는 소시간을 이해해야 하고 소시간에서 벗어나야 한다. 도스토옙스키는 소시간에 관해 이미 『유럽 인상기』에서 상당히 구체적인 논지를 전개해 두었다. 〈나 죽은 뒤에 홍수가 나든 말든〉은 전형적인 소시간적 태도이다. 그런 태도에서는 먼 미래에 대한 상상도 예견도 불가능하고 혁신도 불가능하다.

도스토옙스키가 그토록 우려했던 부르주아적 시간도 소시간이다. 소비에 초점이 맞춰진 사회, 안정적인 중산

층이 목표인 사회, 그가 파리와 런던에서 발견한 사회는 작은 과거와 작은 미래에 전전긍긍한다. 그런 사회에서 시간은 작다 못해 거의 정지된 듯하다. 도스토옙스키는 거기서 이를테면 〈빈사 상태의〉 시간을 보았다. 시간은 흐느적거리며 흘러가건 미친 듯이 질주하건 생성과 소멸을 전제로 한다. 소비에 초점을 맞출 때, 그리고 그 소비를 위해 돈을 모으는 일에 초점을 맞출 때 인간은 시간을 체험할 수 없다. 모으고 소비하고 또 모으고 또 소비하는 하루하루가 쌓이고 쌓여서 만들어지는 것은 역사가 아니라 그냥 하루이기 때문이다. 조금 더 많은 돈과 조금 더 많은 물건은 역사를 만들지 못한다.

그 작은 시간은 모든 위대한 것을 짓밟고 모든 도약에 대한 꿈을 억누른다. 앞에서 얘기했던 프티친의 시간이 바로 그런 것이다. 그렇다고 로스차일드를 꿈꾸는 가냐의 시간이 대시간인 것은 아니다. 가냐의 시간과 프티친의 시간은 같다. 로스차일드를 꿈꾸는 가냐는 요동치며 흘러가는 거대한 시간, 먼 과거와 먼 미래가 하나로 이어지는 대양과도 같은 시간에 몸을 맡길 용기가 없기 때문에 모든 것을 희생하고 〈로스차일드표 성공〉에 몸을 던진다. 프티친은 그조차 엄두가 나지 않아 작은 성공에 만족한다. 그 둘은 같은 것이다. 두 사람의 시간 밑에 깔린 것은 비굴하고 소심한 개개인의 생존 전략이다.

대시간은 그와 다른 시간이다. 그것은 소비, 축적, 크고 작은 성공을 뛰어넘는 시간이다. 바흐친이 말했듯이 수없이 많은 시간들과 인간들과 사상들이 끊임없이 뒤얽히며 끊임없이 대화하며 끊임없이 의미를 생성하며 나아가는 시간이다. 아이러니하게도 그 점을 의식하며 사는 것이야말로 지상에서 인간이 체험할 수 있는 영원이다. 영원은 그러니까 영원히 지속되는everlasting 어떤 상태가 아닌 것이다. 아이러니하게도 〈영원히 지속되는〉 상태로서의 항구함이야말로 작은 시간이자 죽은 시간이며 그것을 극복하는 것이 영원인 것이다. 〈대시간은 그에게 모든 의미들의 불멸, 의미론적 에너지의 끝없는 회귀와 유통, 수백수천 년에 걸친 생생한 콘텍스트들의 무한한 대화를 의미한다.〉(Pechey 2007: 127)

그러나 여전히 대시간은 문학적이고 철학적이다. 우리가 현실에서 어떻게 대시간을 살아 낼 것인가는 또 다른 문제이다. 그 문제에 대한 답에 가장 가까운 것은 『백치』에서 이폴리트의 입을 통해, 그리고 그의 행위를 통해 제공된다. 앞에서 로스차일드 이야기를 할 때 우리는 이폴리트가 시간을 세속적인 셈법으로 계산했다고 언급했다. 그러나 그의 또 다른 자아는 다른 맥락에서 실현 가능한 거대한 시간에 관해 상당히 의미 있는 생각을 전개한다. 그는 영원을 〈영원한 추구〉와 같은 것이라고 상정함으로써 끝없이 추구하는 삶과 존재의 의미와 행복을 대시간의 범주에 집어넣는다. 다음은 『백치』 연구자들 대부분이 인용하는 이폴리트의 유명한 행복론이다.

행복은 과연 어디에 있는 것일까? 모두들 확신하리라 믿지만 콜럼버스가 행복을 느꼈던 것은 그가 미 대륙을 발견했을 때가 아니라 발견하려고 시도했을 때였다. 틀림없이 그의 행복이 절정에 달했던 순간은 신세계를 발견하기 정확하게 사흘 전이었으며, 절망에 젖은 선원들이 유럽으로 뱃머리를 돌리려던 찰나였으리라. 신대륙이 나타나지 않는다 하더라도 문제는 신대륙에 있는 것이 아니다. 콜럼버스는 신대륙을 거의 보지도 못하고 자기가 발견한 것이 무엇인지도 모른 채 죽었다. 문제는 삶에, 오로지 삶 하나에 있다. 중요한 것은 그 삶을 끊임없이 추구하는 것이지 그 삶을 발견하는 것이 아니다.(800~801)

이폴리트는 나아가 그 끝없는 추구에 실존의 의의와 목표를 새겨 놓는다. 그가 낯선 사람에게 선행을 베푼 뒤 친구 바흐무토프와 나누는 대화는 선행이라는 인간의 행위에서 출발하여 대시간에 관한 희망으로 마무리된다.

「개인적인 〈자선〉을 모함하려는 자는, (……) 인간의 본성을 침해하고 인간 개인의 미덕을 무시하는 자라네. 그러나 〈사회적 자선〉 단체와 개인의 자유에 관한 문제는 두 가지 별개 문제이지만 상치되는 문제는 아니라네. 개별적 선은 그것이 개성의 요구이자, 하나의 개성이 다른 한 개성에게 직접적으로 영향을 미치는 살아 있는 요구이기 때문에 영원히 남아 있게 마련이지. (……) 어떤 형식이든 간에 자네의 씨앗을 뿌리고 자네의 〈자선과 선행〉을 베푼다는 것은 자네 개성의 일부를 타인에게 내주는 동시에 타인 개성의 일부를 받아들이는 걸세. 자네는 상호 교류하고 있는 거라네. (……) 그것은 자네의 모든 삶을 휘어잡아 삶 전체를 가득 채울 수 있게 되는 거지. 다른 한편으로 자네의 모든 사상, 자네가 던진 모든 씨앗, 그것들은 자네에게서 이미 잊혔을지 모르지만, 아마도 형체를 얻어 쑥쑥 자라나게 될 거라네. 자네에게서 베풂을 받은 자는 제3자에게 그대로 〈베풂〉을 전해 주기 때문이라네. 자네가 미래에 인간의 운명을 해결하는 데 어떤 역할을 하게 될지 어떻게 아는가? 만약 이러한 작업으로 보낸 평생 동안의 삶과 지식 덕분에 마침내 자네가 엄청난 씨앗을 던져, 이 세상에 거대한 사상을 유산으로 남겨 줄 수 있는 상태에 있다면…….」(820~822)

물론 이 역시 사변이다. 이폴리트의 언행은 대시간을 설명하고 그 시간의 의의를 설득력 있게 설파하지만 그는 여전히 소시간에 속해 있으며 그의 다른 자아는 여전히 자신의 말조차도 믿지 못한다. 뒤에 가서 그의 「나의 불가피한 해명」을 자세하게 논할 때 알게 되겠지만 이폴리트의 비극은 여기에, 즉 소시간과 대시간 사이에서 분열된 실존을 지속해 나가야 한다는 데 기인한다. 그의 친구 바흐무토프는 이 점에서 이폴리트의 비밀스러운 생각을 대변하는 분신으로 기능한다. 그는 이폴리트의 선행론에 지극히 소시간적으로 대꾸한다. 〈그렇지만 자네는 삶으로부터 버림받는 것을 생각해 보았나?〉(822~823) 바흐무토프의 말은 결국 〈자네가 죽고 나면 홍수가 나든 말든 그게 무슨 상관인가?〉로 바꿔 말해질 수 있다. 그 말은 이폴리트의 유서에 적힌 소제목 〈나 죽고 나면 홍수가 나든 말든〉으로 이어지면서 시시각각 다가오는 죽음 앞에서 이폴리트를 사로잡고 있는 심리적인 소시간을 예고한다. 대시간의 문제는 도스토옙스키에게 가장 어려운 문제였다. 대시간은 설명 가능하지만 그것을 살아 내는 것을 서사 속에서 구현하기란 거의 불가능하다. 어쩌면 그에 대한 답 역시 이폴리트의 행복론에 담겨 있는지도 모른다. 인간이 대시간을 살 수는 없겠지만 대시간을 추구할 수는 있다. 끝없는 대시간의 추구야말로 인간이 할 수 있는 최선의 일인지도 모른다.

8 도덕의 거세

칼은 살인 및 처형의 모티프에 이어 거세의 모티프를 활성화한다. 시간을 베어 버리는 칼의 이미지는 생식 기관을 잘라 버리는 거세 의식에서 가장 기괴하게 시각화된다. 『백치』에서 도스토옙스키는 로고진의 가문을 거세파로 설정함으로써 복잡한 종말론적 서사를 완성한다. 거세파란 러시아에서 17세기부터 퍼지기 시작한 종파 중의 하나로, 18세기 말 오룔 지방에서 안드레이 블로힌A. Blokhin이 극기를 통해 천국에 들어갈 수 있다는 교리를 설파한 데서 비롯되었다.(Wilson 2018: 565) 그러나 거세파의 공식적인 창시자는 이반 셀리바노프I. Selivanov라는 탈영병으로, 그는 1770년대에 스스로를 궁정 반란에서 살아남은 표트르 3세Petr III라 칭하며 등장했다. 부를 쌓았으되 귀족 계급으로 상승할 수 없는 부유한 상인들, 승진에서 누락된 군 장성들, 예카테리나 2세의 총애를 얻는 데 실패한 귀족들이 거세파에 가담했는데 그중에는 18세기 러시아의 영웅 수보로프A. Suvorov 장군과 알렉산드르 1세Aleksandr I까지 있었다고 한다. 셀리바노프는 표트르 3세가 성 불구자였다는 사실을 교묘하게 이용하여 거세란 진정한 세례 의식이자 하느님께 도달하기 위한 거룩한 자정 행위라고 설파했고 수많은 지식인과 부유층과 귀족층이 그의 말에 현혹되었다. 거세파가 기존 질서를 위협한 이유는 여러 가지가 있었지만 물리적인 거세 행위 그 자체가 정부를 불안하게 한 점은 주목할 만하다. 그들은 거세를 단순히 극기의 은유로 이해한 것이 아니라 실질적인 의료 행위로 실현했다. 그들은 정확한 외과적 지식 — 가축 도축에서 쌓은 노하우도 한몫했다 — 을 무기로 정식 의료인들의 지위를 위협했다.(Wilson 2018: 566)

거세파의 가장 큰 문제는 성경에 대한 문자주의적 해석이었다. 그들은 「마태오의 복음서」 19장 12절의 〈사실 모태에서부터 고자로 태어난 이도 있고 사람들 손에 고자가 된 이도 있으며 하늘나라 때문에 스스로 고자가 된 이도 있다. 받아들일 수 있는 사람은 받아들여라〉를 문자 그대로 받아들였다. 그들은 천국에 가려면 생물학적 거세를 반드시 거쳐야 한다고 굳건하게 믿었으며 「요한의 묵시록」을 자신들 교리의 버팀목으로 받아들였다. 〈그리고 나는 어린양이 시온산 위에 서 있는 것을 보았습니다. 그 어린양과 함께 14만 4천 명이 서 있었는데 그들의 이

마에는 어린양과 그 아버지의 이름이 적혀 있었습니다.〉(「요한의 묵시록」 14: 1) 〈그 노래는 땅으로부터 구출된 14만 4천 명 외에는 아무도 배울 수 없었습니다. 그들은 여자들과 더불어 몸을 더럽힌 일이 없는 사람들이며 숫총각들입니다.〉(「요한의 묵시록」 14: 3~4) 특히 여기서 언급되는 숫자 〈14만 4천〉은 그들에게 선택받은 사람의 정확한 수로 이해되었고 그들은 자기들의 수가 14만 4천에 이를 때 천국의 문이 열린다고 믿어 의심치 않았다.

모든 종파가 그렇지만 거세파 역시 시한부 종말론의 지지자들이다. 그들은 오늘날의 속칭 〈프레퍼prepper〉들처럼 실질적인 세상의 종말을 기대하고 준비하는 사람들이다. 그들에게 가장 중요한 것은 이 세상이 끝나고 새로운 세상이 시작될 때 그 세상의 주역이 되는 것이다. 셀리바노프가 정신 병원에 수감되었다가 요양원을 거쳐 정착한 곳이 페테르부르크 상인 네나스치예프가 지은 〈신(新)예루살렘〉이라는 이름의 건물이라는 점은 시사하는 바가 크다.(Comer 1996: 91) 셀리바노프가 거세를 불의 세례ognennoe kreshchenie라 부른 것(Wilson 2018: 566) 또한 거세가 물의 세례에 이어 오로지 선택받은 소수만을 위한 최종적인 세례라는 점을 강조하기 위해서였다.

칼은 거세파(혹은 종말론적인 다른 종파들)에게 두 가지 단절의 행위를 함축한다. 하나는 시간적인 단절이다. 그들은 시간을 문자 그대로 잘라 내어 버렸다. 구교도 대개혁파의 대립은 교리의 문제도 아니고 전통이냐 혁신이냐의 문제도 아니고 〈역사적 시간〉의 문제에서 비롯된다.(Bethea 2014: 23) 구교도에게 영원은 이미 과거에 성취된 것이다. 거세파의 경우도 마찬가지이다. 그들에게 시간은 이미 거세한 자기들에게만 주어진 것이므로 현재는 미래로 이어지는 단계가 아니다. 그들은 거세를 통해(칼을 통해) 종족 번식의 가능성을 무로 돌렸으므로 오로지 동시적으로 14만 4천 명이 될 때까지 기다리기만 하면 된다. 자식도 손주도 없을 것이므로 그들에게 시간은 더 이상 흐르지 않는다. 요컨대 거세파의 삶 속에 역사는 존재하지 않는다. 그들의 시간은 앞에서 본 부르주아의 시간 〈나 죽고 나서 홍수가 나든 말든〉의 또다른 변주일 뿐이다.

거세파에게 칼은 또한 공간적인 단절의 아이콘이다. 그들과 그들이 아닌 나머지 인간들은 완벽하게 분리된다. 그들은 일종의 〈분리파〉이다. 로고진가의 저택은 그러한 단절을 건축학적으로 묘사한다. 〈견고하게 세워진 이 집들의 벽은 두꺼웠고 창들은 아주 띄엄띄엄 드물게 나 있었다. 아래층 창문에 창살이 끼워져 있는 집도 더러 보였다. 아래층은 대부분은 환전상들이 차지하고 있었고 위층에는 환전상에서 일을 하는 거세파 교도들이 세를 살고 있었다.〉(420) 그들은 세상으로부터 마치 칼로 도려내진 듯이 두꺼운 벽과 견고한 창틀로 분리된 주거 공간에서 천국의 도래만을 꿈꾸며 살아간다.

한 가지 흥미로운 것은, 거세라는 파괴적 행위를 저지르면서까지 이 세상의 욕망을 뿌리치려 한 듯 보이는 그들이 유난히 돈의 축적에 집착한다는 사실이다. 러시아어로 거세파skopets는 동사 〈스코피치skopit'〉에서 파생된 단어로, 이 동사는 〈거세하다〉와 〈축적하다〉 두 가지 모두를 의미한다. 부의 축적과 거세가 언어학적으로도 연관된다는 것은 의미심장하다.(Comer 1996: 92) 실제로 거세파 신도들은 주로 환전상을 했으며 로고진의 아버지 역시 거세파로서 막대한 부를 축적했다. 모든 시한부 종말론자와 이단과 종파의 공통적인 특성이겠지만 거세파 역시 〈물질주의적 이상주의자〉들이었다.(Levy 1985: 50)

로고진에게 집착의 대상은 돈이 아닌 여성이다. 그러나 시간의 차원에서 보자면 그와 부친은 판박이이다. 아버지가 모든 욕망 대신 치부를 선택했듯이 로고진은 다른 모든 욕망 대신 나스타시야를 선택한다. 아버지가 거세를 한 것은 절제와 극기라는 미덕에서가 아니라 부의 축적에 집중하기 위해서였듯이, 로고진이 도덕으로 완성되는 인간다운 삶을 거세해 버린 것은 나스타시야를 완전히 소유하기 위해서이다. 미시킨의 말처럼 나스타시야라는 존재가 끼어들지 않았더라면 로고진이 〈가까운 미래에 저기 걸려 있는 아버지와 똑같은 사람〉이 되었을 가능성은 매우 높다.(439) 나스타시야 역시 비슷한 지적을 한다.

〈돈, 돈 하며 살다가 나중에는 2백만이 아니라 1천만 루블까지 벌게 되어 돈 자루 속에 파묻혀 굶어 죽게 될 거야.〉(440)

〈돈 자루 속에 파묻혀 굶어 죽는다〉는 것은 얼어붙은 시간 속에서, 혹은 시간과 함께 얼어붙어서 죽는다는 얘기처럼 들린다. 아이러니하게 들리지만, 소설의 마지막 장에서 로고진이 칼로 나스타시야를 찔러 죽이는 것은 결국 거세의 다른 버전이라 할 수 있다. 거세파의 본거지인 로고진 저택에서 행해지는 살인은 성적인 욕망의 억제를 위한 거세 의식의 뒤집힌 재현으로 이해될 수 있다.(Comer 1996: 94) 거세파가 자해를 통해 시간을 동결하듯이 로고진은 살인을 통해 자신의 시간을 동결한다.

9 살인자의 원형

『백치』는 엽기적인 살인으로 가득한 소설이다. 서사 속에서 일어나는 살인 말고도 당대 신문 지상을 어지럽혔던 대형 살인 사건들이 〈실시간으로〉 언급된다. 앞에서 언급한 역사적 처형과 마찬가지로 당대 살인 사건의 도입은 두 가지 측면에서 살펴볼 수 있다. 첫째는 서사의 역동성과 직결된다. 당대 신문 지상에서 언급되는 살인 사건을 거의 같은 시간에 소설에 도입함으로써(그의 소설은 대부분 잡지 연재라는 형태로 발표되었으므로 그러한 동시성이 가능했다) 그는 거의 〈리얼리티 쇼〉와 같은 실제성의 환영을 창출한다. 이는 서사적 시간의 문제로 서사학narratology의 측면에서 논의되어야 하는 특성이다. 다른 한편으로 신문에 보도된 살인 사건은 소설 속 살인 사건에 대한 복선으로 기능한다. 실제 살인 사건이 수시로 환기됨으로써 서사는 살인을 향해 돌이킬 수 없이 치닫는다.

특히 칼에 의한 살인 사건은 칼-시간의 모티프와 직결됨으로써 서사와 자연스럽게 융합된다. 강박적일 정도로 자주 언급되는 칼과 살인은 소설의 흐름에 박차를 가한다. 등장인물들 개개인이 종말을 향해 가듯이 소설도 종막을 향해 치닫는다.

우선 제마린I. S. Zhemarin 사건을 살펴보자.[36] 1868년 3월 10일 자 『목소리*Golos*』지는 끔찍한 살인 사건을 보도했다. 탐보프에서 고르스키V. Gorskii라는 번듯한 집안 출신의 18세 학생이 가정 교사로 고용된, 제마린이라는 상인의 집에서 여섯 명을 살해한 미증유의 살인 사건이었다. 그는 자신의 학생인 열한 살짜리 소년을 포함해 제마린가의 4인 가족뿐 아니라 문지기와 요리사도 살해했다.[37] 고르스키는 사전에 주문 제작한 철제 절굿공이와 권총을 사용하여 범행을 저질렀다. 그 사건의 냉혹함과 끔찍함은 오랫동안 사람들의 입에 오르내렸다. 『백치』의 인물들 역시 마치 방금 신문에서 읽기라도 한 듯이 그 사건을 언급한다. 레베데프는 자신의 니힐리스트 조카를 비난하기 위해 〈제마린 사건의 살인범〉 같다고 말한다.

36 이하 실제 살인 사건에 관한 정보는 PSS 9: 391, 393; Catteau 2005: 182~186을 참조할 것.

37 러시아에서 출간된 도스토옙스키 전집, 소설, 그리고 이후 출간된 도스토옙스키 연구서 모두에 고르스키가 살해한 사람은 여섯 명이라고 명시되어 있지만 최근의 러시아 검색 사이트는 또 하나의 사용인을 포함해 총 일곱 명의 피살자가 있었다고 기록한다.

「바로 이 녀석이 제마린 일가 살해 주범이에요. 바로 이놈이 그런 짓을 저질렀습죠.」

「그게 무슨 소리예요?」

공작이 말했다.

「비유적으로 말하자면, 만약 그런 사건이 재연된다면, 제2의 제마린 일가의 살해범이란 말이죠. 바로 그런 짓을 할 준비가 되어 있으니까요…….」(396~397)

레베데프에게 고르스키는 당대 러시아 사회의 윤리적 근간을 흔들던 〈니힐리즘〉 사상의 구현자이므로 부도덕한 건달인 조카는 고르스키의 분신이다. 얼마 후 파블롭스크의 예판친 별장에 사람들이 모여 담소하는 자리에서 이번에는 예브게니가 〈젊은 작자에 의해 여섯 명이나 살해된 무서운 사건〉(686)을 다시 언급한다. 여기서도 제마린 사건은 니힐리즘과 연관되며 소설의 이 대목이 집필되고 있던 시점에는 실제 재판이 진행 중이었으므로 변호인의 변론에 대한 신문 보도도 소개된다. 피의자의 변호사는 〈빈곤한 상태에서 여섯 명을 살해해야겠다는 동기가 범인의 머릿속에 떠오른다는 것은 매우 자연스러운 일이라고 했다〉는 것이다.(686) 예브게니는 그 변호인이 자신이야말로 〈가장 자유주의적이고 인도주의적이며 진보적인 것을 말하고 있다는 확고한 신념에서 그렇게 말했다〉고 논평한다.(687) 실제로 당시 신문 보도에 따르면 고르스키는 범행을 모두 인정했으며 금품을 훔치기 위해 살인을 저질렀다고 자백했다. 그러나 그는 제마린의 금품에 전혀 손을 대지 않았으므로 그가 자백한 동기는 법정에서 받아들여지지 않았다. 계속해서 동기를 추궁당하자 그는 결국 자신도 왜 살인을 저질렀는지 모르겠다고 대답했다. 그에게서는 반성이나 후회의 기미도 보이지 않았다. 그는 사형 선고를 받았으나 나중에 무기 징역으로 감형되었으며 정확한 사망 날짜는 알려지지 않았다. 도스토옙스키는 그 사건의 〈사상적〉 측면을 미시킨의 입을 통해 다음과 같이 논평한다. 그가 만난 흉악범들은 비록 회개는 하지 않을망정 자신들이 〈범죄자〉라는 사실은 인정했다. 그러나 고르스키 같은 범죄자들은 〈자신을 범죄자라고 간주하는 것조차 원하지 않고, 자기네한테 그럴 권리가 있었으며…… 오히려 훌륭하게 행동했다고 생각하고 있어요. 즉 거의 모두가 그렇다는 거예요. 바로 여기에 무서운 차이점이 있는 겁니다. 또 그들이 모두 청년이라는 사실에 주목해야 합니다. 바로 그러한 나이에 가장 쉽게 무방비 상태로 사상의 왜곡에 빠질 수 있는 거지요〉라고 묘사된다.(689~690) 요컨대 반인륜적인 살인 행위를 〈인도주의〉 차원에서 변론하는 변호인이나 자신의 범죄 행위가 범죄라는 사실조차 인지하지 못하는 청년 범죄자들는 모두 당대 사회 도덕의 추락을 가장 극명하게 보여 주는 지표가 된다.

그러나 제마린 살인은 그러한 사회적 함의를 뛰어넘어 서사 속으로 직접 진입한다. 레베데프가 언급한 〈제마린〉은 이후 공작의 머릿속을 맴돌면서 집요하게 그를 불편하게 한다. 〈아까 보았던 레베데프의 조카가 눈앞에 아른거렸다. 이상하게도 레베데프가 자기 조카를 소개하며 얘기해 주었던 살인범의 모습이 그를 통해 나타났다.〉(468) 미시킨은 여관 종업원과 대화할 때도 사건 이야기를 하고 혼자 걸어가면서도 계속해서 사건을 생각한다. 〈정말 그 인간이 일가족 여섯 명을 죽였는가?〉(469) 그러다가 그는 결국 로고진과 살인범 고르스키를 연결하기에 이른다. 〈그런데 로고진이 살인을 하면 그는 적어도 마구잡이로 하지는 않을 것이다. 여섯 명 일가족을 살해하는 난장판은 벌어지지 않을 것이다. 도면에 따라 주문해 만든 흉기와 완전히 실신하다시피 한 여섯 사람들! 과연 로고진이 도면을 통해 흉기를 주문할까? 그에게는……. 하지만 로고진이 살인을 하리라는 것은 기정사실일까?〉(470) 미시킨의 혼란스러운 머릿속은 잠시 후 있게 될 그의 간질 발작을 예고하는 동시에 로고진의 살인 미수에 대한 복선으로 작용한다.

한편 고르스키가 사용한 흉기가 주철 절굿공이와 권총이라면 또 다른 살인 사건은 칼과 직결된다. 1867년 3월 러시아 신문의 헤드라인을 장식한 마주린V. F. Mazurin 사건이 그것이다.[38] 러시아 전역을 공포와 충격으로 몰아넣은 그 사건은 도스토옙스키 부부가 유럽으로 떠나기 전에 발생했지만 도스토옙스키는 해외에서 러시아 신문을 꼼꼼히 읽은 덕에 사건의 추이를 조밀하게 따라갈 수 있었다.

1866년 7월 14일 부유한 상인 가문의 상속자인 마주린이 모스크바의 자택에서 보석상 칼미코프I. I. Kalmykov를 면도날로 살해했다. 그는 2백만 루블을 상속받은 거부로, 크렘린에서 가까운 모스크바의 부촌 자택에서 모친과 함께 살고 있었다. 그는 평소에 친분이 있던 칼미코프를 식사에 초대한 뒤 그가 의자에 앉아 담배를 피우려고 할 때 미리 준비해 둔 칼로 순식간에 그의 목을 따서 살해했다. 그는 미제 방수포로 시신을 감싼 뒤 지하실에 숨겨 놓았다. 그리고 당시 방부제 및 방향제로 사용되던 주다노프 기름병을 여러 개 놓아두어 부취가 나는 것을 막았다. 그의 살인 행각은 8개월이 지난 뒤 발각되었다. 마주린의 재판은 1867년 11월에 진행되었고 재판 기록은 11월 26일 『모스크바 뉴스*Moskovskii vedomosti*』지에, 그리고 11월 29일 『목소리』지에 게재되었다. 도스토옙스키가 『백치』의 최종 구상을 마무리할 즈음이었다.

마주린 사건은 『백치』에 도입된 실제 사건 중에서 가장 강력하게 서사를 이끌어 간다. 미시킨과 로고진이 기차를 타고 상트페테르부르크에 입성한 것은 11월 27일로 『모스크바 뉴스』 기사가 난 다음 날이다. 훗날 나스타시야는 두 사람이 자신의 인생에 등장한 그날을 기억한다고 술회한다. 무엇보다도 마주린이 로고진이라는 인물 설정에 막대한 영향을 미쳤다는 것은 대부분의 연구자들이 지적한 바 있다. 나스타시야의 삶에는 살인범 로고진과 그의 실제 원형인 마주린이 항상 같이 붙어 다닌다.(PSS 9: 391) 로고진이 상인 가문 출신이라는 것, 아버지로부터 거액의 유산을 상속받았다는 것은 물론, 음침한 집에서 모친과 함께 거주한다는 설정은 마주린 사건에서 가져온 것이다.

마주린 사건은 로고진에 의한 나스타시야의 살해라고 하는 소설의 주된 사건과 지속적으로 연관된다. 마주린 사건이 현실에서 일어난 것처럼 소설에서도 유사한 살인 사건이 일어날 수밖에 없을 것이라는 인상마저 풍긴다. 〈칼로 여주인공을 살해하기〉 테마는 소설의 처음부터 예고된다. 미시킨은 나스타시야를 만나기도 전에 사진만 보고서도 그녀의 죽음을 예언한다. 가냐가 그에게 이런 여자와 로고진이 결혼할 것 같냐고 묻자 이렇게 대답한 것이다. 〈물론 결혼하고 싶어 할 겁니다. 그럴 기회만 주어진다면 내일이라도 당장 할 수 있을 거요. 결혼을 하고 일주일 후면 이 여자를 칼로 베어 버리려 할 겁니다.〉(78) 칼과 살인은 이후 거의 후렴처럼 소설 전체에 걸쳐 반복된다. 나스타시야는 로고진과 크게 싸운 뒤 〈당신은 칼로 나를 찌를 거야〉라고 예언한다.(434) 미시킨 역시 로고진에게 〈자넨 그 여자한테 곧바로 칼을 들이댈 수도 있는 사람이야. 그녀는 이미 이런 사실을 극히 명백하게 이해하고 있을 거야〉(439)라고 한다. 로고진 또한 자신이 그녀를 살해할 것임을 암암리에 내비친다. 〈그 여자가 나에게 시집오겠다는 것은 아마 내 칼을 기다리겠다는 뜻일 걸세!〉(443)

미시킨이 로고진가를 방문하는 2부 3장은 특히나 칼의 이미지로 포화되어 있다. 로고진의 서재에서 공작은 그의 책상에 놓여 있던 칼을 무심코 집어 들고 로고진은 그 칼을 빼앗아 제자리에 돌려놓는 일이 반복된다. 〈로고진은 이렇게 말하고 공작이 무심코 탁자 위에서 집어 든 작은 칼을 재빨리 빼앗아 원래의 자리에 놓았다. 그것은 책 옆에 있었다. (……) 공작은 말을 하면서 무심결에 또다시 탁자 위에 있는 작은 칼을 집어 들었고 로고진은 그것을 공작의 손에서 빼앗아 탁자 위로 던졌다. 그 칼은 흔히 볼 수 있는 것으로 자루가 사슴뿔로 되어 있고, 길이가 3베르쇼크(약 14센티미터)가량 되는 데다 거기에 걸맞은 폭을 가진 칼이었다.〉(445~446) 그것은 간질 전조 증상이 엄습해 올 때 공작이 상점 쇼윈도에서 발견하는 칼로, 로고진은 소설 마지막 장에서 나스타시야를 살해할 때 그 칼을 사용한다.

칼의 이미지와 살인 행위는 다시 한번 소설의 후반(3부 10장)에서 언급된다. 이번에는 나스타시야가 아글라야에게 보낸 편지에서 언급되는데, 그녀는 구체적으로 마주린 사건을 이야기하면서 로고진 저택과 마주린 저택이 지하실에 숨겨 놓은 시신을 축으로 닮은꼴이라고 주장한다.

「그는 우중충하고 단조로운 집을 가지고 있어요. 그 집 안에도 비밀이 있어요. 확신컨대 그의 책상 서랍에는 실크 천으로 싸놓은 면도칼이 숨겨져 있어요. 바로 모스크바의 그 살인자와 마찬가지로요. 그 살인자 역시 어머니와 한집에서 살았고 역시 면도칼을 실크 천으로 싸두었어요. 누군가의 목을 자르기 위해서이지요. 그 살인자의 집에 갔을 때 어딘가 마루 밑에 이미 죽은 그의 아버지가 숨겨 놓은 시체가 있는 듯한 느낌이 줄곧 들었어요. 그 시체도 모스크바의 피살자처럼 기름천에 싸여 방부제병들 사이에 놓여 있을 것만 같았어요.」(924~925)

칼은 인간의 단절, 시간의 단절, 그리고 파편화되어 가는 당대 삶을 하나의 패러다임 속에 집어넣는다. 도스토옙스키는 실제 살인 사건을 서사에 도입함으로써 리얼리티와 픽션 간의 경계를 흐리는 동시에 그 어떤 소설에서보다 훨씬 암울하게 개인적이고 공적인 차원에서 종말에 대한 감각을 부각한다. 소설은 가상의 인물들이 실제 살인 사건(종말)에 관해 대화하고 논평하는 가운데 문자 그대로 미친 듯이 종말을 향해 질주한다. 보편적인 종말과 개인의 필멸, 그리고 소설의 대단원이 하나로 합쳐질 때 도스토옙스키식 소설 공학이 완성된다.

10 시계와 역사책

처형의 테마가 처형당하는 사람의 의식에 초점을 맞춘다면 살인의 테마는 살인자의 〈설명되지〉 않는 행위에 초점을 맞춘다. 앞에 나온 두 살인자는 자신들의 행위에 이렇다 할 설명을 제시하지 못한다. 마주린의 경우 금품 강탈이 동기라고는 알려져 있지만 그의 재산 규모를 고려할 때 설득력이 없다. 『백치』에서 언급되는 또 하나의 살인은 그 불가해한 행위에 상징적인 해석을 부여한다.

1867년 10월 30일 자 『목소리』지는 야로슬라프현 미시킨군 출신의 농부 발라바노프가 지인인 수슬로프를 칼로 목을 따서 죽이고 그의 은시계를 강탈한 사건을 보도했다.(PSS 9: 392) 도스토옙스키는 제네바에서 『백치』를 구상하는 동안 그 신문 기사를 읽었다. 주인공의 성 〈미시킨〉은 그 기사에서 따왔을 확률이 높다. 그 사건은 미시킨이 로고진의 집을 방문했을 때 하는 이야기 중의 하나로 주로 러시아적인 종교의 특이성을 설명하는 에피소드로 인용되곤 한다.

「오래전부터 친구 사이인 늙수그레한 두 명의 농부가 술에 취하지 않은 맨정신으로 함께 차를 실컷 마시고 한 골방에서 같이 잠을 자려 했다는 거야. (……) 그런데 친구의 시계가 너무나 마음에 들고 멋져 보여서 그만 참지 못했던 걸세. 그는 칼을 집어 들고 친구가 몸을 돌린 사이 뒤로 조심스럽게 다가가 눈대중을 하고는 눈을 들어 하늘을 보며 성호를 그었지. 그리고 혼자서 비통한 기도를 올린 거야. 〈하느님, 그리스도의 이름으로 용서해 주세요!〉 그는 양을 죽이듯 단칼에 친구를 베어 버리고 그에게서 시계를 뺏었다네.」(453)

물론 살인범 발라바노프는 도스토옙스키가 생각한 바의 러시아적 신앙의 기이한 측면을, 요컨대 긍정적으로 보자면 살인의 상황에서까지 신을 간구하는 인간 본성의 종교적인 어떤 면모를 보여 주는 예라 해석할 수도 있다. 그러나 이 책의 논의와 연결해 본다면 이 스토리의 핵심은 칼과 시계의 이미지로 좁혀진다.

인간은 철저하게 시간적인temporal 존재이다. 인간은 태어나서 죽는 순간까지 시간 속에서, 오로지 시간 속에서만 존재한다. 인간 행위의 그 어떤 것도 시간 밖으로 나갈 수 없다. 시간 속에서 인간이 저지르는 범죄 중 가장 사악한 것은 물론 살인이다. 살인은 다른 존재에 대한 최종적인 도용이며 그 존재의 시간에 마침표를 찍는 행위이기 때문이다. 살인의 시간성은 그것이 되돌려질 수 없다는 사실, 용서로써 해결될 수 없다는 사실에 그 가장 심오한 의미가 있다. 이미 세상을 하직한 피해자는 가해자를 용서할 수 없다. 피해자를 칼로 찔러 죽이고 시계를 강탈하는 행위에서 시계는 그러므로 피해자가 누릴 수도 있었을 〈무한한〉 시간, 절대로 되돌려 줄 수 없는 시간을 상징한다. 게다가 그것은 은으로 만들어진 값비싼 시계이다. 그만큼 피해자의 시간은 〈고가〉의 상품이다.

인간의 시간을 베고 찌르고 절단하는 도구로서의 칼은 로고진의 책상에서 역사의 영역으로 진입한다. 공작이 로고진의 집을 방문한 당시 로고진의 서재 책상에 펼쳐져 있던 것은 유명한 철학자 블라디미르 솔로비요프V. Solov'ev의 부친 세르게이 솔로비요프S. S. Solov'ev의 역사책 『고대 러시아의 역사*Istoriia Rossii s drevneishikh vremen*』이다. 〈그는 자기 앞의 책상에 놓여 있는 두세 권의 책을 보았다. 그중 한 권인 솔로비요프의 『역사』는 펼쳐져 있었고 읽던 곳에 식별 표가 놓여 있었다.〉(426) 그 책은 나스타시야가 로고진에게 추천한 책이다. 〈당신은 솔로비요프의 『고대 러시아의 역사』라도 읽어서 교양을 쌓도록 해요. 당신은 아는 게 아무것도 없어요.〉(441) 나스타시야가 역사책을 거론하는 것은 역사의 단절과 흐름에 대한 사유를 촉발한다. 솔로비요프의 역사책은 러시아라고 하는 나라의 가장 근원으로 거슬러 올라가는 사서이므로 등장인물들에게 그 책의 독서는 인간의 근원에 대한 성찰과 나란히 진행된다고 해석해도 좋을 것이다.

문제는 그 역사책에 칼이 끼워져 있다는 사실이다. 앞에서 살펴보았지만 서재에서 공작과 로고진은 책상 위의 칼을 집었다 빼앗았다를 반복한다. 그 칼이 바로 역사책에 꽂혀 있는 것은 대단히 깊은 상징성을 보여 준다.

> 두 번이나 손에 들었던 칼을 빼앗긴 것에 대해 공작이 유난히 신경 쓰고 있는 것을 본 로고진은, 잔뜩 찌푸린 얼굴로 그 칼을 집어 책 속에 꽂아 넣은 후 책을 다른 탁자 위로 던져 놓았다.
>
> 「자네 그 칼로 종이를 자르나?」
>
> 공작이 물었다.
>
> (……)
>
> 「맞네…….」
>
> 「그건 원예용 칼 아닌가?」
>
> 「원예용이지. 한데 원예용 칼로 책 종이를 자르면 안 되는 법이라도 있나?」
>
> 「그런데 아주…… 새것 같은데.」
>
> 「어때서? 새 칼을 사면 안 되나?」(446)

원예용 칼과 역사책의 물리적인 인접에서 뿜어져 나오는 상징성은 너무나 복잡하고 강렬하여 그동안 무수한 연구자들의 관심을 끌었다. 홀퀴스트는 역사책이 기원에 대한 집요한 탐구를 상징한다면 칼은 역사의 흐름을 단절하는 동시에 역사의 페이지를 〈여는〉 기능을 한다는 데 주목했다. 칼로 인해 열려서 읽힌 역사의 텍스트는 의미로 충만하지만 읽히지 않은 페이지, 열리지 않은 페이지는 무의미하다.(Holquist 1984: 140~141) 다른 한편으로 페이지를 가르는 데 사용되는 칼은 역사를 움직이는 힘이라는 해석, 그 칼을 사용하는 로고진은 단순히 질투심에 사로잡힌 살인범이 아니라 우주적이고 역사적인 암흑의 힘을 상징한다는 해석도 가능하다.(Weickhardt 2010: 397)

그러나 이 장면의 핵심은 로고진이 페이퍼 나이프로 사용하는 칼이 〈원예용〉 칼이라는 데 있다. 칼을 수식하는 〈원예용sadovoi〉은 러시아어 〈정원sda〉에서 파생된 형용사이다. 이 단어는 한국어로 〈동산〉이라 번역되기도 한다. 그리스도교 문화권에서 〈동산〉은 즉각적으로 두 가지 원형적인 공간을 상기시킨다. 하나는 에덴동산(Garden of Eden, Edem, Raiskii Sad)이고 다른 하나는 겟세마네 동산(Gethsemane, Gefmanskii Sad)이다. 인간이 거주할 수 있도록 신이 창조한 최초의 공간도 〈동산〉(정원)이고 신의 아들이 지상에서의 삶을 마감한 장소도

〈동산〉이라는 것은 결코 우연이 아닐 것이다.

원예용 칼을 시원과 종말의 상징으로 해석한다면 그 칼이 꽂혀 있는 역사책은 역사를 기술한 기록이 아니라 역사에 대한 도스토옙스키의 생각을 함축하는 이미지가 된다. 도스토옙스키는 역사 소설과는 거리가 먼 작가, 항상 러시아의 지금 이곳에 집중한 작가로 알려져 있다. 〈그의 소설에는 인과 관계가 없고 기원론이 없고 환경이나 교육 같은 것들로부터의 영향과 과거로부터의 해명이 존재하지 않는다. 주인공의 매 행위는 모두가 현재 속에 있다.〉(바흐찐 1988: 45) 그러나 인과 관계나 기원론이 부족하다고 해서 그가 역사에 무심했던 것은 아니다. 그가 지금 이곳에서 일어나는 사건과 사람을 소설 속에 들여온 것은 사실이지만 그는 역사성에 무관심했던 작가가 결코 아니다. 톨스토이가 역사에 관한 사유를 바탕으로 장편 대하소설, 역사 소설을 썼다면 도스토옙스키는 역사에 관한 사유를 극적 형식에 담아냈다는 점이 다를 뿐이다. 시간에 대한 그의 첨예한 사유는 〈흘러가는 것에 대한 향수 toska po tekushchemu〉라는 구절로 요약된다.(PSS 13: 455) 그에게 흘러가는 시간은 당연히 러시아의 역사 및 역사적인 모든 것을 포괄할 뿐 아니라 인간의 역사와 신의 역사, 세계사와 구원의 역사 History of Salvation를 포괄한다. 그래서 그는 모든 역사를 하나의 이상, 그의 경우 그리스도라는 이상을 향한 추구라고 요약하는 것이다. 〈모든 역사는, 인류의 역사이건 어느 정도 개인의 역사이건, 이 목적(이상)의 발전, 투쟁, 추구, 획득에 다름 아니다.〉(PSS 20: 172)

만년의 도스토옙스키가 「요한의 묵시록」을 유난히 많이 읽은 사실은 그의 역사관을 반영한다. 그는 전 우주적인 조화와 이상을 그리스도에게서 찾았고 그 최종성이 「요한의 묵시록」에 담겨 있다고 생각했다. 블라디미르 솔로비요프의 적절한 지적처럼, 〈도스토옙스키에게 전 우주적 조화는 평화로운 진보가 아니라 「요한의 묵시록」에서와 같은 새 생명의 출생에 따르는 고통과 고뇌를 통한 것이다. 「요한의 묵시록」은 만년의 도스토옙스키가 가장 사랑한 책이다〉.(Solov'ev 1988-2: 322)

로고진의 책상에 놓인 원예용 칼과 역사책은 그러므로 역사의 시작과 끝, 구원의 시작과 끝, 묵시록적인 계시 속에서 드러나는 새로운 세상의 비전에 관한 사유로 독자를 인도한다. 그리고 물론 그 사유의 가장 끝에 등장하는 것은 그리스도이다.

11 그리스도의 살해

칼로 그려지는 살인의 테마는 그 궁극의 단계에서 그리스도의 살해로 좁혀진다. 「요한의 묵시록」은 그리스도의 이미지를 처형당한 구세주가 아닌 〈살해된 것처럼 보이는 어린양Agnets kak by zaklannyi〉으로 표현한다. 앞에서 살펴본 일련의 살인들은 〈칼에 찔려 살해당한 어린양〉이라는 묵시록적 이미지와 결합할 때 비로소 그 깊은 의미가 드러난다. 나스타시야는 영명 축일날 신문에 보도된 마주린 살인 사건을 양에 빗대어 설명한다. 〈면도칼을 비단에 싸서 몰래 자기 친구의 뒤를 쫓아가 양을kak barana 자르듯이 그 친구를 난도질하는 세상이에요. 얼마 전에 내가 직접 신문에서 읽은 기사예요.〉(337) 미시킨도 로고진에게 발라바노프 사건을 언급하면서 〈그는 양을 죽이듯 단칼에 친구를 베어 버리고 그에게서 시계를 뺏었다네〉(453)라고 양의 비유를 사용한다. 그러나 무엇보다도 묵시록적인 어린양의 이미지는 로고진의 칼에 찔려 사망하는 나스타시야 자신과 깊이 연관된다. 나스타시야의 성이 〈어린양Barashek〉에서 파생된 〈바라시니코바Barashnikova〉라는 사실에서 도스토옙스키의 의도는 노골적으로 드러난다. 살인으로 점철된 소설의 스토리 라인은 종막을 향해 질주하다가 결국 예고된 바 그대로 어린양-여주인공의 살인으로 귀착하면서 그동안 서사 속에 누적된 그리스도 처형의 테마를 완벽하게 활성화하는 것이다.

「요한의 묵시록」은 〈살해당한 어린양〉을 그리스도의 주된 이미지로 표상하는 동시에 다른 한편으로는 시간성으로써 그리스도의 의미를 기술하려 시도한다. 「요한의 묵시록」의 기자는 그리스도를 〈지금 계시고 전에도 계셨고 또 장차 오실 그분〉(「요한의 묵시록」 1:4)이라 소개함으로써 전과 후의 시간성을 강조한다. 그리스도는 〈나는 처음과 마지막이고 살아 있는 존재이다〉(「요한의 묵시록」 1:17~18), 〈나는 알파와 오메가, 곧 처음과 마지막이며 시작과 끝이다〉(「요한의 묵시록」 22:13)라는 자기 계시 속에서 시작과 끝을 강조한다. 이렇게 묵시록적 시간은 시작과 끝의 〈동시성〉에 그 특징이 있다. 다시 말해서 「요한의 묵시록」은 끝을 강조하거나 세상의 종말을 예언하는 텍스트가 아니다. 베테아D. Bethea는 「요한의 묵시록」이 『백치』에서 반anti-삶, 반anti-역사, 반anti-서사의 메타포로서 플롯의 원동력으로 작용한다고 지적한 바 있다.(Bethea 1998: 132)

그는 또 이 소설의 근저에는 그리스도교와 역사주의, 초시간적 이상과 크로노스의 무자비한 행진의 충돌이 자리 잡고 있다고 지적했다.(Bethea 1998: 135)

그러나 이제까지의 논의로 미루어 보자면 도스토옙스키는 양자의 충돌보다는 오히려 모종의 융합, 이를테면 그리스도교적인 역사주의, 혹은 초시간적 이상으로 귀착하는 크로노스를 추구했다고 보는 편이 더 정확할 것 같다. 「요한의 묵시록」의 그리스도는 살해당한 어린양이지만 또한 승리의 구세주이기도 하다. 도스토옙스키가 「요한의 묵시록」에서 읽어 낸 것은 시간의 끝도 아니고 시간의 시작도 아니며, 시작도 끝도 없이 무한한 시간도 아니다.[38] 그는 그리스도 안에서 하나가 되는 시간, 무한도 아니고 유한도 아닌, 시간을 초월하는 시간을 읽어 냈다. 그는 시간성 속에서만 가능한 대재앙과 파멸을 읽어 낸 동시에 시간을 초월하는 다른 시간 속에서만 가능한 구원의 완성을 읽어 냈다.

도스토옙스키에게 그리스도의 살해라고 하는 종국은 새로운 삶의 시작점과 맞닿아 있으며 죽음은 다른 탄생과 맞닿아 있다. 시간 속에서 흘러가는 인간의 역사는 무한할 수도 없고 유한할 수도 없다. 그에게는 무한도 영원

38 도스토옙스키의 다음과 같은 진술을 참고할 것. 〈우리는 결코 현상 전체를 다 알 수 없다. 우리는 시작과 종말에 다가갈 수 없다. 우리가 아는 것은 그저 우리가 보는 사물의 일상적인 흐름뿐이다. 시작과 끝은 인간에게 환상의 영역에 속한다.〉(PSS 23: 145)

도 시간의 개념이 아니라 〈영적〉 개념이다. 그리스도 한 분 안에서만 시공간의 초월이 가능하기 때문이다. 시간이 시작도 끝도 없는 것이 아니라 그리스도가 시작도 끝도 없는 존재, 시작이자 끝인 존재인 것이다.

이런 점에서 그리스도의 죽음은 그냥 역사 속에서 일어난 사건이 아니다. 신앙인들에게 처형 사건은 역사 속의 주어진 순간에 시간 그 자체의 본질에 발생한 질적인 변화를 의미한다. 그 이후의 인간과 사물과 역사는 결코 그 이전과 같을 수 없다.(Holquist 1984: 130) 결국 여주인공의 살해 모티프 속에 이중 인화된 그리스도의 살해는 시간에 대한 도스토옙스키의 깊은 사유를 반영하는, 역사적인 동시에 초역사적인 사건이다. 〈시간과 진리는 같은 것이다.〉(PSS 28-2: 56)

우리는 이 장에서 칼, 살인, 시간으로 이루어진 삼각형 모티프를 살펴보았다. 결국 이 삼각형의 궁극적인 의미는 묵시록적인 〈영원한 현재〉라 할 수 있다. 이 점에서 도스토옙스키의 시간을 가장 적절하게 설명해 주는 것은 성 아우구스티누스의 영원에 관한 성찰이라 할 수 있을 것 같다.

> 영원에서는 아무것도 지나가지 않고 전체로서 현전합니다. 어느 시간도 전체로서 현전하지 않습니다. 그리고 모든 과거는 미래에 의해 밀려나고 모든 미래는

과거에 의해 뒤쫓기며, 모든 과거와 미래는 항상 현재하는 것에 의해 조성되고 전개된다는 사실을 누가 알아보게 하겠습니까? 누가 인간의 마음을 붙들어 세워 멈춰 서서 바라보게 만들고 영원이 어떻게 정지한 채로 미래 시간과 과거 시간을 결정하는지를, 그러면서도 영원 자체는 과거도 아니고 미래도 아님을 바라보게 만들겠습니까?(아우구스티누스 2016: 432)

아우구스티누스처럼 도스토옙스키는 지나간 과거도, 오지 않은 미래도 없는 유일한 시간으로서의 영원을 생각했다. 신이 곧 영원이다. 아니 오로지 신만이 영원이다. 인간은 오로지 신과 함께할 때만 영원을 느낄 수 있다. 그래서 시간은 신 속에서 정지한다. 도스토옙스키에게도, 아우구스티누스에게도 순간과 영원은 같은 것이다.

당신의 세월은 〈하루〉이며 당신의 하루는 〈나날〉이 아니고 〈오늘〉입니다. 당신의 〈오늘〉은 〈내일〉에 밀려나지도 않고 〈어제〉를 뒤잇는 법도 없는 까닭입니다. 당신의 오늘은 곧 영원입니다.(아우구스티누스 2016: 434~435)

IV.
그림

나는 벌레, 나는 신!

— 가브릴라 데르자빈, 「신」

1 강생의 미학

그동안 이 책에서 줄기차게 강조했듯이 도스토옙스키는 이미지의 작가이다. 그에게 이미지로 환원되지 않는 사유, 시각적으로 서술될 수 없는 관념은 서사의 주변으로 밀려난다. 특히 『백치』는 전통적으로 그의 소설 중에서 가장 시각적인 소설로 간주된다.(Brunson 2016: 447) 『백치』를 가득 메운 이미지 중에서 우리가 마지막으로 살펴볼 것은 그림 및 그림의 범주에 들어갈 수 있는 서예와 사진이다. 앞에서 살펴본 칼이나 철도와 달리 그림(서예, 사진)은 어떤 이미지(글씨, 인간, 사물, 풍경)를 시각적으로, 또 예술적으로 표현한 일종의 2차 이미지이다. 그런 점에서 그것은 전술한 이미지들보다 훨씬 직접적이면서도 미학적으로 강생(육화)의 원리를 구현한다. 그러므로 『백치』에 광범위하게 깔려 있는 이미지로서의 그림을 살펴보려면 일단 강생에 관해 살펴봐야 한다.

유배지에서 4년여의 세월 동안 신약 성서를 달달 외우도록 읽은 도스토옙스키에게 그리스도교의 중심은 교리도 성경도 윤리도 삼위일체도 아니고 그리스도 그 자신이다. 조금 더 구체적으로 말해서 〈사람이 되신 말씀〉으로서의 그리스도, 즉 강생하신 그리스도이다. 그의 이른바 〈이미지 중심주의〉 가장 깊은 곳에는 육화된 말씀으로서의 그리스도가 존재한다고 단언해도 좋을 것이다.

그리스도 강생에 대한 도스토옙스키의 관심은 그의 편지와 에세이와 노트에서 광범위하게 발견된다. 몇 가지 사례만 인용해 보자. 〈세상을 구원하는 것은 그리스도의 도덕성이 아니라, 그리스도의 가르침이 아니라, 《말씀이 사람이 되셨음slovo plot' byst'》에 대한 믿음이다. 그 믿음은 그분의 가르침이 우월하다는 것을 이성적으로 인정하는 것이 아니라 본능적으로 거기 매달리는 것이다. 그것이 인간의 최종적인 이상이라는 것, 모든 것이 곧 강생하신voploshchennoe 말씀, 즉 육을 취한voplotivshiisia 하느님이라는 것, 바로 그 점을 믿어야 한다.〉(PSS 11: 187~188) 〈말씀이 사람이 되셨다, 즉 이상이 육을 취하였다, 그리하여 이상은 불가능한 어떤 것이 아니라 인류가 획득할 수 있는 어떤 것이 되었다.〉(PSS 11: 112) 〈그리스도는 인류로 하여금 지식과 인간 정신의 본질이 꿈이나 이상 속에서가 아니라 찬란한 천상 광휘 속에 나타날 수 있음을, 실제로 육체를 취하여vo ploti 나타날 수 있음을, 이는 마땅하고도 가능한 일임을 깨닫도록 하기 위해 오신 것이다. 바로 이로써 지상의 삶은 정당화될 수 있다.〉(PSS 11: 112) 〈그리스도는 육을 취한 vo ploti 인간의 이상이다.〉(PSS 20: 172) 〈그리스도는 전 인류 발전의 위대하고 최종적인 이상, 육을 취한 이상이다.〉(PSS 20: 173) 〈요점은 바로 말씀이 정말로 사람이 되셨다는 데 있다. 신앙 전체, 인류의 위안 전체가 바로 여기에 있다.〉(PSS 11: 113) 〈이 세상 전체가 존재한다는 징표는 세 마디 말, 즉 《말씀이 사람이 되셨다》는 데 있다.〉(PSS 11: 179)

이상의 인용문만 보더라도 도스토옙스키의 그리스도교는 그리스도의 강생이라 단언해도 무리가 없을 것이다. 확실히 〈강생의 기적은 도스토옙스키의 신정론적 미학에서 부활의 기적보다 더 근본적이다〉.(Gatrall 2001: 229) 그러나 그는 신학자가 아니라 소설가였다. 그는 자신의 신앙에서 핵심을 차지하는 강생을 신학적으로 설명하는 대신 강생의 원리, 즉 보이지 않는 것이 보이는 것으로 현현하는 현상, 의미의 육화, 정신적인 것의 물화, n차원의 3차원화를 작품 구성의 집요한 원칙으로 삼았다. 이 점에서 『백치』는 〈강생의 소설〉이다. 도스토옙스키는 강생의 살아 있는 증거로서의 그리스도, 그 그리스도를 닮은 인물을 소설의 주인공으로 설정한 것이다!

앞에서도 인용했지만, 『백치』를 집필하며 질녀에게 보낸 편지에서 그는 그리스도의 강생이 소설의 중심 사상임을 단언한다. 〈내 소설의 주된 사상은 전적으로 아름다운 인간polozhitel'no prekrasnyi chelovek을 묘사하는 데 있단다. (……) 이 세상에는 오로지 단 하나의 전적으로 아름다운 존재가 있으니 이는 곧 그리스도이다. 그 헤아릴 수 없이 무한하게 아름다운 인물의 등장은 결국 무한한 기적이라 할 수 있다. 「요한의 복음서」 전체는 같은 맥락에서 이해된다. 요한은 모든 기적을 오로지 강생voploshchenie에서, 아름다움의 현현에서 찾고 있기 때문이지.〉(PSS 28-2: 251) 도스토옙스키는 또 『백치』 준비 자료에서 「요한의 복음서」를 언급한 뒤 바로 〈공작 그리스도〉라고 말함으로써 주인공이 곧 강생하신 그리스도를 모델로 한다는 것을 천명한다.(PSS 9: 394) 한마디로, 〈그리스도의 강생이라고 하는 중심 사상 속에서 소설의 모든 것이 움직인다〉.(Bocharov 2001: 216)

강생은 저자에게는 『백치』의 집필을 어렵게 한 중요 요인 중의 하나이자 독자에게는 그것을 이해하는 일을 어렵게 하는 요인 중의 하나이다. 가장 큰 어려움은 주인공의 설정과 관련된다. 이 책의 논의를 시작할 때도 강조한 바 있지만, 〈육을 취한 말씀〉을 서사 속의 살아 있는 인물로 형상화하는 것은 거의 불가능한 일이다. 도스토옙스키는 바로 그 불가능한 일에 도전했으며 그 도전으로써 독자를 두 부류로, 즉 『백치』가 성공한 소설이라 믿는 측과 실패한 소설이라 믿는 측으로 양분해 놓았다. 후자에게 주인공 미시킨은 강생하신 그리스도의 역할을 수행하는 데 실패했으므로 〈실패한 그리스도〉로 불린다. 그러나 〈실패한 그리스도〉라는 라벨은 조금만 깊이 생각하면 별로 의미가 없다는 것이 드러난다. 실패한 그리스도가 저자의 의도라면, 즉 저자의 구상 속에서 주인공이 그리스도와 비슷하지만 결코 그리스도가 될 수 없는 존재라면 그는 〈실패한〉 것이 아니라 성공한 주인공이 되는 셈이다.

한편 우리가 시각을 조금 바꾼다면 주인공의 성공, 실패 여부는 완전히 다른 차원에서 이해될 수도 있다. 〈실패한 그리스도〉 운운하는 연구자들은 미시킨이 인물 중 아무도 구원하지 못하고 스스로도 다시 백치 상태로 돌아간다는 사실을 거론한다. 그러나 우리는 그리스도 역시 인간의 시선 속에서는 당대부터 이미 실패한 구세주로 받아들여졌다는 점을 기억할 필요가 있다. 그는 가장 초라한 방식(구유에서 탄생)으로 지상에 등장하여 이 세상을 구원하는 데 실패했으며 가장 비천한 방식(책형)으로 지상의 삶을 하직했다. 그러므로 대단히 아이러니한 일이지만 미시킨은 실패라는 점에서 그리스도를 닮았다고 해도 좋을 것이다.

그렇다면 도스토옙스키에게 중요한 것은 〈멋진〉 그리스도를 형상화하고 그리스도의 성공적인 구원 사업을 소설에서 재현하는 것이 아니라, 강생의 원리를 어떤 식으로든 소설 속에서 보여 주는 것이었다는 얘기가 된다. 다른 어떤 소설에서보다도 『백치』에서 〈이미지의 이미지〉인 그림이 많이 등장하는 것도 이로써 설명할 수 있을 것이다. 그중에서도 가장 중요한 것은 당연히 그리스도의 이미지를 재현한 그림이 될 것인바, 『백치』는 한스 홀바인 2세의 「무덤 속의 그리스도」를 중심 이미지로 들여온다. 소설을 가득 메운 여러 그림과 이미지 들은 결국 〈죽은 그리스도〉의 이미지에 수렴한다. 앞으로 살펴보겠지만 하필이면 무덤 속의 그리스도를, 그 가장 끔찍한 모습의 그리스도를 재현한 그림을 핵심 이미지로 삼은 것이야말로 『백치』에서 저자가 하고자 했던 말의 전부라 해도 과언이 아닐 것이다.

이미지에 대한 도스토옙스키의 집착은 그의 독특한 〈리얼리즘〉 이론을 뒷받침해 준다. 이미지는 그에게 이상주의(아이디얼리즘, idealism)와 현실주의(리얼리즘, realism)를 이어 주는 일종의 교량이다. 그에게 모든 존재하는 것의 본질, 그리고 궁극의 이미지인 그리스도는 인간에게는 닿을 수 없는 곳에 존재한다. 그러므로 〈사람들은 리얼리티를 있는 그대로 묘사해야 한다고 말들 하지만 그런 식의 리얼리티는 한 번도 존재해 본 적 없고 존재할 수도 없다〉.(PSS 21: 75) 그 본질을 도스토옙스키는 〈이상〉이라 부른다. 그리스도는 궁극의 이상이며 모든 존재들의 존재이며 모든 리얼리티 중의 리얼리티이다. 그래서 도스토옙스키는 〈이상 역시 리얼리티이다. 즉각적인 리얼리티 못지않게 적법한 리얼리티이다〉라고 (PSS 21: 75~76) 주장하는 것이다.

이러한 맥락에서 『백치』 집필 당시인 1868년도에 문우 마이코프에게 쓴 편지에서 그는 자신의 리얼리즘이 일종의 〈아이디얼리즘〉이라고 주장한다.

> 나는 리얼리티와 리얼리즘에 관해 우리의 리얼리스트와 비평가와는 전적으로 다른 개념을 가지고 있어요. 나의 아이디얼리즘은 그들의 리얼리즘보다 더 리얼하답니다. (……) 나의 환상은 독창적이며 또한 진정한 리얼리즘이에요. 사실 그것이야말로 진짜 리얼리즘이랍니다. 더 심오한 리얼리즘이지요. (……) 그들의 리얼리즘을 가지고는 실제로 일어나는 현실 속 사실들의 1백 분의 1도 설명하지 못해요. 하지만 나는 나의 아이디얼리즘을 가지고 실제로 일어날 사실들을 예측까지 할 수 있답니다.(PSS 28-2: 329)

바꿔 말하자면 도스토옙스키에게 리얼리즘은 보통의 리얼리즘을 뛰어넘는 다른 차원의 리얼리즘이며 그의 리얼리즘을 가능하게 해주는 것은 바로 그의 소설을 가득 메우고 있는 이미지들이다. 이미지야말로 리얼한 동시에 리얼을 뛰어넘는 기호, 가시적이지만 비가시적인 본질을 반드시 전달하는 기호이기 때문이다.

2 에크프라시스

『백치』에서는 실존 화가와 그들의 작품이 명시적으로, 혹은 암시적으로 언급된다. 어느 연구자는 그 그림들을 언급하면서 소설의 1부만도 거의 〈유럽 미술관 투어〉에 상응한다고 다소 과장 섞인 지적을 한 바 있다.(Brunson 2016: 448) 예판친 장군의 서재에 걸려 있는 스위스 풍경화는 19세기 중엽에 활동한 화가 알렉상드르 칼라메A. Calame의 「네 개 주의 호수Le Lac des Quatre-Cantons」[39]를 암시한다. 미시킨은 예판친 장군의 딸 알렉산드라를 홀바인의 「다름슈타트의 마돈나Darmstadt Madonna」에 비유하고, 그가 아델라이다에게 자신이 바젤에서 보았다고 말하는 처형 전 인간의 그림은 한스 프리스H. Fries의 그림 「세례자 요한의 참수Die Enthauptung des Hl. Johannes des Täufers」를 환기한다. 그리고 소설의 한가운데에는 가장 중요한 그림, 홀바인

39 스위스 네 개 주에 인접한 루체른 호수를 가리킨다.

의 「무덤 속의 그리스도」가 자리 잡고 있다. 실존 화가의 그림 외에 『백치』에는 허구의 그림들도 등장한다. 익명의 화가가 그린 로고진 부친의 초상화, 미시킨이 아델라이다에게 그려 보라고 제시하는 처형 직전의 사형수 그림, 그리고 소설 후반부에서 나스타시야가 상상하는 그리스도와 어린아이의 그림 등이 그것들이다.

그토록 많은 그림들이 등장하다 보니 『백치』는 유독 〈에크프라시스〉의 관점에서 접근하는 연구를 활성화했다. 〈『백치』의 가장 분명한 미학적 특징은 회화적 에크프라시스이다.〉(Novikova 2013: 78) 〈도스토옙스키는 진정한 에크프라시스의 거장이다.〉(Chaikova 2020: 202) 도스토옙스키 소설의 회화적 측면 — 이미저리, 에크프라시스, 시각적 묘사 — 은 그의 핵심적인 철학적 주장을 지지하는 강력한 힘이다.(Ossorgin 2017: 1)

에크프라시스에 대한 고전적 정의는 〈시각적 재현에 관한 언어적 재현〉, 혹은 예술 작품에 대한 언어적 재현이라 요약된다.(Heffernan 1993: 2) 요컨대 문학 작품에서 특정 회화나 다른 조형 예술품을 묘사하는 대목이나 그러한 현상을 가리켜 에크프라시스라 부른다는 뜻이다. 그러한 현상은 고대 그리스의 수사학으로 거슬러 올라가는데 당시 에크프라시스는 단순히 〈묘사〉를 의미했다. 흔히 에크프라시스의 기원으로 B.C. 6~B.C. 5세기경 시모니데스Simonides의 〈그림은 말없는 시이며 시는 말하는 그림이다〉라는 주장이 인용된다. 이후 로마 시인 호라티우스가 『시학*Ars Poetica*』에서 〈그림에서처럼 시에서도Ut pictura poesis〉라고 말한 것은 오늘날 에크프라시스 연구가 모든 비언어 장르 중에서도 특히 그림을 문학과 결부해 논하게 된 시초라 간주된다. 이후 중세를 거쳐 18세기에 레싱G. E. Lessing이 『라오콘*Laokoon oder Über Gresen der Malerei und Poesie*』에서 조형 예술과 문학의 차이를 논함으로써 미술과 문학의 상관관계에 대한 사유에 다시 불을 지폈다. 현대에 들어와 에크프라시스 연구의 신지평을 연 것은 헤퍼넌J. Heffernan이라 간주된다. 그는 에크프라시스의 핵심이 언어와 비전 간의 긴장에 있다고 주장한다.

에크프라시스란 언어적 재현과 시각적 재현 간의 반목에 기초하는 문학 양식이다. 양자의 경합은 언어 영역에서 이루어지므로 한 가지 특성이 아니었더라면 전적으로 불공정한 경합으로 취급될 것이다. 요컨대 에크프라시스는 시각 예술을 향한 심오한 양가성, 즉 도상 애호와 도상 공포의 융합, 경배와 불안의 융합을 드러내 준다. 그림이나 조각상을 언어로 재현한다는 것은 관자를 제자리에 고정하고 흥분시키고 놀라게 하고 매료하고 방해하고 혹은 위협하는 그 힘을 환기하는 것이다. 아무리 언어가 그 힘을 제어하려 노력한다 하더라도 그렇다.(Heffernan 1993: 7)

헤퍼넌이 지목한 두 예술 양식 사이의, 또는 시각의 힘과 말의 힘 사이의 〈반목〉, 혹은 경합paragone은 상당 기간 동안 에크프라시스 연구의 절대적인 가설로 수용되었으나 최근 학자들은 경합을 넘어 다양한 시각에서 에크프라시스를 연구하고 있다.[40] 가시적인 에크프라시스와 비가시적인, 즉 〈제로 에크프라시스〉, 미메시스적인 에크프라시스와 비미메시스적인 에크프라시스 등, 세분화된 측면에서 에크프라시스가 논해지고 있으므로 단순히 시각 예술과 언어 예술 중 어떤 장르가 더 우세한가 같은 화두는 더 이상 연구의 대상이 아니라는 얘기이다.[41]

에크프라시스에 대한 그러한 연구 과정을 염두에 둔다면 『백치』와 전형적인 에크프라시스 간의 관련성은 그 한계가 뚜렷이 보인다. 일단 도스토옙스키의 경우 시각 예술과 언어 예술 간의 경합이니 반목이니 하는 데 관심이 있었던 것 같지는 않다. 더욱이 도스토옙스키는 몇몇 회화 작품에 매료되었고 그 그림들을 소설에서 자세하게 언급하고 있기는 하지만, 엄밀히 따지자면 시각 예술, 혹은 그림 자체에 대해 깊은 지식과 사랑을 가지고 있던 작가가 아니다. 카토는 이 점을 상당히 설득력 있게 지적한다. 〈도스토옙스키는 미술 애호가도 전문가도 아니었다.

40 〈전통적으로 에크프라시스는 시각 예술, 그림, 조각, 사진과 연관된 텍스트를 지칭한다. 원래는 시각의 힘과 말의 힘 사이의 경합(파라고네)에 초점이 맞추어졌으나 오늘날 그러한 경합에 대한 논의는 점차 빛을 잃어 간다.〉(Atherton and Hetherington 2022: 1~2)

41 자세한 것은 Chichkina 2015: 192~194를 보라.

그는 읽어서, 혹은 들어서 아는 그림만을 관람했다.〉(Catteau 2005) 물론 그가 사랑한 그림 몇 점은 널리 알려져 있다. 「시스티나의 마돈나Madonna di San Sisto」, 홀바인의 죽은 그리스도 그림, 그리고 프랑스 바로크 화가 클로드 로랭Claude Lorrain의 「아키스와 갈라테아가 있는 해변의 풍경Paysage côtier avec Acis et Galatée」은 워낙 유명해서 도스토옙스키 독자라면 누구라도 아는 그림들이다. 그러나 그 세 폭의 그림의 경우에도 그림 자체의 매력보다는 그것들이 지시하는 다른 어떤 것이 그를 매혹했다. 〈그는 그 그림들을 알레고리로 변형한 뒤 자기 자신만의 회화적 신화를 창조했다. (……) 그는 만년에 이르러 자신을 위해 상상 속의 갤러리를 구축했다. 그 안에 전시물은 몇 점 없지만 그의 창조 속에서 그것들은 그토록 강렬한 권위로 융합되어 원래 화가를 대체한다.〉(Catteau 2005: 23)

부연하자면 도스토옙스키는 그림을 비롯한 여러 시각 예술을 소설 속으로 들여와 자세하게 논하기는 하지만 그의 궁극적인 목적은 어디까지나 서사와 이미지의 문제, 그리고 리얼리티를 언어적으로 재현하는 문제를 탐구하는 데 있다. 그런 의미에서 『백치』는 〈언어적 형식으로서의 소설의 특성에 걸맞게 현실을 재현하고 예술적 이미지를 생산하는 데 관여하는 소설, 재현의 가능성과 한계에 관한 메타미학적 논평, 일종의 매니페스토〉라 간주될 수 있다.(Brunson 2016: 448) 그러니까 중요한 것은 그의 서사가 특정 회화를 어떻게 기술하느냐가 아니라 특정 회화가 어떻게 그의 서사를 뒷받침해 주느냐인 것이다. 종합적으로 말해서, 시각 예술에 대한 그의 독특한 사상은 그의 소설들이 지닌 미학적 관념의 토대가 된다. 또 동시대 화가들에 대한 그의 입장은 소설가로서의 그를 더 깊이 이해할 수 있게 해준다는 데 그 의의가 있다.(Miller 2007: 9) 요컨대 도스토옙스키 소설에서 언급되는 그림을 연구한다는 것은, 에크프라시스 자체가 아니라 그리스도 강생을 가장 핵심적인 소설의 방식으로 택한 소설가를 더 잘 이해하기 위한 시도라는 뜻이다.

3 손 글씨 애호가

서예는 〈정신적인 문신〉이다.(Aloe 2016: VI) 서예에 대한 도스토옙스키의 생각, 그의 필체, 그리고 그의 작품 속에 들어 있는 서예의 모티프는 그동안 꾸준히 연구자들의 주목을 받아 왔다. 그가 『백치』를 비롯한 여러 소설의 수고와 준비 자료에 남겨 놓은 독특한 글씨들, 대문자와 소문자 섞어 쓰기 등이 필체의 영역에서 연구되었다면 서예의 테마는 에크프라시스, 도스토옙스키 특유의 미학 등 다양한 영역에서 탐색되었다.[42]

손 글씨에 대한 도스토옙스키의 거의 집착에 가까운 애정은 널리 알려진 사실이다. 그는 의식주와 관련하여 검소한 삶으로 일관했지만(물론 인생관이라기보다는 빈

42 서예와 관련한 연구는 주로 러시아 학자들에 의해 수행되고 있는바, 바르슈트의 독보적인 저술 이후 타라소바, 티호미로프 등의 괄목할 만한 연구가 지속적으로 발표되고 있다. Barsht 2016, Tarasova 2020, Tikhomirov 2022를 보라.

곤이 강요한 부득이한 절제였다고 생각할 수도 있다) 필기구와 문구는 최고급 제품만을 고집했다. 부인의 회고에 따르면 그는 소설을 쓸 때 두껍고 고급스러운 재질에 줄이 너무 뚜렷하지는 않게 인쇄된 원고지만을 사용했다. 펜도 가늘고 견고한 제품만을 요구했으며 종이 사이즈는 반드시 21×17센티미터여야만 했다.(Barsht 2016: 19)[43] 그러한 성향은 일차적으로 그래픽 디자인에 대한 그의 첨예한 관심과 안목을 반영한다. 펜으로 글을 쓴다는 것은 그 과정, 본질, 속도, 팔의 움직임, 템포 등을 고려하는 작업이며 그것은 저자의 정신적, 정서적 상태를 표현한다. 글의 내용만을 생각하며 원고지를 채워 나가는 소설가에게는 그것이 별 의미 없는 특성이겠지만, 그래픽 아트 전문가에게는 장차 완성될 소설의 〈4D 크로노토프에 대한 초기 모델〉이라 할 수도 있을 것이다.(Barsht 2016: 19) 키보드를 두드리며 PC에 원고를 저장하는 오늘의 창작 방식으로는 그러므로 서예와 서사의 저 은밀하고도 심오한 관련성을 파악하기 어려울 것이다.

서예에 대한 도스토옙스키의 깊은 관심은 강생이라는 커다란 화두 속에서 살펴볼 때 그 최종적인 의의가 드러난다. 서예는 〈그래픽 단어〉로 이루어진 일종의 시라 할 수 있다.(Aloe 2016: VIII) 서예가는 잉크의 농담을 정교하게

43 『백치』의 해제(PSS 9: 430)를 참고할 것. 부인의 회고에 의하면 도스토옙스키는 연필은 거의 사용하지 않았다.

다루면서 말에 조형적 형태의 3차원을 부여한다.(Aloe 2016: VIII) 그래서 바르슈트는 한 인간의 필체는 내적 삶의 맥박, 사고와 감정의 두근거림을 표출한다고 지적하기까지 한다.(Barsht 2016: 19) 그러니까 잉크로 종이 위에 새겨진 글자들은 글쓴이의 보이지 않는 사상을 가시적으로 보여 주는, 즉 육화된 정신의 일부인 것이다. 도스토옙스키 필체에 대한 연구와는 별도로, 서예에 대한 그의 생각이 강생의 테두리 안에서 이해되어야 하는 이유도 바로 여기에 있다.

『백치』에서 주인공 미시킨이 타고난 서예의 재능도 같은 맥락에서 해석될 수 있다. 미시킨은 예판친 장군과 처음 만나는 자리에서 자신의 필체를 자랑한다. 〈필체는 아주 뛰어난 편입니다. 아마 거기에 저의 재능이 있는지도 모릅니다. 그 분야라면 저는 서예가라 해도 지나치지 않을 것입니다. 지금 당장 시범 삼아 아무 글이나 써 보이겠습니다.〉(63)

그러고 나서 미시킨은 두꺼운 피지에 중세 러시아어 필체로 〈겸손한 수도원장 팝누티가 여기에 서명을 하다〉라고 썼다.(71) 그다음부터 서예에 대한 미시킨의 긴 설명이 이어진다.

「이건, 14세기경에 쓰인 수도원장의 서명 사본을 그대로 써본 겁니다. 우리 나라의 옛날 수도원장이나 대주교는 한결같이 달인의 명필로 서명을 남겼습니다. 그들의 서명에는 이따금 그들 나름대로의 취향과 노력의 흔적이 담겨 있습니다.[44] (……) 여기다가는 다른 서체로 써보았습니다. 이건 지난 세기 프랑스식 서체인데, 글씨가 둥글고 큼직합니다. 어떤 글자들은 다르게도 씁니다. 난잡해 보이는 일반 서기들의 서체인데 그들의 교본을 보고 쓴 것입니다. 마침 저에게 그 교본이 한 권 있었습니다. 어떻습니까? 못 봐줄 정도는 아니지요? 둥그렇게 쓴 이 d 자와 a 자를 보세요. 프랑스식 필체를 러시아 글자로 옮겨 보았는데 꽤 힘들었어요. 하지만 성공적입니다. 여기도 멋들어지고 독창적인 서체가 있습니다. 그 서체로 쓴 글입니다. 〈노력하면 모든 것을 극복한다.〉 이 서체는 러시아 서기체, 아니 그보다 정확히 말하자면 러시아 군 서기체입니다. 높은 사람들에게 보내는 공문서는 검은 잉크를 사용해 바로 이 군 서기체로 쓰였습니다. 그것 역시 둥그렇고 멋들어집니다. 이 서체가 검은색으로 쓰이고 있으나, 그 취향이 괄목할 만합니다. 서예가는 이와 같은 변형체를, 말하자면 서체를 변형하려는 이와 같은 시도를 용납하려 하지 않을 겁니다. 특히 고리를 절반 정도로 끊어 버린 이런 글씨들이 그렇습니다. 하지만 보시다

44 이 대목은 실제로 도스토옙스키가 포고딘M. Pogodin이 편찬한 서예 교본 『슬라브 러시아 고대 서예 교본*Obraztsy slaviano-russko go drevne pisaniia*』을 보고 쓴 것으로 알려져 있다. 『백치』 해제를 보라.(PSS 9: 431)

시피 그것도 하나의 특성이 됩니다. 자, 여기에 군인 정신이 드러나 보이지요. 재기가 한껏 날개를 펴고 사방으로 뻗어 가려고 하지만, 군복 깃이 그러한 움직임을 꽉 조여 매고 있습니다. 서체 속에 군인의 기강이 들어 있는 겁니다. 멋있지요?」(72~73)

군 서기체에 들어 있는 상급자를 향한 경의, 군인의 필체에 들어 있는 군인의 기강을 언급하는 미시킨은 도스토옙스키의 강생 미학을 대변한다. 그는 진정한 서예 대가답게 다양한 필체를 구사하고 자유자재로 그것들을 섞고 연결하며 그래픽 기호와 유희를 벌이면서 동시에 그 기호의 내적인, 역사적인, 사회적인 그리고 심지어 심리적인 의미를 연구한다. 그는 특정 필체의 주인인 인물의 개성을 지적해 가며 고도로 전문화된 분석까지 행한다.(Aloe 2016: VII) 서예calligraphy가 그리스어로 〈kalos-graphein〉, 즉 아름다운/선한 글쓰기에서 비롯되었다는 것을 상기해 본다면 공작의 서예는 바로 그 아름답고 선한 것의 가시적 현현과 다름없다. 아름답고 선한 글씨를 쓰는 공작은 아름다움과 선의 합일을 추구한 소설가 도스토옙스키의 대변자인 것이다.(Lobo 2019: 132) 이 대목만 가지고서도 우리는 도스토옙스키의 미학 일반을 대략 이해할 수 있다. 서체와 관련한 크기와 형체와 균형과 질서, 색의 농담은 서예 또한 회화와 비견될 수 있는 하나의 예술 장르임을 말해 준다. 그는 예술의 형식적 자질(명암, 형태), 형식과 내용, 창조성, 영감과 영감의 실현이라고 하는 예술 창작의 기본 원리를 서예를 통해 보여 주는 것이다.(Goerner 1982: 83) 필체에 생명과 의미를 부여하는 그는 대상을 향한 예술가의 시선을 그대로 반영한다.(Goerner 1982: 84)[45]

그러나 서예에서 무엇보다 중요한 것은 그것이 이콘 창작의 원리를 그대로 수용한다는 점이다. 도스토옙스키와 러시아 성화 이콘과의 관계는 매우 오랫동안 연구되어 온 주제이다. 어원적으로 〈이미지eikon〉를 뜻하는 이콘이야말로 강생의 원리를 가장 직접적으로 구현하는 예술인 만큼 그는 이콘에 관해 이야기하고 특정 이콘을 언급하며 또 이콘 창조의 원리와 유사하게 서사를 직조한다.[46] 그러나 강생을 서사의 원칙으로 하는 『백치』는 이상하게도 이콘은 언급하지 않고 서구의 회화만을 언급한다. 대신 미시킨의 서예를 통해 도스토옙스키는 이콘의 강생 원리를 간접적으로 전달하는 듯하다.

45 그러나 이 서예 대목을 정반대로 해석하는 시각도 존재한다. 수도원장의 이름 팝누티가 러시아 이름치고는 상당히 독특하여 마치 고골의 아카키 아카키예비치와도 같다는 점, 서예 역시 아카키의 베껴 쓰기와 일맥상통한다는 점, 스위스 의사 슈나이더의 정체성이 다소 모호하다는 점 등이 나중에 등장할 홀바인의 그림과 합쳐져서 사악하고 음침한 분위기를 만들어 낸다는 것이다.(Zink 2010: 424)

46 석영중 2022를 보라.

「얼마 전에 우연히 입수한 이 서체 교본을 보고 저는 깜짝 놀랐습니다. 그것을 어디서 구했는지 아십니까? 스위스에서였습니다! 그것은 단순하고 평범한, 아주 순수한 영국식 서체인데 이보다 더 세련된 서체는 없을 겁니다. 여기에 모든 매력이 있는 거지요. 그것은 서체 중의 진주입니다. 완결된 보석이지요. 하지만 그 변형도 있는데, 그건 또다시 변형된 프랑스식입니다. 이 서체는 어느 프랑스 순회 판매원에게서 차용해 왔습니다. 앞의 영국식 서체와 똑같은데, 영국식보다는 검은 선이 약간 더 검기 때문에 빛의 균형이 깨져 버렸어요. 그런데 이 같은 변형이 제일 위험한 겁니다. 평범하지 않은 취향을 요구하기 때문이지요. 하지만 그런 요구가 충족되고 균형이 이루어진다면, 이 변형체는 그 무엇과도 비견될 수 없을뿐더러, 거기에 반해 버리기까지 할 겁니다.」(73)

여기서 미시킨이 언급하는 교본, 혹은 습자 교본은 러시아어로 〈오브라즈치크obrazchik〉이다. 오브라즈치크는 〈오브라즈〉(이미지, 형상)에서 파생된 단어로 모범, 원형, 전범을 뜻한다. 이콘 화가들이 원래 교본podlinnik을 본떠서 이콘을 그리듯이 서예가는 〈오브라즈치크〉를 본떠서 글씨를 쓴다. 이콘을 그리는 행위를 표현하는 동사가 〈그리다〉가 아니다 〈쓰다pisat'〉라는 것은 이 점에서 의미심장하다. 수도사-화가가 보이지 않는 거룩한 존재를 눈으로 감각할 수 있도록 하기 위해 전범의 선과 면으로 화폭에 의미를 써 내려가듯이 서예가는 이미 존재하는 글씨를 본뜸으로써 원형에 경배를 바친다. 그러나 여기서도 도스토옙스키는 예술가의 창의성을 간과하지 않는다. 전범을 따르면서도 동시에 전범의 틀에서 벗어나는 것은 위험천만한 일이기는 하지만, 양자 사이에 모종의 균형이 형성된다면 결과물은 최고의 예술품이 되기 때문이다. 서예에 대한 미시킨의 에크프라시스는 도스토옙스키 시학의 정수를 표현한다. 이콘 화가도, 서예가도, 그리고 도스토옙스키와 같은 소설가도 모두 보이지 않는 것을 보이게 하는 사람들이다. 그러기 위해서 이콘 화가가 예술과 신앙 사이의 극도로 정교한 균형점 위에서 작업하듯이 도스토옙스키는 자신의 소설을 신학과 미학 사이의 팽팽한 긴장 상태에 올려놓는다.

4 슬픈 사진

도스토옙스키가 『백치』를 저술할 무렵 사진술은 이미 어느 정도 유럽 문화에 정착한, 이를테면 〈중견〉 기술이었다. 역사가들은 1839년이라는 해와 루이 다게르L. J. M. Daguerre를 사진술의 원조로 기억한다. 일간지 『가제트 드 프랑스*Gazette de France*』 1839년 1월 6일 자 지면을 읽어 보자.

> 유명한 디오라마 화가 다게르 씨가 중대한 발견을 했다. 이 발견은 비범한 것으로서 빛과 광학에 관한 일체의 과학적 이론을 전복하며, 소묘술에 혁명을 일으킬 것이다. 다게르 씨는 카메라 오브스쿠라 내부에서 빛이 그려 내는 영상을 정착시키는 방법을 발견했다. 따라서 그 영상은 이제 피사체들에 대한 일시적인 반영이 아니라, 한 점의 초상화나 판화 작품처럼 대상으로부터 취해진 모습이 고착되어 영구적으로 남아 있는

것이다.(뉴홀 1987: 28)

처음에 다게르의 은판 인쇄술인 〈다게레오타이프〉가 소개되었을 때 그것은 문학 속에서 현실을 있는 그대로 묘사하는 자연주의와 생리학적 스케치라는 소장르로 구현되었다. 도스토옙스키 최초의 소설 『가난한 사람들 *Bednye liudi*』은 어느 정도 그러한 조류에 올라탄 덕분에 성공할 수 있었다.[47] 그러므로 도스토옙스키는 사진의 속성과 사진술이라고 하는 기술의 의미를 꽤 오래전부터 터득하고 있었을 가능성이 높다.

사진술은 그가 시베리아 유배지에서 노역을 하는 동안 장족의 발전을 거듭했다. 1851년이 되자 사진술에 새로운 과학 기술적 진보의 시대가 열렸다. 콜로디온을 은염류와 함께 사용하여 감광 처리한 유리판 방식이 발명되었는데, 그 기술은 10년이 채 못 되어 다게레오타이프와 칼로타이프를 완전히 대체해 버림으로써 1880년에 이르기까지 사진계의 전권을 장악했다.(뉴홀 1987: 81) 습판wet plate이라고도 불리는 콜로디온 판의 출현과 거의 동시에 렌즈 디자인과 인화술에도 기술적 혁신이 찾아왔다.(뉴홀 1987: 82) 카메라 노출 시간이 사진사의 판단과 경험에 달린 문제가 되면서 사진사의 기술은 문자 그대

47 1840년대 말에는 여러 개의 다게레오타이프 스튜디오가 모스크바와 상트페테르부르크에서 성업 중이었다. 자세한 것은 Wachtel 2002: 206을 보라.

로 예술의 영역으로 진입하기 시작했다. 도스토옙스키가 유배지에서 돌아와 전격적으로 문학 활동에 뛰어들 무렵 사진은 이미 러시아 문화의 한 부분이 되어 있었다. 1860년대에는 『사진*Fotograf*』, 『사진 뉴스*Fotograficheskii vestnik*』, 『사진 평론*Fotograficheskoe obozrenie*』 등 3종 이상의 전문 사진 저널이 출간되고 있었으며 도스토옙스키 자신도 종종 카메라 앞에서 포즈를 취하곤 했다. 1860년부터 1865년 사이에 그가 찍은 사진 중 최소한 일곱 장이 보존되어 있다.(Wachtel 2002: 206)

대상을 있는 그대로 복제하는 기술인 사진술이 도스토옙스키의 관심을 받지 않는다는 것은 거의 불가능한 일이었다. 이미지의 작가이자 보이지 않는 것의 형상화에 헌신한 작가가 신기술 덕분에 사물과 사람이 그대로 찍혀 나오는 사진을 보고 어느 정도 충격에 휩싸였을지를 짐작하는 것은 어렵지 않다. 이후 도스토옙스키는 소설과 평론 모두에서 사진에 관해 간헐적으로, 그러나 상당히 깊이 있는 메시지를 전달한다. 모든 기술에 대해 그러했듯이 그는 사진술에 대해서도 찬과 반의 입장을 동시에 견지했다. 그는 사진이라는 새로운 재현 매체의 예술적 가능성을 탐색하는 동시에 그 한계를 지적했으며, 그 과정에서 사진의 관념(기억, 거울 같은 반영, 시간, 죽음)과 테크놀로지로서의 사진술, 그리고 예술로서의 사진을 당대 그 어떤 작가 못지않게 깊이 천착했다.(Ivanova

2016: 29, 30) 모든 기술이 그러하듯이, 그리고 특히 당대 첨단 기술 중 하나였던 철도가 그러하듯이 테크놀로지로서의 사진은 경제적이고 상업적인 인자들과 불가분의 관계를 맺는다.

도스토옙스키는 재현과 관련하여 사진적인 모사에는 격렬하게 반대한 것으로 알려져 있다. 그런 경우 그는 사진이라는 단어와 〈다게레오타이프주의daggereotipizm〉라는 표현을 뒤섞어 사용했다. 〈사진(다게레오타이프주의)과 거울 이미지는 예술이 아니다.〉(PSS 7: 153) 사실주의적인 재현에 대한 그의 가장 노골적인 비판은 미술 평론 「예술 아카데미 전시회에 부쳐Vystavka v Akademii Khudozhestv za 1860~1861 god」에서 전개된다. 그는 화가 발레리 야코비V. Iakobi의 「죄수들의 휴식Prival arestantov」을 중심으로 사진적인 리얼리즘의 문제를 지적한다. 일군의 죄수들이 유형지에 끌려가는 도중에 멈춰 잠시 휴식을 취하는 광경을 묘사한 그 그림은 당시 사실주의적인 그림의 완벽한 전형으로 각광받았다. 그러나 도스토옙스키는 해당 평론에서 리얼리즘에 대한 자신의 이론을 토대로 왜 그 그림이 예술적으로 저급한지를 논증한다. 그는 끌려가는 죄수들과 그들을 감독하는 경관의 모습이 매우 세세하게 〈있는 그대로〉 묘사되어 있다고 지적한다. 〈화가가 이 그림에서 묘사하고 있는 것은 전부 정확하게 자연 그대로이다. 즉 당신이 자연을, 그러나 이를테면 그 표면만을 바라볼 때와 똑같다.〉(PSS 19: 153) 바로 그 〈똑같다〉는 것이 문제라는 것이다. 리얼리티를 그 본질에 근접하게 묘사한다는 것은 불가능할 뿐만 아니라 무의미한 일이기 때문이다.

관자는 야코비 씨의 그림에서 이를테면 거울에 비친, 혹은 엄청난 지식으로 채색된 사진 속에 담긴 진짜 죄수들을 본다. 그러나 그것은 예술의 부재에 다름 아니다. 대상을 사진 촬영, 혹은 거울을 통해 보여 주는 것은 예술과는 거리가 멀어도 한참 멀다. 만일 그런 식의 그림들이 예술이라면 잘 닦은 거울이나 사진만 있으면 된다. (……) 예술가에게 요구되는 것은 그런 것이 아니다. 사진적인 핍진성도, 기계적인 정확성도 아닌 다른 어떤 것, 좀 더 크고, 넓고, 깊은 것이 요구된다. (……) 거울에 비친 이미지에는 거울이 대상을 어떻게 바라보는지가 드러나지 않는다. 아니, 좀 더 정확하게 말하자면 거울은 전혀 무언가를 바라볼 수가 없다. 그저 기계적으로, 수동적으로 반사할 뿐이다. 진정한 예술가는 그렇게 할 수가 없다. 그림이든 스토리이든 아니면 음악이든 반드시 예술가 자신이 드러나게 되어 있다. 그는 의도치 않게, 심지어 자신의 의도에 반해서 예술에 흔적을 남긴다. 예술가는 그의 모든 시각과 함께, 자신만의 특성과 함께, 성장의 정도와 함께

드러나게 되어 있다.(PSS 19: 153)

여기서 우리가 주목해야 하는 점은 도스토옙스키가 반대하는 것은 사진이 아니라 〈사진적인 리얼리즘〉이라는 사실이다. 그러므로 이 글을 쓰고 나서 꽤 오랜 세월이 흐른 뒤 집필한 『백치』의 사진은 더더욱 사진적 리얼리즘을 반박하기 위해 서사에 도입된 것이 아니라는 점을 기억할 필요가 있다. 도스토옙스키는 사진이 예술이 되어 갈 무렵, 그러니까 사진 작가가 스스로의 시각을 사진에 새겨 넣을 수 있는 여건이 마련된 이후에 세상을 하직했다. 만일 그가 더 오래 살았더라면 그는 분명 사진적 리얼리즘이 아닌 사진이라는 예술 장르에, 그리고 여러 다른 방식으로 창조된 사진 예술에 열광적으로 반응했을 것이다.

『백치』에서 언급되는 사진은 기계적인 모사의 도구라는 차원을 넘어 철학적이고 경제적인 차원에서의 사유를 촉발한다. 도스토옙스키는 『백치』에서 그 어떤 소설에서보다도, 그리고 그 어떤 에세이에서보다도 훨씬 심오하게 사진의 〈관념〉을 입체적으로 고찰한다. 그의 사유에서 핵심이 되는 것은 여주인공 나스타시야의 사진이다. 어느 연구자는 이 소설 전체는 나스타시야의 사진에서 시작되어 미시킨이 그 사진에 입맞춤하는 행위를 중심으로 전개된다고까지 주장한 바 있다.(Soboleva 2012: 103)

미시킨은 소설의 첫 장면에서, 그러니까 기차 안에서 로고진, 레베데프와 알음알이를 트는 과정에서 나스타시야에 관한 소문을 전해 듣는다. 그러고 나서 예판친 장군의 서재에서 나스타시야의 사진을 우연히 보게 되고 얼마 후 가냐의 집에서 결국 그녀의 실물과 마주친다. 간접적으로 전해 듣고, 이미지를 보고, 그리고 원형을 본다는 식의 전개는 사실상 소설에서 그리 낯선 과정이 아니다. 오히려 그 과정 자체보다는 그 과정에서 나스타시야의 사진이 수행하는 이중적인 기능이 흥미롭다.

첫째, 나스타시야의 사진은 일종의 상품이다. 지참금이 탐나 나스타시야와의 결혼을 고려하는 가냐는 1부 3장에서 처음으로 나스타시야의 사진을 가방에서 꺼낸다. 그녀의 영명 축일을 축하하러 들렀더니 그녀가 주었다는 것이다. 그러자 장군이 말한다. 〈한데 자네는 그 여자에게 무엇을 선물하려는가? 그러자면 몇천 루블이 필요할 텐데! 그렇다고 초상화를 선물할 텐가?〉(64) 예판친에게 나스타시야의 사진은 즉각적으로 교환 가치 차원에서 받아들여진다. 그와 토츠키에게 나스타시야는 언제나 상품이었듯이 그녀의 사진 또한 상품이다. 나스타시야가 가냐에게 선물로 준 사진은 사회관계의 토큰 역할을 하며, 초상화보다 저렴하고 재생산이 가능한 물건으로서 자본주의 사회에서 인간 간의 유대를 형성하는 고리가 된다.(Soboleva 2012: 105)

상품으로서의 사진은 손에서 손으로 건네지면서 그 사진이 재현하는 존재의 위상, 즉 부자의 첩이라는 위상까지 말해 준다. 7장에서 미시킨이 예판친 장군 부인과 세 딸을 상대로 이야기를 하던 중 무심코 나스타시야의 사진을 언급하는 바람에 사진은 다시 가냐의 손에서 미시킨의 손을 거쳐 예판친가 여인들의 손으로 넘어간다. 그가 가냐에게서 빌린 사진을 가지고 들어가자 부인과 세 딸은 요모조모 사진을 뜯어보며 제각기 한마디씩 한다. 〈대단히 아름다워. (……) 그래, 이런 미인을 높게 보시나요?〉 〈아, 대단한 힘이야!〉 〈저런 미모는 힘이야! 저런 미모라면 이 세상을 전복시킬 수 있어!〉(168~169) 그들의 시선이 포착하는 것은 무척 아름답지만 부자의 첩인 여자, 지금 지참금을 가운데 두고 예판친의 비서에게 팔리느냐 마느냐를 정해야 하는 살아 있는 물건이다. 한마디로 나스타시야의 사진은 사물의 대량 복제와 무한ad infinitum 유통이 가능해진 세상에 대한, 즉 『백치』가 그리고자 하는 상트페테르부르크의 물신 숭배적 분위기에 대한 은유이다.[48] 물론 재생 가능한 이미지라는 그녀의 위상은 그녀를 원하는 수많은 남자들의 재생 가능한 열정(혹은 욕정)에 그대로 투영된다.(Soboleva 2012: 107)

반면 미시킨은 그녀의 사진을 마치 살아 있는 인간을

48 무한 유통되는 사진과 마르크스가 말한 상품 자본주의의 관련성은 Hutchings 2004: 19를 보라.

바라보듯 바라본다. 그는 그녀의 사진에서 어마어마한 아름다움과 어마어마한 고통을 함께 읽어 낸다.

「기가 막힌 미모군요! 이 여자의 운명이 평탄하지는 않을 거라는 생각이 드는군요. 얼굴은 명랑한데, 매우 고생을 했던 것 같지 않아요? (……) 자존심이 아주 강해 보이는 얼굴이에요. 아주 자존심이 강해 보여요. 선한 여자인지 아닌지는 잘 모르겠어요. 선하기만 하다면 얼마나 좋겠어요! 그렇다면 모든 게 잘될 텐데요!」 (78)

그러나 지참금에만 관심이 있는 가냐는 그녀의 얼굴을 읽는 데는 아무런 흥미도 느끼지 못한다. 온갖 수치와 불명예를 무릅쓰고 낙인찍힌 여자와 결혼을 〈해치우느냐 마느냐〉만이 그에게는 문제이기 때문에 그는 미시킨에게 즉각 반문한다. 〈공작은 이런 여자와 결혼하고 싶단 말입니까?〉(78)

잠시 후 미시킨은 예판친 여자들의 성화에 못 이겨 가냐에게 사진을 빌려서 가져가는 도중에 그녀의 사진에 입을 맞춘다. 〈공작은 1분 동안 그녀의 얼굴을 들여다보다가 갑자기 정신이 드는 듯 주위를 둘러보고는 사진을 황급히 입술에 가져다 대고 키스했다. 1분 후에 그는 응접실로 들어갔다. 그의 얼굴은 아주 평온해 보였다.〉(167) 미시킨이 그녀의 사진에 키스하는 이 대목은 그동안 무수한 논란을 불러일으켰다. 일부 연구자들은 그 경배 행위가 나스타시야의 사진을 이콘에 버금가는 것으로 만들어 준다고 해석하고, 또 다른 일군의 연구자들은 오히려 그것은 불경에 가까운 행위이며 나스타시야의 사진은 결코 이콘에 근접할 수 없다고 지적한다.(Wachtel 2002; Ivanova 2016) 만일 미시킨의 행위가 경배에 가깝다면 그것은 사진과 이콘 간에 존재하는 기묘한 유사점을 지적해 준다는 점에서 흥미롭다. 그리스도 이콘 중에서 그리스도의 실체와 완벽하게 일치하는 이콘을(만일 그런 것이 실제로 존재한다면) 〈손으로 만들지 않은 이콘nerukotvornyi〉이라 부른다. 전승에 따르면 에데사의 군주가 몹쓸 병에 걸려 거의 죽게 되었을 때 그리스도에게 편지를 보내 치유를 간원했다고 한다. 그리스도는 자신의 얼굴을 아마포에 찍어 답신과 함께 보냈고 훗날 군주의 병은 치유되었다. 그때 아마포에 찍힌 그리스도의 얼굴은 사람이 그린 것이 아니라 그리스도의 얼굴을 판화처럼 찍어 낸 것이기 때문에 〈손으로 만들지 않은〉이라는 이름을 가지게 되었다. 〈만딜리온mandilion〉(아마포) 이콘이라 불리기도 하는 그 이콘은 모든 이콘의 원형으로 간주된다. 만일 나스타시야의 사진에 근접하는 이콘이 있다면 그것은 아마도 만딜리온 이콘일 것이다. 흥미로운 것은 사진이 러시아에 처음 소개되었을 때 사진에 찍힌 대상은 빛과 기계의 힘으로 그려진 것, 즉 보통의 회화와 달리 〈손으로 만들어지지 않은〉 그림으로 불렸다는 사실이다.(Ivanova 2016: 31) 도스토옙스키가 이 점을 염두에 두고 의도적으로 만딜리온 이콘과 사진을 병치했으리라고 주장하는 것은 어폐가 있다. 그러나 미시킨의 키스는 다른 점에서 도스토옙스키의 의도를 반영한다. 풍경화의 경우 그림이 풍경을 대체할 수는 없다. 그러나 나스타시야의 사진은 그녀라는 인간을 거의 대체한다. 사진은 부재하는 것을 물질로 구현하는 신비한 힘을 지녔기 때문이다.(Wachtel 2002: 208) 그런 의미에서 미시킨이 나스타시야의 사진에 키스하는 것은 종교적인 경배와 인간에 대한 경배, 그리고 사진에서 읽어 낸 심오한 고통에 대한 경배를 한꺼번에 담아내는 행위라 해도 좋을 것이다. 앞에서 미시킨이 그녀의 사진을 보고 〈선한 여자인지 아닌지는 잘 모르겠어요. 선하기만 하다면 얼마나 좋겠어요!〉라고 말한 것은 이 점에서 대단히 큰 울림을 촉발한다. 그가 그녀의 사진에서 발견하는 것은 실질적인 아름다운 여인으로 환원되는 어떤 물적 대응물이 아니다. 다른 사람들이 사진 속 그녀를 〈아름다운 용모를 지닌 살아 있는 여자〉로 보는 것과 달리 그는 이미지로서 그녀의 사진을 대한다. 다만, 그 이미지가 이콘에 근접하기 위해서는 내재적인 선이 아름다움과 합일을 이루어야 한다. 미시킨은 아직 그 선의 존재 여부를 판단할 수 없다. 그러므로 그녀의 사진은 여전히 이콘과 단순한 재현 사이 어딘가의 중간 지대에 매달려 있는 것이다.

나스타시야의 사진이 수행하는 두 번째 기능은 순간 포착이다. 앞에서도 얘기했듯이 만년의 도스토옙스키는 사진의 모사적 능력에 대한 찬반의 단계를 훌쩍 넘어 사진의 존재론적 본질을 깊이 사유했다. 사진은 주된 관념을 즉각적인 닮음으로 대체함으로써 표피적이고 무상한 모든 것을 지시한다는 소볼레바O. Soboleva의 지적은 그 시기 도스토옙스키에게는 적용하기 어렵다. 그 시기 그에게 사진은 이미 표피적인 것 밑에 숨겨진 어떤 것을 포착하는 능력을 지닌 매체, 그것을 볼 수 있는 시각이 있는 사람에게는 엄청난 것을 의미하는 예술이었다. 가령 나스타시야의 사진은 미시킨처럼 볼 수 있는 사람에게는 고통의 흔적을 보여 주고 그렇지 못한 다른 사람들에게는 천하제일의 미모만을 보여 준다. 이미 그 시점에서 도스토옙스키는 사진이 순간을 포착함으로써 시간을 정지시키는 능력이 있다는 사실을 진지하게 사유했다. 모든 시각 예술은 시간을 정지시킨다. 그림도, 조각도, 모두 흘러가는 것들을 2차원으로, 3차원으로 고정한다. 그러나 고정하는 행위는 결코 정지된 시간 속에서 이루어지지 않는다. 그림도, 조각도, 모두 예술가로 하여금 오랜 시간의 흐름 속에서 작업할 것을 요구한다. 그러나 카메라는 실제로 사진가에게 순간적인 시간의 고정을 허용한다. 간단히 말해 당시 기준에서 보면 사진이야말로 첨단 테크놀로지의 힘을 빌려 명실공히 시간을 정지시킨 결과물이라 할 수 있는 것이다. 이와 관련하여 도스토옙스키가 1873년 1월 31일 지인인 코즐로바O. A. Kozlova의 앨범에 남겨 놓은 말을 되새겨 볼 필요가 있다.

> 저는 제 삶에서 가장 사랑한 몇몇 사람들의 사진을 간직하고 있습니다. 그런데 그게 무슨 소용이 있을까요? 저는 그 사진들을 절대로 들여다보지 않습니다. 웬일인지 저에게 회상이란 고통에 버금갑니다. 심지어 기억되는 순간이 행복하면 할수록 거기서 유발되는 고통은 더욱 심해집니다. 그런데 다른 한편으로 그 모든 상실에도 불구하고 저는 삶을 열렬히 사랑합니다. 삶을 위한 삶을 사랑합니다.(PSS 27: 119)

이 기이한 진술을 통해 도스토옙스키는 사진에 새겨진 정지된 시간이야말로 인간이 체험할 수 있는 가장 비극적인 환영이라는 사실을 말하고자 하는 것 같다. 우리는 비유적으로 〈정지된 시간〉 혹은 〈시간의 정지〉라는 표현을 일상에서든 예술적인 산문에서든 종종 사용한다. 그러나 그 표현은 절대적으로 비유이다. 이 세상의 그 어떤 행위도, 그 어떤 작품도 시간을 정지시킬 수 없다. 사진을 고통스러운 회상과 연결하는 감성 저변에 흐르는 것 역시 그 정지된 시간의 은유가 내포하는 상실의 자각이다. 도스토옙스키는 과거 한순간에 정지된 사람과 공간과 사물을 보면서 돌이킬 수 없는 상실을 고통스럽게 인지한다. 그러므로 과거에 행복했던 순간일수록 현재에 고통을 더 많이 불러일으킨다는 것은 사실상 전적으로 이해 가능한 역설이다.[49] 바르트R. Barthes의 지적처럼 〈사진이 재현하는 무수한 것들은 단 한 번밖에 일어나지 않았던 현상이다. 즉 사진은 실존적으로 다시는 되풀이될 수 없는 것을 기계적으로 재생시킨다〉.(바르트 1994: 12) 그 기계적인 재생이야말로 도스토옙스키가 발견한 사진의 관념 중 하나이며 그의 시간론과 직결되는 사진의 본질이기도 하다.

코즐로바에게 남긴 글에서 그다음에 이어지는 저 유명한 진술은 더욱더 그의 말을 모호하게 들리게 한다. 〈그런데 다른 한편으로 그 모든 상실에도 불구하고 저는 삶을 열렬히 사랑합니다. 삶을 위한 삶을 사랑합니다.〉 맥락에서 분리한 채 읽으면 이 말은 삶의 찬가처럼 들린다. 그러나 어떻게 보면 이 말 때문에 과거 사진이 불러일으키는 회한은 더욱 강조된다. 과거의 한순간에 발생한 사건의 한 장면, 혹은 한 인물을 재현하는 사진은 영원히 가버린 시간을 생각나게 하며, 삶은 그렇게 환기되는 무상에도 불구하고 그 자체로서, 흘러가 사라져 버리는 현

49 바로 이 점에서 도스토옙스키의 슬픈 감정을 롤랑 바르트가 『카메라 루시다』에서 지적한 것과 같은 사진의 덧없음과 연결 지어 보는 시각은 더 깊이 연구할 필요가 있다고 여겨진다. Ivanova 2016: 30을 보라.

재로서 살아 내야 한다. 그 살아 냄의 행위에서는 절대적인 허무와 열렬한 생명의 희구가 교차한다. 그래서 슬프다. 사진과 관련하여 도스토옙스키는 다시 한번 자신이 〈흘러가는 것에 대한 향수〉에 사로잡힌 존재임을(PSS 13: 455) 천명하는 듯하다.

5 이콘이냐 아이돌(우상)이냐

나스타시야의 사진은 사진의 보편적인 관념인 상실의 슬픔과는 별도로 기묘한 고통을 불러일으킨다. 이는 두 가지 설명을 요한다. 첫째는 사진을 찍은 사진 작가의 능력과 관련된 문제이다. 앞에서도 언급했듯이 도스토옙스키는 사진이라고 하는 장르의 가능성에 대해서는 열린 태도를 취했다. 나스타시야의 사진이 불러일으키는 연민은 돌려 말하자면 그것을 찍은 사람이 그런 감정을 도출해 냈다는 뜻이기도 하다. 유럽에서 초상 사진이 유행하기 시작한 1850년대부터 수많은 선구적인 사진가들이 사진술에 내포된 〈내면을〉 형상화할 수 있는 능력을 지적했다. 프랑스 사진사 가스파르펠릭스 투르나숑G. F. Tournachon이 1856년도에 쓴 글을 읽어 보자.

사진술은 위대한 발견이다. 가장 뛰어난 지성을 매

혹하는 과학이요, 가장 기민한 정신을 자극하는 예술인 동시에 우둔한 바보가 사용할 수 있는 기술이기도 하다. (……) 가르쳐서 될 수 없는 것은 빛을 읽는 감각이다. 예술가의 눈으로 파악해야 할 것은 바로 빛이 어떻게 얼굴에 내리쬐는가 하는 점이다. 누구도 사진 찍히는 사람의 개성을 어떻게 포착할 수 있는지를 가르쳐 주지 못한다. 단지 우연한 한순간의 산물인 평범한 초상이 아니라 한 인간의 보다 내면적이고 심오한 차원에서 닮은 사진을 제작하려면 즉시 그의 정신세계로 뛰어 들어가 그의 사상과 기질을 파악해야 한다.(뉴홀 1987: 94, 재인용)

그러니까 나스타시야의 사진을 찍은 사람은 그녀의 내면에 도달하여 그 가장 심오한 차원에서 그녀와 닮은 사진을 제작했다고 말해도 좋을 것이다. 그러나 여기서 투르나숑은 사진사와 피사체의 관계만을 말할 뿐 사진을 바라보는 관자의 문제는 간과하고 있다. 도스토옙스키는 마치 투르나숑의 진술을 보충이라도 하듯이 관자의 능력을 강조한다. 아무리 사진 작가가 빛을 읽고 피사체의 내면을 포착한다고 해도 볼 줄 아는 사람만이 그것을 본다. 『백치』에서 그것을 볼 수 있는 사람은 미시킨밖에 없다. 미시킨은 처음부터 그녀의 사진에서 다른 사람이 못 보는 고통을 읽어 내고 연민을 느낀다.

그 얼굴에는 한량없는 거만함과 거의 증오에 가까운 경멸의 빛이 서려 있는 동시에, 남을 쉽게 믿을 듯한 놀랄 정도의 순박한 무언가가 배어 있었다. 이 대조적인 모습은 보는 사람으로 하여금 연민의 정까지 불러일으키게 했다. 그 현란한 아름다움은 참을 수 없을 정도였다. 창백한 얼굴, 푹 파인 듯한 두 뺨, 불타는 눈동자에서 우러나오는 아름다움은 특이한 아름다움이었다.(167)

그 특이한 아름다움이야말로 물리적이고 생리학적인 아름다움을 넘어서는 〈다른〉 아름다움, 볼 수 있는 사람에게만 보이는 아름다움이다. 등장인물 가냐는 미시킨의 그러한 바라보는 능력을 단번에 알아차린다. 〈나는 조금 전까지도 당신을 백치로 여겼어요! 하지만 당신은 남들이 전혀 볼 수 없는 것을 볼 수 있어요.〉(250) 나스타시야의 사진에서 고통을 읽어 내는 미시킨의 능력은 소설이 계속됨에 따라 점점 더 강력하게 부각된다.

그는 지난 6개월 동안 사진에서 보았던 그 여자의 얼굴이 준 첫 느낌을 곱씹었다. 그 느낌은 사진에서 받은 인상이었음에도 그에게 너무 많은 괴로운 것들을 연상시켰다. 그가 거의 매일 그녀를 보았던 지방에서의 1개월은 그에게 끔찍한 영향을 미쳤기 때문에, 그는 이 시

> 기의 추억도 물리치려고 했다. 이 여인의 얼굴에는 항상 그에게 고통스러운 무언가를 주는 느낌이 있었다. 공작은 로고진과 이야기했을 때 이 느낌을 끝없는 연민이라고 해석했고, 이는 맞는 말이었다. 사진 속의 얼굴은 그의 가슴속에 연민의 고뇌를 불러일으켰다. 그녀의 존재에 대한 동정심과 연민은 그의 가슴속에 새겨져 항상 그를 떠나지 않았고, 지금도 떠나지 않고 있다. 오히려 더욱 강해지고 있다.(711)

절세미인의 사진에서 남들이 볼 수 없는 고통을 볼 수 있는 미시킨의 능력은 연민을 느낄 수 있는 능력으로 치환되다가 결국 윤리적 책임으로 발전한다. 그러한 발전 과정은 레비나스E. Levinas의 이른바 〈얼굴 철학〉과 연계될 때 그 복잡한 의미가 드러난다. 레비나스 자신도 여러 차례 강조했다시피 그의 철학의 근원은 도스토옙스키이다. 그는 윤리학을 제1철학으로 규정하면서 도스토옙스키의 〈타자 지향성〉을 윤리학의 한가운데에 심어 놓는다.[50] 그에게 타자는 무엇보다도 〈얼굴〉로 표상된다. 얼굴에서 우리는 인간의 기본적인 인간성을 보고 그들의 인간으로서

50 Levinas 1969, 1985, 2009를 보라. 레비나스의 이른바 〈얼굴 이론〉에 관한 자세한 설명은 강영안의 『타인의 얼굴: 레비나스의 철학』(2005)을, 타자성을 중심으로 하는 바흐친과 레비나스의 연계성은 최진석의 「타자 윤리학의 두 가지 길: 바흐친과 레비나스」(2009)를 참조할 것. 『백치』에서 얼굴의 의미를 천착한 연구로는 L. Johnson 1991을 볼 것.

의 근본적인 권리를 보기 때문이다.(Vinchur 2015: 29) 얼굴은 물리적이고 가시적인 〈육신〉인 동시에 정신과 영혼을 담고 있는 그릇이기도 한다. 그래서 그의 철학 속에서는 타자 지향성이 타인의 얼굴을 대하는 태도로 번역되며, 그 태도는 인간의 윤리성을 측량하는 척도가 된다. 나아가 인간이 타인을 대하는 방식은 곧 인간 속에 들어 있는 신적인 어떤 본질과 접촉하므로 〈얼굴에 접근하는 것은 분명 신의 관념에 접근하는 것을 포함한다〉.(Levinas 1985: 86) 특히 사진과 초상화와 그림이 그 어떤 소설에서보다도 많이 언급되는 『백치』는 레비나스의 얼굴 이론과 그것이 수반하는 책임 이론을 통한 독서를 불가피하게 만든다.(Vinchur 2015: 28)

일단 미시킨이 나스타시야와 가까워지는 과정을 다시 한번 정리해 보자. 그는 처음에 기차 안에서 그녀에 관한 소문을 듣고, 예판친 저택에서 그녀의 사진을 본 다음, 가냐의 집에서 그녀의 실물과 마주친다. 가냐의 집에 쳐들어오다시피 등장한 그녀를 미시킨은 댓바람에 알아본다.

「그런데 내가 나스타시야 필리포브나라는 걸 어떻게 알았죠?」

「사진을 보고서요…….」

「그리고요?」

「내가 상상했던 모습과 똑같았어요……. 나 역시 어

디선가 당신을 본 적이 있는 듯했어요.」

「어디서지요? 어디에서요?」

「나는 당신의 눈을 어디선가 분명히 보았어요.」(219)

사진에서 본 얼굴과 실제 얼굴 간의 유사, 그리고 친숙한 느낌은 얼마 후 그녀의 영명 축일에 두 사람이 다시 만나는 대목에서 〈얼굴의 부름〉이라는 레비나스적 모티프로 굳어진다.

「나스타시야 필리포브나, 당신에게는 많은 배려가 필요합니다. 내가 당신을 돌봐 드리겠어요. 나는 아까 당신의 사진을 보고 당신의 얼굴이 나에게 친숙하다는 것을 알았습니다. 나는 즉시 당신이 나를 부르고 있는 듯한 인상을 받았습니다…….」(351)

레비나스에 의하면 타인은 자신이 비참한 가운데, 자기 방어가 불가능한 가운데, 정말 낮고 비천한 가운데, 쉽게 상처받을 수 있는 가운데 나에게 요구하고 호소한다. 여기에서 타인의 얼굴은 윤리적 사건이 된다.(강영안 2005: 181) 타인이라고 하는 사건을 마주하여 내가 그의 부름에 응답할 때만 나는 책임지는 존재, 윤리적 주체가 된다.[51] 이때 응답이란 단순한 대답이나 응대보다 훨씬

51 〈여기에는 두 가지 가능성밖에 없다. 부름을 수용하든지 아니면 거부

포괄적인 것을 의미한다. 그것은 타자의 존재와 의식을 나와 동등한 존재와 의식으로 인정하고, 타자를 내 존재로 환원함 없이 타자를 이해하고, 궁극적으로 타자의 존재에 전적으로 책임을 지는 것이다. 타인을 나에게 환원하거나 나의 도구로 사용할 때 우리는 타인을 인정할 필요도 없고 이해할 필요도 없다. 〈이와 같은 질문들은 자아가 자신에 대해서만 상관한다는, 자아 자체만이 고려 대상이라는 것을 전제할 때만 가능하다. 이런 전제하에서는 타자, 즉 절대적으로 나의 외부에 있는 존재가 나에게 상관이 있다는 것을 결코 이해할 수 없다.〉(Levinas 2009: 117) 레비나스에게 타인의 부정은 그 극에 이르렀을 때 타인의 제거로 이어진다. 살인이란 나에게 불필요한(혹은 나에게 방해가 되는) 타자를 제거하는 일이다. 〈살인은 지배하는 것이 아니라 아예 말살하는 것이다. 이해 가능성을 철저하게 부정하는 것이다.〉(Levinas 1969: 198)

로고진이 나스타시야를 살해하는 것은 그러므로 병적인 사랑도, 집착도, 소유욕도 넘어서는 다른 차원의 사건이다. 그것은 다른 존재를 나의 존재로 환원함으로써 철

하면서 타인을 자기중심으로 환원하는 길밖에 없다. 부름을 거부하는 일은 나 자신의 일에 몰두하든지 아니면 다른 일에 몰두하든지 또는 어떤 핑계와 이유를 제안하는 일을 통해 가능하다. 나의 집 문을 잠가 두고 타인으로부터 분리된 채 자기중심주의로 살아갈 수 있다. 이것은 책임으로부터의 도피이며 이 도피를 레비나스는 윤리적 의미의 악이라 부른다. 타인에 대한 책임을 거부하는 것은 악이며 이 악은 모든 윤리적 악의 근원이며 곧 죄로 나타난다.〉(강영안 2005: 188~189)

학적으로 말살하는 반윤리적 범죄이다. 그래서 레비나스는 타인의 얼굴, 그 기원에는 〈살인하지 마라〉라는 계율이 있다고 단언한다.(Levinas 1985: 87) 반면, 사진 속에서 나스타시야의 얼굴이 부르는 소리에 대한 미시킨의 응답은 〈돌봄〉으로 구체화된다. 그가 청혼하는 것은 그러므로 많은 배려가 필요한 그녀를 돌보겠다는 윤리적 의지의 표현이다.

여기서 화가가 그린 초상화가 아니라 사진기로 찍은 사진이 나스타시야의 얼굴을 대신한다는 사실은 의미심장하다. 소설 전체를 통틀어 초상 사진은 나스타시야의 사진이 유일하다. 그녀의 실제 얼굴과 미시킨이 사진을 보고 상상한 얼굴은 〈똑같다〉. 마치 만딜리온 이콘처럼 판에 박은 듯한 그녀의 사진은 바로 그 판에 박은 듯이 같다는 사실 때문에 미시킨에게 살아 있는 그녀 자신처럼 다가올 수 있다. 그러나 다른 한편으로 나스타시야의 사진은 그녀의 사진과 이콘 간 유사의 한계를 적나라하게 드러내 보인다. 그녀의 사진은 물질주의적인 사회, 신을 죽인 사회에서 무한 유통되는 이콘의 대체물이다. 그것은 이콘의 물질주의적 대응물이되 이콘이 형식과 내용의 합일, 신의 이미지와 신의 전능의 합일을 보여 주는 것과 달리 오로지 형식적인 닮음만을 보여 준다는 점에서 이콘과는 완전히 구별된다.(Levy 1985: 50) 그녀의 얼굴에서 미모만을 발견하는 모든 인물에게 그녀의 사진은 이콘이 아닌 아이돌(우상)이다.

『백치』와 관련하여 가장 통속적으로 자주 인용되는 문구는 아마도 〈아름다움이 세상을 구원할 것이다〉일 것이다. 〈공작, 당신은 언젠가 미가 이 세상을 구할 거라고 한 적이 있었지요? (……) 공작이 이 세상은 미에 의해 구원받을 거라고 합니다! 공작이 그렇게 장난기 어린 생각을 하게 된 까닭은 지금 사랑에 빠져 있기 때문일 겁니다.〉(775~776) 이폴리트는 아무런 심오한 의도 없이 카니발적인 상황에서 이 말을 하지만(그리고 미시킨이 실제로 그렇게 말했다는 증거는 소설을 통틀어 한 번도 발견되지 않지만) 그럼에도 세상, 미, 구원 같은 굵직한 단어들 덕분에 이 문장은 소설을 대표하는 정언이 되었다. 굳이 이 문장의 뜻을 해석하자면 가장 소박한 버전은 〈절대적으로 아름다운 존재 그리스도가 세상을 구원할 것이다〉가 될 것이다. 마치 이 말의 그림자처럼, 소설의 전반부에서는 세상을 구원하는 아름다움과 정반대되는 아름다움이 언급된다. 나스타시야의 사진을 들여다보면서 예판친가의 여자들이 하는 말이 그것이다. 〈저런 미모라면 이 세상을 전복시킬 수 있어!〉(169) 세상을 구원하는 힘이자 전복시키는 힘으로서의 아름다움은 나스타시야의 이콘적인 사진에 적용된다. 그녀는 아름답고, 그 아름다움은 세상을 구할 수도 있지만 그녀의 외적 아름다움이 내면의 카오스를 제압할 수 있을 때 비로소 그렇게 된다. 외적인 미에 대한 숭배는 심연으로, 부패와 사멸의 〈베즈 오브라지에〉로 귀착할 수밖에 없다.(Levy 1985: 50) 나스타시야의 사진은 이콘 경배가 물질적인 아름다움이라는 우상의 숭배로 전이된 사회에 대한 메토니미라 할 수 있다.

6 기쁨촌

미시킨이 예판친의 서재를 방문했을 때 그는 벽에 걸린 풍경화를 인지한다.

> 「장군님의 서재 또한 멋지군요! 저 풍경화 경치는 제가 스위스에서 본 겁니다. 저건 화가가 직접 보고s natury 그린 그림이 확실합니다. 그곳은 제가 가보기도 했죠. 우리Uri 주에 있는 경치가 틀림없어요.」
>
> 「그럴 가능성이 클 거요. 물론 그림 자체는 여기서 샀지만.」(63)

인물들의 대수롭지 않은 대화에서 잠깐 언급될 뿐인 그 그림은 아주 작은 디테일에 불과하지만 소설 속에서 그것이 함축하는 에크프라시스는 거대하다. 앞에서도 잠깐 언급했듯이 예판친의 서재에 걸린 풍경화는 알렉상드르 칼라메의 「네 개 주의 호수」를 지시한다고 알려져 있다. 연구자들이 간단한 대화 속에서 특정 그림을 정확하게 추정할 수 있었던 이유는 그 풍경화가 1860년 예술 아카데미에 전시된 그림으로, 도스토옙스키가 1861년도에 쓴 미술 평론 「예술 아카데미 전시회에 부쳐」에서 그 그림을 격찬했기 때문이다. 도스토옙스키는 그 그림을 논하기에 앞서 다른 작가 발레리 야코비의 「죄수들의 휴식」을 통렬하게 비판했다. 앞에서도 논의한 바 있듯이, 야코비의 그림은 정확하게 사실 그대로의 정경을 묘사했지만 바로 그 정확성이 문제라는 것이 도스토옙스키의 생각이었다. 화가에게는 〈사진적인 핍진성도, 기계적인 정확성도 아닌 다른 어떤 것, 좀 더 크고, 넓고, 깊은 것이 요구된다. 정확성과 핍진성은 필요하고, 기본적으로 필수적인 것이지만 그것만 가지고는 어림도 없다〉.(PSS 19: 153)

반면 칼라메의 루체른 호수 풍경화는 〈모든 디테일이 정확하게 실제와 똑같은 그림이지만 마술사와도 같은 화가는 그림 속에 자신의 영혼을 집어넣었다〉.(PSS 19: 164) 그의 논평을 더 읽어 보자.

화가가 저 먼 곳의 산봉우리와 청명한 하늘, 그리고 안개 자욱한 원경을 바라보며 어떤 구슬픈 상념에 사로잡혀 있다는 것은 모든 관자의 눈에 분명하게 보인다. 그가 어떻게 그 모든 것을 완수할 수 있었는지는 여전히 예술의 신비이지만, 한 가지 확실한 것은 그가 자연을 사진적으로 재현하지는 않았다는 사실이다. 그는 자신의 영혼 속에 있는 개인적이고 겸손하고 평화롭고 명상적인 성정을 관객에게 불어넣기 위해 자연을 도구로 사용한 것이다.(PSS 19: 164)

그가 그토록 격찬한 칼라메의 그림은 『백치』에서 주인공의 정신세계를 묘사하는 서사와 융합한다. 칼라메의 영혼 속에 있다고 도스토옙스키가 상상한 〈겸손하고 평화롭고 명상적인〉 어떤 것은 주인공 미시킨의 성정으로 전이되어 그가 겪은 스위스 체험의 서사에 투사된다.

칼라메 풍경화에 대한 간접적인 에크프라시스는 예판친 장군 부인이 공작에게 스위스 자연에 대한 이야기를 해달라고 하는 대목에서 시작한다.

「우리는 루체른에 도착했고, 나는 호숫가에 가보게 되었지요. 호수가 너무 아름답다는 생각이 들었어요. 그런데 지독하게 괴로웠어요. (……) 난 항상 그러한 자연을 볼 때면 처음에는 괴롭고 불안해요. 좋기도 하고 불안하기도 하고, 하기야 그때는 아직 병중이었으니까요.」(119)

알렉상드르 칼라메, 「네 개 주의 호수」(1850년경).

아름다운 자연 풍광 앞에서 그가 겪는 불안과 고통은 사형수가 군중을 보며 느끼는 절대 고독, 이른바 〈시간 디바이드〉를 연상시킨다. 그는 병든 정신으로 〈전체와 무〉의 잔인한 대비를 실감한다. 그가 장엄한 폭포의 소음을 사랑하면서도 동시에 불안을 느끼는 것 역시 같은 맥락에서 이해된다.

「내가 사는 곳에는 그리 크지 않은 폭포가 있었는데, 하얗게 거품을 내며 높은 산에서 가느다란 실오라기처럼 소리를 내며 수직으로 떨어졌지요. 폭포는 높은 데서 떨어졌지만 상당히 낮아 보였고 — 한 반 베르스타쯤 떨어져 있었는데도 — 50보면 닿을 수 있을 것 같았지요. 나는 밤마다 폭포의 소음을 즐겼습니다. 그런데 가끔 그럴 때마다 불안이 찾아왔어요. 그리고 이따금 한낮에 산에 올라가 소나무 숲 — 송진이 많은 노송들이었어요 — 주위에 서 있을 때도 찾아왔어요. 벼랑 위로는 폐허가 되다시피 한 중세의 낡은 성이 있었지요. 거기서 우리 마을은 까마득히 내려다보였습니다.」(121)

여기서 미시킨이 언급하는 폭포는 예술 아카데미 전시회에 걸렸던 또 다른 그림을 모델로 한다.(Ossorgin 2017: 132) 바로 디다이François Diday의 「라이헨바흐 폭포 하부Chute inférieure du Reichenbach」 풍경화로 그 역시 도스토옙스키가 전술한 논평에서 격찬한 그림이다. 〈그는 자신이 바라보는 폭포의 장관을 그린 것이 아니라 라이헨바흐의 그 장엄한 정경이 그의 내부에서 불러일으키는 인상과 영혼의 상태를 전달한 것이다.〉(PSS 19: 165) 이 대목을 읽어 보면 미시킨의 불안은 화가의 내부에서 폭포가 불러일으킨 〈영혼의 상태〉와 연결된다는 추정이 가능하다. 그러니까 도스토옙스키가 『백치』를 쓰기 전에 평론에서 개진했던 풍경화에 대한 논평이 소설 속 서사로 진입하면서 숨겨진 에크프라시스가 되었다는 얘기이다.

디다이의 풍경화와 칼라메의 풍경화는 모두 서사의 보이지 않는 토대로 작용한다는 데 그 궁극적 의의가 있다. 좀 더 구체적으로 말해서 폭포 그림이 상기시키는 〈영혼의 상태〉는 앞에 나온 칼라메의 〈어떤 구슬픈 상념〉, 〈영혼 속에 있는 겸손하고 평화롭고 명상적인 성정〉과 함께 미시킨이 이끌어 가는 그리스도 서사의 동력으로 작용한다. 천국과도 같은 아름다운 풍경과 그것을 바라보는 인간의 불안은 스위스를 배경으로 하는 이른바 〈마리 에피소드〉의 의미를 비춰 주는 은닉된 등불이다.

미시킨이 예판친 여인들에게 들려주는 마리 이야기는 노골적으로 성서적이다. 평화로운 스위스 시골 마을을 배경으로 펼쳐지는 사랑, 연민, 이해, 우정의 소박한 우화 속에서 미시킨은 그리스도를, 마리는 막달라 여자 마리아를 각각 대변하며 스위스는 천국을 상징한다는 데 연구자들은 이견이 없다. 미시킨이 표상하는 그리스도의 이미지는 한편으로는 그가 들려주는 마리 이야기에 의해, 다른 한편으로는 풍경화에서 암시되는 스위스-천국의 이미지에 의해 공고해진다. 칼라메의 〈구슬픈 상념〉은 미시킨의 괴로운 느낌에 투사되고 칼라메의 고요한 영혼은 미시킨이 대변하는 그리스도의 내면에 투사되기 때문이다.

여기서 중요한 것은 미시킨의 기억 속에서 그려지는 스위스는 도스토옙스키가 직조하는 〈불가능한 스토리〉 못지않게 불가능한 공간이라는 사실이다. 그것은 불가능한 천국이며 그렇기 때문에 슬픈 공간이다. 미시킨도, 그것을 그린 화가도, 그 그림을 논평한 소설가도 모두 그 사실을 알고 있기 때문에 〈구슬픈 상념〉에서 벗어날 수 없는 것이다. 그곳은 지상으로부터 영원히 격리된 공간이며 인간의 시간 속에서 영원히 단절된 공간이기도 하다. 미시킨이 스위스를 떠나 편도 열차를 타고 상트페테르부르크에 도착한 순간 그의 천국은 돌아갈 수 없는 곳이 된다. 나중에 미시킨은 치유 불가능한 백치가 되어 스위스 병원으로 되돌려 보내지지만 이때의 스위스는 천국이 아니라 그냥 지상의 병원일 뿐이다. 미시킨과 마리는 상트페테르부르크에서 미시킨과 나스타시야로 복제된다. 그러나 그 복제를 통해 불가능한 천국의 의미는 오히려 증폭된다. 마리의 구원 스토리가 펼쳐지는 스위스와

프랑수아 디다이, 「라이헨바흐 폭포 하부」(1834년).

나스타시야의 피살 스토리가 펼쳐지는 사악한 상트페테르부르크의 차이는 천국과 지옥의 차이만큼 크다. 나스타시야가 토츠키에게 유린당하던 마을의 이름이 〈오트라드노예Otradnoe〉(기쁨촌, 낙원 마을)라는 것은 천국의 의미를 조롱하면서 스위스-천국과 상트페테르부르크-지옥 간의 좁혀질 수 없는 거리를 확인해 준다.

7 이 사람이다

『백치』에는 제목조차 언급되지 않지만 암시와 연상 덕분에 환기되는, 이른바 〈제로 에크프라시스〉에 해당되는 그림도 존재한다.[52] 극히 일부 연구자들만이 들춰낸 그 그림은 르네상스 네덜란드 화가 얀 모스타르트Jan Mostaert의 「이 사람이다Ecce Homo(Se Chelovek)」이다.[53] 그림은 빌라도의 선고 장면을 묘사하며 제목 〈이 사람이다〉는 「요한의 복음서」에서 그대로 따온 것이다. 〈예수께서는 가시관을 머리에 쓰시고 자홍색 용포를 걸치시고 밖으로 나오셨다. 빌라도는 사람들에게 예수를 가리켜 보이며 《자, 이 사람이다》 하고 말하였다.〉(「요한의 복음서」19: 5) 그림 속에는 그리스도와 빌라도와 형리, 대사제와 경비병

52 〈제로 에크프라시스〉에 관해서는 Chichkina 2015를 보라.

53 이하 이 그림 및 모스크바 쿠마닌가와 관련한 사실들은 Fedorov 2004: 313~367, http://www.smalti.ru/literatura/dostoevskii-idiot-givopis-v-romane/kartina-se-chelovek을 토대로 했다.

과 구경꾼의 이미지가 들어 있다. 그 그림은 모스크바 볼샤야 오르딘카 거리에 있는 〈모든 슬퍼하는 자들의 기쁨이신 성모〉 성당에 걸려 있다가 1924년에 푸시킨 국립 미술관으로 옮겨져 지금까지 미술관 소장품 목록에 올라 있다.

도스토옙스키와 그 그림의 관계는 아직까지 소수 전문가의 추정을 토대로 하므로 도스토옙스키학의 정설로 굳어지기에는 시기상조이다. 그럼에도 이 책에서 그 그림을 간단히라도 언급하는 이유는 앞에서 살펴본 철도 이미지와 그림 이미지 간의 연계가 그 한 장의 그림 덕분에 공고해지기 때문이다.

별로 알려지지도 않은 네덜란드 르네상스 화가가 그린 그리스도 그림이 어떻게 해서 19세기 모스크바의 정교 성당에 걸렸다가 다시 러시아 대문호의 위대한 소설 『백치』로 들어와 이른바 〈숨은 그림〉이 되었을까. 그 기이한 경로를 추적해 보려면 일단 도스토옙스키의 어린 시절로 거슬러 올라가야 한다. 앞서 철도를 논하는 대목에서도 잠깐 언급했지만 도스토옙스키는 거상 쿠마닌 가문의 차남 알렉세이와 결혼한 이모 덕분에 어린 시절부터 백만장자들의 세계를 들여다볼 수 있었다. 알렉세이 쿠마닌은 상인의 신분으로 오를 수 있는 가장 높은 지위인 모스크바 시장직에까지 오른 전설적인 거상이었으며 쿠마닌가는 몇 대를 계속해서 부와 권력을 향유했다. 쿠마닌가는 모스크바 남쪽 상인 지역인 볼샤야 오르딘카 거리에 대저택을 소유하고 있었으며 도스토옙스키의 부친이 그 가문의 주치의였으므로 어린 표도르는 아버지와 함께 여러 차례 그 부자 친척의 집을 방문했다. 『백치』에서 그려지는 로고진의 집은 상트페테르부르크에 있지만 그 외관은 쿠마닌 저택을 모델로 했다는 것이 도스토옙스키 연구자들 사이에서 공히 인정되는 사실이다.

당시 러시아 상인 가문은 대부분이 보수적이고 종교적이었다. 종교는 이익 창출에 대한 죄의식을 희석해 주는 가장 확실한 심리적 해독제였다. 많은 가문이 성당 증축과 개축에 거액을 희사했다. 쿠마닌 가문 역시 모스크바의 유명한 다닐로프 수도원 창건에 지원을 아끼지 않았으며, 저택 맞은편에 15세기부터 존재했던 〈모든 슬퍼하는 자들의 기쁨이신 성모〉 성당 개축의 재정 부문을 전담했다. 1836년 헌당식이 거행되었을 때 도스토옙스키 부자도 참례했던 것으로 알려져 있다.

쿠마닌 가문의 재정적 지원이 어느 정도였는가는 성당의 구조를 통해 여실히 드러난다. 그 성당은 쿠마닌가의 전속 예배당처럼 지어졌다. 성당 앞뜰에서부터 이어지는 입구 외에도 두 개의 입구가 있었는데 그중 하나는 쿠마닌의 저택 쪽으로 바로 연결되었다. 그 쿠마닌 입구를 통해 성당에 들어가면 열두 개의 화려한 대리석 기둥이 둥그렇게 세워져 있는 원형 홀을 볼 수 있었다. 건축가 보베

O. Beauvais는 그 원형 홀의 바닥에 검은 철제 벽돌과 흰 대리석의 격자무늬 조합을 도입하여 그렇지 않아도 화려한 홀에 돈의 위력을 확실하게 새겨 놓았다. 쿠마닌이 금력으로 재건한 성당은 러시아적이지도 않았고 종교적이지도 않았다. 성당의 세속적인 내부는 어느 남작이 사는 호화스러운 저택의 거실을 떠올리게 했다.(Fedorov 2004: 339, 341)

바로 그 화려한 쿠마닌 홀에 모스타르트의 그림이 걸려 있었을 것으로 추정된다. 그 그림이 어떻게 하여 그곳으로 가게 되었는가는 아직까지도 정확하게 밝혀지지 않고 있다. 당대 성당에 기부와 기증을 한 신도들 중 누군가가 그 그림을 희사했을 것으로 추정될 뿐이다. 이콘이 아닌 르네상스 회화가 러시아 정교 성당에 걸려 있었지만 기록에 의하면 그것은 거의 이콘과도 같은 경배의 대상이었던 것 같다. 〈한낮의 햇살이 비추거나 촛불이 빛날 때 그 그림 앞에는 항상 수많은 신도들이 모여 있었다.〉(Fedorov 2004: 324)

수없이 많은 중세와 르네상스 그리스도 그림 중 한 점에 불과한 모스타르트의 그림이 『백치』의 서사와 연결되는 접점은 몇 가지가 있다. 우선 도스토옙스키는 어린 시절 쿠마닌가를 방문할 때 그들의 성당에서 그 그림을 보고 이미지를 뇌리에 새겨 두었을 것으로 추정된다. 다른 한편으로 그림의 제목 속 〈이 사람〉이 『백치』에서 미시킨 공작을 일컫는 말이라는 사실이 그림과 소설을 연결해 준다는 시각도 있다. 예를 들어 나스타시야는 영명 축일 파티에서 공작을 향해 〈난 처음으로 인간다운 인간을 보았어요〉(364)라고 말하고, 이폴리트는 공작과 헤어지면서 〈나는 인간과 작별을 고하는 거예요〉(851)라고 말한다. 모스타르트의 그리스도와 미시킨을 의상의 차원에서 연결하려는 시도도 발견된다. 소설의 맨 앞 장, 미시킨과 로고진이 기차 안에서 만날 때 미시킨은 두건이 달린 소매 없는 망토를 입고 있고 로고진은 두툼한 털외투를 입고 있다. 양자의 대비는 모스타르트의 그림에서 그리스도의 망토와 빌라도의 두툼한 외투로 재현된다고 볼 수 있다.(Fedorov 2004: 333)

이런 지적들이 어디까지나 가설에 불과하다면, 그림이 걸려 있던 쿠마닌의 성당은 모스타르트의 그리스도와 『백치』의 서사를 연결하기에 충분한 증거를 제공한다. 도스토옙스키와 모스타르트를 관련지어 고찰한 거의 유일한 연구자인 페도로프G. Fedorov에 의하면 쿠마닌 가문이 개축한 성당의 천장은 거대한 아치 형태를 취하고 있었고 기둥 위로는 반원 형태의 창문이 나 있었다. 열두 개의 흰 대리석 기둥으로 둘러싸인 화려한 쿠마닌 홀은 본래 기도를 위한 공간이었지만 그 홀의 영광은 정신의 영광이 아닌 육체의 영광, 정확히 말하자면 레베데프가 말한 〈저울과 계약〉의 세계에서 살아가는 사람들의 육체의 영광을 보여 주었다. 그들은 웅장하게 치솟은 대리석 기둥을 통해 자기네 가문의 성취와 번영을 과시했다. 쿠마닌가의 성당에서 그들이 경배하는 대상은 그리스도가 아니었다. 비극적인 모습으로 성당 문지방에 나타난 모스타르트의 그리스도는 화려한 성당을 배경으로 죽음을 향해 걸어 들어갔다. 약 2천 년 전 그리스도를 처벌하라고 외쳐 댔던 심판관들이 모두 그 성당의 문지방에 그대로 서 있었다.(Fedorov 2004: 340~341) 쿠마닌가의 백만장자들 위에 덧씌워진 빌라도와 형리와 구경꾼과 대사제의 이미지가 도스토옙스키의 『백치』로 들어와 다시 토츠키들과 예판친들과 로고진들 위에 덧씌워졌다는 뜻이다.

한편, 모스타르트의 그리스도 그림은 미시킨이 상상하는 그림에 중첩됨으로써 칼의 모티프와 연결된다. 예판친가의 거실에서 아델라이다가 미시킨에게 그림의 주제를 추천해 달라고 하자 그는 처형 직전의 사형수를 그려 보라고 제안한다. 〈사실 조금 전에…… 나에게 그림의 주제를 물어보았을 때 정말로 한 가지 생각이 떠올랐어요. 사형수가 단두대 위에 올라서서 목에 작두날이 떨어질 때까지 기다리고 있는 얼굴 표정을 그리는 겁니다.〉 아델라이다가 미심쩍어하며 〈얼굴을 그리라고요? 얼굴 하나만요?〉라고 반문하자 미시킨은 말한다. 〈안 될 이유가 있습니까? 나는 얼마 전에 바젤에서 그런 그림 한 점을 보았습니다. 무척이나 그 그림에 대해 얘기하고 싶군요.〉

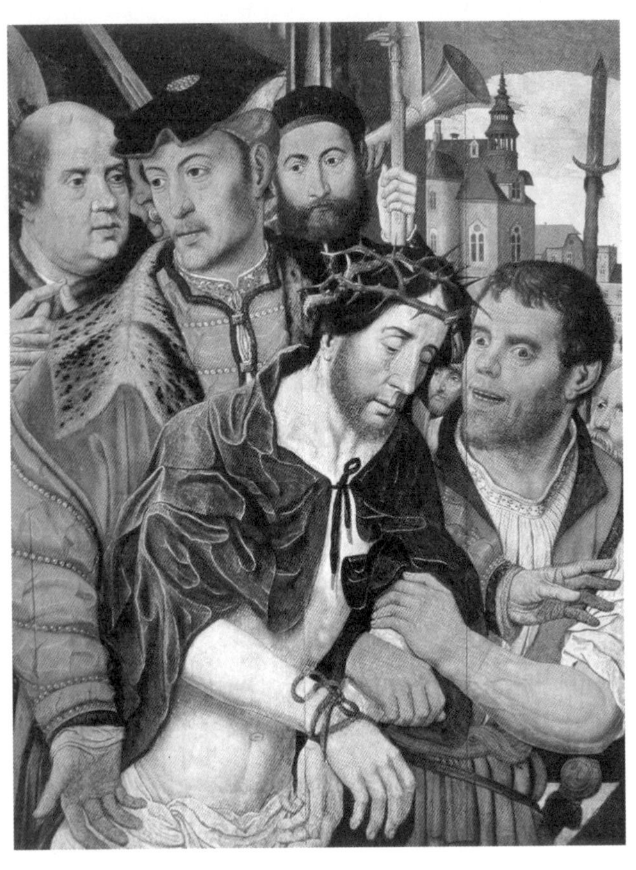

얀 모스타르트, 「이 사람이다」(1520년경).

(131) 여기서 미시킨이 언급하는 그림은 도스토옙스키가 실제로 바젤의 시립 미술관에서 관람한 한스 프리스의 「세례자 요한의 참수」라는 것이 정설이다.(Young 2007: 94)[54] 목이 잘려 나가기 직전의 성 요한의 얼굴을 묘사한 그 그림 역시 도스토옙스키의 비상한 관심을 끈 것으로 알려져 있다.

그러나 미시킨이 아델라이다에게 제안하는 그림의 구도는 프리스보다는 모스타르트의 그림을 더 강하게 상기시킨다. 〈그림의 핵심은 십자가와 머리입니다. 신부의 얼굴, 형리, 두 명의 형리보, 아래쪽에 보이는 몇몇 머리와 눈, 이 모든 것은 배경의 액세서리로 안개에 싸인 듯 그려도 됩니다……. 이게 그 그림이에요.〉(135~136) 프리스의 그림은 〈얼굴 하나만〉을 묘사하는 그림이 아니다. 그리스도의 얼굴을 중심으로 몇몇 부차적인 인물들의 얼굴을 그린 모스타르트의 그림이 미시킨이 말하는 구도에 훨씬 가깝다.

미시킨의 그림 이야기는 곧이어 사형수와 단두대 이야기로, 죽기 직전에 사형수가 체험하는 시간성에 관한 이야기로 방향을 선회한다. 사형수에 대한 미시킨의 이야기

54 다만 미시킨의 처형 스토리가 프리스의 그림에 기초한다는 것은 이론의 여지가 많다. 미시킨은 바젤에서 자신이 본 그 그림은 〈기회가 있을 때 말하겠다〉고 하고, 아델라이다 역시 〈나중에 그 그림에 대해 꼭 얘기해 주세요〉라고 대꾸한다.(131) 그러므로 이어지는 미시킨의 사형수 이야기는 프리스의 그림과는 별개의 서사로 이해되어야 한다.

는 형이상학적으로, 그리고 소설 1부에 등장하는 모든 그림 이야기는 미학적으로 홀바인의 그림 이야기를 위한 준비 단계라는 지적은 매우 적절하다.(Young 2007: 94) 요컨대 『백치』 1부에 삽입된 모든 처형 스토리가 결국 그리스도의 죽음에, 그리고 그것을 재현하는 한스 홀바인의 그림에 수렴한다는 사실을 상기해 볼 때 모스타르트의 그림이야말로 처형 스토리에서 홀바인의 그림으로 이어지는 서사의 중간적 단계에서 가장 적절한 위치를 점하고 있다고 말해도 좋을 것이다. 모스타르트의 그림은 모스크바, 부, 철도, 살인, 죽음, 처형의 테마 모두를 간직한 채 소설로 들어오는 것이다.

사실 모스타르트의 그리스도는 기이하기 짝이 없다. 르네상스 회화라고 하기에 그의 그림은 이콘에 가깝고 이콘이라고 하기에는 너무 사실적이다. 특히 그리스도의 얼굴에 찍힌 한 방울의 눈물은 다른 어떤 〈에케 호모〉 회화에서도 찾아보기 힘든 디테일이다. 바로 그 눈물 한 방울이 그 기이하게 평면적인 회화에서 그리스도를 인간적인 모습으로 부각해 주는 역할을 한다. 그 인간적임이야말로 앞으로 살펴보게 될, 홀바인이 그린 그리스도의 인간적인 죽음에 대한 예고편이라 해도 좋을 것이다. 그리스도의 눈물은 자신을 처형하는 사람들, 위선자들, 권력자들을 향한 연민의 눈물이자 자신의 죽음 이후 부활을 믿지 않을 모든 사람들을 향한 눈물이자 로고진과 토츠키와 예판친을 위해 흘릴 눈물이다. 도스토옙스키는 모스타르트의 그리스도와 홀바인의 그리스도 둘 다를 보았다. 그리스도 수난의 테마는 정교 성당의 수많은 이콘이 아니라, 어린 시절 모스크바의 한 화려한 상인 가문 전용 성당에서 보았던 눈물 흘리는 그리스도의 이미지에서 비롯되었을 가능성이 크다. 모스타르트에게 인간의 몸이 꺾이고 파괴된 영혼을 표상한다면, 홀바인에게 인간의 몸은 불가항력적인 자연의 법칙에 복종할 수밖에 없는 살덩어리를 표상한다. 과연 어느 쪽이 소설의 테마에 더 적합할 것인가?(Fedorov 2004: 241) 앞으로 전개될 논의에서 답을 찾아보자.

8 미술품 투기

그리스도의 인성과 신성은 홀바인의 그리스도 그림을 통해 관자와 독자를 모두 심오한 사유의 심연으로 빠져들게 한다. 그것은 『백치』뿐 아니라 도스토옙스키 미학 전체, 형이상학 전체, 신학 전체의 중심에 놓여 있다고 해도 좋을 것이다. 우리는 그 그림을 통해 〈이미지〉와 〈이미지의 부재〉, 이미지와 그림, 이콘과 우상의 대립과 교차와 얽힘의 정수를 발견하게 된다. 앞에서도 잠깐 카토의 지적을 언급했지만, 도스토옙스키는 그림 전문가가 아니었다. 당대 유럽과 러시아 소설가 중에는 도스토옙스키보다 훨씬 높은 수준의 감식안과 안목을 가진 사람이 많았다. 도스토옙스키는 오히려 책에서 읽거나 다른 사람의 감동 어린 논평을 듣고 나서야 특정 그림에 관심을 보이고는 했다. 홀바인의 그리스도 그림 역시 마찬가지이다. 그가 바젤에서 그 그림을 보고 충격을 받은 것은 사실이지만 그는 그 전에 카람진의 책 『러시아 여행자 서한*Pis'ma russkogo puteshestvennika*』에서 카람진의 눈으로 그려진 그 그림에 관해 알고 있었다. 〈거룩한 것은 아무것도 보이지 않는다. 그러나 죽은 사람으로서 그는 매우 자연주의적으로 묘사된다. 화가는 물에 빠져 죽은 유대인을 모델로 그 그림을 그렸다고 전해진다.〉(Karamzin 1984: 207) 그렇게 홀바인 그림은 책 속의 한 구절에서 바젤에서의 충격적인 체험으로 이어지다가 마침내 소설 『백치』에서 서사적 핵심으로 안착한다.

그토록 중요한 그림인 만큼 도스토옙스키는 그림이 등장하는 과정에 최대한 공을 들여 작업했다. 홀바인 그림이 소설의 핵심으로 진입하기까지는 여러 단계의 미학적이고 철학적인 설명이 전제된다. 일단 공간적으로만 보아도 미시킨이 그 그림과 접하기 위해서는 겹겹의 문과 홀을 거쳐야 한다. 소설 2부에서 미시킨은 로고진의 집을 방문한다. 앞에서 얘기한 그 우중충한 외관의 집이다. 그는 하인의 안내를 받아 집 안으로 들어간다.

> 그들은 널따란 홀을 지나갔다. 그 홀은 벽에 대리석 무늬가 칠해져 있고 참나무 토막을 박아 만든 마룻바닥에, 1820년대의 투박한 가구로 치장되어 있었다. 홀을 지나 지그재그로 꼬부라지며 새장 같은 방들도 통과했다. 그리고 두세 계단을 올라갔다가 다시 그만큼 내려

와서는 마침내 어느 방문을 두드렸다. 문을 연 사람은 다름 아니 파르펜 세묘노니치 로고진이었다.(421)

두 사람은 로고진의 서재에 들어가 나스타시야 문제를 비롯한 여러 이야기를 나눈다. 미시킨은 로고진의 집이 어떤 보이지 않는 것의 가시적인 현현이라는 사실을 여러 차례 지적한다. 〈자네 집은 자네 가족과 로고진다운 삶의 인상을 풍기고 있어. (……) 그런 것들이 나를 불안하게 하고 두렵게도 하네.〉(425) 로고진은 미시킨의 의도를 이해하지 못하고 엉뚱한 답을 한다. 〈이 집은 할아버지가 지었지.〉(425) 공작은 로고진의 서재를 둘러보면서 다시 건축과 정신의 어떤 상호 관계를 언급한다. 〈집이 너무 음침해. 자네는 음침하게 사는 것 같아.〉(425) 로고진의 서재는 천장이 높고 컴컴한 커다란 방으로 온갖 가구가 무질서하게 놓여 있다. 거기에는 몇 점의 그림이 걸려 있다.

벽에는 퇴색한 금박 액자 속에 검게 그을린 유화 몇 점이 걸려 있었다. 무슨 내용인지 식별하기 어려운 그림이었다. 그중에서도 전신 초상화 한 점이 공작의 시선을 끌었다. 옷자락이 긴 독일식 연미복을 입고 목에 두 개의 훈장을 걸고 있는 쉰 전후의 남자였다. 그는 드문드문 희끗거리는 짧은 턱수염에 주름살이 진 누런 얼굴과, 많은 비밀을 간직한 듯한 처량해 보이는 두 눈을 가지고 있었다.

「이분은 자네 아버지 아닌가?」 공작이 물었다.

「바로 맞혔네.」

(……)

「여기가 바로 선친의 서재였지.」

(……)

「자넨 아버지를 닮았군.」(426~429)

아버지와 닮은 로고진이 아버지와 같은 삶을 영위하고 있는 집, 한때 아버지의 서재였지만 지금은 로고진의 서재인 방에 걸린 그림들은 그 자체가 문자 그대로 〈베즈오브라지에〉, 즉 이미지 부재의 아이러니한 현현을 보여 준다. 그것들은 〈무슨 내용인지 식별하기 어려운〉, 요컨대 형태를 결여한 형태들이다. 로고진 아버지의 초상화만이 형태를 가지고 있으나 그것은 아름답지 않다는 점에서 역시 추한 〈베즈오브라지에〉에 속한다. 그뿐만 아니라 그것은 재현 대상으로 환원 가능하다는 점에서도 오브라즈가 아닌 단순한 물질에 불과하다. 미시킨은 그 초상화를 가리키며 논평한다. 〈자네는 아주 가까운 미래에 저기 걸려 있는 아버지와 똑같은 사람이 될 거야.〉(439) 초상화가 재현하는 아버지로 로고진이 환원될 수 있는 이유는 양자가 공유하는 이른바 〈장사꾼 멘털〉 덕분이다.

돈은 홀바인 그림이 등장하는 대목에서 아버지와 아들

을 연결해 주는 가시적인 매듭으로 등장한다. 미시킨은 로고진에게 작별을 고한 뒤 음침하고 폐쇄된 로고진 저택의 미로와도 같은 복도를 지나 홀로 들어선다.

> 이들은 공작이 이미 거쳐 왔던 방들을 지나서 갔다. 로고진이 약간 앞에 섰고 공작은 그 뒤를 쫓아 커다란 홀로 들어갔다. 그곳의 사방 벽면에는 몇 점의 그림이 걸려 있었다. 대주교들의 초상화와 아무것도 분간할 수 없는 풍경화들이었다. 다음 방으로 통하는 문 위로 아주 이상해 보이는 형식의 그림이 걸려 있었다. 가로가 2아르신 반(약 170센티미터)쯤 되는데 세로는 6베르쇼크(약 25센티미터)밖에 안 되는 그림이었다. 그 그림은 방금 십자가에서 내려진 구세주를 묘사하고 있었다. 공작은 무슨 생각이라도 나는 듯 그림을 흘끗 바라보았다. 그러나 걸음을 멈추지 않고 방문을 지나가려 했다. 그는 마음이 몹시 답답해서 그 집에서 한시바삐 빠져나가고 싶은 심정이었다. 그러나 로고진이 갑자기 그림 앞에서 멈췄다.(448)

홀바인의 그림이 이제부터 본격적으로 서사의 중앙으로 들어온다. 그러나 여기서도 역시 이미지가 없는 그림들, 〈아무것도 분간할 수 없는 풍경화들〉이 마치 프레임처럼 홀바인의 그림에 바로 다가가는 것을 방해한다. 그 그림으로부터 도망치려는 미시킨을 로고진은 멈춰 세운다. 서사적 운동과 회화적 정지 간의 긴장이 그림의 가격에 관한 로고진의 장광설과 연결되어 또 다른 프레임의 전조 역할을 한다.(Milkova 2016: 159)

「여기 걸려 있는 그림들은 경매장에서 선친이 1루블 내지 2루블에 구입한 거라네. 그림을 좋아하셨지. 어느 미술 감정가가 이 그림들을 다 보고 나서 이것들은 모두 싸구려라고 하더군. 그런데 문 위에 걸려 있는 저 그림도 2루블에 구입한 건데 저것만은 싸구려가 아니라고 했네. 아버지가 살아 계셨을 때 저걸 350루블 주겠다던 사람이 있었고, 상인 출신의 미술품 수집광 이반 드미트리 사벨리예프는 4백 루블까지 불렀는데, 지난주에는 내 동생 세묜에게 5백 루블을 제안했지. 그러나 나는 그냥 가지고 있겠다고 했네.」(448~449)

이 장면은 저장 강박증hoarding disorder과 탐욕스러운 투기심의 기이하면서도 어딘지 모르게 앞뒤가 맞는 것 같은 논리적인 결합을 통해 로고진 가문의 본질을 보여 준다. 로고진은 아무것도 못 버리는 환자이자 축적의 화신이자 투자의 귀재였던 아버지의 복사판이다. 로고진 저택을 채우고 있는 알 수 없는 그림들, 〈이미지 없는〉 그림들에 대한 수수께끼는 가치가 아닌 가격으로 해명된다.

그것들은 그저 싸다는 이유에서, 그러나 혹시라도 나중에 큰돈이 될지도 모른다는 투기심에서, 그림에 대한 아무런 안목도 없는 장사꾼이 경매에서 푼돈을 지불하고 산 쓰레기들이다. 그 가운데 홀바인의 그림 단 한 점만이 〈싸구려가 아닌〉 그림으로 판명되었는데, 미시킨은 즉석에서 그 사실을 인지한다. 〈그런데 이 그림은…… 한스 홀바인의 복제품이군. (……) 나는 대단한 전문가는 아니지만 이건 아주 뛰어난 복제품 같아.〉(449)

홀바인 그림에 대한 로고진의 설명은 로고진이라는 인간 자신의 본질에 대한 설명과 다름없다. 사실 그리스도의 시신을 사실주의적으로 묘사한 그 그림은 가정집 거실이나 현관문 위에 걸어 둘 만한 그림이 아니다. 그런 그림을 그런 위치에 걸어 놓고 있다는 것 자체가 예술에 대한 무지와 무감각을 여실히 증명한다. 로고진이 아버지가 산 그림을 그대로 걸어 둔 이유는 아버지가 그 그림을 구매한 이유와 동일하다. 바로 투자 가치 때문이다. 선친이 구입한 시점에서 지금까지 여러 해의 시간이 흐르는 동안 그림값은 2루블에서 5백 루블까지 뛰었다. 로고진 부자는 그림을 그냥 가지고 있기만 했는데 무려 250배의 수익을 거둔 것이다. 수익에 대한 추억은 로고진의 그림 감상을 즐겁게 만든다. 〈나는 이 그림을 감상하는 것을 좋아해.〉(450)

반면 미시킨은 다른 각도에서 그림을 바라본다. 〈나는

이 그림을 외국에서 보고 통 잊을 수가 없었어.〉(449) 그는 그 그림을 좋아한다는 로고진의 말에 기겁을 한다. 〈이런 그림을 좋아하다니! 이런 그림을 보다가는 있던 신앙도 사라지겠네!〉 여기서 〈이런 그림〉이 도대체 어떤 그림인지에 대한 자세한 에크프라시스는 부재한다. 확장된 에크프라시스는 나중에 이폴리트에 의해 소개될 예정이다. 그러니까 이 단계에서는 그 그림이 어떤 그림이냐가 아니라 로고진과 미시킨에게 각각 무엇을 의미하느냐가 중요할 뿐이다.

미시킨의 〈이런 그림을 보다가는 있던 신앙도 사라지겠네!〉는 문학사를 통틀어 가장 유명한 에크프라시스적 진술 중의 하나로 알려져 있다. 어쩌면 독자들이나 연구자들 또한 너무 그 진술에 사로잡혀 말을 문자 그대로 해석해 왔는지도 모른다. 이 점은 뒤에 가서 다시 논의하기로 하고, 여기서는 일단 로고진의 반응만 살펴보자. 로고진은 너무 빨리 미시킨의 말에 동의한다. 〈그러잖아도 신앙이 없어지고 있어.〉 아무런 숙고 없이 그냥 입에서 나오는 대로 내뱉는 것 같은 너무 빠른 동의는 그의 진술에서 신빙성을 제거한다. 오로지 그림의 가격만을 생각하는 로고진이 갑자기 신앙 운운하는 것은 어불성설이다. 그래서 미시킨은 이번에도 놀란다. 〈나는 거의 농담조로 말했는데 자네는 뭘 그리도 심각한가!〉(450)

미시킨과 로고진의 대화는 앞에 나왔던 나스타시야의

사진을 상기시킨다. 나스타시야의 사진에서 미시킨이 이미지를 인지한다면 로고진을 비롯한 그녀의 숭배자들과 질투자들은 그녀의 외형에 대한 사실적 재현만을 발견한다. 후자에게 나스타시야의 사진이 무한 유통되는 종이(사물)이자 요모조모 뜯어보고 품평할 수 있는 상품이듯 그녀 자신 역시 여러 가격으로 여러 명의 남자들 사이에서 유통 가능한 상품이다. 마찬가지 원리로 로고진 부자에게 그리스도를 그린 그림이든 다른 그림이든 그림은 모두 이미지가 아닌 물건이자 상품이며 그것들의 유일한 가치는 가격이다. 로고진과 미시킨의 대화는 궁극적으로 도스토옙스키에게 〈오브라즈〉와 단순한 〈그림kartina〉이 어떻게 철저하게 다른 차원에 속한 대상인지를 말해 준다. 미시킨에게 나스타시야의 사진이 물리적인 그녀의 존재 자체를 재현하는 것이 아니듯 도스토옙스키의 이코노그라피(도상학)에서 사실적인 존재는 결코 재현적 대상으로 환원되지 않는다. 그러나 〈오브라즈〉를 읽지 못하는 로고진에게 모든 사실적인 것은 언제나 가격으로 환원 가능한 상품이다. 그 극단적인 예가 나스타시야이다. 그녀는 10만 루블로 구매된 아름다운 물건이므로 그는 그녀를 포기할 마음이 없다. 가격 생각에 홀바인의 이해 불가능한 그림을 팔지 못하는 것과 같은 이유에서이다. 〈내가 돈을 얼마나 뿌렸는데…….〉(431) 외적인 아름다움 이상을 볼 수 없다는 것은 오브라즈를 읽지 못한다는 뜻이고, 궁극적으로는 그 주체가 베즈오브라지에에 속한 존재라는 것을 말해 준다. 로고진은 오브라즈를 읽지 못할 뿐 아니라, 그 자신이 오브라즈 없는 흉측한 괴물이다.

이 단계에서 홀바인의 그림은 여전히 내용이 아닌 그것이 차지하는 공간과 그것을 바라보는 인물들의 시각에 의해 규정된다는 사실을 짚고 넘어갈 필요가 있다. 그림이 걸린 위치는 절묘하다. 현관은 에크프라시스 연구자들이 항상 언급하는 〈경계선적 공간liminal space〉의 전형적인 예이자 바흐친이 도스토옙스키 시학에서 강조한 〈문턱〉의 의미가 가시화된 공간이다. 〈도스토옙스키에게 출입구는 일종의 경계선적 공간으로, 프레임과 같은 상징 영역에 속한다. 그의 문은 시선의 위치와 관념과 사건과 사람 들이 교합하는 공간으로, 무덤의 안(죽음)과 밖(삶), 언어(소설)와 시각(그림), 현재(미시킨과 로고진의 만남), 과거(로고진 아버지의 초상화), 미래(나스타시야의 피살)가 이곳에서 조우한다.〉(Milkova 2016: 159) 현관문 바로 위라고 하는 위치는 또한 공간적으로 위와 아래의 경계선을 표상한다. 천장도 아니고 바닥도 아닌, 현관 문틀 위의 공간은 천상과 지상의 중간이다. 그 중간적 공간에 마치 관자의 머리 위로 쏟아질 듯 위태롭게 걸린 죽은 그리스도는 그 자체만으로도 충격적이다.[55]

55 이 책에서는 시선에 차이에 따라 달라 보이는 그림의 의미에 대해서는

시각적인 차원에서 현관문 위에 가로로 길게 걸린 그리스도의 전신상은 그 경직성과 크기에서 이전에 등장한 로고진 아버지의 초상화를 상기시킨다. 죽은 아버지의 뻣뻣한 전신 초상화를 가로로 눕히면 홀바인의 그림에 대략 중첩된다는 것은 시각적으로 상상 가능한 사실이다. 관념적인 차원에서도 로고진 저택이라는 거대한 석관 속에 부동의 자세로 고정된 채 죽음의 아이콘으로 등장하는 아버지의 그림은 죽은 그리스도를 예고한다. 그러나 죽은 그리스도는 언제나 부활의 가능성을 담지한다는 점에서 아버지 그림과 다르다. 아버지 그림이 홀의 벽면에 걸려 있다면 그리스도 그림은 현관문 위에 걸려 있다는 사실은 심오하게 상징적이다. 로고진 아버지의 초상화와 달리 그리스도의 그림은 죽음을 수용하는 동시에 죽음을 넘어서는 생명의 복선을 수용한다. 단, 후자의 경우 생명의 가능성은 그것을 바라보는 사람의 시선에 달려 있다.

도스토옙스키가 2부에 도입한 정황적 에크프라시스(거의 제로 에크프라시스에 가깝다)는 겹겹의 프레임처럼 홀바인의 그림을 둘러싸고 있으면서 그리스도의 죽음을 바라보는 여러 시선을 예고한다. 그중 대표적인 것이 미시킨이 로고진과 헤어지면서 갑자기 언급하는 그리스

논의를 생략하기로 한다. 홀바인 그림이 원래 바젤 미술관에 걸려 있던 자리에서 그것을 바라보는 시각과 그것을 정면에서 바라보기 위해 의자 위에 올라섰던 도스토옙스키의 시각의 차이에 관해서는 Kasatkina 2011을 보라.

도인의 몇 가지 모습이다. 첫 번째는 무식한 무신론자로 자신의 의견이 무엇인지도 잘 모르는 사람이다. 두 번째는 기도를 올린 뒤 〈양을 죽이듯 단칼에 친구를 베어 버리고 시계를 빼앗은〉 농부이고, 세 번째는 주석 십자가를 은십자가라 속여 판 병사이다. 마지막은 태어나서 처음으로 웃는 아기를 보고 성호를 긋는 아낙네이다. 〈아이가 처음으로 웃는 것을 본 어머니의 기쁨이란, 죄인이 진심을 털어놓고 신 앞에 기도를 드리는 것을 저 하늘에서 신이 내려다보시고 크게 기뻐하는 것과 똑같은 일이에요.〉(455) 그 아낙네의 언행을 미시킨은 〈그리스도교의 모든 본질이 한데 표현되어 있는 진정으로 섬세한 종교 사상〉이라 결론짓는다.(455) 여기서 미시킨이 생각하는 그리스도교의 본질 역시 〈이미지〉로써 표현되는 것은 주목할 만하다. 아낙네는 〈자기 자식을 바라보는 아버지처럼 인간을 바라보며 기뻐하는 하느님의 모습〉(455)을 발견했고 미시킨은 바로 그것이 신앙의 본질이라고 주장하는 것이다. 이어지는 미시킨의 종교론은 그러한 생각을 뒷받침해 주는 보충 설명이라 할 수 있다. 〈종교적 감정의 본질은 그 어떤 이성적 논리로도 접근할 수 없어. 그 어떤 잘못이나 범죄, 그 어떤 무신론도 그것을 붙잡을 수 없지. 그런 것들과는 무언가 달라. 영원히 다를 거야. 거기에는 무신론이 영원히 포착할 수 없는 무언가가 있고 사람들이 말하는 것과는 영원히 다른 무언가가 있는 거라고.〉(455) 여기서 미시킨이 말하는 〈이성적 논리로써 설명할 수 없는〉 신앙은 앞에 나온 〈이런 그림을 보다가는 있던 신앙도 사라지겠네!〉에 대한 답이자 뒤에 나올 이폴리트의 무신론적 그림 해설에 대해 미리 주어지는 응답이기도 하다.[56]

56 도스토옙스키는 그렇게 하고서도 아직 부족했던지 다시 한번 이미지-프레임으로써 홀바인 그림에 관한 에크프라시스를 시도한다. 미시킨과 로고진은 홀바인 그림을 보고 종교에 관한 대화를 나눈 뒤 헤어지기 직전에 로고진의 제안에 따라 십자가를 교환한다. 그리스도교에서 누군가와 십자가를 교환한다는 것은 상대방과 형제가 되고자 한다는 절대적인 믿음의 표시이다. 그러나 로고진은 여전히 믿음과 배신 사이에서 위태로운 줄타기를 한다. 〈공작은 자신의 주석 십자가를, 그리고 로고진은 황금 십자가를 벗어서 서로 교환했다. 로고진은 말이 없었다. 공작은 의형제의 얼굴에서 이전의 의혹과 조롱기 섞인 쓰디쓴 미소가 여전히 사라지지 않고 일순간 강하게 표출되는 것을 보고 경악을 금치 못했다.〉(457) 그렇게 해서 홀바인 그림에 관한 비회화적인non-pictorial 겹겹의 프레임이 마무리되고, 한동안 그림은 등장하지 않다가 3부 6장에서 이폴리트의 본격적인 에크프라시스를 통해 다시 등장한다.

9 전갈을 닮은 괴물

『백치』 3부에 등장하는 홀바인 그림의 에크프라시스는 그것을 둘러싼 정교한 서사 구조를 반드시 고찰해야만 의미가 드러나게 되어 있다. 단순화해 말하자면, 죽은 그리스도, 삶과 죽음의 경계에 서 있는 이폴리트, 그리고 살아 있는 로고진의 삼각관계가 홀바인 그림을 둘러싼 서사적 프레임이다. 그 그림에 대한 이폴리트의 에크프라시스는 그 자체만으로는 원서로 두 쪽이 채 못 되는 간단하고 다소 소박한 묘사이지만(채 스무 살이 안 된 소년이 르네상스 거장에 관해 심오한 얘기를 하기는 어렵다) 그것을 둘러싼 프레임들이 다 합쳐질 때, 『카라마조프 씨네 형제들』에 포함된 「대심문관」에 버금가는 강렬한 서사가 완성된다. 단도직입적으로 말해서, 이폴리트는 훗날의 이반 카라마조프이며 그의 글은 이반의 저 유명한 서사시에 대한 예고편이다.

이폴리트가 쓴 장문의 유서 「나의 불가피한 해명」에서 홀바인 그림의 에크프라시스는 언어적이고 시각적인 프레임을 몇 차례 통과한 후에야 비로소 제시된다. 스스로를 〈선고받은 사형수〉라 부르는 이폴리트가 홀바인 그림에 다가가기 위해서는 몇 번의 프레임을 거쳐야 하는데 그 모든 프레임은 로고진의 형상을 중심으로 구축된다. 로고진이야말로 그리스도의 대척점에 있는 형상이자 악의 화신이며 오브라즈의 반대편에 있는 베즈오브라지에의 전형이기 때문이다. 로고진의 정체는 앞에 나온 그 어떤 서사적 설명보다 불길하면서도 정확하게 이폴리트의 환영을 통해 드러난다. 이폴리트는 홀바인이 그린 그리스도 이미지에 대한 에크프라시스를 제시하는 동시에 동일하게 강력한 필체로 로고진 이미지에 대한 에크프라시스까지 제시하는 것이다.

이폴리트는 로고진의 부정에도 불구하고 그가 자정이 넘은 시간에 자신의 방에 찾아왔었다고 주장한다. 〈바로 당신이었군요! 당신이 우리 집에 찾아와서 창가에 있는 나의 의자에 한 시간가량 앉아 있었어요. 그것도 자정이 지나 새벽 1시가 넘도록 말이오. 그러고 나서 새벽 2시가 되었을 때 당신은 자리에서 일어나 집을 나왔던 거요……. 바로 당신, 당신이 그랬었군요! 무슨 이유에서인지 당신은 날 놀라게 하고, 나에게 고통을 주기 위해 찾아왔던 거요. 도무지 이해가 되지 않아요. 하지만 분명히 당신이었

어요!〉(785)

이 단계에서 그저 실체와 환영 간의 어중간한 형태로 제시되는 로고진은 이폴리트의 꿈에서는 훨씬 구체적인 괴물의 모습으로 형상화된다.

> 나는 어느 방 안에 있었다(그러나 내 방은 아니었다). 빛이 환히 드는 그 방은 내 방보다 넓고 천장이 높았으며 가구도 더 훌륭했다. 거기에는 찬장, 옷장, 소파가 있었고, 푸른 실크 누비이불이 덮인 커다란 내 침대가 놓여 있었다. 그러나 그 방에서 나는 소름 끼치는 짐승을 보았다. 그것은 무슨 괴물 같았다. 전갈을 닮았지만 전갈은 아니었다. 그것보다 더 흉측하고 더 소름 끼치게 생긴 것이었다. 이 세상에 그것과 비슷하게 생긴 짐승은 없다는 것, 그것이 〈의도적으로〉 내 앞에 나타난 것, 바로 그 점에 어떤 신비가 담겨 있을 것이라는 생각에 더욱 오싹해졌다.(790~791)

이폴리트의 꿈에 등장하는 괴물은 이 세상에 그 형태가 한 번도 존재한 적이 없다는 점에서 이미지의 문제를 새로운 각도에서 고찰하게 한다. 그것은 이미지를 가지고 있지만 한 번도 본 적이 없는 이미지이므로 이폴리트는 그것을 이미 존재하는 다른 생물, 즉 파충류에 비견해서 기술할 수밖에 없다. 그는 그 괴물을 아주 자세하게

(어쩌면 지나치게 자세하게) 묘사한다.

그것은 갈색빛이 나는 비늘이 덮인 파충류로서 길이는 20센티미터가량 되었다. 머리는 손가락 두 개 굵기였으며 꼬리 쪽으로 갈수록 몸체가 가늘어져서 꼬리 끝의 두께는 겨우 4밀리미터가 될 정도였다. 머리 위쪽에서 4, 5센티미터 되는 곳에는 두 개의 다리가 45도로 몸 밖에 나와 있었으며 다리의 길이는 각각 9센티미터 정도가 되어 위에서 보면 삼지창을 연상시켰다. 괴물의 머리를 자세히 보지는 않았으나 역시 갈색이 나는 두 개의 단단한 바늘 모양의 그리 길지 않은 촉모가 있었다. 그와 같은 두 가닥의 촉모는 꼬리 끝부분과 양발에도 나 있어서 몸 전체에 모두 여덟 가닥이나 되었다. 이 짐승은 다리와 꼬리로 몸을 의지하며 방 안을 재빠르게 뛰어다녔다. 뛰어다닐 때는 딱딱한 껍질에도 불구하고 몸통과 다리가 뱀처럼 구불구불하게 되어 대단한 민첩성을 보였다. 그걸 보자니 몹시도 징그러웠다. 나는 그것이 물지나 않을까 하여 굉장히 두려웠다. 그런 짐승은 독이 있다는 말을 들은 적이 있기 때문이었다. 하지만 무엇보다도 나를 괴롭혔던 것은 다음과 같은 의문이었다. 도대체 누가 그것을 내 방에 보냈는가? 그렇게 함으로써 나에게 바라는 것이 무엇인가? 어떤 비밀이 거기 있는가?(791)

괴물은 방 안을 휘젓고 다니며 이폴리트를 위협하고 공포에 떨게 한다. 그런데 5년 전에 죽은 거대한 털북숭이 검은 불도그 노르마가 방 안으로 들어와 괴물을 퇴치한다. 이폴리트는 그 장면을 또다시 소상하게 기술한다.

> 노르마는 사납게 으르렁댔고 그러면서도 다리를 후들후들 떨고 있었다. 마침내 노르마는 천천히 사나운 이빨을 드러내며, 시뻘건 입을 쩍 벌리고 기회를 보면서 공격할 채비를 갖추다가 부지불식간에 그 괴물을 이빨로 물어뜯었다. 괴물은 개의 커다란 입에서 빠져나오려고 몸부림을 쳤다. 그래서 노르마는 재빠르게 꿈틀거리고 있는 괴물을 다시 한번 물었다. (……) 나는 그때 반쯤 으깨진 그 파충류가 개의 입 안에서 몸부림치는 것을 보았다. 잘린 몸에서 바퀴벌레를 밟았을 때 나오는 것과 비슷한 하얀 액체가 개의 혀로 흐르고 있었다. 그때 나는 잠에서 깨었다. 공작이 들어왔기 때문이다.(793)

홀바인 그림에 대한 해제는 그동안 무척 많이 쓰였으나 이폴리트의 꿈에 대한 해제는 별로 많지 않다. 그러나 이폴리트의 꿈은 이어서 등장할 홀바인 그림에 대한 프레임, 혹은 시각적 설명이라는 점에서 그림 못지않은 의의를 지닌다. 에크프라시스가 시각적 재현에 대한 언어적 재현이라면 도스토옙스키는 이미지의 거장답게 통상적인 에크프라시스를 넘어 시각적 재현(홀바인의 그림)에 대한 또 다른 시각적 재현(이폴리트의 꿈)을 구축했다고 볼 수 있다. 꿈속의 개 노르마는 검은색 털로 뒤덮인 우람한 뉴펀들랜드 불도그로, 그 거대한 개와 괴기하기 짝이 없는 파충류의 대결은 시각적인 차원에서만 보더라도 충격적이다. 개는 원래 형상이 있는 존재, 심지어 이폴리트가 잘 아는, 그의 기억 속에 뚜렷이 각인된 짐승이지만 파충류는 한 번도 본 적이 없는 기이한 형상의 생명체이다. 개와 파충류의 대립은 그러나 선과 악, 미와 추의 대립을 유발하지는 않는다. 개도 파충류도 흉측하다. 게다가 개는 『파우스트*Faust*』를 비롯한 유럽 문학에서 악마의 화신으로 종종 등장한다. 그러므로 그 대결은 훗날 『카라마조프 씨네 형제들』에서 이반이 〈만인이 만인에 대해 투쟁하는〉 지옥 같은 인간의 삶을 빗대어 하는 말, 〈한 마리 파충류가 다른 한 마리 파충류를 잡아먹는다〉를 상기시킨다.

그림에도 파충류는 개보다 훨씬 더 〈베즈오브라지에〉를 직관적으로 대표한다. 그것은 흉측하다는 점에서 〈베즈오브라지에〉의 전형적인 예이자 도스토옙스키가 훗날 『카라마조프 씨네 형제들』에서 명명하게 될 이른바 〈소돔의 이상〉에 대한 예고편이다. 『카라마조프 씨네 형제들』에서 드미트리의 입을 빌려 저자가 제시하는 〈마돈나의 이상〉과 〈소돔의 이상〉은 〈오브라즈〉와 〈베즈오브라지에〉의 대립에 대한 미학적 변주이기 때문이다. 도스토옙스키는 두 가지 미학을 제시하는데 하나는 원래 이미지에 대한 닮음을 토대로 하는 것, 즉 이콘이고 다른 하나는 지시 대상이 없는 그 자체로서의 이미지이다. 소돔은 하나의 독립체로서 존재하지 않는 어떤 것의 은유, 죄악의 은유이므로 지시 대상을 가질 수 없다. 소돔은 무형을 재현한다.(Evdokimova 2016: 215, 217) 그런 점에서 이폴리트가 묘사하는 파충류는 소돔의 이상, 악의 이상이자 로고진의 본질을 가장 정확하게 보여 주는 〈이미지 없는 이미지〉이다.

10 홀바인의 그리스도

이폴리트의 홀바인 해석은 관념과 이미지의 상관관계 속에서 진행된다. 그는 이른바 〈마지막 신념〉(자살 결심)이 생겨난 과정을 이야기하면서 생각의 〈형태〉를 강조한다. 〈나는 그 생각의 모든 굴곡과 형태를 굶주린 듯이 분석해 들어갔다.〉(824) 그 생각의 〈굴곡과 형태〉는 로고진의 등장으로 분명한 지향점을 가지게 된다. 그는 이상하게도 열흘 전에 자신을 방문했던 로고진에 대한 흥미를 억누를 수 없어 직접 그의 집을 방문한다. 〈로고진이라는 인간은 나에게 강한 흥미를 불러일으켰다. 나는 그날 하루 종일 이상한 생각에 사로잡혀 있었다. 그래서 다음 날 그를 직접 방문할 결심을 했다. 나는 이미 죽을 날짜를 받아 놓은 사람이었고, 그는 가장 충만하고 현실적인 삶을 이 순간에 살고 있는 사람이었다.〉(825)

맥락으로 미루어 볼 때 로고진에게서 뿜어져 나오는

동물적인 생명력이 자살 혹은 병사를 눈앞에 둔 청년 이폴리트의 흥미를 자극했던 것이라 짐작된다. 두 사람 사이에 어떤 대화가 오갔는지에 대해 이폴리트(저자)는 말을 아낀다. 〈나는 그의 집을 나가면서 우리 사이의 격차와 양극성에도 불구하고 《레 젝스트레미테 스 투슈les extrémités se touchent》라고 암시를 주었다. 나는 그 말을 러시아어로 《극과 극은 만나는 것이다》라고 해석해 주었다.〉(826) 이폴리트는 또한 로고진의 집이 〈묘지〉 같다고 지적하면서 그 점 역시 그의 충만한 삶과 관련이 있다는 묘한 설명을 한다. 〈나는 그의 집을 보고 매우 놀랐다. 그의 집은 묘지 같았으나 그에게는 마음에 드는 모양이었다. 그가 지금 살아가고 있는 충실한, 현실적인 삶이 지나치게 충만하기 때문에 가구나 장식을 필요로 하지 않는다는 것을 염두에 둔다면 이해할 만도 하다.〉(826)

로고진의 집을 방문하고 돌아온 이폴리트는 심한 피로감에 사로잡혀 하루를 보낸다. 그는 신열에 들떠 헛것을 보기도 하고 기이한 혼돈과 우울감에 사로잡히기도 한다. 바로 그 시점에서 그는 로고진의 집에서 보았던 홀바인의 그림을 기억한다. 다시 말해 이폴리트라는 인물 자체가 생사의 경계선에 서 있는 존재라면 그가 그림에 대한 에크프라시스를 제공하는 시점 역시 현실과 환상의 경계선적 상태, 어떤 미망 상태이다. 〈그때 아까 로고진의 집에서 보았던 그림이 불현듯 생각났다. 그것은 그의 집에서 가장 음침한 현관의 문 위에 걸려 있었다. 로고진이 지나가면서 나에게 그 그림을 직접 보여 주었다. 나는 그 앞에서 5분가량 서 있었다.〉(827) 이제부터 그림 자체에 대한 본격적인 에크프라시스가 시작된다. 이폴리트의 눈에 그 그림은 예술적인 면에서 별로 뛰어난 점이 없지만 그는 그것을 보면서 기이한 불안감을 느낀다. 워낙 중요하고 유명한 대목이니만큼 전문을 인용해 본다.

그림 속에는 방금 십자가에서 풀려난 그리스도가 그려져 있었다. 나는 화가들이 십자가에 매달린 그리스도를 그릴 때나 십자가에서 내려진 그리스도를 그릴 때나, 그 얼굴에 비범한 뉘앙스가 담긴 미를 반영한다고 알고 있다. 화가들은 그리스도가 가장 무서운 고통에 처해 있을 때의 모습에서도 그 미를 간직하려고 부심한다. 로고진의 집에 있는 그림 속에는 **미에 대한 언어가 전혀 없었다.** 거기에는 **인간의 시체가** 적나라하게 묘사되어 있을 뿐이었다. 십자가에 매달리기 전에 받았던 끝없는 고통, 상처, 고뇌, 십자가를 지고 가거나 넘어졌을 때 행해졌던 보초의 채찍질과 사람들의 구타, 마침내는 (내 계산에 의하면) 여섯 시간 동안 계속되었던 십자가의 고통을 다 참아 낸 자의 시체였다. 사실 그것은 방금 십자가에서 내려진 인간의 얼굴이었다. **또한 신체의 어떤 부분은 아직 굳어 버리지 않아서 죽은 자의 얼굴에는**

지금까지도 그가 느끼고 있는 듯한 고통이 엿보였다(화가는 이 순간을 매우 훌륭하게 포착한다). 그 얼굴에는 조금도 부족한 데가 없었다. 그것은 가차 없는 진실이었고 실제 인간의 시신은 그러해야 했다. 그와 같은 고통을 겪고 난 후 인간이면 누구나 그 같은 모습이어야 한다. 내가 알기로 초기 그리스도교는 그리스도가 받은 고통이 상징적인 것이 아닌 실제였음을 강조했다. 따라서 그의 육체는 십자가 위에서 완전히 **자연의 법칙에 예속되어** 있었던 것이다. 이 그림 속에서 그리스도의 얼굴은 구타를 당해 무섭게 일그러져 있었고, 지독한 피멍이 들어 퉁퉁 부어올라 있었으며, 두 눈이 감기지 않은 채 동공은 하늘을 바라보고, 커다랗고 허연 흰자위는 뿌연 유리 같은 광채를 내고 있었다. 그러나 이상하게도 고통에 찢긴 이 인간의 시체를 보고 있노라면 매우 특이하고 야릇한 의문이 생겨났다. 만약 그를 신봉하며 추앙했던 모든 제자들과 미래의 사도들, 그리고 그를 따라와 십자가 주변에 서 있었던 여인들이 이 그림 속에 있는 것과 똑같은 그의 시체를 보았다면 **그들은 이 시체를 보면서 어떻게 저 순교자가 부활하리라고 믿을 수 있었을까? 만약 죽음이 이토록 처참하고 자연의 법칙이 이토록 막강하다면, 이를 어떻게 극복할 수 있겠는가 하는 생각이 저절로 들었다.** 생전에 자연을 물리치고 예속시켰던 자로서 그가 〈탈리타 쿰!〉이라고 외치면 소녀가 일어났고, 〈라자로야, 이리 오너라〉 하면 죽은 자가 걸어 나왔는데, 그런 자마저 이겨내지 못했던 자연의 법칙을 우리가 어떻게 극복하겠는가? 이 그림을 보면 **자연은 거대하고 무자비한, 어느 말 못하는 짐승처럼 비치기도 한다. 아니 그보다 훨씬 정확히 표현한다면, 이상하게 들릴지 모르나, 이 그림 속에서 자연이란 위대하고 귀중하기 짝이 없는 창조물을 닥치는 대로 포획하고 무감각하게 분쇄해 마구 삼켜 버리는 엄청나게 큰 첨단 기계처럼 보인다.** 그 창조물은 자연 전체와 비견되고, 자연의 모든 법칙과도 비견되고, 지구 전체와도 비견되는 것인데 말이다. 사실 지구 자체도 오로지 그 창조물의 탄생을 위해 만들어졌는지도 모르는데! **이 그림에는 모든 것을 예속시키는 어둡고 불손한, 무의미하게 영원한 힘의 개념이 표현되어 있어 우리에게 그대로 전해지는 것 같았다. 그림에는 단 한 사람도 나타나 있지 않지만, 죽은 그리스도를 둘러싸고 있었던 추종자들은 그들의 희망과 믿음이 일시에 분쇄된 그날 저녁 무서운 슬픔과 혼란을 겪었음에 틀림없다. 그들은 아주 지독한 공포 속에서 뿔뿔이 흩어졌을 것이다. 물론 그들은 각자 더 이상 거부할 수 없는 거대한 사상을 안고 돌아갔으리라.** 만약 이 스승이 처형 전야에 자신의 모습을 미리 그려 볼 수 있었다면 선뜻 십자가에 올라가 지금처럼 죽으려고 했을까? 그림을 보고 있으면 그러한 의문이 저절로 떠오르곤 한다.(828~830, 강조는 필자)

도스토옙스키는 창조의 두 부분을 〈시인〉과 〈예술가〉로 나누어 설명한다. 저자가 실제로 경험한 진정으로 강력한 인상을 다루는 것은 시인의 작업이고 그 인상으로부터 테마와 전체 구조를 발전시켜 나가는 것은 예술가의 작업이라는 것이다.(PSS 16: 10) 달리 말해 문학을 비롯한 모든 예술에는 영감(진정으로 강력한 인상)과 영감의 실질적인 구현(전체 구조)이 요구된다는 뜻이다. 도스토옙스키 부인이 속기로 기록한 일기에 따르면 도스토옙스키는 홀바인을 가리켜 〈대단한 예술가이자 시인〉이라 칭했다.(Jackson 2016: 181) 그 정도 표현이면 도스토옙스키는 홀바인을 역사상 최고의 예술가로 숭배했다고 믿어도 좋을 것이다. 그가 그리스도의 강생을 테마로 하는 소설에 홀바인의 그림에 대한 에크프라시스를 집어넣은 것은 그러므로 어찌 보면 너무도 당연한 일로 여겨진다. 그가 그 그림에서 얻은 모종의 관념은 미시킨, 로고진, 이폴리트, 그 세 사람의 시선에서 제시되는 설명의 저 밑바닥 어딘가에 놓여 있어서 독자가 거기 닿으려면 깊은 사유의 늪을 거쳐 가야 한다. 앞에서 언급했듯이 주인공 미시킨은 딱 한 마디 〈이런 그림을 보다가는 있던 신앙도 사라지겠네!〉라는 말만을 하고 더 이상 그림에 관해서는 언급하지 않는다. 로고진은 그림의 가격에 관해 주로 이야기한다. 도스토옙스키는 소설의 후반부에 가서야 그림 자체에 대한 논평을 스무 살이 채 안 된 소년인 이폴리트

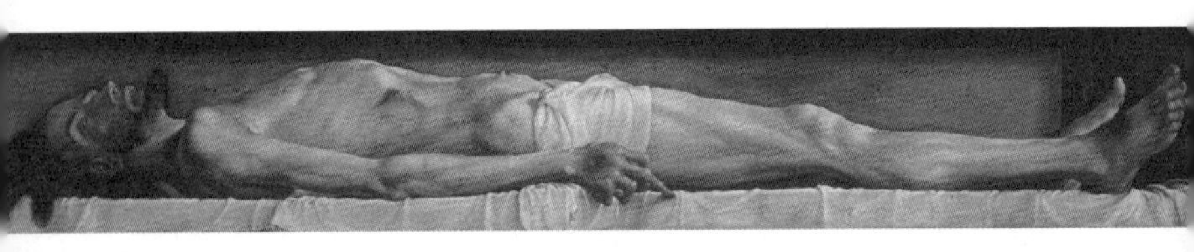

한스 홀바인 2세, 「무덤 속의 그리스도」(1521년경).

에게 떠맡긴다. 그것은 『카라마조프 씨네 형제들』에서 〈한평생 단 두 줄의 시도 지어 본 적이 없는〉 청년 이반이 쓴 서사시 「대심문관의 전설」이 저자의 역설적인 의도를 교묘하게 숨기고 있는 것과 비슷한 정황이다. 「대심문관의 전설」이 너무나도 그럴듯하게 무신론을 설파하는 바람에 수많은 독자들과 연구자들이 이반의 취지가 도스토옙스키의 취지라 생각한 것과 비슷하게, 이폴리트의 에크프라시스는 곧 도스토옙스키의 의도라 받아들여지기도 한다. 그러나 무엇보다 중요한 것은 「대심문관의 전설」이 포함된 챕터의 제목 〈찬과 반Pro et Contra〉이야말로 이폴리트의 에크프라시스에 가장 적합한 제목이라는 사실이다. 도스토옙스키는 최고의 예술가가 관자의 감각과 사유를 자극하고 도발하듯이 독자의 사유를 극도로 자극하는 것이다. 이 그림을 보고서도 당신은 믿을 것인가? 이 논리를 조금 더 연장하면 〈찬과 반〉은 소설 전체에 대한 제목이라 해도 무방할 것이다. 이 소설을 읽고서도 당신은 믿을 것인가?

이폴리트의 논평은 미학적인 부분과 철학적인 부분으로 나뉜다. 미학적인 부분과 관련하여 이폴리트는 거의 무지에 가까운 안목 부재를 보여 준다. 일단 그리스도 책형 그림에 등록된 미는 상식적인 의미에서의 미가 아니다. 수없이 많은 대가들이 그린 책형 명화와 이콘에서 눈을 즐겁게 하는 〈미〉, 색채와 조화와 균형으로 이루어지는 아름다움은 창조의 조건에 포함되지 않는다. 그리스도의 수난을 재현한 다빈치와 미켈란젤로의 그림이나 조각에서 우리가 마주하는 아름다움은 다른 차원의 아름다움이다. 게다가 이폴리트는 홀바인이 그리스도의 시신을 사실적으로 정확하게 표현했다고 인정한다. 〈실제 인간의 시신은 그러해야 했다.〉 여기서 문제가 되는 것은 아무것도 없다. 그 그림의 모델은 익사한 유대인이며 화가는 익사한 유대인의 시신을 사진적으로 묘사했다. 그러니 뭐가 문제인가. 이폴리트에게 문제는 그림이 사진적인 핍진성은 지니고 있지만 〈시각적으로〉 아름답지는 않다는 점에 기인한다. 그러면서도 이폴리트는 그를 창조한 저자가 개진한 것과 같은 미학 이론을 제시하지는 않는다. 그는 핍진성의 문제도, 그리고 그것에 결여되어 있을 수밖에 없는 내적인 비전도 전혀 언급하지 않는다. 그러니까 그는 사진적인 핍진성의 한계를 지적하는 것이 아니라 화가가 그리스도를 〈아름답게〉 그리지 않았다는 것만을 비판하는 것이다.

이폴리트는 시각적인 미의 부재를 신학 차원에서의 부활 가능성 부재로 전이시킨다. 여기서도 그는 성서에 대한 문해력 부족을 드러내 보인다. 〈그들은 이 시체를 보면서 어떻게 저 순교자가 부활하리라고 믿을 수 있었을까?〉 상식적으로 일리가 있는 진술이기는 하지만 성서의 초점은 제자들이 그리스도의 책형 시점에서 부활을 믿었나 안 믿었나에 맞추어져 있지 않다. 복음서는 제자들이 부활하신 그리스도를 보고서야 부활의 관념 자체를 알게 되었다고 전한다. 그 전에는 그리스도가 생전에 수수께끼처럼 넌지시 언급한 부활의 예언만을 들었을 뿐이다. 그러므로 그리스도 처형 직후 그 시신으로 인해 제자들과 추종자들이 신앙을 잃어버렸다는 것은 소양이 부족한 소년의 억측일 뿐이다. 제자들이 그리스도의 시신을 마주하고 형언할 길 없는 슬픔에 사로잡혀 있었으리라는 추측은 맞지만 그들이 〈각자 더 이상 거부할 수 없는 거대한 사상을 안고 돌아갔〉으리라는 것은 그리스도교 전통과도 홀바인의 미학적 의도와도 관계없는 이폴리트만의 생각이다. 그가 말하는 거대한 사상을 한마디로 요약하면 근대의 허무적 정언인 〈신은 죽었다〉가 될 것이다.(Miščin 2021: 58) 그에게 홀바인의 그림이 〈신은 죽었다〉는 사실을 전달한다면 그것은 그의 내면에서 신은 죽었기 때문이다. 도스토옙스키 소설에서 인물들이 환경, 예술, 자연, 다른 인물들에 대해 던지는 미학적 응답은 그 인물의 도덕적 본질의 반영이기 때문이다.(Goerner 1982: 80)

홀바인의 그림은 르네상스 회화로 분류되지만 원이미지proto-image를 지시하는 이미지라는 점에서 이콘의 전통에 속한다고 볼 수 있다. 그것은 강생에 대해 인간이 취하는 태도에 따라 신앙을 긍정할 수도, 부정할 수도 있다.

도스토옙스키가 홀바인의 그림에 매료된 것은 그것이 그리스도 부활이라는 사건을 직접적으로 재현하지 않으면서도 그 사건을 지시하기 때문일 것이다.(Evdokimova 2016: 230~231) 잘 그려진 그림이 언제나 보이지 않는 것을 담고 있는 이미지이자 이콘이라면 그 그려진 것 속에서 그려지지 않은 것을 읽어 내는 것은 관자의 몫이다. 이 경우, 죽은 인간의 시신에서 그리스도의 부활을 읽어 내는 것은 관자의 몫이라는 뜻이다. 이폴리트의 주장은 홀바인의 그림을 이콘이 아닌 그냥 그림으로 관람할 때만 적용되는 논리이다.

앞에서도 한 번 언급했지만 도스토옙스키는 리얼리즘에 관해 독특한 시각을 견지했다. 그의 리얼리즘은 사실상 사진적 리얼리즘을 포함하는 동시에 그것을 뛰어넘는 새로운 리얼리즘이다. 〈사람들은 리얼리티를 있는 그대로 묘사해야 한다고 말들 하지만 그런 식의 리얼리티는 한 번도 존재해 본 적이 없고 존재할 수도 없다. 왜냐하면 사물의 본질은 인간에게 닿을 수 없는 곳에 있기 때문이다.〉(PSS 21: 75) 인간에게 닿을 수 없는 곳에 있는 사물의 본질을 도스토옙스키는 때로 〈아이디얼〉이라 부르며 그것을 리얼리티에 포함시킨다. 〈아이디얼 역시 리얼리티이다. 즉각적인 리얼리티 못지않게 적법한 리얼리티이다.〉(PSS 21: 75~76)

그가 말하는 리얼리즘이 그리스도교와 결합할 때 그것

은 기적이라 불리는 가장 비리얼리즘적인 현상으로 구체화된다. 『카라마조프 씨네 형제들』에서 내레이터가 말하는 저 유명한 리얼리즘과 기적의 상관관계를 살펴보자. 내레이터는 수습 수도사 알료샤를 가리켜 가장 적법한 리얼리스트라 칭하며, 기적과 리얼리즘 사이에는 논리적인 인과 관계가 있다고 역설한다. 〈나는 기적이 결코 현실주의자를 혼란에 빠트릴 수 없다고 생각한다. 현실주의자를 신앙으로 이끄는 것은 기적이 아니기 때문이다. (……) 리얼리스트에게는 기적으로부터 신앙이 나오는 것이 아니라 신앙으로부터 기적이 나오는 것이다.〉(『카라마조프 씨네 형제들』: 58~59)

이 말은 사실상 이폴리트의 홀바인 해석을 향해 던지는 반론이라 해도 과언이 아니다. 홀바인의 그림이 지닌 사실주의는 그리스도 부활의 기적이 만들어 낸 것이 아니다. 그리스도의 제자들과 추종자들이 가졌던 신앙이 그들로 하여금 그리스도 부활의 기적을 목격하게 해준 것이다. 홀바인은 도스토옙스키식 논리에 따르면 리얼리스트이며, 그는 기적을 믿었고 그 믿음을 화폭에 담아 놓았다. 그것을 알아차리거나 알아차리지 못하는 것은 관자에게 달려 있다.

11 거대한 첨단 기계

이폴리트가 현재 처한 경계선적 상황(시한부 삶)은 홀바인의 그림에 투사된다. 홀바인의 그리스도 역시 완벽한 부패와 부활 가능성 사이의 어떤 경계선에 놓여 있다. 얼굴은 마치 통증을 감각하듯이 고통이 가득하고 눈은 마치 무엇인가를 보기라도 하듯이 반쯤 열려 있다.(Bowers 2021: 140) 죽음을 목전에 둔 이폴리트의 내부에도 영생에 대한 믿음의 욕구가 반드시 있을 것이다. 그러나 그에게는 그 욕구를 구현해 줄, 그러니까 그로 하여금 경계선을 넘어 신앙의 길로 들어설 수 있게 해줄 계기가 주어지지 않는다. 이전에 『죄와 벌』의 라스콜니코프가 이르티시 강 앞에서 체험한 갱생의 순간도, 훗날 『카라마조프 씨네 형제들』에서 알료샤가 꿈에서 가나의 혼인 잔치를 본 이후 체험한 개안의 순간도 그에게는 주어지지 않는다. 잭슨이 지적하듯이 그는 불행하게도 〈에피파니를 경험하지

못한다〉.(Jackson 2016: 187)

이폴리트의 에피파니를 방해하는 것은 압도적인 힘으로 그를 위협하는 이른바 〈자연의 법칙〉이다. 〈이상하게 들릴지 모르나 이 그림 속에서 자연이란, 위대하고 귀중하기 짝이 없는 창조물을 닥치는 대로 포획하고 무감각하게 분쇄해 마구 삼켜 버리는 엄청나게 큰 첨단 기계처럼 보인다.〉(829) 이폴리트는 자연의 법칙을 흉측한 짐승으로 형상화했다가 기계로 형상화함으로써 아이러니하게도 〈자연이 자연스럽지 않게 행위함〉을 역설한다.(Ossorgin 2017: 107) 사실상 짐승보다는 무생물인 기계가 훨씬 더 무자비하게 인간적인 모든 것, 생명의 모든 것, 그리고 신적인 모든 것의 흔적을 말소한다.(Gatrall 2001: 216)

첨단 기계로서의 자연은 형태나 의미 없는 세계가 아니라 무의미한 질서와 법칙의 세계, 실존적인 이해가 불가능한 세계를 통칭한다. 이폴리트로 하여금 비판의 날을 세우도록 하는 것은 죽음, 심지어 조만간에 닥쳐올 그 자신의 죽음조차도 아니다.(Rosenshield 1991: 885) 만일 그것이 바흐친의 카니발적인 의미에서의 죽음이라면, 즉 탄생을 내포하는 죽음이라면 그것은 영원한 시작에 대한 일시적인 종말일 수가 있다. 그러나 기계로 대변되는 것은 그런 죽음이 아니라 바꿀 수도 없고 바뀌지도 않는 법칙에 복종하는, 완벽하게 질서 잡힌 엔진으로서의 죽음의 무의미함이다.(Rosenshield 1991: 886) 그러므로 홀바인의 죽은 그리스도에게서 이폴리트가 발견하는 것은 죽음의 공포가 아닌 죽음의 공허라고 말하는 편이 더 나을 것이다.

바로 이 대목에서 사실상 소설의 모든 내용과 모든 이미지와 모든 철학적 사유가 하나로 수렴한다. 마치 이 단어, 〈거대한 첨단 기계〉를 향해 앞에 나왔던 모든 이미지와 서사적 내용이 미친 듯이 달려와 한꺼번에 폭발하며 합쳐지는 것 같다. 이 책의 2부에서 살펴본 기차는 〈기계〉로 지칭되었고 3부에서 살펴본 칼(기요틴) 역시 〈기계〉로 지칭되었다. 그리고 이제 소설의 클라이맥스에서 홀바인의 그림을 휘어잡고 있는 압도적인 죽음 역시 〈기계〉로 설명되는 것이다. 이 책의 세 가지 중심 이미지인 철도, 칼, 그림은 이로써 하나의 거대한 무생물적 이미지인 〈기계〉로 통합된다.

앞 장의 논의를 상기해 본다면, 철도와 사업과 돈은 도스토옙스키의 어휘론에서 동의어이다. 요컨대 철도의 이미지는 그리스도의 자리를 대체하는 돈, 사업, 성공, 금융 등의 의미를 함축한다. 또 로고진의 칼과 기요틴의 작두날로 대변되는 기계 장치는 살인과 종말의 의미론을 활성화하면서 그리스도의 죽음을 예고한다. 홀바인의 그림 속에 깔려 있는 〈거대한 첨단 기계〉로서의 죽음은 그 확정적인 힘으로 인해 그리스도 부활 가능성에 결정적인 대못을 박는다. 결국 이 책의 세 가지 이미지, 철도, 칼, 그림은 그리스도의 대체, 그리스도의 살해, 그리스도의 부활 가능성이라고 하는 신학적 차원에서의 의미론으로 귀결하는 것이다.

12 연미복을 입은 유령

도스토옙스키는 이폴리트의 관념을 통해 형체가 없는 것을 형체로써 표현하는 것에 대한 사색을 계속한다. 만일 〈말씀이 사람이 되셨다〉라는 강생의 신비를 믿는다면 말씀에 대립하는 어떤 것, 악 역시 육화될 수 있음을 믿어야 한다. 그것을 뒤집힌 강생이라 불러도 좋을 것이다. 이폴리트의 생각은 그 뒤집힌 강생의 문제를 제기한다.

그 생각들은 일관성이 없고 당치도 않은 것이었지만 가끔씩은 형체를 띠고 나타나기도 했다. 실제로 형체가 없는 것이 형체를 가지고 나타날 수 있는가? 그러나 나에게는 놀랍고 불가능한 형태로 그 무한한 힘과 그 무지하고 어둡고 말없는 창조물을 보는 듯한 때가 종종 있다. 내 기억에는 누군가가 나의 손을 잡아끌며 촛불을 든 손으로 혐오스럽게 생긴 거대한 독거미를 가리키며, 그게 바로 어둡고 무지하고 힘이 센 창조물이라고 우기며, 분노하는 나를 비웃기 시작하는 것 같았다.(830~831)

이폴리트는 강생의 핵심인 〈말씀이 사람이 되셨다〉라는 신학적 사실을 〈형체가 없는 것이 형체를 가지고 나타난다〉라는 미학적 논리로 변형한다. 약간의 과장을 허용한다면 그 한마디 말에 도스토옙스키 시학의 전부가 들어 있다. 그가 소설에서 의도했던 것, 즉 그리스도를 소설 속에서 형상화하려는 시도가 곧 〈형체가 없는 것을 형체로써 표현하는 것〉이기 때문이다. 이폴리트가 꿈에서 본 흉측한 짐승과 첨단 기계가 뒤집힌 강생을 대표하는 이미지들이라면 그의 글 속에는 놀랍고 불가능한 어떤 생물에 중첩되는 또 다른 형체가 등장한다. 그것은 로고진의 유령이다. 도스토옙스키에게 유령은 항상 인물들이 경계선적 상태에 있을 때 등장한다. 『죄와 벌』에서 스비드리가일로프가 자살하기 직전에 나타나는 여자아이 유령과 『카라마조프 씨네 형제들』에서 정신 분열의 조짐을 보이는 이반 카라마조프의 꿈에 등장하는 악마 유령이 그 대표적인 예이다. 특히 이반이 섬망 상태에서 대면하는 악마와 이폴리트가 비몽사몽간에 대면하는 로고진의 유령은 등장하는 방식이 매우 유사하다.

이반의 악마: 그리하여 그는 의식이 희미해지고 있다는 사실을 거의 인식하면서도 이미 밝힌 바대로 자리를 지키고 앉아서는 반대편 벽면 소파 위에 놓인 어떤 사물을 물끄러미 바라보고 있었다. 그 자리에는 문득 웬 사내가 소리 없이 들어와 앉아 있었는데, 그는 이반 표도로비치가 스메르댜코프에게서 돌아와 방 안에 들어섰을 때는 없었던 사람이었다.(『카라마조프 씨네 형제들』: 1400)

로고진의 유령: 그는 들어와서 문을 닫고 조용히 나를 바라보다가 구석으로, 등불 아래 놓인 의자로 말없이 다가갔다. (……) 로고진은 탁자에 팔을 괴고는 조용히 나를 바라보기 시작했다. 그렇게 2, 3분이 지났다. 내가 기억하기로 그의 침묵은 나의 기분을 몹시 상하게 했으며 나를 짜증 나게 만들었다. 대체 왜 그는 말을 하지 않는가? (……) 이 사람이 진짜로 로고진이라는 것에 대해, 유령이나 허깨비가 아니라는 것에 대해 나는 아무런 의구심도 품지 않았고 그런 생각조차 들지 않았다.(831~832)

이폴리트와 이반에게 나타나는 두 유령은 소리 없이, 아주 자연스럽게, 일상의 연장선상에서 등장한다. 그러나 양자는 두 인물을 다른 방향으로 유도한다. 우선 이반의 악마는 낯익은 식객의 형상으로 등장하여 시종일관 지껄이고 그런 악마를 향해 이반은 〈난 한순간도 당신을 실재하는 진리라고 인정한 적이 없어. (……) 당신은 질병이야. 환영이라고. (……) 당신은 나의 환상이야. 당신은 내 한 단면의…… 가장 추악하고 어리석은 내 사상과 감정의 화신일 뿐이야〉라고 외치면서 그를 향해 물컵을 던진다.(『카라마조프 씨네 형제들』: 1405) 다시 말해서 섬망증에 걸린 이반 앞에 등장하는 악의 화신은 실체가 아니므로 이반이 의식의 힘으로 물리칠 수 있는 허깨비에 불과하다.

반면에 로고진의 유령은 단 한 마디도 하지 않는다. 말없이 로고진을 마주 보던 이폴리트에게 갑자기 한 가지 생각이 퍼뜩 떠오른다. 〈이자는 로고진이 아니라 유령이 아닐까?〉(832) 이폴리트는 병을 앓으면서 단 한 번도 유령을 본 적이 없다. 그는 유령이 있다고 믿지는 않지만 유령을 한 번이라도 본다면 그 자리에서 자신이 즉사할 것이라 생각한다. 〈그러나 이것이 로고진이 아니라 유령이라는 생각이 들었을 때 나는 조금도 놀라지 않았던 것으로 기억한다.〉(832) 이폴리트는 〈아까까지 실내복에 구두를 신고 있었던 로고진이 왜 지금은 연미복과 하얀 조끼를 입고 하얀 넥타이를 매고 있을까〉에 관해 생각하다가 공포에 사로잡히고 곧 혼몽 상태에 빠져든다. 〈나는 등골이 오싹했고 무릎이 덜덜 떨렸다.〉(832~833) 아침에 의식을 되찾은 그는 문이 잠겨 있는 것을 발견하고 진짜 로고진이 들어오기란 불가능하다는 사실을, 그러니까 그가 본 것은 로고진의 유령이 틀림없다는 사실을 깨닫는다.(833)

로고진의 유령은 뒤집힌 강생에 관한 사유의 마지막을 장식한다. 이폴리트는 그리스도의 부활을 믿지 않기 때문에 유령의 존재도 믿지 않는다. 말씀은 사람이 될 수 없고 죽은 사람은 부활할 수 없으며 악은 악마의 형상으로 나타날 수 없다. 그가 꿈에서 본 독거미는 환영이며 거대한 첨단 기계는 그의 상상력이 만들어 낸 은유이다. 그러나 로고진은 다른 문제이다. 방금 전에 보았던 로고진, 그와 이야기를 나누었던 살과 피를 지닌 로고진이 살아 있으면서 동시에 유령이 되어 나타날 수 있다는 것은 이폴리트의 사유 체계 전체를 붕괴시킨다. 〈이미지가 없는 것을 이미지로 인식할 수 있을까?〉라는 이폴리트의 질문은 다른 식으로 하면 〈인간은 오브라즈(최고의 미, 그리스도의 완벽함)를 베즈오브라지에, 즉 이미지가 없는 것, 추하고 괴물 같고 기형적인 것 속에서 감지할 수 있을까? 인간은 베즈오브라지에에서 오브라즈를 감지할 수 있을까?〉가 될 것이다.(Jackson 2016: 189) 그렇다면 로고진의 유령은 그 순환 논리의 어느 단계에 속하는가? 로고진이라는 형체가 형체 없는 악의 현실화된 형상이라면, 그 로고진의 유령은 현실화된 악의 형상의 형상 없는 원형인가, 아니면 악의 형상에서 파생된 무형의 형상인가?[58] 그 모든 것에는 아무런 논리도 없다. 자연의 법칙이 모든 논리를 초월하듯이 로고진의 유령은 모든 논리를 초월하고 비웃고 조롱한다. 이폴리트를 최종적으로 분노케 하는 것은 모든 것을 분쇄하는 기계도 아니고 흉측한 독거미도 아니고 어떻게 보면 심지어 죽음의 확실성도 아니다. 아무런 논리가 없다는 사실 자체가 그를 조롱한다. 가치의 질서, 존재의 질서, 의미의 질서 전체를 엉망으로 만드는 그 허무가 그를 조롱한다. 그는 모든 것을 다 견뎌 낼 수 있다(적어도 그는 그렇게 생각한다). 심지어 죽음의 공포도 극복할 수 있다. 그러나 그를 조롱하는 저 실체 없는 무의미는 견딜 수가 없다. 그래서 그는 자살을 결심한다. 그에게 최종적인 결심을 굳히게 한 것은 논리나 논리적인 신념이 아니라 혐오였다. 〈이처럼 이상하고, 이처럼 모욕적인 형태를 취하는 삶을 살아서는 안 된다. 그 유령은 나를 비하했다. 나는 독거미의 모습을 취하고 있는 검은 힘에 복종할 수 없다. 결국 황혼 무렵에 최종적인 결단의 순간을 감지했을 때에야 비로소 마음이 가벼워졌다.〉(834)

57 여기서 도스토옙스키가 이폴리트를 통해 제기하는 의문은 아우구스티누스가 『고백록』에서 창조의 문제를 탐구하면서 제기한 문제와 유사하게 들린다. 〈영혼은 흉하고 소름 끼치는 형상들을 두서없이 떠올리고 있었으니 생각으로는 어디까지나 형상들을 떠올리면서 입으로는 무형이라고 불렀던 것입니다. 형상이 아예 결여된 무엇이 아니라 어떤 형상을 갖추었는데, 만에 하나라도 그것이 나타난다면 제 감관은 생소하고 야릇하다면서 고개를 돌리

여기서 이폴리트를 분노케 하는 것을 실존적 허무라 명명해도 좋을 것이다. 로고진의 유령은 절대적 허무의 상징이다. 독거미든 기계든 그것들은 여전히 어떤 형체를 가지고 있다. 그러나 로고진의 유령은 형체와 형체 없음의 차이를 말살하고 모든 의미를 무로 돌리고 존재의 내용 자체를 비웃는다. 로고진과 로고진 유령의 차이가 〈실내복에 구두〉와 〈연미복과 하얀 조끼〉뿐이라면, 형태와 형태 없음의 차이가 기껏 실내복이냐 연미복이냐의 수준에서 논의될 수 있는 것이라면 이 삶은 진정 허접하다. 이폴리트는 이 무의미하고 범속하고 허접한 삶에 대해 행할 수 있는 것이 자살밖에 없다. 이반이 악마의 유령을 향해 물컵을 던진다면 이폴리트는 자기 자신을 향해 방아쇠를 당긴다. 이폴리트의 자살 시도는 철저하게 〈니힐리즘〉의 논리를 따르는 듯 보인다. 그러나 그는 도스토옙스키가 창조한 다른 니힐리스트 자살자들, 이를테면 스비드리가일로프나 스타브로긴과는 다른 니힐리스트이다. 그에게는 여전히 〈오브라즈〉와 그것을 밝혀 주는 등불이 방 안에 함께하기 때문이다. 〈내 방에는 언제

고 인간의 허약한 심경은 혼겁할 만한 그런 형상을 떠올린 것입니다. 말하자면 제가 생각한 것은 일체 형상의 결핍이 아니라 보다 아름다운 형상들을 갖춘 것들에 비해서 무형하다는 말이었습니다. (……) 정말 무형의 것을 생각해 내려면 일체 형상의 모든 형적을 아예 제거하라는 것이었는데, 그럴 능력이 제게는 없었습니다. 형상과 무 사이에 있는 무엇, 형상화된 것도 아니고 무도 아닌 무엇, 차라리 무에 가까운 무형을 생각해 내기보다는, 일체 형상이 없는 것은 차라리 존재하지 않는 것이라고 여겼습니다. 여기서부터 저의 지성은 더 이상 제 영에 묻기를 그쳤습니다.〉(아우구스티누스 2016: 466~467)

나 성상 앞에 밤새도록 작은 등불을 켜놓는다. 희미하고 어슴푸레한 불빛이지만 그 빛으로 모든 것을 볼 수 있다. 그 등불 아래서 책까지 읽을 수 있다.〉(831) 이미지(이콘)를 밝혀 주는 불빛으로 그는 모든 것을 볼 수 있다. 다만 자신이 본 것을 이해하지 못할 뿐이다. 이폴리트의 자살 시도는 실패로 돌아가고 그는 결국 병사한다. 마지막 순간까지 그는 자신이 목격한 로고진의 유령을 믿든가, 아니면 믿을 수 없는 그리스도의 부활을 믿든가 둘 중 하나를 선택해야만 했다. 범속하고 무의미한 삶 속에서 죽음의 순간만이라도 자신의 의지대로 통제하려는 그의 의도는 실현되지 못한다. 그러나 다른 한편으로 그의 의지를 비껴간 죽음은 그의 실존이 끝까지 경계선에 걸쳐 있음을 시사한다.

한편 이와는 다른 시각에서 이폴리트의 자살 시도를 해석할 수도 있다. 로고진의 유령이 그의 자살 결정을 확정 지은 것이 아니라 이미 자살을 결정한 그에게 로고진의 유령이 나타났다고 볼 수 있다는 얘기이다. 이폴리트의 「해명」은 일련의 〈시각적〉 사건들을 포함하는데, 그 사건들은 자살 결심 이후의 시간성 속에서 견고한 인과율적 질서에 따라 묶인다. 그는 독거미의 형상을 보고, 홀바인 그림을 해설하고, 로고진의 유령과 대면한다. 그리고 방아쇠를 당긴다. 그의 자살은 최소한 한 달 전, 그가 권총을 장전해 놓은 때부터 준비된 행동이므로 그가 자살을 결정한 이후에 독거미와 죽은 그리스도와 로고진의 유령이 그의 관념을 사로잡았다고 보아도 좋을 것이다. 신이 정해 놓은 시간의 끝을 자기 식으로 앞당기려는 그의 자살 결심은 신에 대한 반역이다. 자연의 법칙을 신앙의 법칙보다 우위에 두는 그의 홀바인 해석 역시 신에 대한 반역이다. 이 점에서 그의 「해명」을 악마와의 거래이자 계약서라 주장하는 갑둘리나(V. Gabdullina)의 논지는 상당히 설득력이 있다.(Gabdullina 2019: 132) 그러니까 마지막 순간에 나타난 로고진의 유령은 이폴리트의 영혼을 계약서에 따라 데려가기 위해 등장한 악마의 현실 버전인 셈이다. 평소에 유령을 두려워하지 않던 이폴리트가 로고진이 유령임을 알아채고는 공포에 떠는 것도 이로써 설명된다. 홀바인 그림에 대한 이폴리트의 에크프라시스는 로고진의 유령으로 일단 마무리된다. 그러나 이어지는 서사 속에 도스토옙스키는 또 한 점의 그리스도 그림을 집어넣음으로써 이폴리트의 해석을 이중화한다. 그는 마치 독자에게(혹은 관자에게) 당신은 어떤 그림을 선택할 것인가 하고 묻는 듯하다. 그 그림은 다음 장에서 살펴보기로 하자.

13 이 세상 전체만큼 거대한 사상

이 소설에는 1부에서 공작이 상상하는 처형 직전의 사형수 그림처럼 인물의 의식 속에만 존재하는, 그러나 다른 한편으로는 홀바인의 그림처럼 그리스도를 구체적으로 재현하는 그림이 존재한다. 〈상상 속의 그리스도〉라 명명될 수 있는 그 그림은 나스타시야가 연적인 아글라야에게 보낸 편지에서 언급된다. 『백치』에서는 실제로 존재하는 그림과 인물의 상상 속에 존재하는 그림 사이에 실존적 차이가 존재하지 않는다. 그림들은 모두 관념이 육화된 사물, 특수한 방식으로 보여지고 지각된 강생이기 때문이다.(Krinitsyn 2001: 177~179) 이 점에서 나스타시야가 상상하는 그리스도의 그림은 로고진의 집에 걸린 홀바인 그림에 대한 반테제이자 그리스도를 바라보는 이폴리트의 시각에 대한 반테제라 할 수 있다. 그리스도의 그림을 축으로 이폴리트와 나스타시아는 분신이라

해도 좋을 것이다.[58]

「나는 당신을 만나고 집에 와서 한 가지 그림을 생각해 보았어요. 화가들이란 하나같이 복음서 이야기에 의거해 그리스도를 그리고 있어요. 하지만 나라면 달리 그리겠어요. 나는 그리스도 한 사람만을 그리겠어요. 그의 제자들도 이따금 그를 혼자 남겨 둘 때가 있었을 테니까요. 나는 오로지 어린아이 하나와 함께 있는 예수를 그리겠어요. 아이는 그의 곁에서 놀고 있는 거예요. 아마 아이는 그리스도에게 무언가 애들끼리 하는 말을 들려주고 있는지도 몰라요. 그리스도는 아이의 말을 듣고 있으나 지금 생각에 잠겨 있지요. 그의 손은 무심결에 잊힌 듯 아이의 귀여운 머리 위에 놓여 있는 상태이지요. 그는 멀리 지평선을 바라보고 있어요. 그의 시선 속에는 이 세상만큼 거대한 사상이 깃들어 있는데 얼굴은 수심에 차 있어요. 아이는 입을 다물고 그의 무릎에 팔꿈치를 괴고 고개를 들어 아이들이 흔히 그러하듯 그를 유심히 바라보고 있는 거예요. 태양은 뉘엿뉘엿 지고 있고요……. 이게 나의 그림이에요.」(922~923)

58 이폴리트와 나스타시야는 의지의 실현에 실패한다는 점에서도 분신이다. 이폴리트는 죽음을 통제하려 하지만 실패하고 나스타시야는 자신의 삶을 통제하려 하지만 실패한다.(Matich 2016: 408)

이 대목은 무엇보다도 1부의 영명 축일 파티 이후 이를테면 〈잠적한 듯〉 사라진 나스타시야의 내면을 보여 준다는 점에서 중요한 서사적 변곡점이다. 나스타시야는 1부에서 미시킨과 처음 만나는 자리에서 〈나도 어디선가 당신을 본 적이 있었나요?〉라고 묻는다.(218) 잠시 후 그녀는 〈정말 저이의 얼굴을 어디선가 보았어〉라고 말한다.(244) 그러다가 공작과 헤어지는 자리에서 그녀가 꿈꾸던 구세주가 바로 공작이었음을 실토한다. 〈나는 당신에 대한 꿈을 꾸기도 했어요. 정직하고 착하고 다소 어리석은 듯한 사람이 문득 나타나더니 《나스타시야, 당신은 죄가 없어요. 나는 당신을 존경해요!》라고 하더군요. 나는 그런 공상을 하다가 머리가 돌아 버릴 지경이었어요.〉(356) 그러면서도 그녀는 공작이 너무 어린아이처럼 순수하므로 그의 청혼을 수락하지 않는다. 〈내가 어떻게 이런 어린애를 망쳐 놓을 수 있겠어요?〉(352)

이러한 맥락으로 미루어 그리스도와 어린아이를 그린 나스타시야의 그림은 자연스럽게 미시킨을 연상시킨다. 그리스도를 닮은 인간, 어린아이 같은 인간 미시킨은 그 그림의 주인공이라 해도 모자람이 없다. 게다가 스위스에서 어린아이들과 유난히 가까웠던 미시킨을 기억한다면 나스타시야의 그림은 〈미시킨과 어린아이〉라고 제목을 붙여도 좋을 것이다. 나스타시야가 미시킨을 처음 만났을 때 한 번도 본 적이 없는 인간에게 꿈속에서 갈망했던 어떤 존재의 이미지를 투사했듯이 그 상상 속의 그림에서 그녀는 현실에서 본 적이 있는 공작의 이미지를 그리스도에게 투사한다.

그녀의 에크프라시스를 마무리하는 문장 〈나는 곧 죽을 몸이에요〉(923)는 그녀와 이폴리트의 분신성을 한층 강조한다. 홀바인 그림의 에크프라시스를 마무리하면서 이폴리트는 자살 의도를 명확히 밝히고 얼마 후 병사한다. 나스타시야는 그리스도 그림의 마지막을 자신의 죽음에 대한 예언으로 마무리하고 얼마 후 로고진의 칼에 찔려 살해당한다. 두 죽음으로 마무리되는 그리스도 그림은 마치 음양이 맞물리듯이 하나로 맞물리면서 강생에 관한 저자의 사유를 완성한다. 이폴리트가 그림 속에 표현된 것(시신)에서 표현되지 않은 것(부활)을 읽어 내기를 거부하는 것은 결국 시간성의 영역에서 설명된다. 이폴리트는 이 세상에서의 삶과 다른 차원에서의 삶은 그 시간의 길이도, 양도, 질도 비교할 수 없다는 사실을 무시한다. 부활과 영원에 수반되는 시간은 유한한 존재인 인간의 탄생과 죽음을 표시하는 시간과 다른 시간이다. 그러므로 아무리 그리스도의 시신이 영원한 삶의 가능성을 묵살하며 완벽한 죽음을 적나라하게 표현한다고 해도 그것은 결국 죽음에 관한 2차원적 재현일 뿐이지 고차원적인 리얼리티의 재현은 아니다. 영원은 무한히 지속되는 시간이 결코 아닐 뿐만 아니라 2차원적 평면에 3차원적으로 재현된 이미지의 해석을 통해 도달할 수 있는 영역이 아니다.

이폴리트의 에크프라시스와 짝을 이루는 나스타시야의 그리스도 그림 역시 궁극적으로는 시간성에 대한 철학적 사유와 다름없다. 나스타시야는 표현할 수 없는 것, 이폴리트가 읽어 내기를 거부한 그 어떤 것을 그림 속에 표현한다. 그녀는 그것을 표현하기 위해 살아 있는 인간, 그녀와 〈잘 아는 사이〉인 인간 미시킨을 모델로 삼는다. 소설의 1부에서 미시킨을 향해 그녀가 가지고 있던 인간적인 신뢰와 기대는 로고진의 칼을 피할 수 없다는 절망과 더불어 그녀의 존재를 줄곧 악의 심연과 천국에의 비전 사이 경계선에 묶어 둔다. 이제 나스타시야는 미시킨을 닮은 그리스도를 머릿속에 그리면서 미시킨의 인간적 한계(수심에 잠긴 얼굴 표정)와 신적인 거대함을 함께 재현한다. 그리스도의 시선 속에는 〈이 세상 전체만큼 거대한 사상이 깃들어 있〉다. 이폴리트가 홀바인의 그림 앞에서 추종자들이 거대한 사상을 가지게 되었다고 말할 때 그 사상은 한마디로 신의 부재라 요약된다. 반면 나스타시야가 그리스도의 시선에 깃든 〈거대한 사상〉을 말할 때 그것은 〈이 세상 전체만큼〉 거대한 것, 즉 신의 영원성을 의미한다. 그녀는 영원성이라는 시간의 개념을 공간적이고(전 세계처럼 거대한) 관념적인(사상) 것으로 번역하는 것이다. 마티치O. Matich가 이 대목이야말로 크로노

스에 대한 카이로스의 승리라고 단언하는 것도 그 때문이다.(Matich 2016: 409)

아우구스티누스는 『고백록』의 마지막 부분을 창조와 형상과 시간의 문제에 할애한다. 교부에 따르면 만물은 시간으로 인해 시작과 끝을 가지고, 발생과 소멸을, 완성과 결손을, 형상과 결핍을 보인다. 신은 무형으로부터, 시간 간격 없이 모든 것을 창조했지만 인간은 만물이 지닌 표상성figuratio 때문에 그것들이 이러저러한 순서로 만들어지거나 신이 이러저러한 순서로 기록되기를 원하셨다고 이해한다.(아우구스티누스 2016: 566~567) 그러나 신의 시간은 시작과 끝을, 시간을 초월한다. 〈다만 성경은 시간적으로 이야기하고 있고 내 말에는 시간이 근접하지 못한다. 내 말은 나와 동등한 영원성으로 이루어져 있는 까닭이다. 너희가 나의 영을 통해서 보는 바를 내가 보듯이, 너희가 내 영을 통해서 말하는 바는 내가 하는 말이다. 단지 너희가 시간적으로 그것들을 본다고 해서 나도 시간적으로 보는 것은 아니다. 너희가 저것들을 시간적으로 말한다고 해서 내가 시간적으로 말하는 것이 아님과 마찬가지이다.〉(아우구스티누스 2016: 562)

아우구스티누스에 의하면 신이 영원이다. 그러므로 신을 의심하는 이폴리트는 영원에 관해 논할 수는 있지만 영원을 체험할 수는 없다. 그리스도를 닮은 미시킨을 완전히 신뢰할 수는 없는 나스타시야는 영원을 갈구하지만 역시 그것을 체험할 수 없다. 그녀의 상상 속 그림은 그래서 지상이라고 하는 가시적 세계 전체, 그 템플릿이 있어야만 영원을 재현할 수 있는 것이다.

14 파리 한 마리

이제 마지막으로 홀바인 그림의 이를테면 〈에필로그〉이자 앞에 나온 모든 그림의 종합 편인 한 점의 그림을 살펴보자. 엄밀히 말하자면 그것은 그림이 아니라 장면이지만, 마치 프레임 속에 넣어진 그림처럼 강렬한 시각성과 막강한 은유적 힘으로 장대한 서사에 지워지지 않는 마침표를 찍는다. 그 장면에 대한 묘사를 대부분의 연구자들이 에크프라시스라 간주하는 것도 그 때문이다. 소설의 대미를 장식하는 그 장면은 나스타시야의 시신을 두고 두 주인공 미시킨과 로고진이 밤샘을 하는 장면이다. 일찍이 바흐친은 그 장면을 가리켜 도스토옙스키의 모든 것 중 가장 충격적인 것이라 했다.(바흐찐 1988: 252) 로고진의 안내로 그의 집에 들어간 미시킨이 서재와 침실을 가르는 무거운 녹색 커튼을 젖히자 나스타시야가 누워 있는 침대가 나타난다. 공작이 나스타시야(의 시신)를 감지하기 위해서는 녹색 커튼 다음에도 방부제 병들과 미제 방수포와 시트라는 여러 겹의 프레임을 거쳐야 한다. 〈나는 저 여자를 미제 고급 방수포로 감쌌다네. 미제 방수포이지. 또 방수포로 싸고는 그 위에다 시트를 뒤집어씌웠고, 네 개의 방부제병을 열어 놓은 채 저기 세워 두었지.〉(1228)

마침내 그는 어둠에 익숙해져 침대 위에 있는 모든 것을 식별할 수 있게 되었다. 침대 위에는 누군가가 꼼짝도 않고 누워 있었다. 바스락거리는 소리 하나 가냘픈 숨소리 하나 들리지 않았다. 잠을 자는 사람은 머리부터 하얀 시트를 뒤집어쓰고 있었으나, 사지는 희미하게나마 분간할 수 있었다. 다만 침대가 높아서 손발을 쭉 펴고 누워 있다는 것만 알 수 있었다. 아무렇게나 벗어 놓은 옷가지와 고가의 흰색 실크 드레스, 꽃송이, 리본 등이 침대 위, 발 언저리, 침대 옆 안락의자, 심지어는 마룻바닥 위로 무질서하게 흩어져 있었다. 머리맡의 작은 탁자 위에는 벗어서 던져 버린 다이아몬드 목걸이가 반짝거렸다. 발치에는 갈가리 찢어진 레이스가 엉켜 있었고, 희끗거리는 그 레이스 위로는 하얀 시트 밑으로 비죽 나온 맨발의 끝이 보였다. 발끝은 마치 대리석으로 깎아 만든 것처럼 무섭도록 꼼짝도 하지 않았다. 공작은 눈을 부릅뜨고 바라보았지만 바라보면

볼수록 방 안에 깔린 죽음 같은 정적이 더욱더 적막하게 느껴졌다. 잠에서 깨어난 파리 한 마리가 갑자기 윙윙거리며 날갯짓을 하더니 침대 위를 맴돌다가 머리맡에서 잠잠해졌다.(1224~1225)

마치 〈포렌식 사진〉처럼(Wachtel 2002: 210) 자세하게 살인 현장을 묘사하는 이 대목에서 가장 유표하게 다가오는 것은 나스타시야의 시신과 앞에 나온 죽은 그리스도의 시각적인 닮음이다. 도스토옙스키는 마치 시간의 흐름 속에서 작업하는 화가처럼 서사와 시간과 언설로써 부동의 시각적 이미지를 점점 더 명료하게 그려 낸다.(Brunson 2016: 464) 사지를 쭉 뻗고 누워 있는 나스타시야의 시신이 홀바인의 그리스도를 구도적으로 연상시킨다면, 대리석 조각처럼 미동도 없는 그녀의 맨발은 그리스도의 시신과 메토니미적으로 연결된다. 커튼과 리넨과 수많은 이미지들 — 드레스, 꽃, 다이아몬드 — 사이에 둘러싸인 채 누워 있는 나스타시야는 그림이나 조각상에 버금가는 예술품이며, 미시킨과 로고진은 예술품을 바라보는 관자의 역할을 수행한다. 나스타시야의 시신은 홀바인의 그림과 평행을 이루는 일종의 그래픽 아트로, 그것은 홀바인의 그림 속에 들어 있는 그리스도처럼 죽음과 필멸의 이코노그라피를 창출한다.(Milkova 2016: 160) 나스타시야라는 이름의 그리스어 어원 〈anastasis〉가 부활을 의미하고, 그녀의 성 바라시코바가 러시아어로 〈어린양〉을 의미한다는 사실을 고려해 본다면 그녀와 홀바인의 그림은 〈부활의 희망 속에 잠든 그리스도〉의 패러다임을 형성한다고 말할 수 있다.

그러나 도스토옙스키는 이 마지막 그림에 하나의 극도로 작은 디테일을 더함으로써 홀바인의 그림만으로는 다 표현할 수 없는 실존적 슬픔의 에크프라시스를 완성한다. 그것은 갑자기 어디선가 나타나 윙윙거리는 한 마리 파리이다. 나는 개인적으로 그 한 마리 파리야말로 오로지 천재만이 생각해 낼 수 있는 궁극의 디테일이라 생각한다. 살아서 윙윙거리는 파리는 나스타시야의 시신이 홀바인의 그림처럼 시간 속에 고정되는 것을 방해한다. 그녀의 맨발은 대리석 조각상처럼 보이지만, 그리고 로고진이 그녀를 살해한 것은 바로 그러한 조각상의 테두리 안에 그녀를 영원히 가두어 두려는 탐욕에서였지만, 현실 속에서 그녀의 시신은 자연의 법칙에 종속된다. 파리는 그녀의 대리석 조각품 같은 육신이 부패와 부취의 단계에 들어서고 있음을 경고하면서 삶과 죽음, 침대 위에 놓인 부동의 예술품과 하얀색 시트 아래 놓인 섬뜩한 시신 간의 불안정한 경계를 재설정한다. 그것은 생과 사, 예술과 리얼리티 간의 경계를 강화하고 서사적 행위와 서사적 시간의 흐름을 복귀시킨다.(Milkova 2016: 160)

그 상징성에 있어서 파리의 의미는 이중적이다. 이폴

리트가 「나의 불가피한 해명」에서 언급했듯이 파리는 자연에 배태되어 있는 약동하는 생명의 상징이다. 그러나 바로 그 생명성이 죽어 가는 이들에게는 고통의 원천이 된다. 미국 시인 테이트A. Tate가 일찍이 알아차렸듯이 〈생명으로 하여금 죽음을 상징하게 하는 것은 오로지 대가만이 할 수 있는 일이다〉.(Tate 1943: 365) 앞에서도 살펴보았지만, 죽음을 앞둔 이폴리트에게 가장 견디기 힘든 것은 〈햇볕을 받으며 내 곁에서 윙윙거리는 파리마저 이 모든 향연과 합창의 동반자로서 자신의 위치를 알고 그 위치를 사랑하며 행복해하는데〉(838) 자신만이 그 대열에서 소외되었다는 사실이다. 파리는 생명의 상징이면서 동시에 사형수가 살아 있는 사람들을 보며 느끼는 그 절대적인 고독감, 〈시간 디바이드〉의 상징이다.

파리는 또한 이폴리트의 「해명」에 등장한 독거미, 파충류, 전갈 등의 생명체 계열을 마무리 짓는 벌레이기도 하다. 그것은 시신의 부패를 알려 주는 역할을 함으로써 무자비한 자연의 법칙 범주에 들어선다. 파리와 자연의 법칙 간의 평행을 유도하는 가장 끔찍한 우회로는 소설의 1부에서 시작된다. 로고진은 1부에서 신문지로 싼 지폐 뭉치를 가지고 나스타시야를 〈구매〉하러 올 때 〈커다란 딱정벌레 모양의 다이아몬드 핀〉(333)을 달고 있었다. 천박한 상인의 안목 부재를 환유하는 다이아몬드 벌레가 살아서 윙윙거리는 파리로 현현하기까지 거의 소설 전체의 시간이 흘러간 셈이다. 자연의 법칙을 상징하는 동시에 그 자신도 자연의 법칙에 따라 조만간 사라져 버릴 파리는 독거미와 파충류뿐 아니라 거대한 첨단 기계, 로고진의 유령과 하나가 되고 나아가 인간을 비롯한 살아 있는 모든 것의 덧없음을 환기하는 꼬리표가 되어 처절한 서사의 종막을 장식한다.

나스타시야의 시신이 홀바인의 그리스도와 갈라져 가는 또 하나의 분기점은 두 인물의 얼굴이다. 미시킨과 로고진은 함께 시신 앞에서 밤을 새운다. 그러는 가운데 날이 밝아 온다. 로고진은 발광하여 열에 들뜬 헛소리를 중얼거리고, 미시킨은 아무것도 이해하지 못하고 아무도 알아보지 못하는 백치 상태로 돌아간다. 백치 미시킨이 광인 로고진을 얼싸안고 토닥여 줄 때 그의 눈에서 눈물이 흘러내린다. 〈그는 자기의 얼굴을 창백하게 굳어 버린 로고진의 얼굴에 갖다 대었다. 공작의 눈에서 흘러나온 눈물이 로고진의 두 뺨 위로 흘러내렸다.〉(1234) 나스타시야의 대리석처럼 굳은 차가운 발, 미시킨의 얼굴, 로고진의 얼굴, 그리고 사고하는 뇌가 다 빠져나가 버린 것과 같은, 이미 죽은 것이나 다름없는 두 남자를 이어 주는 눈물로 마지막 그림이 완성된다. 그 그림에 대한 더 이상의 에크프라시스는 불가능하다. 독자는 그 그림 앞에서 하염없이 눈물을 흘리든가 시선을 돌리든가 둘 중의 한 가지를 할 수 있을 뿐이다. 그 놀라운 장면은 철도에서 시작하여 칼에서 그림으로 이어지는 소설의 모든 주요 이미지들, 돈에서 시간과 죽음과 부활로 이어지는 소설의 모든 테마들, 서예와 사진과 초상화와 풍경화에서 그리스도 상상화와 모스타르트의 눈물 흘리는 그리스도와 홀바인의 죽은 그리스도에 이르기까지 소설의 모든 그림들이 하나로 압축된 최종적이고 종합적인 그림이다. 그 그림은 시각 예술가이자 구조 공학자로서의 도스토옙스키의 천재성을 폭포수처럼 쏟아 내는 모든 예술 중의 예술, 모든 그림 중의 그림이다. 미시킨은 1부에서 예판친 딸들에게 그림의 주제를 설명한 뒤 〈이게 그 그림이에요Vot kakaia kartina〉(PSS 8: 56)라고 대화를 마무리 지었다. 나스타시야 또한 아글라야에게 보내는 편지에서 자신의 상상화를 설명한 뒤 〈이게 나의 그림이에요Vot moia kartina〉(PSS 8: 380)라고 끝을 맺었다. 이제 장대한 소설을 완성한 대문호는 마지막 장면에서 독자를 똑바로 바라보며 단언한다. 〈이게 나의 그림이다!〉라고.

맺음말

보이지 않는 희망

그리고 그는 묻혔다가 부활하였다.
이것은 불가능한 일이기 때문에 확실하다.
— 테르툴리아누스, 『그리스도의 육신론』

나는 이 책에서 『백치』의 세 가지 중심 이미지인 철도, 칼, 그림이 어떻게 얽히고설키면서 서사의 흐름에 박차를 가하는지 살펴보았다. 또 그 세 가지 이미지가 어떻게 변조되고 폄하된 그리스도의 이미지를 활성화하다가 최종적으로 홀바인의 〈죽은 그리스도〉에서 하나로 융합되는지도 살펴보았다. 마치 고딕 성당의 모든 건축학적 의미가 첨탑으로 모아지듯이 『백치』의 모든 인물과 모든 대사와 모든 장면과 모든 서사적 의미는 죽은 그리스도를 향해 달려간다. 그러한 구성은 무엇보다도 소설 공법의 차원에서 『백치』를 특별하고 완벽한 소설로 만들어 준다. 한번 그것을 알아차린 독자는 평생 그 마술 같은 매력에 사로잡혀 살아갈 수밖에 없다. 〈『백치』를 최고라 평가하는 독자들은 특별한 정신세계를 가지고 있다〉라고 도스토옙스키가 단언한 것도 이와 무관치 않을 것 같다.

그러나 그리스도의 이미지로 수렴하는 구조와 그리스도를 닮은 주인공에도 불구하고 『백치』는 그리스도교를 선포하는 소설이 아니다. 또 도스토옙스키는 시간이 아니라 공간 속에서 세계를 사유하고 『백치』는 플롯이 아니라 이미지를 핵심으로 삼지만, 그럼에도 도스토옙스키의 목적은 시각 체험 자체도 아니고 관념들의 예술적 시각화 자체도 아니다. 소설가 도스토옙스키의 가장 근원적인 창작 목적은 시간을 사유하고, 시간을 이를테면 〈서사화〉하는 것이다. 이미지를 포함하는 모든 시각 요소는 시간을 공간으로 번역하면서 끊임없이 〈시간적 존재인 인간이 영원 속에서 사는 것이 과연 가능한가〉라는 질문을 던지고 다양한 방식으로 그 답을 변주한다. 시간과 공간이 시공간이라고 불리는 한 실재의 두 측면이라는 사실을 도스토옙스키보다 더 시적으로 보여 준 작가는 없을 것 같다.

도스토옙스키의 시공간적 사유는 홀바인이 그린 〈죽은 그리스도〉 그림에서 절정에 도달한다. 죽은 그리스도를 바라보는 인물, 그리스도처럼 살해당한 인물, 그리스도를 살해한 자들처럼 살인을 저지르는 인물, 그리고 그리스도처럼 이 세상에서 실패한 인물, 그 모든 서사적 허구는 시간 속에서 회화적 재현과 하나로 합쳐진다. 그 합쳐짐을 통해 시원과 종말의 그림자에 가려진 영원한 현재가, 섬약한 육신을 덮어쓴 불멸의 정신이, 무상을 떠받들어 주는 불변의 본질이 서서히 드러난다. 보이지 않는 것을 보이는 것으로 만드는 것이 예술가의 일이라면, 보이는 것에서 보이지 않는 것을 읽어 내는 것은 예술 수용자의 몫이다. 도스토옙스키는 『백치』에서 예술가와 수용자의 역할을 동시에 수행한다. 도스토옙스키가 무덤 속의 그리스도에게서 발견한 것은 〈신앙을 잃게 할지도 모르는〉 죽음의 확실성이 아니다. 그는 눈에 보이는 죽음의 확실성 너머에 있는 불멸을 읽어 냈다. 그는 2차원 공간이 품고 있는 4차원의 세계, 칼날같이 예리하고 위태로운 찬과 반의 경계선에 선 인간만이 인지할 수 있는 영원성에 매혹당했다. 칠흑 같은 어둠 속에서도 보려고 하는 사람에게는 오히려 더 잘 보이는 신비한 광휘를 그는 스위스 미술관에 걸린 그림에서 읽어 냈다. 도스토옙스키의 메시지를 가장 아름답게 표현한 사람은 아마도 사도 바울일 것이다. 〈눈에 보이는 것을 바라는 것은 희망이 아닙니다. 눈에 보이는 것을 누가 바라겠습니까? 우리는 보이지 않는 것을 바라기에 참고 기다릴 따름입니다.〉(「로마인들에게 보낸 편지」 8: 24~25)

참고 문헌

강영안, 『타인의 얼굴: 레비나스의 철학』(서울: 문학과지성사, 2005).
과르디니, 로마노, 『거룩한 표징』, 장익 옮김(왜관: 분도출판사, 1976).
김태옥, 「러시아의 길: 19세기 러시아 문학과 철도 — 가르신의 단편 '신호'를 따라」, 『슬라브학보』, Vol. 35, No. 4(2020), pp. 75~100.
뉴홀, 보먼트, 『사진의 역사』, 정진국 옮김(서울: 열화당, 1987).
대한뇌전증학회, 『임상뇌전증』(서울: 범문에듀케이션, 2018).
도스또예프스까야, 안나, 『도스또예프스끼와 함께한 나날들』, 최호정 옮김(서울: 그린비, 2003).
도스또예프스끼, 표도르, 『전집』, 석영중 외 옮김(서울: 열린책들, 2000).
도스또옙스끼, 표도르, 『작가의 일기』, 이종진 옮김(서울: 벽호, 1995).
도스토예프스키, 표도르, 『도스토예프스키의 유럽 인상기』, 이길주 옮김(서울: 푸른숲, 1999).
르낭, 에르네스트, 『예수의 생애』, 최명관 옮김(서울: 훈복문화사, 2003).
모출스키, 콘스탄틴, 『도스토예프스키 1, 2』, 김현택 옮김(서울: 책세상, 2000).
바르트, 롤랑, 『카메라 루시다』, 조광희 옮김(서울: 열화당, 1994).
바흐찐, 미하일, 『도스또예프스끼 시학』, 김근식 옮김(서울: 정음사, 1988).
빌링턴, 제임스, 『이콘과 도끼 3』, 류한수 옮김(서울: 한국문화사, 2015).
석영중, 「도스또예프스끼의 '백치'와 강생」, 『슬라브학보』, Vol. 21, No. 1(2006), pp. 91~113.
______, 「도스토옙스키와 이콘: 『죽음의 집의 기록』에 나타난 바라봄의 문

제를 중심으로」, 『러시아어문학연구논집』, Vol. 78(2022), pp. 35~62.
______, 「도스토예프스키와 신경미학: '백치'에 나타난 시각의 문제를 중심으로」, 『러시아어문학연구논집』, Vol. 53(2016), pp. 65~92.
______, 『도스토옙스키 깊이 읽기』(파주: 열린책들, 2021).
______, 『러시아 정교』(서울: 고려대학교 출판부, 2005).
시롯키나, 이리나, 『문학 천재 진단하기』, 이수현 옮김(서울: 그린비, 2022).
아우구스티누스, 『고백록』, 성염 옮김(파주: 경세원, 2016).
알리기에리, 단테, 『신곡』, 김운찬 옮김(파주: 열린책들, 2022).
월마, 크리스티안, 『철도의 세계사』, 배현 옮김(서울: 다시봄, 2019).
정세진, 「제정러시아의 철도 역사에 관한 소고: 시베리아 횡단철도와 중앙아시아 철도를 중심으로」, 『슬라브학보』, Vol. 32, No. 1(2017), pp. 319~352.
차현진, 『숫자 없는 경제학』(서울: 인물과사상사, 2013).
챈슬러, 에드워드, 『금융투기의 역사: 튤립 투기에서 인터넷 버블까지』, 강남규 옮김(파주: 국일증권경제연구소, 2021).
초운, 마커스, 『중력에 대한 거의 모든 것』, 김소정 옮김(서울: 현암사, 2022).
최진석, 「타자 윤리학의 두 가지 길: 바흐친과 레비나스」, 『노어노문학』, Vol. 21, No. 3(2009), pp. 173~195.
파스칼, 블레즈, 『팡세』, 이환 옮김(서울: 민음사, 2017).
퍼거슨, 니얼, 『로스차일드 1, 2』, 윤영애, 박지니 옮김(서울: 21세기북스, 2013).

Aloe, S., "Dostoevsky's Calligrams: Mystery of the Creative Concept", *The Drawings and Calligraphy of Fyodor Dostoevsky: From Image to Word* (Bergamo: Lemma Press, 2016), pp. III~XI.
Antonov, S., *Bankrupts and Usurers of Imperial Russia* (Cambridge: Harvard Univ. Press, 2016).
Antonova, C., *Space, Time, and Presence in the Icon: Seeing the World with the Eyes of God* (London; N.Y.: Routledge, 2016).
______, "The Vision of God and the Deification of Man: The Visual Implications of Theosis", *Vision of God and Ideas on Deification in Patristic Thought*, edits. M. Edward and E. D-Vasilescu (London; N.Y.: Routledge, 2017), pp. 208~222.
Atherton, C. and P. Hetherington, "Ekphrastic Spaces: the Tug, Pull,

Collision and Merging of the In-between", *New Writing: The International Journal for the Practice and Theory of Creative Writing* (2022), pp. 1~16.

Bakhtin, M., "Author and Hero in Aesthetic Activity", *Art and Answerability: Early Philosophical Essays*, edits. M. Holquist and V. Liapunov, trans. V. Liapunov (Austin: Univ. of Texas Press, 1990), pp. 4~255.

______, *Problems of Dostoevsky's Poetics*, edit. trans. C. Emerson (Minneapolis: Univ. of Minnesota Press, 1984).

______, *Problemy poetiki Dostoevskogo* (Moskva: Sovetskaia Rossiia, 1979).

______, "Toward a Methodology for the Human Sciences", *Speech Genres and Other Late Essays*, edits. C. Emerson and M. Holquist (Austin: Univ. of Texas Press, 1987), pp. 159~172.

______, *Toward a Philosophy of the Act*, edits. V. Liapunov and M. Holquist, trans. V. Liapunov (Austin: Univ. of Texas Press, 1993).

Banerjee, A., "The Trans-Siberian Railroad and Russia's Asia: Literature, Geopolitics, Philosophy of History", *CLIO*, Vol. 34, No. 1~2 (2004), pp. 19~40.

Barsht, K., "Defining the Face: Observation on Dostoevskii's Creative Processes", *Russian Literature, Modernism, and Visual Arts* (Cambridge: Cambridge Univ. Press, 2000), pp. 23~57.

______, *The Drawings and Calligraphy of Fyodor Dostoevsky* (Bergamo: Lemma Press, 2016).

______, *Teksty i risunki: kniga dlia chteniia s kommentariem na angliiskom iazyke* (Moskva: Russkii iazyk, 1989).

Basina, M., *Zhizn' Dostoevskogo* (Sankt-Peterburg: Izd. Pushkinskogo Fonda, 2004).

Beaumont, M. and M. Freeman, *The Railway and Modernity: Time, Space, and the Machine Ensemble* (Oxford: Peter Lang, 2007).

Beckman, J., "Lessons of Law & Legal Studies through Literature: The Psychology of a Criminal versus the Psychology of a Police Investigator as Seen through the Lenses of Crime and Punishment: Porfiry v. Raskolnikov", *Stetson Law Review*, No. 47 (2017), pp. 85~100.

Bercken, W., *Christian Fiction and Religious Realism in the Novels of Dostoevsky* (London: Anthem Press, 2011).

Bethea, D., "The Idiot Historicism Arrives at the Station", *Dostoevsky's The Idiot: A Critical Companion* (Evanston: Northwestern Univ. Press, 1998), pp. 130~190.

______, *The Shape of Apocalypse in Modern Russian Fiction* (Princeton: Princeton Univ. Press, 2014).

Bocharov, S., "Paradoks 'bessmyslennoi vechnosti' Ot 'Nedonoska' k 'Idiotu'", *Paradoksy russkoi literatury* (Sankt-Peterburg: Inapress, 2001).

Bowers, K., "Under the Floorboards, Over the Door: The Gothic Corpse and Writing Fear in The Idiot", *Dostoevsky at 200*, edits. K. Bowers and K. Holland (Toronto: Univ. of Toronto Press, 2021), pp. 137~158.

Brunson, M., "Dostoevsky's Realist Paragone: Word, Image, and Fantastic Ekphrasis in 'The Idiot'", *The Slavic and East European Journal*, Vol. 60, No. 3 (2016), pp. 447~470.

______, *Russian Realisms: Literature and Painting, 1840~1890* (DeKalb: Northern Illinois Univ. Press, 2016).

Catteau, J., *Dostoevsky and the Process of Literary Creation* (Cambridge: Cambridge Univ. Press, 2005).

Clark, K. and M. Holquist, *Mikhail Bakhtin* (Cambridge: The Belknap Press of Harvard Univ. Press, 1984).

Chaikova, L., "Zhivopisnyi ekfrasis v romane FM Dostoevskogo 'Idiot'", *Aktual'naia klassika* (2020), pp. 202~206.

Chekhov, A., *P'esy*, edits. G. Berdnikov and V. Linkov (Moskva: Russkii iazyk, 1989).

______, *Polnoe sobranie sochinenii i pisem v 30 tomakh*, edits. I. Bel'chikov et al. (Moskva: Nauka, 1974~1983).

Chichkina, M., "Nulevoi ekfrasis: sovremennye perspectivy issledovaniia", *Filologicheskie nauki. Voprosy teorii i praktiki*, Vol. 9, No. 1 (2015), pp. 192~194.

Comer, W., "Rogozhin and the 'Castrates': Russian Religious Traditions in Dostoevsky's The Idiot", *Slavic and East European Journal*, Vol. 40, No. 1 (1996), pp. 85~99.

Contino, P., *Dostoevsky's Incarnational Realism* (Eugene: Cascade Books, 2020).

Dergacheva, I., "Eskhatologicheskii khronotop Fedora Dostoevskogo", *Quaestio Rossica*, Vol. 7, No. 4 (2019), pp. 1143~1159.

Descartes, R., *Principles of Philosophy*, trans. J. Veitchn (New York: Barnes & Noble, 2008).

Dimitrov, E., "Dostoevskii i roman-ikona", *Iazyk, Kul'tura, Kommunikazhiia*, Vol. 2, No. 1 (2017), pp. 236~249.

Dostoevskii, F., *Polnoe sobranie sochinenii v 30 tomakh* (Leningrad: Nauka, 1972~1990).

Dwyer, A., "Of Hats and Trains: Cultural Traffic in Leskov's and Dostoevski's Westward Journeys", *Slavic Review*, Vol. 70, No. 1 (2011), pp. 67~93.

Evdokimova, S., "Dostoevsky's Postmodernists and the Poetics of Incarnation", *Dostoevsky beyond Dostoevsky*, edits. S. Evdokimova and V. Golstein (Brighton: Academic Studies Press, 2016), pp. 213~231.

Faustov, A., "Semiotika vremeni u Dostoevskogo: neskol'ko nabliudenii i soobrazhenii", *Novii filologicheskii vestnik*, Vol. 2, No. 57 (2021), pp. 173~183.

Fedorov, G., *Moskovskii mir Dostoevskogo* (Moskva: Iazyki slavianskoi kul'tury, 2004).

Frank, J., "A Reading of 'The Idiot'", *Southern Review*, Vol. 5, No. 2 (1969), pp. 303~331.

______, *Dostoevsky: The Mantle of the Prophet* (Princeton: Princeton Univ. Press, 2002).

______, *Dostoevsky: The Miraculous Years* (Princeton: Princeton Univ. Press, 1995).

______, *Dostoevsky: The Seeds of Revolt* (Princeton: Princeton Univ. Press, 1976).

______, *Dostoevsky: The Stir of Liberation* (Princeton: Princeton Univ. Press, 1988).

______, *Dostoevsky: The Years of Ordeal* (Princeton: Princeton Univ. Press, 1983).

Freeman, M., *Railways and the Victorian Imagination* (New Haven: Yale Univ. Press, 1999).

French, B., *Dostoevsky's Idiot: Dialogue and the Spiritually Good Life*

(Evanston: Northwestern Univ. Press, 2001).

Gabdullina, V., "Rukopis' Ippolita Terent'eva v romane F.M.Dostoevskogo 'Idiot': zhanr i narrativnye strategii", *Problemy istoricheskoi poetiki*, Vol. 17, No. 3 (2019), pp. 129~148.

Gatrall, J., "Between Iconoclasm and Silence: Representing the Divine in Holbein and Dostoevskii", *Comparative Literature*, Vol. 53, No. 3 (2001), pp. 214~232.

______, "The Icon in the Picture: Reframing the Question of Dostoevsky's Modernist Iconography", *Slavic and East European Journal*, Vol. 48, No. 1 (2004), pp. 1~25.

______, *The Real and Sacred: Picturing Jesus in Nineteenth Century Fiction* (Ann Arbor: Univ. of Michigan Press, 2014).

Gertsen, A., *Sobranie sochinenii v 30 tomakh* (Moskva: Izd-vo AN SSSR, 1956~1957).

Givens, J., *The Image of Christ in Russian Literature: Dostoevsky, Tolstoy, Bulgakov, Pasternak* (DeKalb: Illinois University Press, 2018).

Goerner, T., "The Theme of Art and Aesthetics in Dostoevsky's 'The Idiot'", *Ulbandus Review*, Vol. 2, No. 2 (1982), pp. 79~95.

Gregg, A. and S. Nafziger, "Capital Structure and Corporate Performance in Late Imperial Russia", *European Review of Economic History*, Vol. 23, No. 4 (2018), pp. 446~481.

Heffernan, J., "Ekphrasis and Representation", *New Literary History*, Vol. 22, No. 2 (1991), pp. 297~316.

______, *Museum of Words: The Poetics of Ekphrasis from Homer to Ashbery* (Chicago: University of Chicago Press, 1993).

Heine, H., *On the History of Religion and Philosophy in Germany and Other Writings*, trans. H. Pollack-Milgate (Cambridge: Cambridge Univ. Press, 2007).

Hibbitt, R., edit. *Other Capitals of the Nineteenth Century: An Alternative Mapping of Literary and Cultural Space* (New York: Palgrave Macmillan, 2017).

Hollander, R., "The Apocalyptic Framework of Dostoevsky's 'The Idiot'", *Mosaic*, Vol. 7, No. 2 (1974), pp. 123~139.

Holquist, M. "The Gaps in Christology: The Idiot", *Dostoevsky: New*

Perspectives (Englewood Cliffs: Prentice-Hall, Inc., 1984), pp. 126~144.

Hudspith, S., *Dostoevsky and the Idea of Russianness: A New Perspective on Unity and Brotherhood* (New York: Routledge Curzon, 2003).

Hutchings, S., *Russian Literary Culture in the Camera Age: The Word as Image* (London: Routledge Curzon, 2004).

Ivanova, K., "Fotograficheskii portret v proze F.M. Dostoevskogo: k spezhifike opisaniia geroin' v romanakh Idiot i Podrostok", *Filologicheskie nauki. Voprosy teorii i praktiki*, No. 6 (2016), pp. 29~31.

Jackson, R., *Dialogues with Dostoevsky: The Overwhelming Questions* (Stanford: Stanford Univ. Press, 1993).

_____, "Once Again about Dostoevsky's Response to Hans Holbein the Younger's Dead Body of Christ in the Tomb", *Dostoevsky beyond Dostoevsky* (Brighton: Academic Studies Press, 2016), pp. 179~191.

_____, *The Art of Dostoevsky* (Princeton: Princeton Univ. Press, 1981).

Johnson, B., "Diagnosing Prince Myshkin", *The Slavic and East European Journal*, Vol. 56, No. 3 (2012), pp. 377~393.

Johnson, L., *The Experience of Time in Crime and Punishment* (Columbus: Slavica, 1985).

_____, "The Face of the Other in Idiot", *Slavic Review*, Vol. 50, No. 4 (1991), pp. 867~878.

Jordan, Y., *Ekphrasis, Russian Style: Visualizing Literary Icons, 1830~1930* (Ph.D dissertation. Univ. of Virginia, 2014).

Karamzin, N., *Sochineniia v 2-kh tomakh 2*, (Leningrad: Khudozhestvennaia literatura, 1984).

Kasatkina, T., "After Seeing the Original, Hans Holbein the Younger's Body of the Dead Christ in the Tomb in the Structure of Dostoevsky's Idiot", *Russian Studies in Literature*, Vol. 73, No. 3 (2011), pp. 73~97.

_____, "Smert', novaia zemlia i novaia priroda v romane FM Dostoevskogo 'Idiot'", *Dostoevskii i mirovaia kul'tura. Filologicheskii zhurnal*, Vol. 3, No. 11 (2020), pp. 16~39.

_____, "The Two-fold Image and Philosophy of Personality in the Works of F. M. Dostoevsky", *Studies in East European Thought*, Vol. 72, No. 3 (2020), pp. 217~226.

Katya, J., "'It's All One Big Fantasy': The Critique of Modernity in Dostoevsky's Novel The Idiot", *Dostoevskii i mirovaia kul'ura. Filologicheskii zhurnal*, Vol. 2, No. 14 (2021), pp. 65~88.

Khokholova, N., *The Imagined Wealth and Real Misfortune in Nineteenth-century Russian Prose* (Ph.D dissertation, Univ. of Illinois at Urbana-Champaign, 2015).

Kliger, I., "Shapes of History and the Enigmatic Hero in Dostoevsky: The Case of Crime and Punishment", *Comparative Literature*, Vol. 62, No. 3 (2010), pp. 228~245.

______, *The Narrative Shape of Truth: Veridiction in Modern European Literature* (Univ. Park, PA: Pennsylvania State Univ. Press, 2011).

Knapp, L., *The Annihilation of Inertia* (Evanston: Northwestern Univ. Press, 1996).

______, edit. *Dostoevsky's The Idiot: A Critical Companion* (Evanston: Northwestern Univ. Press, 1998).

Koester, C., *The Apocalypse: Controversies and Meaning in Western History* (Chantilly: Great Courses, 2011).

Kostalevsky, M., "Prince Myshkin's Night Journey: Chronotope as a Symptom", *Dostoevsky beyond Dostoevsky* (Brighton: Academic Studies Press, 2016), pp. 395~402.

Kotel'nikov, B., "Zheleznodorozhnye Siuzhety", *Issledovatel'skii zhurnal Russkogo iazyka i literatury*, Vol. 9, Iss.1 (2021), pp. 27~42.

Krinitsyn, A., "O spetsifike vizual'nogo mira u Dostoevskogo i semantike 'videnii' v romane 'Idiot'", *Roman F. M. Dostoevskogo 'Idiot': Sovremennoe sostoianie izucheniia*, edit. T. Kasatkina (Moskva: Nasledie, 2001), pp. 170~205.

Kroeker, P. and B. Ward, *Remembering the End* (Boulder: Westview Press, 2001).

Lantz, K., edit. *The Dostoevsky Encyclopedia* (Westport: Greenwood Press, 2004).

Leatherbarrow, W., "Apocalyptic Imagery in Dostoevskij's The Idiot and The Devils", *Shapes of Apocalypse: Arts and Philosophy in Slavic Thought*, edit. A. Oppo (Boston: Academic Studies Press, 2013), pp. 122~133.

Lepakhin, V., "Ikona v tvorchestve Dostoevskogo", *Dostoevskii:materialy i issledovaniia*, No. 15 (2000), pp. 237~263.

Leseviczkii, A. and E. Liakhin, "Analiz 'nekrofil'skogo tipa lichnosti' v romane FM Dostoevskogo 'Idiot': popytka psikhokartografii kupcza Rogozhina", *Vestnik gumanitarnogo universiteta*, Vol. 2, No. 33 (2021), pp. 81~89.

Levinas, E., *Ethics and Infinity*, trans. R. Cohen (Pittsburgh: Dequesne Univ. Press, 1985).

_____, *Otherwise than Being*, trans. A. Lingis (Pittsburgh: Dequesne Univ. Press, 2009).

_____, *Totality and Infinity*, trans. A. Lingis (Pittsburgh: Dequesne Univ. Press, 1969).

Levy, M., "Trouble in Paradise: The Failure of Flawed Vision in Dostoevsky's 'Idiot'", *South Central Review*, Vol. 2, No. 2 (1985), pp. 49~59.

Lizunov, P., "Russian Society and the Stock Exchange in the Late Nineteenth and Early Twentieth Centuries", *Russian Studies in History*, Vol. 54, No. 2 (2015), pp. 106~142.

Lobo, T., *A Picture Held Us Captive: On Aisthesis and Interiority in Ludwig Wittgenstein, Fyodor M. Dostoevsky and WG Sebald* (Berlin: Walter De Gruyter, GmbH, 2019).

Marsh-Soloway, M., *The Mathematical Genius of FM Dostoevsky: Imaginary Numbers, Statistics, Non-Euclidean Geometry, and Infinity* (Ph. D dissertation. Univ. of Virginia, 2016).

Martinsen, D., "The Cover-Up: General Ivolgin and Private Kolpakov", *Slavic and East European Journal*, Vol. 39, No. 2 (1995), pp. 184~199.

_____, "The Idiot as a Tragedy of Unforgiveness", *Dostoevsky Studies*, Vol. 23 (2020), pp. 29~56.

Martinsen, D. and O. Mairova, edits. *Dostoevsky in Context* (Cambridge: Cambridge Univ. Press, 2015).

Matich, O., "Time and Memory in Dostoevsky's Novels, 'Or' Nastasya Filippovna in Absentia", *The Slavic and East European Journal*, Vol. 60, No. 3 (2016), pp. 397~421.

Mat' Kseniia, "O roli knigi Renana Zhizn' Iisusa v tvorcheskoi istorii

Idiota", *Roman F. M. Dostoevskogo Idiot: Sovremennoe Sostoianie Izucheniia* (Moskva: Nasledie, 2001), pp. 100~110.

Meerson, O., "Ivolgin and Holbein: Non-Christ Risen vs. Christ Non-Risen", *Slavic and East European Journal*, Vol. 39, No. 2 (1995), pp. 200~213.

Miller, R., *Dostoevsky and The Idiot: Author, Narrator, and Reader* (Cambridge: Harvard Univ. Press, 1981).

______, *Dostoevsky's Unfinished Journey* (New Haven: Yale Univ. Press, 2007).

Milkova, S., "Ekphrasis and the Frame: on Paintings in Gogol, Tolstoy, and Dostoevsky", *Word & Image: A Journal of Verbal/Visual Enquiry*, Vol. 32, No. 2 (2016), pp. 153~162.

Miłosz, Cz., *Emperor of the Earth* (Berkeley: Univ. of California Press, 1977).

Mitchell, W., "Ekphrasis and the Other", *Picture Theory* (London; Chicago: Univ of Chicago Press, 1995), pp. 151~181.

Miščin, D., "F. M. Dostoevsky and Nihilistic Interpretation of Holbein's Painting 'Dead Christ in the Tomb'", *Folia Linguistica et Litteraria*, No. 38 (2021), pp. 51~66.

Morson, G., "Dostoevsky and the Literature of Process: What Open Time Looks Like", *Narrative, Philosophy and Life (Boston Studies in Philosophy, Religion and Public Life)*, Vol. 2, edit. A. Speight (Dordrecht: Springer, 2015), pp. 119~134.

______, "Return to Process: The Unfolding of The Idiot", *New Literary History*, Vol. 40, Iss. 4 (2009), pp. 843~865.

______, "'The Idiot' Savant", *The New Criterion*, Vol. 36 (2018), pp. 4~9.

Mosova, D., et al., "Train as a Semantic Space in Russian Culture of the 19th~20th Centuries", *Rupkatha Journal on Interdisciplinary Studies in Humanities*, Vol. 13, No. 1 (2021), pp. 1~10.

Murav, H., *Holy Foolishness* (Stanford: Stanford Univ. Press, 1992).

Novikova, E., "Franczuzskaia problematika romana F.M.Dostoevskogo 'Idiot'", *Imagologiia i komparativistika*, Vol. 12 (2019), pp. 142~157.

______, "Zhivopisnyi ekfrasis v romane F. M. Dostoevskogo 'Idiot'. Stat'ia 2. Piat' kartin", *Vestnik Tomskogo gosudarstvennogo universiteta.*

Filologiia, Vol. 6, No. 26 (2013), pp. 78~86.

Ollivier, S., "Icons in Dostoevsky's Works", *Dostoevsky and the Christian Tradition*, edits. G. Patterson and D. Thompson (Cambridge: Cambridge Univ. Press, 2001), pp. 51~68.

Ossorgin, M., *Visual Polyphony: The Role of Vision in Dostoevsky's Poetics* (Ph. D dissertation. Columbia Univ., 2017).

Papp, R., *The Development of a Domestic Stock Market in St. Petersburg in Late Imperial Russia* (Ph.D dissertation. Columbia Univ., 2001).

Pechey, G., "Eternity and Modernity: Bakhtin and the Epistemological Sublime", *Theoria: A Journal of Social and Political Theory*, No. 81, 82 (1993), pp. 61~85.

______, *Mikhail Bakhtin: The Word in the World* (New York: Routledge, 2007).

Pfau, T., *Incomprehensible Certainty: Metaphysics and Hermeneutics of the Image* (Notre Dame: Univ. of Notre Dame Press, 2022).

Podosokorskii, N., "Legenda o Rotshil'de kak 'Napoleone finansovogo mira' v romane F. M. Dostoevskogo 'Idiot'", *Dostoevskii i mirovaia kul'tura. Filologicheskii zhurnal*, No. 1 (2020), pp. 31~50.

Porter, J., *Economies of Feeling* (Evanston: Northwestern Univ. Press, 2017).

Rava, M., "Ekfrasticheskii diskurs v romane FM Dostoevskogo 'Idiot'(na primere zhenskizh obrazov)", *Dorgachevskie chteniia-2018. Literatura regionov v svete geo-i etnopoetiki: materialy XIII Vserossiiskoi nauchnoi konferenzhii* (2019), pp. 129~135.

Rice, J., "Dostoevsky's Medical History: Diagnosis and Dialectic", *The Russian Review*, Vol. 42 (1983), pp. 131~161.

Rieber, A., *Merchants and Entrepreneurs in Imperial Russia* (Chapel Hill: Univ. of North Carolina Press, 1982).

Rosenshield, G., "Chaos, Apocalypse, the Laws of Nature: Autonomy and 'Unity' in Dostoevskii's Idiot", *Slavic Review*, Vol. 50, No. 4 (1991), pp. 879~889.

Rostova, N., "Chelovek obratnoi perspektivy kak filosofsko-antropologicheskii tip (Issledovanie fenomena iurodstva)", *Vestnik TGPU Seriia: Gumanitarnye nauki* (filosofiia), Vol. 11, No. 74 (2007), pp. 105~111.

Scanlan, J., *Dostoevsky the Thinker* (Ithaca: Cornell Univ. Press, 2002).

Sekirin, P., edit. *The Dostoevsky Archive* (Jefferson: McFarland & Company, 1997).

Seneviratne, U., "Fyodor Dostoevsky and His Falling Sickness: A Critical Analysis of Seizure Semiology", *Epilepsy & Behavior*, Vol. 18, No. 4 (2010), pp. 424~430.

Shepherd, D., "A Feeling for History? Bakhtin and 'The Problem of Great Time'", *Slavonic and East European Review*, Vol. 84, No. 1 (2006), pp. 32~51.

Shneyder, V., "Myshkin's Million: Merchants, Capitalists, and the Economic Imaginary in The Idiot", *The Russian Review*, Vol. 77, No. 2 (2018), pp. 241~258.

Shukla, A., "Epilepsy in Dostoevsky's The Idiot-Language, Stigma, and Mythology", *Forum: Univ. of Edinburgh Postgraduate Journal of Culture & the Arts*, Iss. 31 (2021), pp. 2~18.

Skakov, N., "Dostoevsky's Christ and Silence at the Margins of The Idiot", *Dostoevsky Studies, New Series*, Vol. 13 (2009), pp. 121~140.

Soboleva, O., "Images Are Created to Be Destroyed(Photography and Painting in The Idiot)", *Aspects of Dostoevskii: Art, Ethics and Faith*, edit. R. Reid (Amsterdam: Rodopi, 2012), pp. 101~114.

Spektor, A., "In Search of the Human: Mikhail Bakhtin's Wartime Notebooks", *The Slavic and East European Journal*, Vol. 61, No. 2 (2017), pp. 233~254.

Stepanian, K., "'It Will Be, but Not End Has Been Achieved' (David Friedrich Strauss's Das Leben Jesu, Joseph Ernest Renan's La Vie de Jesus, and Dostoevsky's Idiot", *Russian Studies in Literature*, Vol. 42, No. 1 (2006), pp. 36~54.

Straus, N., "Flights from the Idiot's Womanhood", *Dostoevsky's The Idiot: A Critical Companion*, edit. L. Knapp (Evanston: Northwestern Univ. Press, 1998), pp. 105~129.

St. John of Damascus, *On the Divine Images: Three Apologies against Those who Attack the Divine Images*, trans. A. Anderson (Crestwood: St. Vladimir's Seminary Press, 1980).

Tarasova, N., "Problemy tekstologicheskogo izucheniia romana F. M. Dostoevskogo 'Idiot'. ot grafiki i kalligrafii-k semantike i poetike teksta", *The Dostoevsky Journal*, Vol. 21 (2020), pp. 24~45.

Tarasova, N. and T. Paniukova, "Semantika i ideografiia rukopisnogo teksta Dostoevskogo ot pocherka k smyslu", *Neizvestnyi Dostoevskii*, Vol. 4 (2020), pp. 222~292.

Tate, A., "Dostoevsky's Hovering Fly: A Causerie on the Imagination and the Actual World", *The Sewanee Review*, Vol. 51, No. 3 (1943), pp. 353~369.

Tikhomirov, B., "Byl li u Dostoevskogo neosushchestvlennyi zamysel pod nazvaniem 'Rostovshchik'?", *Neizvestnyi Dostoevskii*, No. 3 (2017), pp. 3~15.

______, "Kalligraficheskie elementy v pocherke Dostoevskogo kak tekstologicheskaia problema", *Neizvestnyi Dostoevskii*, Vol. 9, No. 2 (2022), pp. 37~57.

Tolstoi, L., *Polnoe sobranie sochinenie v 90 tomakh* (Moskva: Khudozhestvennaia literatura, 1928~1958).

Tsakiridou, C., *Icons in Time, Persons in Eternity: Orthodox Theology and the Aesthetics of the Christian Image* (Burlington: Ashgate, 2013).

Vainerman, V., *Poruchaiu sebia Vashei dobroi pamiati* (Omsk: Izd. dom "Nauka", 2015).

Viazemskii, P., *Sochineniia v dvukh tomakh* (M.: Khudozhestvennaia literatura, 1982).

Vinchur, H., "Levinas's 'Face' and 'Other' in Dostoevsky's The Idiot: Embodiment and Betrayal", *Criterion*, Vol. 8, No. 1 (2015), pp. 28~37.

Wachtel, A., "Dostoevsky's The Idiot: The Novel as Photograph", *History of Photography*, Vol. 26, No. 3 (2002), pp. 205~215.

Weickhardt, G., "Rogozhin in Dostoevsky's The Idiot: Enigma, Allegory and Visual Imagery", *Canadian-American Slavic Studies*, Vol. 44, No. 4 (2010), pp. 387~405.

Williams, R., *Dostoevsky: Language, Faith, and Fiction* (London: Bloomsbury, 2008).

Wilson, J., "Dostoevsky's Timely Castration", *Transgender Studies Quarterly*, Vol. 5, No. 4 (2018), pp. 565~573.

Young, S., "Deferred Senses and Distanced Spaces: Embodying the Boundaries of Dostoevsky's Realism", *Dostoevsky at 200*, edits. K. Bowers and K. Holland (Toronto: Univ. of Toronto Press, 2021), pp. 118~136.

______, *Dostoevsky's The Idiot and the Ethical Foundations of Narrative* (London: Anthem Press, 2004).

______, "Holbein's Christ in the Tomb in the Structure of The Idiot", *Russian Studies in Literature*, Vol. 44, No. 1 (2007), pp. 90~102.

Zink, A., "The Culture of Justice: Reflections on Punishment in Dostoevsky's The Idiot", *Studies in East European Thought*, Vol. 62, No. 3 (2010), pp. 413~429.

Ziolkowski, E., "Reading and Incarnation in Dostoevsky", *Dostoevsky and the Christian Tradition*, edits. G. Pattison and D. Thompson (Cambridge: Cambridge Univ. Press, 2001), pp. 156~170.

찾아보기

ㅁ

ㅂ

지은이 **석영중** 1959년 서울에서 태어났다. 고려대학교 노어노문학과를 졸업하고 오하이오 주립 대학교 슬라브어문과에서 문학 박사 학위를 받았다. 1991년부터 현재까지 고려대학교 노어노문학과 교수로 재직하면서 지속적으로 도스토옙스키 강의를 해왔으며, 한국 러시아 문학회 및 한국 슬라브 학회 회장을 역임했다. 지은 책으로 『도스토옙스키 깊이 읽기: 종교와 과학의 관점에서』, 『도스토옙스키의 명장면 200』, 『매핑 도스토옙스키: 대문호의 공간을 다시 여행하다』, 『인간 만세!: 도스토옙스키의 〈카라마조프가의 형제〉 읽기』, 『자유: 도스토예프스키에게 배운다』, 『러시아 문학의 맛있는 코드: 푸슈킨에서 솔제니친까지』, 『톨스토이, 도덕에 미치다: 톨스토이와 안나 카레니나, 그리고 인생』 등이 있으며, 옮긴 책으로는 도스토옙스키의 『분신』, 『가난한 사람들』, 『백야 외』(공역), 톨스토이의 『이반 일리치의 죽음·광인의 수기』(공역), 푸시킨의 『예브게니 오네긴』, 『대위의 딸』, 체호프의 『지루한 이야기』, 자먀틴의 『우리들』, 스트루가츠키 형제의 『세상이 끝날 때까지 아직 10억 년』 등이 있다. 푸시킨 작품집 번역에 대한 공로로 1999년 러시아 정부로부터 푸시킨 메달을, 2000년 한국 백상 출판 문화상 번역상을 받았다. 2018년 고려대학교 교우회 학술상을 수상했다.

도스토옙스키의 철도, 칼, 그림

발행일 2023년 3월 20일 초판 1쇄

지은이 석영중
발행인 홍예빈·홍유진
발행처 주식회사 열린책들

경기도 파주시 문발로 253 파주출판도시
전화 031-955-4000 팩스 031-955-4004
www.openbooks.co.kr

ISBN 978-89-329-2314-7 93890